2500常用字字谜解析

王德海 编著

浙江古籍出版社

图书在版编目（CIP）数据

2500 常用字字谜解析 / 王德海编著. —杭州：浙江古籍出版社，2015.7（2020.12 重印）
ISBN 978-7-5540-0643-6

Ⅰ.①2… Ⅱ.①王… Ⅲ.①谜语—汇编—中国 Ⅳ.①I277.8

中国版本图书馆 CIP 数据核字（2015）第 173978 号

2500 常用字字谜解析
王德海　编著

出版发行	浙江古籍出版社
	（杭州体育场路 347 号　电话：0571-85176986）
网　　址	https://zjgj.zjcbcm.com
责任编辑	徐晓玲
责任校对	余　宏
封面设计	刘　欣
责任印务	楼浩凯
照　　排	杭州立飞图文制作有限公司
印　　刷	浙江新华印刷技术有限公司
开　　本	880×1230　1/32
印　　张	13
字　　数	374 千字
版　　次	2015 年 8 月第 1 版
印　　次	2020 年 12 月第 6 次印刷
书　　号	ISBN 978-7-5540-0643-6
定　　价	24.00 元

如发现印装质量问题，影响阅读，请与本社市场营销部联系调换。

前　言

　　灯谜是中华民族传统文化的瑰宝，历史悠久，源远流长。它集知识性、趣味性于一体，雅俗共赏，老少咸宜。从古至今，灯谜受到各阶层人士的喜爱。

　　字谜是灯谜中的一个大类，它的谜底最简单，只有一个字，却以其巧妙的构思、浓郁的趣味备受青睐，在灯谜中占有非常重要的地位。

　　本书以国家语言文字工作委员会、国家教育委员会发布的《现代汉语常用字表》中所列的2500个常用字做谜底，为每字选配两则谜面，逐条加以解析。

　　纵观本书，具有以下特点。

一、构思巧妙，趣味浓郁

　　字谜，以一个汉字做谜底，主要是从谜底字的字形部件组成、字义甚至字音上做文章，构思奇巧，趣味盎然。谜面和谜底，看似风马牛不相及，实则暗藏玄机，它们通过字形拆拆拼拼（有时辅以字义、字音提示）而巧妙相通，严密扣合，"出乎意料之外，却在情理之中"。一旦猜出谜底或是读懂一条谜，领悟其中奥秘，顿觉恍然大悟，妙趣横生，使你不禁为灯谜艺术的独特魅力所吸引，不得不叹服作者的匠心和汉字的神奇！本书精选的字谜，大多扣合贴切，巧妙有趣，耐人寻味。

二、逐条解析，指点迷津

　　灯谜作品本身有难有易，每位读者猜解灯谜的能力也不尽相同，特别是少接触灯谜的人、灯谜初学者，即使见了谜底也未必能明白有些谜是怎么回事。为了让读者能顺利猜出或理解书中的每条字谜，编者特意对每条字谜做了解析。解析意在揭示谜面谜底之间内在的扣合关系，让大家明白这条谜面为什么对应这个谜底。编者尽可能做到使解析深入浅出，通俗易懂，为读者一一指点迷津，助你畅游谜海，尽享谜中妙趣。

通过解析扣合，还能让读者逐渐了解猜字谜的思路、方法、技巧，从而学会猜字谜，学会解释字谜的扣合，步入谜宫大门。

三、启迪思维，促进学习

猜解灯谜，需要开动脑筋，发挥想象力，需要联想、推理、归纳、判断，最终捕获谜底。在猜谜过程中，自然能锻炼思维，丰富想象力，启迪智慧。而字谜的猜解，对认识汉字，牢记谜底字形，促进语文教学，更是具有特殊意义，能起到增知益智、寓教于乐的作用，大有裨益。

希望本书的出版，能受到广大灯谜爱好者以及青少年的欢迎，在激发读者对汉字的兴趣和热爱、促进汉字学习、提高猜谜解谜能力、开发智力等方面发挥其应有的作用。相信这部趣味性、知识性、益智性兼备的实用谜书，带给读者的不仅仅是快乐。

目 录

一 画

1. 一 / 1
2. 乙 / 1

二 画

3. 二 / 1
4. 十 / 1
5. 丁 / 1
6. 厂 / 1
7. 七 / 2
8. 卜 / 2
9. 人 / 2
10. 入 / 2
11. 八 / 2
12. 九 / 2
13. 几 / 3
14. 儿 / 3
15. 了 / 3
16. 力 / 3
17. 乃 / 3
18. 刀 / 3
19. 又 / 3

三 画

20. 三 / 4
21. 于 / 4
22. 干 / 4
23. 亏 / 4
24. 士 / 4
25. 工 / 4
26. 土 / 4
27. 才 / 5
28. 寸 / 5
29. 下 / 5
30. 大 / 5
31. 丈 / 5
32. 与 / 5
33. 万 / 5
34. 上 / 6
35. 小 / 6
36. 口 / 6
37. 巾 / 6
38. 山 / 6
39. 千 / 6
40. 乞 / 6
41. 川 / 7
42. 亿 / 7
43. 个 / 7
44. 勺 / 7
45. 久 / 7
46. 凡 / 7
47. 及 / 7
48. 夕 / 8
49. 丸 / 8
50. 么 / 8
51. 广 / 8
52. 亡 / 8
53. 门 / 8
54. 义 / 8
55. 之 / 9
56. 尸 / 9
57. 弓 / 9
58. 己 / 9
59. 巳 / 9
60. 子 / 9
61. 卫 / 9
62. 也 / 10
63. 女 / 10
64. 飞 / 10
65. 刃 / 10
66. 习 / 10
67. 叉 / 10
68. 马 / 11
69. 乡 / 11

四 画

70. 丰 / 11
71. 王 / 11
72. 井 / 11
73. 开 / 11
74. 夫 / 11
75. 天 / 12
76. 无 / 12
77. 元 / 12
78. 专 / 12
79. 云 / 12
80. 扎 / 12
81. 艺 / 12
82. 木 / 13
83. 五 / 13
84. 支 / 13
85. 厅 / 13
86. 不 / 13
87. 太 / 13
88. 犬 / 13
89. 区 / 14
90. 历 / 14
91. 尤 / 14
92. 友 / 14
93. 匹 / 14
94. 车 / 14
95. 巨 / 14
96. 牙 / 15
97. 屯 / 15
98. 比 / 15
99. 互 / 15
100. 切 / 15

1

101. 瓦 / 15	130. 介 / 20	159. 认 / 24	186. 功 / 28
102. 止 / 15	131. 父 / 20	160. 心 / 24	187. 扔 / 28
103. 少 / 16	132. 从 / 20	161. 尺 / 24	188. 去 / 28
104. 日 / 16	133. 今 / 20	162. 引 / 24	189. 甘 / 28
105. 中 / 16	134. 凶 / 20	163. 丑 / 24	190. 世 / 28
106. 冈 / 16	135. 分 / 20	164. 巴 / 25	191. 古 / 28
107. 贝 / 16	136. 乏 / 20	165. 孔 / 25	192. 节 / 29
108. 内 / 16	137. 公 / 21	166. 队 / 25	193. 本 / 29
109. 水 / 16	138. 仓 / 21	167. 办 / 25	194. 术 / 29
110. 见 / 17	139. 月 / 21	168. 以 / 25	195. 可 / 29
111. 午 / 17	140. 氏 / 21	169. 允 / 25	196. 丙 / 29
112. 牛 / 17	141. 勿 / 21	170. 予 / 25	197. 左 / 29
113. 手 / 17	142. 欠 / 21	171. 劝 / 25	198. 厉 / 29
114. 毛 / 17	143. 风 / 21	172. 双 / 26	199. 右 / 30
115. 气 / 17	144. 丹 / 22	173. 书 / 26	200. 石 / 30
116. 升 / 17	145. 匀 / 22	174. 幻 / 26	201. 布 / 30
117. 长 / 18	146. 乌 / 22	五 画	202. 龙 / 30
118. 仁 / 18	147. 凤 / 22		203. 平 / 30
119. 什 / 18	148. 勾 / 22	175. 玉 / 26	204. 灭 / 30
120. 片 / 18	149. 文 / 22	176. 刊 / 26	205. 轧 / 31
121. 仆 / 18	150. 六 / 22	177. 示 / 26	206. 东 / 31
122. 化 / 18	151. 方 / 23	178. 末 / 27	207. 卡 / 31
123. 仇 / 19	152. 火 / 23	179. 未 / 27	208. 北 / 31
124. 币 / 19	153. 为 / 23	180. 击 / 27	209. 占 / 31
125. 仍 / 19	154. 斗 / 23	181. 打 / 27	210. 业 / 31
126. 仅 / 19	155. 忆 / 23	182. 巧 / 27	211. 旧 / 32
127. 斤 / 19	156. 订 / 23	183. 正 / 27	212. 帅 / 32
128. 爪 / 19	157. 计 / 23	184. 扑 / 27	213. 归 / 32
129. 反 / 19	158. 户 / 24	185. 扒 / 28	214. 且 / 32

215. 旦 / 32	244. 仪 / 37	273. 半 / 41	302. 发 / 46
216. 目 / 32	245. 白 / 37	274. 汁 / 42	303. 孕 / 46
217. 叶 / 32	246. 仔 / 37	275. 汇 / 42	304. 圣 / 46
218. 甲 / 33	247. 他 / 37	276. 头 / 42	305. 对 / 47
219. 申 / 33	248. 斥 / 37	277. 汉 / 42	306. 台 / 47
220. 叮 / 33	249. 瓜 / 38	278. 宁 / 42	307. 矛 / 47
221. 电 / 33	250. 乎 / 38	279. 穴 / 42	308. 纠 / 47
222. 号 / 33	251. 丛 / 38	280. 它 / 43	309. 母 / 47
223. 田 / 34	252. 令 / 38	281. 讨 / 43	310. 幼 / 47
224. 由 / 34	253. 用 / 38	282. 写 / 43	311. 丝 / 48
225. 史 / 34	254. 甩 / 38	283. 让 / 43	**六 画**
226. 只 / 34	255. 印 / 39	284. 礼 / 43	
227. 央 / 34	256. 乐 / 39	285. 训 / 43	312. 式 / 48
228. 兄 / 34	257. 句 / 39	286. 必 / 43	313. 刑 / 48
229. 叼 / 34	258. 匆 / 39	287. 议 / 44	314. 动 / 48
230. 叫 / 35	259. 册 / 39	288. 讯 / 44	315. 扛 / 48
231. 另 / 35	260. 犯 / 39	289. 记 / 44	316. 寺 / 48
232. 叨 / 35	261. 外 / 39	290. 永 / 44	317. 吉 / 49
233. 叹 / 35	262. 处 / 40	291. 司 / 44	318. 扣 / 49
234. 四 / 35	263. 冬 / 40	292. 尼 / 44	319. 考 / 49
235. 生 / 35	264. 鸟 / 40	293. 民 / 45	320. 托 / 49
236. 失 / 36	265. 务 / 40	294. 出 / 45	321. 老 / 49
237. 禾 / 36	266. 包 / 40	295. 辽 / 45	322. 执 / 49
238. 丘 / 36	267. 饥 / 40	296. 奶 / 45	323. 巩 / 49
239. 付 / 36	268. 主 / 41	297. 奴 / 45	324. 圾 / 50
240. 仗 / 36	269. 市 / 41	298. 加 / 45	325. 扩 / 50
241. 代 / 36	270. 立 / 41	299. 召 / 46	326. 扫 / 50
242. 仙 / 37	271. 闪 / 41	300. 皮 / 46	327. 地 / 50
243. 们 / 37	272. 兰 / 41	301. 边 / 46	328. 扬 / 50

329. 场 / 50	358. 死 / 55	387. 屿 / 59	417. 价 / 64
330. 耳 / 51	359. 成 / 55	388. 帆 / 60	418. 份 / 64
331. 共 / 51	360. 夹 / 55	389. 岁 / 60	419. 华 / 64
332. 芒 / 51	361. 轨 / 55	390. 回 / 60	420. 仰 / 65
333. 亚 / 51	362. 邪 / 55	391. 岂 / 60	421. 仿 / 65
334. 芝 / 51	363. 划 / 56	392. 刚 / 60	422. 伙 / 65
335. 朽 / 51	364. 迈 / 56	393. 则 / 60	423. 伪 / 65
336. 朴 / 51	365. 毕 / 56	394. 肉 / 61	424. 自 / 65
337. 机 / 52	366. 至 / 56	395. 网 / 61	425. 血 / 65
338. 权 / 52	367. 此 / 56	396. 年 / 61	426. 向 / 65
339. 过 / 52	368. 贞 / 56	397. 朱 / 61	427. 似 / 66
340. 臣 / 52	369. 师 / 57	398. 先 / 61	428. 后 / 66
341. 再 / 52	370. 尘 / 57	399. 丢 / 61	429. 行 / 66
342. 协 / 52	371. 尖 / 57	400. 舌 / 61	430. 舟 / 66
343. 西 / 53	372. 劣 / 57	401. 竹 / 62	431. 全 / 66
344. 压 / 53	373. 光 / 57	402. 迁 / 62	432. 会 / 66
345. 厌 / 53	374. 当 / 57	403. 乔 / 62	433. 杀 / 67
346. 在 / 53	375. 早 / 58	404. 伟 / 62	434. 合 / 67
347. 有 / 53	376. 吐 / 58	405. 传 / 62	435. 兆 / 67
348. 百 / 53	377. 吓 / 58	406. 乓 / 62	436. 企 / 67
349. 存 / 53	378. 虫 / 58	408. 休 / 63	437. 众 / 67
350. 而 / 54	379. 曲 / 58	409. 伍 / 63	438. 爷 / 67
351. 页 / 54	380. 团 / 58	410. 伏 / 63	439. 伞 / 68
352. 匠 / 54	381. 同 / 59	411. 优 / 63	440. 创 / 68
353. 夸 / 54	382. 吊 / 59	412. 伐 / 63	441. 肌 / 68
354. 夺 / 54	383. 吃 / 59	413. 延 / 63	442. 朵 / 68
355. 灰 / 54	384. 因 / 59	414. 件 / 64	443. 杂 / 68
356. 达 / 55	385. 吸 / 59	415. 任 / 64	444. 危 / 68
357. 列 / 55	386. 吗 / 59	416. 伤 / 64	445. 旬 / 68

446. 旨 / 69	475. 灯 / 73	504. 阵 / 78	531. 形 / 82
447. 负 / 69	476. 州 / 73	505. 阳 / 78	532. 进 / 82
448. 各 / 69	477. 汗 / 73	506. 收 / 78	533. 戒 / 82
449. 名 / 69	478. 污 / 73	507. 阶 / 78	534. 吞 / 82
450. 多 / 69	479. 江 / 74	508. 阴 / 78	535. 远 / 83
451. 争 / 69	480. 池 / 74	509. 防 / 79	536. 违 / 83
452. 色 / 70	481. 汤 / 74	510. 奸 / 79	537. 运 / 83
453. 壮 / 70	482. 忙 / 74	511. 如 / 79	538. 扶 / 83
454. 冲 / 70	483. 兴 / 74	512. 妇 / 79	539. 抚 / 83
455. 冰 / 70	484. 宇 / 74	513. 好 / 79	540. 坛 / 83
456. 庄 / 70	485. 守 / 75	514. 她 / 79	541. 技 / 84
457. 庆 / 70	486. 宅 / 75	515. 妈 / 80	542. 坏 / 84
458. 亦 / 70	487. 字 / 75	516. 戏 / 80	543. 扰 / 84
459. 刘 / 71	488. 安 / 75	517. 羽 / 80	544. 拒 / 84
460. 齐 / 71	489. 讲 / 75	518. 观 / 80	545. 找 / 84
461. 交 / 71	490. 军 / 75	519. 欢 / 80	546. 批 / 84
462. 次 / 71	491. 许 / 76	520. 买 / 80	547. 扯 / 85
463. 衣 / 71	492. 论 / 76	521. 红 / 80	548. 址 / 85
464. 产 / 71	493. 农 / 76	522. 纤 / 81	549. 走 / 85
465. 决 / 71	494. 讽 / 76	523. 级 / 81	550. 抄 / 85
466. 充 / 72	495. 设 / 76	524. 约 / 81	551. 坝 / 85
467. 妄 / 72	496. 访 / 76	525. 纪 / 81	552. 贡 / 85
468. 闭 / 72	497. 寻 / 77	526. 驰 / 81	553. 攻 / 85
469. 问 / 72	498. 那 / 77	527. 巡 / 81	554. 赤 / 86
470. 闯 / 72	499. 迅 / 77		555. 折 / 86
471. 羊 / 72	500. 尽 / 77	七 画	556. 抓 / 86
472. 并 / 73	501. 导 / 77	528. 寿 / 82	557. 扮 / 86
473. 关 / 73	502. 异 / 77	529. 弄 / 82	558. 抢 / 86
474. 米 / 73	503. 孙 / 78	530. 麦 / 82	559. 孝 / 86

560. 均 / 87	589. 杆 / 91	618. 吴 / 96	647. 告 / 100
561. 抛 / 87	590. 杠 / 91	619. 助 / 96	648. 我 / 100
562. 投 / 87	591. 杜 / 91	620. 县 / 96	649. 乱 / 101
563. 坟 / 87	592. 材 / 91	621. 里 / 96	650. 利 / 101
564. 抗 / 87	593. 村 / 91	622. 呆 / 96	651. 秃 / 101
565. 坑 / 87	594. 杏 / 92	623. 园 / 96	652. 秀 / 101
566. 坊 / 87	595. 极 / 92	624. 旷 / 96	653. 私 / 101
567. 抖 / 88	596. 李 / 92	625. 围 / 97	654. 每 / 101
568. 护 / 88	597. 杨 / 92	626. 呀 / 97	655. 兵 / 102
569. 壳 / 88	598. 求 / 92	627. 吨 / 97	656. 估 / 102
570. 志 / 88	599. 更 / 92	628. 足 / 97	657. 体 / 102
571. 扭 / 88	600. 束 / 93	629. 邮 / 97	658. 何 / 102
572. 块 / 88	601. 豆 / 93	630. 男 / 97	659. 但 / 102
573. 声 / 88	602. 两 / 93	631. 困 / 98	660. 伸 / 102
574. 把 / 89	603. 丽 / 93	632. 吵 / 98	661. 作 / 102
575. 报 / 89	604. 医 / 93	633. 串 / 98	662. 伯 / 103
576. 却 / 89	605. 辰 / 93	634. 员 / 98	663. 伶 / 103
577. 劫 / 89	606. 励 / 93	635. 听 / 98	664. 佣 / 103
578. 芽 / 89	607. 否 / 94	636. 吩 / 98	665. 低 / 103
579. 花 / 89	608. 还 / 94	637. 吹 / 98	666. 你 / 103
580. 芹 / 90	609. 歼 / 94	638. 呜 / 99	667. 住 / 103
581. 芬 / 90	610. 来 / 94	639. 吧 / 99	668. 位 / 104
582. 苍 / 90	611. 连 / 94	640. 吼 / 99	669. 伴 / 104
583. 芳 / 90	612. 步 / 95	641. 别 / 99	670. 身 / 104
584. 严 / 90	613. 坚 / 95	642. 岗 / 99	671. 皂 / 104
585. 芦 / 90	614. 早 / 95	643. 帐 / 100	672. 佛 / 104
586. 劳 / 90	615. 盯 / 95	644. 财 / 100	673. 近 / 104
587. 克 / 91	616. 呈 / 95	645. 针 / 100	674. 彻 / 104
588. 苏 / 91	617. 时 / 95	646. 钉 / 100	675. 役 / 105

676. 返 / 105	705. 况 / 109	734. 忧 / 114	763. 改 / 118
677. 余 / 105	706. 床 / 109	735. 快 / 114	764. 张 / 119
678. 希 / 105	707. 库 / 110	736. 完 / 114	765. 忌 / 119
679. 坐 / 105	708. 疗 / 110	737. 宋 / 114	766. 际 / 119
680. 谷 / 105	709. 应 / 110	738. 宏 / 115	767. 陆 / 119
681. 妥 / 105	710. 冷 / 110	739. 牢 / 115	768. 阿 / 119
682. 含 / 106	711. 这 / 110	740. 究 / 115	769. 陈 / 119
683. 邻 / 106	712. 序 / 110	741. 穷 / 115	770. 阻 / 120
684. 岔 / 106	713. 辛 / 111	742. 灾 / 115	771. 附 / 120
685. 肝 / 106	714. 弃 / 111	743. 良 / 115	772. 妙 / 120
686. 肚 / 106	715. 冶 / 111	744. 证 / 116	773. 妖 / 120
687. 肠 / 106	716. 忘 / 111	745. 启 / 116	774. 妨 / 120
688. 龟 / 106	717. 闲 / 111	746. 评 / 116	775. 努 / 120
689. 免 / 107	718. 间 / 111	747. 补 / 116	776. 忍 / 121
690. 狂 / 107	719. 闷 / 112	748. 初 / 116	777. 劲 / 121
691. 犹 / 107	720. 判 / 112	749. 社 / 116	778. 鸡 / 121
692. 角 / 107	721. 灶 / 112	750. 识 / 116	779. 驱 / 121
693. 删 / 107	722. 灿 / 112	751. 诉 / 117	780. 纯 / 121
694. 条 / 107	723. 弟 / 112	752. 诊 / 117	781. 纱 / 121
695. 卵 / 108	724. 汪 / 112	753. 词 / 117	782. 纳 / 121
696. 岛 / 108	725. 沙 / 112	754. 译 / 117	783. 纲 / 122
697. 迎 / 108	726. 汽 / 113	755. 君 / 117	784. 驳 / 122
698. 饭 / 108	727. 沃 / 113	756. 灵 / 117	785. 纵 / 122
699. 饮 / 108	728. 泛 / 113	757. 即 / 118	786. 纷 / 122
700. 系 / 109	729. 沟 / 113	758. 层 / 118	787. 纸 / 122
701. 言 / 109	730. 没 / 113	759. 尿 / 118	788. 纹 / 122
702. 冻 / 109	731. 沈 / 114	760. 尾 / 118	789. 纺 / 123
703. 状 / 109	732. 沉 / 114	761. 迟 / 118	790. 驴 / 123
704. 亩 / 109	733. 怀 / 114	762. 局 / 118	791. 纽 / 123

八　画

792. 奉 / 123
793. 玩 / 123
794. 环 / 123
795. 武 / 124
796. 青 / 124
797. 责 / 124
798. 现 / 124
799. 表 / 124
800. 规 / 124
801. 抹 / 124
802. 拢 / 125
803. 拔 / 125
804. 栋 / 125
805. 担 / 125
806. 坦 / 125
807. 押 / 125
808. 抽 / 125
809. 拐 / 126
810. 拖 / 126
811. 拍 / 126
812. 者 / 126
813. 顶 / 126
814. 拆 / 126
815. 拥 / 127
816. 抵 / 127
817. 拘 / 127
818. 势 / 127
819. 抱 / 127
820. 垃 / 127
821. 拉 / 128
822. 拦 / 128
823. 拌 / 128
824. 幸 / 128
825. 招 / 128
826. 坡 / 129
827. 披 / 129
828. 拨 / 129
829. 择 / 129
830. 抬 / 129
831. 其 / 129
832. 取 / 129
833. 苦 / 130
834. 若 / 130
835. 茂 / 130
836. 苹 / 130
837. 苗 / 130
838. 英 / 130
839. 范 / 130
840. 直 / 131
841. 茄 / 131
842. 茎 / 131
843. 茅 / 131
844. 林 / 131
845. 枝 / 131
846. 杯 / 132
847. 柜 / 132
848. 析 / 132
849. 板 / 132
850. 松 / 132
851. 枪 / 132
852. 构 / 133
853. 杰 / 133
854. 述 / 133
855. 枕 / 133
856. 丧 / 133
857. 或 / 133
858. 画 / 134
859. 卧 / 134
860. 事 / 134
861. 刺 / 134
862. 枣 / 134
863. 雨 / 134
864. 卖 / 135
865. 矿 / 135
866. 码 / 135
867. 厕 / 135
868. 奔 / 135
869. 奇 / 135
870. 奋 / 135
871. 态 / 136
872. 欧 / 136
873. 垄 / 136
874. 妻 / 136
875. 轰 / 136
876. 顷 / 136
877. 转 / 137
878. 斩 / 137
879. 轮 / 137
880. 软 / 137
881. 到 / 137
882. 非 / 137
883. 叔 / 138
884. 肯 / 138
885. 齿 / 138
886. 些 / 138
887. 虎 / 138
888. 虏 / 138
889. 肾 / 139
890. 贤 / 139
891. 尚 / 139
892. 旺 / 139
893. 具 / 139
894. 果 / 139
895. 味 / 140
896. 昆 / 140
897. 国 / 140
898. 昌 / 140
899. 畅 / 140
900. 明 / 140
901. 易 / 141
902. 昂 / 141
903. 典 / 141
904. 固 / 141
905. 忠 / 141

8

906. 咐 / 141	935. 侍 / 146	964. 受 / 151	993. 店 / 155
907. 呼 / 142	936. 供 / 146	965. 乳 / 151	994. 夜 / 155
908. 鸣 / 142	937. 使 / 146	966. 贪 / 151	995. 庙 / 155
909. 咏 / 142	938. 例 / 146	967. 念 / 151	996. 府 / 155
910. 呢 / 142	939. 版 / 147	968. 贫 / 151	997. 底 / 155
911. 岸 / 142	940. 侄 / 147	969. 肤 / 151	998. 剂 / 156
912. 岩 / 142	941. 侦 / 147	970. 肺 / 151	999. 郊 / 156
913. 帖 / 143	942. 侧 / 147	971. 肢 / 152	1000. 废 / 156
914. 罗 / 143	943. 凭 / 147	972. 肿 / 152	1001. 净 / 156
915. 帜 / 143	944. 侨 / 147	973. 胀 / 152	1002. 盲 / 156
916. 岭 / 143	945. 佩 / 148	974. 朋 / 152	1003. 放 / 156
917. 凯 / 143	946. 货 / 148	975. 股 / 152	1004. 刻 / 156
918. 败 / 143	947. 依 / 148	976. 肥 / 152	1005. 育 / 157
919. 贩 / 144	948. 的 / 148	977. 服 / 153	1006. 闸 / 157
920. 购 / 144	949. 迫 / 148	978. 胁 / 153	1007. 闹 / 157
921. 图 / 144	950. 质 / 148	979. 周 / 153	1008. 郑 / 157
922. 钓 / 144	951. 欣 / 149	980. 昏 / 153	1009. 券 / 157
923. 制 / 144	952. 征 / 149	981. 鱼 / 153	1010. 卷 / 157
924. 知 / 144	953. 往 / 149	982. 兔 / 153	1011. 单 / 157
925. 垂 / 144	954. 爬 / 149	983. 狐 / 153	1012. 炒 / 158
926. 牧 / 145	955. 彼 / 149	984. 忽 / 154	1013. 炊 / 158
927. 物 / 145	956. 径 / 149	985. 狗 / 154	1014. 炕 / 158
928. 乖 / 145	957. 所 / 149	986. 备 / 154	1015. 炎 / 158
929. 刮 / 145	958. 舍 / 150	987. 饰 / 154	1016. 炉 / 158
930. 秆 / 145	959. 金 / 150	988. 饱 / 154	1017. 沫 / 158
931. 和 / 145	960. 命 / 150	989. 饲 / 154	1018. 浅 / 158
932. 季 / 145	961. 斧 / 150	990. 变 / 154	1019. 法 / 159
933. 委 / 146	962. 爸 / 150	991. 京 / 155	1020. 泄 / 159
934. 佳 / 146	963. 采 / 150	992. 享 / 155	1021. 河 / 159

1022. 沾 / 159	1051. 帘 / 163	1080. 降 / 168	1107. 毒 / 172
1023. 泪 / 159	1052. 实 / 164	1081. 限 / 168	1108. 型 / 172
1024. 油 / 159	1053. 试 / 164	1082. 妹 / 168	1109. 挂 / 172
1025. 泊 / 160	1054. 郎 / 164	1083. 姑 / 168	1110. 封 / 172
1026. 沿 / 160	1055. 诗 / 164	1084. 姐 / 169	1111. 持 / 173
1027. 泡 / 160	1056. 肩 / 164	1085. 姓 / 169	1112. 项 / 173
1028. 注 / 160	1057. 房 / 164	1086. 始 / 169	1113. 垮 / 173
1029. 泻 / 160	1058. 诚 / 164	1087. 驾 / 169	1114. 挎 / 173
1030. 泳 / 160	1059. 衬 / 165	1088. 参 / 169	1115. 城 / 173
1031. 泥 / 160	1060. 衫 / 165	1089. 艰 / 169	1116. 挠 / 173
1032. 沸 / 161	1061. 视 / 165	1090. 线 / 169	1117. 政 / 173
1033. 波 / 161	1062. 话 / 165	1091. 练 / 170	1118. 赴 / 174
1034. 泼 / 161	1063. 诞 / 165	1092. 组 / 170	1119. 赵 / 174
1035. 泽 / 161	1064. 询 / 165	1093. 细 / 170	1120. 挡 / 174
1036. 治 / 161	1065. 该 / 165	1094. 驶 / 170	1121. 挺 / 174
1037. 怖 / 161	1066. 详 / 166	1095. 织 / 170	1122. 括 / 174
1038. 性 / 161	1067. 建 / 166	1096. 终 / 170	1123. 拴 / 174
1039. 怕 / 162	1068. 肃 / 166	1097. 驻 / 170	1124. 拾 / 174
1040. 怜 / 162	1069. 录 / 166	1098. 驼 / 171	1125. 挑 / 175
1041. 怪 / 162	1070. 隶 / 166	1099. 绍 / 171	1126. 指 / 175
1042. 学 / 162	1071. 居 / 166	1100. 经 / 171	1127. 垫 / 175
1043. 宝 / 162	1072. 届 / 167	1101. 贯 / 171	1128. 挣 / 175
1044. 宗 / 162	1073. 刷 / 167		1129. 挤 / 175
1045. 定 / 163	1074. 屈 / 167	九 画	1130. 拼 / 175
1046. 宜 / 163	1075. 弦 / 167		
1047. 审 / 163	1076. 承 / 167	1102. 奏 / 171	1131. 挖 / 176
1048. 宙 / 163	1077. 孟 / 167	1103. 春 / 171	1132. 按 / 176
1049. 官 / 163	1078. 孤 / 168	1104. 帮 / 172	1133. 挥 / 176
1050. 空 / 163	1079. 陕 / 168	1105. 珍 / 172	1134. 挪 / 176
		1106. 玻 / 172	1135. 某 / 176

10

1136. 甚 / 176	1165. 咸 / 181	1194. 眨 / 185	1223. 炭 / 190
1137. 革 / 176	1166. 威 / 181	1195. 哄 / 186	1224. 峡 / 190
1138. 荐 / 177	1167. 歪 / 181	1196. 显 / 186	1225. 罚 / 190
1139. 巷 / 177	1168. 研 / 181	1197. 哑 / 186	1226. 贱 / 191
1140. 带 / 177	1169. 砖 / 181	1198. 冒 / 186	1227. 贴 / 191
1141. 草 / 177	1170. 厘 / 182	1199. 映 / 186	1228. 骨 / 191
1142. 茧 / 177	1171. 厚 / 182	1200. 星 / 186	1229. 钞 / 191
1143. 茶 / 177	1172. 砌 / 182	1201. 昨 / 187	1230. 钟 / 191
1144. 荒 / 178	1173. 砍 / 182	1202. 畏 / 187	1231. 钢 / 191
1145. 茫 / 178	1174. 面 / 182	1203. 趴 / 187	1232. 钥 / 191
1146. 荡 / 178	1175. 耐 / 182	1204. 胃 / 187	1233. 钩 / 192
1147. 荣 / 178	1176. 耍 / 182	1205. 贵 / 187	1234. 卸 / 192
1148. 故 / 178	1177. 牵 / 183	1206. 界 / 187	1235. 缸 / 192
1149. 胡 / 178	1178. 残 / 183	1207. 虹 / 188	1236. 拜 / 192
1150. 南 / 179	1179. 殃 / 183	1208. 虾 / 188	1237. 看 / 192
1151. 药 / 179	1180. 轻 / 183	1209. 蚁 / 188	1238. 矩 / 192
1152. 标 / 179	1181. 鸦 / 183	1210. 思 / 188	1239. 怎 / 193
1153. 枯 / 179	1182. 皆 / 183	1211. 蚂 / 188	1240. 牲 / 193
1154. 柄 / 179	1183. 背 / 184	1212. 虽 / 188	1241. 选 / 193
1155. 栋 / 179	1184. 战 / 184	1213. 品 / 189	1242. 适 / 193
1156. 相 / 179	1185. 点 / 184	1214. 咽 / 189	1243. 秒 / 193
1157. 查 / 180	1186. 临 / 184	1215. 骂 / 189	1244. 香 / 193
1158. 柏 / 180	1187. 览 / 184	1216. 哗 / 189	1245. 种 / 194
1159. 柳 / 180	1188. 竖 / 184	1217. 咱 / 189	1246. 秋 / 194
1160. 柱 / 180	1189. 省 / 185	1218. 响 / 189	1247. 科 / 194
1161. 柿 / 180	1190. 削 / 185	1219. 哈 / 189	1248. 重 / 194
1162. 栏 / 180	1191. 尝 / 185	1220. 咬 / 190	1249. 复 / 194
1163. 树 / 181	1192. 是 / 185	1221. 咳 / 190	1250. 竿 / 194
1164. 要 / 181	1193. 盼 / 185	1222. 哪 / 190	1251. 段 / 195

1252. 便 / 195	1281. 胜 / 199	1310. 疫 / 204	1339. 洒 / 208
1253. 俩 / 195	1282. 胞 / 199	1311. 疤 / 204	1340. 浇 / 209
1254. 贷 / 195	1283. 胖 / 200	1312. 姿 / 204	1341. 浊 / 209
1255. 顺 / 195	1284. 脉 / 200	1313. 亲 / 204	1342. 洞 / 209
1256. 修 / 195	1285. 勉 / 200	1314. 音 / 204	1343. 测 / 209
1257. 保 / 195	1286. 狭 / 200	1315. 帝 / 205	1344. 洗 / 209
1258. 促 / 196	1287. 狮 / 200	1316. 施 / 205	1345. 活 / 209
1259. 侮 / 196	1288. 独 / 200	1317. 闻 / 205	1346. 派 / 209
1260. 俭 / 196	1289. 狡 / 201	1318. 阀 / 205	1347. 洽 / 210
1261. 俗 / 196	1290. 狱 / 201	1319. 阁 / 205	1348. 染 / 210
1262. 俘 / 196	1291. 狠 / 201	1320. 差 / 205	1349. 济 / 210
1263. 信 / 196	1292. 贸 / 201	1321. 养 / 206	1350. 洋 / 210
1264. 皇 / 196	1293. 怨 / 201	1322. 美 / 206	1351. 洲 / 210
1265. 泉 / 197	1294. 急 / 201	1323. 姜 / 206	1352. 浑 / 210
1266. 鬼 / 197	1295. 饶 / 202	1324. 叛 / 206	1353. 浓 / 211
1267. 侵 / 197	1296. 蚀 / 202	1325. 送 / 206	1354. 津 / 211
1268. 追 / 197	1297. 饺 / 202	1326. 类 / 206	1355. 恒 / 211
1269. 俊 / 197	1298. 饼 / 202	1327. 迷 / 206	1356. 恢 / 211
1270. 盾 / 197	1299. 弯 / 202	1328. 前 / 207	1357. 恰 / 211
1271. 待 / 198	1300. 将 / 202	1329. 首 / 207	1358. 恼 / 211
1272. 律 / 198	1301. 奖 / 202	1330. 逆 / 207	1359. 恨 / 212
1273. 很 / 198	1302. 哀 / 203	1331. 总 / 207	1360. 举 / 212
1274. 须 / 198	1303. 亭 / 203	1332. 炼 / 207	1361. 觉 / 212
1275. 叙 / 198	1304. 亮 / 203	1333. 炸 / 207	1362. 宣 / 212
1276. 剑 / 198	1305. 度 / 203	1334. 炮 / 208	1363. 室 / 212
1277. 逃 / 199	1306. 迹 / 203	1335. 烂 / 208	1364. 宫 / 212
1278. 食 / 199	1307. 庭 / 203	1336. 剃 / 208	1365. 宪 / 213
1279. 盆 / 199	1308. 疮 / 204	1337. 洁 / 208	1366. 突 / 213
1280. 胆 / 199	1309. 疯 / 204	1338. 洪 / 208	1367. 穿 / 213

1368. 窃 / 213	1397. 娇 / 218	1424. 素 / 222	1453. 挨 / 227
1369. 客 / 213	1398. 怒 / 218	1425. 蚕 / 222	1454. 耻 / 227
1370. 冠 / 213	1399. 架 / 218	1426. 顽 / 222	1455. 耽 / 227
1371. 语 / 214	1400. 贺 / 218	1427. 盏 / 223	1456. 恭 / 227
1372. 扁 / 214	1401. 盈 / 218	1428. 匪 / 223	1457. 莲 / 227
1373. 袄 / 214	1402. 勇 / 218	1429. 捞 / 223	1458. 莫 / 227
1374. 祖 / 214	1403. 怠 / 219	1430. 栽 / 223	1459. 荷 / 228
1375. 神 / 214	1404. 柔 / 219	1431. 捕 / 223	1460. 获 / 228
1376. 祝 / 214	1405. 垒 / 219	1432. 振 / 223	1461. 晋 / 228
1377. 误 / 215	1406. 绑 / 219	1433. 载 / 224	1462. 恶 / 228
1378. 诱 / 215	1407. 绒 / 219	1434. 赶 / 224	1463. 真 / 228
1379. 说 / 215	1408. 结 / 219	1435. 起 / 224	1464. 框 / 228
1380. 诵 / 215	1409. 绕 / 220	1436. 盐 / 224	1465. 桂 / 229
1381. 垦 / 215	1410. 骄 / 220	1437. 捎 / 224	1466. 档 / 229
1382. 退 / 215	1411. 绘 / 220	1438. 捏 / 224	1467. 桐 / 229
1383. 既 / 215	1412. 给 / 220	1439. 埋 / 224	1468. 株 / 229
1384. 屋 / 216	1413. 络 / 220	1440. 捉 / 225	1469. 桥 / 229
1385. 昼 / 216	1414. 骆 / 220	1441. 捆 / 225	1470. 桃 / 229
1386. 费 / 216	1415. 绝 / 221	1442. 捐 / 225	1471. 格 / 230
1387. 陡 / 216	1416. 绞 / 221	1443. 损 / 225	1472. 校 / 230
1388. 眉 / 216	1417. 统 / 221	1444. 都 / 225	1473. 核 / 230
1389. 孩 / 216		1445. 哲 / 225	1474. 样 / 230
1390. 除 / 216	**十画**	1446. 逝 / 226	1475. 根 / 230
1391. 险 / 217	1418. 耕 / 221	1447. 捡 / 226	1476. 索 / 230
1392. 院 / 217	1419. 耗 / 221	1448. 换 / 226	1477. 哥 / 231
1393. 娃 / 217	1420. 艳 / 221	1449. 挽 / 226	1478. 速 / 231
1394. 姥 / 217	1421. 泰 / 222	1450. 热 / 226	1479. 逗 / 231
1395. 姨 / 217	1422. 珠 / 222	1451. 恐 / 226	1480. 栗 / 231
1396. 姻 / 217	1423. 班 / 222	1452. 壶 / 226	1481. 配 / 231

1482. 翅 / 231	1511. 晕 / 236	1540. 秧 / 240	1569. 舱 / 245
1483. 辱 / 232	1512. 蚊 / 236	1541. 秩 / 241	1570. 般 / 245
1484. 唇 / 232	1513. 哨 / 236	1542. 称 / 241	1571. 航 / 245
1485. 夏 / 232	1514. 哭 / 236	1543. 秘 / 241	1572. 途 / 245
1486. 础 / 232	1515. 恩 / 236	1544. 透 / 241	1573. 拿 / 245
1487. 破 / 232	1516. 唤 / 237	1545. 笔 / 241	1574. 爹 / 246
1488. 原 / 232	1517. 啊 / 237	1546. 笑 / 241	1575. 爱 / 246
1489. 套 / 233	1518. 唉 / 237	1547. 笋 / 241	1576. 颂 / 246
1490. 逐 / 233	1519. 罢 / 237	1548. 债 / 242	1577. 翁 / 246
1491. 烈 / 233	1520. 峰 / 237	1549. 借 / 242	1578. 脆 / 246
1492. 殊 / 233	1521. 圆 / 237	1550. 值 / 242	1579. 脂 / 246
1493. 顾 / 233	1522. 贼 / 238	1551. 倚 / 242	1580. 胸 / 246
1494. 轿 / 233	1523. 贿 / 238	1552. 倾 / 242	1581. 胳 / 247
1495. 较 / 233	1524. 钱 / 238	1553. 倒 / 242	1582. 脏 / 247
1496. 顿 / 234	1525. 钳 / 238	1554. 倘 / 242	1583. 胶 / 247
1497. 毙 / 234	1526. 钻 / 238	1555. 俱 / 243	1584. 脑 / 247
1498. 致 / 234	1527. 铁 / 238	1556. 倡 / 243	1585. 狸 / 247
1499. 柴 / 234	1528. 铃 / 239	1557. 候 / 243	1586. 狼 / 247
1500. 桌 / 234	1529. 铅 / 239	1558. 俯 / 243	1587. 逢 / 248
1501. 虑 / 234	1530. 缺 / 239	1559. 倍 / 243	1588. 留 / 248
1502. 监 / 234	1531. 氧 / 239	1560. 倦 / 243	1589. 皱 / 248
1503. 紧 / 235	1532. 特 / 239	1561. 健 / 244	1590. 饿 / 248
1504. 党 / 235	1533. 牺 / 239	1562. 臭 / 244	1591. 恋 / 248
1505. 晒 / 235	1534. 造 / 239	1563. 射 / 244	1592. 桨 / 248
1506. 眠 / 235	1535. 乘 / 240	1564. 躬 / 244	1593. 浆 / 249
1507. 晓 / 235	1536. 敌 / 240	1565. 息 / 244	1594. 衰 / 249
1508. 鸭 / 235	1537. 秤 / 240	1566. 徒 / 244	1595. 高 / 249
1509. 晃 / 236	1538. 租 / 240	1567. 徐 / 244	1596. 席 / 249
1510. 晌 / 236	1539. 积 / 240	1568. 舰 / 245	1597. 准 / 249

1598. 座 / 249	1627. 烦 / 254	1656. 家 / 258	1685. 屑 / 263
1599. 脊 / 250	1628. 烧 / 254	1657. 宵 / 258	1686. 弱 / 263
1600. 症 / 250	1629. 烛 / 254	1658. 宴 / 259	1687. 陵 / 263
1601. 病 / 250	1630. 烟 / 254	1659. 宾 / 259	1688. 陶 / 263
1602. 疾 / 250	1631. 递 / 254	1660. 窄 / 259	1689. 陷 / 264
1603. 疼 / 250	1632. 涛 / 255	1661. 容 / 259	1690. 陪 / 264
1604. 疲 / 250	1633. 浙 / 255	1662. 宰 / 259	1691. 娱 / 264
1605. 效 / 251	1634. 涝 / 255	1663. 案 / 260	1692. 娘 / 264
1606. 离 / 251	1635. 酒 / 255	1664. 请 / 260	1693. 通 / 264
1607. 唐 / 251	1636. 涉 / 255	1665. 朗 / 260	1694. 能 / 264
1608. 资 / 251	1637. 消 / 255	1666. 诸 / 260	1695. 难 / 265
1609. 凉 / 251	1638. 浩 / 255	1667. 读 / 260	1696. 预 / 265
1610. 站 / 251	1639. 海 / 256	1668. 扇 / 260	1697. 桑 / 265
1611. 剖 / 251	1640. 涂 / 256	1669. 袜 / 260	1698. 绢 / 265
1612. 竞 / 252	1641. 浴 / 256	1670. 袖 / 261	1699. 绣 / 265
1613. 部 / 252	1642. 浮 / 256	1671. 袍 / 261	1700. 验 / 265
1614. 旁 / 252	1643. 流 / 256	1672. 被 / 261	1701. 继 / 266
1615. 旅 / 252	1644. 润 / 256	1673. 祥 / 261	
1616. 畜 / 252	1645. 浪 / 257	1674. 课 / 261	十一画
1617. 阅 / 252	1646. 浸 / 257	1675. 谁 / 261	
1618. 羞 / 252	1647. 涨 / 257	1676. 调 / 262	1702. 球 / 266
1619. 瓶 / 253	1648. 烫 / 257	1677. 冤 / 262	1703. 理 / 266
1620. 拳 / 253	1649. 涌 / 257	1678. 谅 / 262	1704. 捧 / 266
1621. 粉 / 253	1650. 悟 / 257	1679. 谈 / 262	1705. 堵 / 266
1622. 料 / 253	1651. 悄 / 258	1680. 谊 / 262	1706. 描 / 266
1623. 益 / 253	1652. 悔 / 258	1681. 剥 / 262	1707. 域 / 267
1624. 兼 / 253	1653. 悦 / 258	1682. 恳 / 262	1708. 掩 / 267
1625. 烤 / 254	1654. 害 / 258	1683. 展 / 263	1709. 捷 / 267
1626. 烘 / 254	1655. 宽 / 258	1684. 剧 / 263	1710. 排 / 267
			1711. 掉 / 267

15

1712. 堆 / 267	1741. 梢 / 272	1770. 晚 / 276	1799. 悠 / 280
1713. 推 / 268	1742. 梅 / 272	1771. 啄 / 276	1800. 偿 / 281
1714. 掀 / 268	1743. 检 / 272	1772. 距 / 276	1801. 偶 / 281
1715. 授 / 268	1744. 梳 / 272	1773. 跃 / 277	1802. 偷 / 281
1716. 教 / 268	1745. 梯 / 272	1774. 略 / 277	1803. 您 / 281
1717. 掏 / 268	1746. 桶 / 273	1775. 蛇 / 277	1804. 售 / 281
1718. 掠 / 268	1747. 救 / 273	1776. 累 / 277	1805. 停 / 281
1719. 培 / 268	1748. 副 / 273	1777. 唱 / 277	1806. 偏 / 282
1720. 接 / 269	1749. 票 / 273	1778. 患 / 277	1807. 假 / 282
1721. 控 / 269	1750. 戚 / 273	1779. 唯 / 277	1808. 得 / 282
1722. 探 / 269	1751. 爽 / 273	1780. 崖 / 278	1809. 街 / 282
1723. 据 / 269	1752. 聋 / 274	1781. 崭 / 278	1810. 盘 / 282
1724. 掘 / 269	1753. 袭 / 274	1782. 崇 / 278	1811. 船 / 282
1725. 职 / 269	1754. 盛 / 274	1783. 圈 / 278	1812. 斜 / 283
1726. 基 / 269	1755. 雪 / 274	1784. 铜 / 278	1813. 盒 / 283
1727. 著 / 270	1756. 辅 / 274	1785. 铲 / 278	1814. 鸽 / 283
1728. 勒 / 270	1757. 辆 / 274	1786. 银 / 278	1815. 悉 / 283
1729. 黄 / 270	1758. 虚 / 274	1787. 甜 / 279	1816. 欲 / 283
1730. 萌 / 270	1759. 雀 / 274	1788. 梨 / 279	1817. 彩 / 283
1731. 萝 / 270	1760. 堂 / 275	1789. 犁 / 279	1818. 领 / 283
1732. 菌 / 270	1761. 常 / 275	1790. 移 / 279	1819. 脚 / 284
1733. 菜 / 271	1762. 匙 / 275	1791. 笨 / 279	1820. 脖 / 284
1734. 萄 / 271	1763. 晨 / 275	1792. 笼 / 279	1821. 脸 / 284
1735. 菊 / 271	1764. 睁 / 275	1793. 笛 / 279	1822. 脱 / 284
1736. 萍 / 271	1765. 眯 / 275	1794. 符 / 280	1823. 象 / 284
1737. 菠 / 271	1766. 眼 / 276	1795. 第 / 280	1824. 够 / 284
1738. 营 / 271	1767. 悬 / 276	1796. 敏 / 280	1825. 猜 / 284
1739. 械 / 271	1768. 野 / 276	1797. 做 / 280	1826. 猪 / 285
1740. 梦 / 272	1769. 啦 / 276	1798. 袋 / 280	1827. 猎 / 285

1828. 猫 / 285	1857. 兽 / 289	1886. 密 / 294	1913. 替 / 298
1829. 猛 / 285	1858. 清 / 290	1887. 谋 / 294	1914. 款 / 298
1830. 馅 / 285	1859. 添 / 290	1888. 谎 / 294	1915. 堪 / 298
1831. 馆 / 285	1860. 淋 / 290	1889. 祸 / 294	1916. 搭 / 298
1832. 凑 / 286	1861. 淹 / 290	1890. 谜 / 294	1917. 塔 / 298
1833. 减 / 286	1862. 渠 / 290	1891. 逮 / 294	1918. 越 / 299
1834. 毫 / 286	1863. 渐 / 290	1892. 敢 / 295	1919. 趁 / 299
1835. 麻 / 286	1864. 混 / 290	1893. 屠 / 295	1920. 趋 / 299
1836. 痒 / 286	1865. 渔 / 291	1894. 弹 / 295	1921. 超 / 299
1837. 痕 / 286	1866. 淘 / 291	1895. 随 / 295	1922. 提 / 299
1838. 廊 / 286	1867. 液 / 291	1896. 蛋 / 295	1923. 堤 / 299
1839. 康 / 287	1868. 淡 / 291	1897. 隆 / 295	1924. 博 / 300
1840. 庸 / 287	1869. 深 / 291	1898. 隐 / 296	1925. 揭 / 300
1841. 鹿 / 287	1870. 婆 / 291	1899. 婚 / 296	1927. 插 / 300
1842. 盗 / 287	1871. 梁 / 291	1900. 婶 / 296	1928. 揪 / 300
1843. 章 / 287	1872. 渗 / 292	1901. 颈 / 296	1929. 搜 / 300
1844. 竟 / 287	1873. 情 / 292	1902. 绩 / 296	1930. 煮 / 300
1845. 商 / 288	1874. 惜 / 292	1903. 绪 / 296	1931. 援 / 301
1846. 族 / 288	1875. 惭 / 292	1904. 续 / 296	1932. 裁 / 301
1847. 旋 / 288	1876. 悼 / 292	1905. 骑 / 297	1933. 搁 / 301
1848. 望 / 288	1877. 惧 / 292	1906. 绳 / 297	1934. 搂 / 301
1849. 率 / 288	1878. 惕 / 293	1907. 维 / 297	1935. 搅 / 301
1850. 着 / 288	1879. 惊 / 293	1908. 绵 / 297	1936. 握 / 301
1851. 盖 / 288	1880. 惨 / 293	1909. 绸 / 297	1937. 揉 / 301
1852. 粘 / 289	1881. 惯 / 293	1910. 绿 / 297	1938. 斯 / 302
1853. 粗 / 289	1882. 寇 / 293	**十二画**	1939. 期 / 302
1854. 粒 / 289	1883. 寄 / 293		1940. 欺 / 302
1855. 断 / 289	1884. 宿 / 293	1911. 琴 / 298	1941. 联 / 302
1856. 剪 / 289	1885. 窑 / 294	1912. 斑 / 298	1942. 散 / 302

1943. 葱 / 302	1972. 雁 / 307	2001. 蜒 / 311	2030. 筐 / 316
1944. 葬 / 302	1973. 殖 / 307	2002. 喝 / 311	2031. 等 / 316
1945. 葛 / 303	1974. 裂 / 307	2003. 喂 / 311	2032. 筑 / 316
1946. 董 / 303	1975. 雄 / 307	2004. 喘 / 311	2033. 策 / 316
1947. 葡 / 303	1976. 暂 / 307	2005. 喉 / 312	2034. 筛 / 316
1948. 敬 / 303	1977. 雅 / 307	2006. 幅 / 312	2035. 筒 / 317
1949. 葱 / 303	1978. 辈 / 308	2007. 帽 / 312	2036. 答 / 317
1950. 落 / 303	1979. 悲 / 308	2008. 赌 / 312	2037. 筋 / 317
1951. 朝 / 303	1980. 紫 / 308	2009. 赔 / 312	2038. 筝 / 317
1952. 辜 / 304	1981. 辉 / 308	2010. 黑 / 312	2039. 傲 / 317
1953. 葵 / 304	1982. 敞 / 308	2011. 铸 / 313	2040. 傅 / 317
1954. 棒 / 304	1983. 赏 / 308	2012. 铺 / 313	2041. 牌 / 317
1955. 棋 / 304	1984. 掌 / 308	2013. 链 / 313	2042. 堡 / 318
1956. 植 / 304	1985. 晴 / 309	2014. 销 / 313	2043. 集 / 318
1957. 森 / 304	1986. 暑 / 309	2015. 锁 / 313	2044. 焦 / 318
1958. 椅 / 305	1987. 最 / 309	2016. 锄 / 313	2045. 傍 / 318
1959. 椒 / 305	1988. 量 / 309	2017. 锅 / 314	2046. 储 / 318
1960. 棵 / 305	1989. 喷 / 309	2018. 锈 / 314	2049. 奥 / 318
1961. 棍 / 305	1990. 晶 / 309	2019. 锋 / 314	2050. 御 / 319
1962. 棉 / 305	1991. 喇 / 309	2020. 锐 / 314	2051. 循 / 319
1963. 棚 / 305	1992. 遇 / 310	2021. 短 / 314	2052. 艇 / 319
1964. 棕 / 305	1993. 喊 / 310	2022. 智 / 314	2053. 舒 / 319
1965. 惠 / 306	1994. 景 / 310	2023. 毯 / 315	2054. 番 / 319
1966. 惑 / 306	1995. 践 / 310	2024. 鹅 / 315	2055. 释 / 319
1967. 逼 / 306	1996. 跌 / 310	2025. 剩 / 315	2056. 禽 / 319
1968. 厨 / 306	1997. 跑 / 310	2026. 稍 / 315	2057. 腊 / 320
1969. 厦 / 306	1998. 遗 / 310	2027. 程 / 315	2058. 脾 / 320
1970. 硬 / 306	1999. 蛙 / 311	2028. 稀 / 315	2059. 腔 / 320
1971. 确 / 307	2000. 蛛 / 311	2029. 税 / 316	2060. 鲁 / 320

2061. 猬 / 320	2090. 溅 / 325	2120. 缎 / 329	2147. 蓬 / 333
2062. 猴 / 320	2091. 愤 / 325	2121. 缓 / 329	2148. 蓄 / 333
2063. 然 / 321	2092. 慌 / 325	2122. 编 / 329	2149. 蒙 / 334
2064. 馋 / 321	2093. 惰 / 325	2123. 骗 / 329	2150. 蒸 / 334
2065. 装 / 321	2094. 愧 / 325	2124. 缘 / 330	2151. 献 / 334
2066. 蛮 / 321	2095. 愉 / 325		2152. 禁 / 334
2067. 就 / 321	2097. 割 / 325	**十三画**	2153. 楚 / 334
2068. 痛 / 321	2098. 寒 / 326	2125. 瑞 / 330	2154. 想 / 334
2069. 童 / 321	2099. 富 / 326	2126. 魂 / 330	2155. 槐 / 335
2070. 阔 / 322	2100. 窜 / 326	2127. 肆 / 330	2156. 榆 / 335
2071. 善 / 322	2101. 窝 / 326	2128. 摄 / 330	2157. 楼 / 335
2072. 羡 / 322	2102. 窗 / 326	2129. 摸 / 331	2158. 概 / 335
2073. 普 / 322	2103. 遍 / 326	2130. 填 / 331	2159. 赖 / 335
2074. 粪 / 322	2104. 裕 / 326	2131. 搏 / 331	2160. 酬 / 335
2075. 尊 / 322	2105. 裤 / 327	2132. 塌 / 331	2161. 感 / 335
2076. 道 / 322	2106. 裙 / 327	2133. 鼓 / 331	2162. 碍 / 336
2077. 曾 / 323	2107. 谢 / 327	2134. 摆 / 331	2163. 碑 / 336
2078. 焰 / 323	2108. 谣 / 327	2135. 携 / 331	2164. 碎 / 336
2079. 港 / 323	2109. 谦 / 327	2136. 搬 / 332	2165. 碰 / 336
2080. 湖 / 323	2110. 属 / 327	2137. 摇 / 332	2166. 碗 / 336
2081. 渣 / 323	2111. 屡 / 328	2138. 搞 / 332	2167. 碌 / 337
2082. 湿 / 323	2112. 强 / 328	2139. 塘 / 332	2168. 雷 / 337
2083. 温 / 323	2113. 粥 / 328	2140. 摊 / 332	2169. 零 / 337
2084. 渴 / 324	2114. 疏 / 328	2141. 蒜 / 332	2170. 雾 / 337
2085. 滑 / 324	2115. 隔 / 328	2142. 勤 / 333	2171. 雹 / 337
2086. 湾 / 324	2116. 隙 / 328	2143. 鹊 / 333	2172. 输 / 337
2087. 渡 / 324	2117. 絮 / 329	2144. 蓝 / 333	2173. 督 / 337
2088. 游 / 324	2118. 嫂 / 329	2145. 墓 / 333	2174. 龄 / 338
2089. 滋 / 324	2119. 登 / 329	2146. 幕 / 333	2175. 鉴 / 338

2176. 睛 / 338	2205. 矮 / 343	2234. 意 / 347	2263. 嫌 / 352
2177. 睡 / 338	2206. 辞 / 343	2235. 粮 / 347	2264. 嫁 / 352
2178. 睬 / 338	2207. 稠 / 343	2236. 数 / 348	2265. 叠 / 352
2179. 鄙 / 338	2208. 愁 / 343	2237. 煎 / 348	2266. 缝 / 352
2180. 愚 / 339	2209. 筹 / 343	2238. 塑 / 348	2267. 缠 / 353
2181. 暖 / 339	2210. 签 / 343	2239. 慈 / 348	
2182. 盟 / 339	2211. 简 / 344	2240. 煤 / 348	**十四画**
2183. 歇 / 339	2212. 毁 / 344	2241. 煌 / 348	2268. 静 / 353
2184. 暗 / 339	2213. 舅 / 344	2242. 满 / 348	2269. 碧 / 353
2185. 照 / 339	2214. 鼠 / 344	2243. 漠 / 349	2270. 璃 / 353
2186. 跨 / 340	2215. 催 / 344	2244. 源 / 349	2271. 墙 / 353
2187. 跳 / 340	2216. 傻 / 344	2245. 滤 / 349	2272. 撇 / 353
2188. 跪 / 340	2217. 像 / 345	2246. 滥 / 349	2273. 嘉 / 354
2189. 路 / 340	2218. 躲 / 345	2247. 滔 / 349	2274. 摧 / 354
2190. 跟 / 340	2219. 微 / 345	2248. 溪 / 349	2275. 截 / 354
2191. 遣 / 340	2220. 愈 / 345	2249. 溜 / 350	2276. 誓 / 354
2192. 蛾 / 341	2221. 遥 / 345	2250. 滚 / 350	2277. 境 / 354
2193. 蜂 / 341	2222. 腰 / 345	2251. 滨 / 350	2278. 摘 / 354
2194. 嗓 / 341	2223. 腥 / 346	2252. 梁 / 350	2279. 摔 / 354
2195. 置 / 341	2224. 腹 / 346	2253. 滩 / 350	2280. 聚 / 355
2196. 罪 / 341	2225. 腾 / 346	2254. 慎 / 350	2281. 蔽 / 355
2197. 罩 / 341	2226. 腿 / 346	2255. 誉 / 351	2282. 慕 / 355
2198. 错 / 341	2227. 触 / 346	2256. 塞 / 351	2283. 暮 / 355
2199. 锡 / 342	2228. 解 / 346	2257. 谨 / 351	2284. 蔑 / 355
2200. 锣 / 342	2229. 酱 / 346	2258. 福 / 351	2285. 模 / 355
2201. 锤 / 342	2230. 瘘 / 347	2259. 群 / 351	2286. 榴 / 356
2202. 锦 / 342	2231. 廉 / 347	2260. 殿 / 351	2287. 榜 / 356
2203. 键 / 342	2232. 新 / 347	2261. 辟 / 352	2288. 榨 / 356
2204. 锯 / 342	2233. 韵 / 347	2262. 障 / 352	2289. 歌 / 356

2290. 遭 / 356	2319. 膀 / 361	2348. 蜜 / 365	2375. 醋 / 370
2291. 酷 / 356	2320. 鲜 / 361	2349. 谱 / 366	2376. 醉 / 370
2292. 酿 / 357	2321. 疑 / 361	2350. 嫩 / 366	2377. 震 / 370
2293. 酸 / 357	2322. 慢 / 361	2351. 翠 / 366	2378. 霉 / 370
2294. 磁 / 357	2323. 裹 / 361	2352. 熊 / 366	2379. 瞒 / 370
2295. 愿 / 357	2324. 敲 / 362	2353. 凳 / 366	2380. 题 / 370
2296. 需 / 357	2325. 豪 / 362	2354. 骡 / 366	2381. 暴 / 371
2297. 弊 / 357	2326. 膏 / 362	2355. 缩 / 367	2382. 瞎 / 371
2298. 裳 / 357	2327. 遮 / 362	**十五画**	2383. 影 / 371
2299. 颗 / 358	2328. 腐 / 362		2384. 踢 / 371
2300. 噘 / 358	2329. 瘦 / 362	2356. 慧 / 367	2385. 踏 / 371
2301. 蜻 / 358	2330. 辣 / 363	2357. 撕 / 367	2386. 踩 / 371
2302. 蜡 / 358	2331. 竭 / 363	2358. 撒 / 367	2387. 踪 / 371
2303. 蝇 / 358	2332. 端 / 363	2359. 趣 / 367	2388. 蝶 / 372
2304. 蜘 / 358	2333. 旗 / 363	2360. 趟 / 367	2389. 蝴 / 372
2305. 赚 / 359	2334. 精 / 363	2361. 撑 / 367	2390. 嘱 / 372
2306. 锹 / 359	2335. 歉 / 363	2362. 播 / 368	2391. 墨 / 372
2307. 锻 / 359	2336. 熄 / 364	2363. 撞 / 368	2392. 镇 / 372
2308. 舞 / 359	2337. 熔 / 364	2364. 撤 / 368	2393. 靠 / 372
2309. 稳 / 359	2338. 漆 / 364	2365. 增 / 368	2394. 稻 / 373
2310. 算 / 359	2339. 漂 / 364	2366. 聪 / 368	2395. 黎 / 373
2311. 箩 / 360	2340. 漫 / 364	2367. 鞋 / 368	2396. 稿 / 373
2312. 管 / 360	2341. 滴 / 364	2368. 蕉 / 369	2397. 稼 / 373
2313. 僚 / 360	2342. 演 / 365	2369. 蔬 / 369	2398. 箱 / 373
2314. 鼻 / 360	2343. 漏 / 365	2370. 横 / 369	2399. 箭 / 373
2315. 魄 / 360	2344. 慢 / 365	2371. 槽 / 369	2400. 篇 / 373
2316. 貌 / 360	2345. 寒 / 365	2372. 樱 / 369	2401. 僵 / 374
2317. 膜 / 361	2346. 赛 / 365	2373. 橡 / 369	2402. 躺 / 374
2318. 膊 / 361	2347. 察 / 365	2374. 飘 / 369	2403. 僻 / 374

2404. 德 / 374	2431. 嘴 / 378	2458. 鞠 / 383	2483. 蹲 / 387
2405. 艘 / 374	2432. 蹄 / 379	2459. 藏 / 383	2484. 颤 / 387
2406. 膝 / 374	2433. 器 / 379	2460. 霜 / 383	2485. 辫 / 387
2407. 膛 / 375	2434. 赠 / 379	2461. 霞 / 383	2486. 爆 / 388
2408. 熟 / 375	2435. 默 / 379	2462. 瞧 / 384	2487. 疆 / 388
2409. 摩 / 375	2436. 镜 / 379	2463. 蹈 / 384	
2410. 颜 / 375	2437. 赞 / 379	2464. 螺 / 384	**二十画**
2411. 毅 / 375	2438. 篮 / 380	2465. 穗 / 384	2488. 壤 / 388
2412. 糊 / 375	2439. 邀 / 380	2466. 繁 / 384	2489. 耀 / 388
2413. 遵 / 375	2440. 衡 / 380	2467. 辨 / 384	2490. 躁 / 388
2414. 潜 / 376	2441. 膨 / 380	2468. 赢 / 385	2491. 嚼 / 389
2415. 潮 / 376	2442. 雕 / 380	2469. 糟 / 385	2492. 嚷 / 389
2416. 懂 / 376	2443. 磨 / 380	2470. 糠 / 385	2493. 籍 / 389
2417. 额 / 376	2444. 凝 / 381	2471. 燥 / 385	2494. 魔 / 389
2418. 慰 / 376	2445. 辨 / 381	2472. 臂 / 385	2495. 灌 / 389
2419. 劈 / 376	2446. 辩 / 381	2473. 翼 / 385	
	2447. 糖 / 381	2474 骤 / 386	**二十一画**
十六画	2448. 糕 / 381		2496. 蠢 / 389
2420. 操 / 377	2449. 燃 / 381	**十八画**	2497. 霸 / 390
2421. 燕 / 377	2450. 澡 / 381	2475. 鞭 / 386	2498. 露 / 390
2422. 薯 / 377	2451. 激 / 382	2476. 覆 / 386	
2423. 薪 / 377	2452. 懒 / 382	2477. 蹦 / 386	**二十二画**
2424. 薄 / 377	2453. 壁 / 382	2478. 镰 / 386	2499. 囊 / 390
2425. 颠 / 378	2454. 避 / 382	2479. 翻 / 386	
2426. 橘 / 378	2455. 缴 / 382	2480. 鹰 / 387	**二十三画**
2427. 整 / 378			
2428. 融 / 378	**十七画**	**十九画**	2500. 罐 / 390
2429. 醒 / 378	2456. 戴 / 383	2481. 警 / 387	
2430. 餐 / 378	2457. 擦 / 383	2482. 攀 / 387	

一 画

1. 一

大人不在。

【解析】"大"字中的"人"不在了,余"一"字。

人有它大,天没它大。

【解析】"人"字有"一"组合为"大","天"字没"一"也剩"大"。

2. 乙

用心记忆。

【解析】谜底"乙"添上竖心旁"忄"(用"心"),便成"忆"字。

万万见不得人。

【解析】"万万"为"亿","见不得人"示意去掉单人旁"亻",余"乙"。

二 画

3. 二

夫人走了。

【解析】"夫"字里的"人"走了,还剩"二"字。

云南省。

【解析】"省"在此处是节省、省略之意。"云"字的南面部分(厶)省去,余"二"。

4. 十

早日腾飞。

【解析】"早"字之"日"腾飞离开,余下"十"字。

添一笔,大百倍;减一笔,少九成。

【解析】谜底"十"添上一撇成为"千"——"大百倍";减掉一竖成为"一"——"少九成"。

5. 丁

开头要小心。

【解析】"开头"解作"开"字之头,是"一";"小心"解作"小"字之心,为"亅"。"一"与"亅"合为谜底"丁"。

河水退尽方离去。

【解析】"河"字之"水"(氵)去掉,余"可";"方"别解为方格,形如"口"字,"可"中之"口"离去,剩下"丁"字。

6. 厂

有点范围大。

【解析】"厂"字有"点"(丶)构成"广",有"范围大"之义。

十八点上床。

【解析】"点"在谜面上本指

1

时间，解谜时需别解作汉字笔画"、"。从"床"字里去掉"十八点（、）"，即得"厂"为谜底。

7. 七

放上白的，变成黑的。

【解析】谜底"七"，放上"白"则组成"皂"字。"皂"有一义指黑色。

花草凋零人离去。

【解析】"花草凋零"，示意将"花"的草字头"艹"去掉，余"化"，"人"（亻）再离去，剩下"七"字。

8. 卜

下放第一线。

【解析】"下"字开头一笔"一"象形为一根线，将其放掉，余下"卜"字。

仆人退下。

【解析】"仆"字的"人"（亻）退下，还剩"卜"字。

9. 人

统一为大。

【解析】谜底"人"加上"一"，为"大"字。

春节三日。

【解析】"春"字中节省掉"三日"，余下"人"字成谜底。"节"

字别解为节省、去掉之意。

10. 入

转个身变成人。

【解析】"入"字转身，即转180度变成"人"字。

一人照镜，猜中请进。

【解析】在镜子中看到的物像是反的。"人"字照镜，看到的应是"入"。"猜中请进"对应谜底字义（进入）。

11. 八

空中。

【解析】"空"字中间部分是"八"。

摘掉穷帽子，挖掉穷根子。

【解析】"穷"字上面的宝盖"宀"可象形为帽子，将之摘掉，再把根部的"力"去掉，剩余中间"八"字。

12. 九

不要杂木。

【解析】"杂"字由"九"和"木"组成，不要"木"，还余"九"。

要丸子，出点子。

【解析】"丸"字取出"、"（点），余下"九"字即谜底。也可理解为：谜底"九"若要变成"丸"，需加上一点（、）。

13. 几

九字巧改造，不知是多少。

【解析】"九"字笔画移动，变成"几"字。"不知是多少"提示字义。

饥不得食。

【解析】"饥"字前面的"饣"（食字旁）没有得到是"几"。

14. 儿

四边不见。

【解析】"四"字的边框不见了，剩下中间"儿"字。

还有三日是元旦。

【解析】"儿"加上"三日"，能拼凑出"元旦"二字。

15. 了

辽无边际。

【解析】"辽"字没有边际部分（辶），余下里面的"了"字。

一见是老鼠。

【解析】"了"与"一"相见合为"子"字。十二地支与十二生肖一一对应，"子"对应"鼠"。

16. 力

加工成功。

【解析】谜底"力"加个"工"，成为"功"字。

加劲劳动，个个有份。

【解析】"加、劲、劳、动"每个字里都包含的部分是"力"。

17. 乃

用手一扔。

【解析】"乃"加个提手旁"扌"（"用手"），成为"扔"字。

一把大刀，背上弯腰。

【解析】谜底"乃"的字形犹如"刀"字背部弯曲了。

18. 刀

后劲少一些。

【解析】"后劲"解为"劲"字后面部件，是"力"；再少一些，成"刀"。

分头离去。

【解析】"分"字头部是"八"，离去后余下"刀"字。

19. 又

配对成双。

【解析】"又"配对，成"双"字。

加一倍成双，添一寸成对。

【解析】"又"加一倍成"双"字，"又"添一"寸"成"对"字。

3

三　画

20. 三

真心。

【解析】"真"字之心是"三"字。

一减一不是零。

【解析】减号"—"与汉字"一"非常相似，此谜将"三"字中间一笔视作减号。

21. 于

差点一寸。

【解析】"一寸"少一个点（丶），组成"于"字。

一一垂钓钩。

【解析】"垂钓钩"象形为"亅"，与"一一"合为"于"。

22. 干

汗水流尽。

【解析】"汗"字里的三点水（氵）全部去掉，剩"干"。

倒数是十一。

【解析】"干"字从下往上看，为"十一"。

23. 亏

清除污水。

【解析】"污"字之"水"（氵）清除掉，是"亏"。

不要夸大。

【解析】"夸"字里的"大"不要了，余下"亏"字。

24. 士

不用心，难得志。

【解析】"志"字不用"心"，为"士"字。

翻个跟头就干。

【解析】"士"字翻个跟头，就是"干"。

25. 工

江西省。

【解析】"江"字西部（氵）省掉，余"工"。

用力就成功。

【解析】谜底"工"字，用个"力"就能合并成"功"。

26. 土

走有它，坐有它，人人不能离开它。

【解析】"走"和"坐"两字都带有"土"。末句照应谜底字义，说人们离不开土地。

藏在垃圾堆中。

【解析】"垃、圾、堆"三字中都藏有一个"土"字，这就是谜底了。

27. 才

有门不开。

【解析】"才"字有"门"合为"闭",关闭则"不开"。

团中央。

【解析】"团"字中央是个"才"。

28. 寸

小心一点。

【解析】"小心"别解为"小"字的中心,为"亅",与"一""、"(点)组合成"寸"。

见树便有村。

【解析】"树"会意为"木",谜底"寸"与"木"相合便成"村"。

29. 下

开口就吓。

【解析】"下"字加上"口",就是"吓"。

掐掉虾头。

【解析】"虾"字开头部分(虫)去掉,余"下"。

30. 大

骑马可去。

【解析】"骑"字里的"马""可"都去掉,剩下"大"。

春游两天。

【解析】"两天"即"二日","春"字去"二日"后,变为"大"字。

31. 丈

人生便是战斗。

【解析】"人生"理解为有"人"字产生、出现。谜底"丈"加上"人"(亻),则成"仗"字,与"战斗"会意相扣。

用木做成杖。

【解析】谜底"丈"用上"木"字,构成"杖"。

32. 与

写在下面。

【解析】"写"字在下面的部件,正是"与"。

若无爱心写不成。

【解析】"爱心"别解作"爱"字中心,为"冖"。要有"冖","与"才能变成"写"。

33. 万

加一点,有四边。

【解析】"万"字加一点(、)为"方"。方形有四边。

点清方知数目大。

【解析】把"方"字的"点"(、)清除掉,余"万","数目大"。

34. 上

叔又小,不见了。

【解析】"叔"字的"又""小"不见了,余"上"。

有言在先,即刻转让。

【解析】"上"前面加个言字旁"讠"变成"让"。

35. 小

尘土飞扬。

【解析】"尘"字下面的"土"飞扬离开后,余"小"。

孙子走了。

【解析】"孙"字的"子"走开,留下"小"。

36. 口

高尚品格个个有。

【解析】"高、尚、品、格"每个字都有的部件,是"口"。

写在掌中,长在头上。

【解析】"掌"字之中是个"口"字。"长在头上"对应谜底字义,口(嘴巴)是长在头上的器官。

37. 巾

一来就猜中。

【解析】"一"与"巾"组合,就是"中"。

幕后。

【解析】"幕"字最后的部件是一"巾"字。

38. 山

妇女解放翻了身。

【解析】"妇"字的"女"解放出去,余"彐",再翻身(顺时针旋转90度)即成"山"字。

出去一半,岸上看看。

【解析】"出"字去掉一半,是"山"。"岸"字的上面也是"山"字。

39. 千

有口水就死不了。

【解析】"千"加上"口""水"(氵)为"活",所以"死不了"。

张口结舌。

【解析】"千"与"口"结合,成为"舌"。

40. 乞

一来就生气。

【解析】"一"与"乞"组合,便得到"气"。

吃掉一口。

【解析】"吃"字掉一"口",剩下"乞"。

41. 川

驯马去了。

【解析】"驯"字里的"马"字离开，留下"川"字。

纵横有水可见洲。

【解析】"水"以三点水"氵"替代，"川"字加上一纵一横的两个"氵"，构成"洲"。

42. 亿

数数有三笔，算算有万万。

【解析】"亿"字笔画是三笔，意为"万万"。

左边站个人，右边像只鹅，万万要记住，谜底特别多。

【解析】"亿"字左边是单立人，右边"乙"像一只鹅。后面两句指字义是万万。

43. 个

直达金顶。

【解析】"直"别解为汉字的笔画，即"竖"（丨）。"金顶"本是峨眉山景点名称，今别解为"金"字顶部，得到"人"字，"丨"与之组成"个"。

笙箫管笛俱成双。

【解析】"笙、箫、管、笛"四个字里都有两个（成双）的部件，

是"个"。

44. 勺

失约之前。

【解析】"约"字前面的"纟"失去后，余"勺"。

刃字巧改变，用它盛碗饭。

【解析】"刃"字笔画移动，可变成"勺"。"用它盛碗饭"对应字义，指饭勺。

45. 久

内疚。

【解析】"疚"字内面是个"久"。

用火灸。

【解析】"久"字用上"火"，构成"灸"。

46. 凡

几点相会。

【解析】"点"别解为汉字笔画"、"。"几""、"相会，组成"凡"字。

普普通通半张帆。

【解析】"普普通通"照应谜底的意思（平凡），"半张帆"扣合字形，"凡"为"帆"的半边。

47. 及

吸掉一口。

【解析】"吸"字掉了一个"口"，

是"及"。

人字加一笔，个大都不是。

【解析】把"及"看成是"人"字加上弯弯曲曲的一笔构成的。谜面还排除了将"人"加上一竖或一横而构成"个""大"的简单猜法。

48. 夕

加倍不少，加一不好。

【解析】"夕"加倍成"多"（不少），加"一"为"歹"（不好）。

多一半。

【解析】"多"字的一半是"夕"。

49. 丸

九点集合。

【解析】"九""、"集合，构成"丸"。

一字有九点，看去圆又圆。

【解析】谜面前句揭示字形组成，后句是对字义的描述，丸子的形状是圆的。

50. 么

丢头去尾。

【解析】"丢头"指"丢"字头部，是一撇（丿）；"去尾"解作"去"字尾部"厶"。"丿""厶"合为"么"。

上台添一笔。

【解析】"上台"解为"台"字上头"厶"，添一笔成"么"。

51. 广

开车出库。

【解析】"库"里的"车"开出去，留下"广"字。

我来作序。

【解析】"我"会意为"予"。"予"与"广"合成"序"。

52. 亡

盲目出走。

【解析】"盲"字所含的"目"出走，只余"亡"。

有心记不住，有眼看不见。

【解析】"亡"字有"心"成"忘"，忘了"记不住"；"亡"字有"目"（眼睛）为"盲"，盲者"看不见"。

53. 门

解闷散心。

【解析】解开"闷"字，让"心"散去，还有"门"。

有耳共闻。

【解析】"门"字有"耳"，组合成"闻"。

54. 义

有虫就有蚁。

【解析】有"虫"来，与"义"

8

合并就会得到"蚁"。

发言议定。

【解析】"发言"暗示加上言字旁(讠)。"义"加上言字旁为"议"字。

55. 之

眨眼不见少一撇。

【解析】"眨"字的眼"目"不见了,余"乏";再少一撇,为"之"。

盗走芝草。

【解析】"芝"去掉草字头"艹",是个"之"字。

56. 尸

层云散尽。

【解析】"层"字之"云"散尽,余"尸"字。

一户差一点。

【解析】"户"字差一点(丶),为"尸"。

57. 弓

张省长。

【解析】"省"字别解为节省、去掉的意思。"张"字省去"长",还剩前面的"弓"。

阿姨嫁出大女儿。

【解析】"姨"中的"大女"离开,余下"弓"字。

58. 己

西游记。

【解析】"记"字西边(即左边)的"讠"游离,余"己"。

一起走去。

【解析】"起"字的"走"去了,剩下"己"。

59. 巳

似已非已口半开。

【解析】谜底"巳"字,与自己的"己"字形相似,区别在于上面"口半开"。

一个缺口,一个钓钩,若猜己巳,都不对头。

【解析】如果仅凭前面两句,"己""巳""已"都符合。但第三句排除了"己""巳",于是得到谜底"已"。

60. 子

没有字头。

【解析】"字"的头部(宀)没有了,所剩部分为"子"。

生个女的就好。

【解析】谜底"子"加个"女",就是"好"字。

61. 卫

节后一相逢。

9

【解析】"节"字后面两笔与"一"相逢，组成"卫"。

天际见孤帆。

【解析】"天际"（"天"字边际）扣"一"，孤帆象形为"卩"，二者组成"卫"。

62. 也

你没有他有，天没有地有。

【解析】"你"字没有"他"字有、"天"字没有"地"字有的部件是"也"。

一个字，真稀奇，池中没有水，地上没有泥。

【解析】"池"字若无水（氵），为"也"；"地"字若无泥"土"，还是"也"。

63. 女

婆媳姑嫂都有。

【解析】"婆、媳、姑、嫂"四个字都有的是什么字呢？是"女"。

少见为妙。

【解析】"女"和"少"相见，合为"妙"。

64. 飞

风丝雨点满天扬。

【解析】"风丝"指"风"字的一部分，取"乁"，加上两点（象形为雨点）构成"飞"字。"满天扬"照应字义。

东北风两点来。

【解析】"风"字的东北笔画是"乁"，加上两点成为"飞"。

65. 刃

忍为上。

【解析】"忍"字上面是个"刃"字。

用心克制。

【解析】谜底"刃"加个"心"，成为"忍"，有"克制"之意。

66. 习

半羽不存。

【解析】"羽"字的一半是"习"。

有点刁。

【解析】"刁"字再有一点（丶），合为谜底"习"。

67. 叉

又进一球。

【解析】"球"以一个点（丶）象形表示,进到"又"中,成为"叉"。

树中多一点。

【解析】"树中"扣"又"（指"树"字中间的部件），多一"点"（丶）是"叉"。

10

68. 马

妈不见女儿。

【解析】"不见"暗示去掉。"妈"字去掉"女",余"马"。

小两口一来就吵嘴。

【解析】谜底"马"与两个"口"字组合,成"骂"。"吵嘴"提示字义。

69. 乡

前线有变化。

【解析】前"线"为"纟",底下一笔加以变化可成"乡"。

一弯又一弯,月牙在下边。

【解析】"一弯又一弯"指"乡"字上面曲折的两笔,而"乡"最后的一撇像月牙。

四　画

70. 丰

并非好收成。

【解析】"非"字并拢就是"丰"。"好收成"提示字义,指丰收。

带头改革夺高产。

【解析】"带"字头部四笔"改革"(逆时针转动90度),就变成了"丰"字。"丰"收自会"夺高产"。

71. 王

一加一不是二。

【解析】"一""+"(加)"一"构成"王"。此条的关键在于解谜把"王"中间的"十"字视作数学上的加号。

主要缺点。

【解析】"主"字缺少一"点"(、)是"王"。

72. 井

讲空话。

【解析】"讲"空去言字旁"讠",余"井"。

一字八条腿,中间一张嘴。

【解析】"井"字四笔,看上去有八条"腿",中间一个"口"。

73. 开

一并少了两点。

【解析】"并"少掉两点,剩"开"。

研一半,不要石头。

【解析】"研"字一半为"石"一半为"开","不要石头",说明应选取"开"字作谜底。

74. 夫

春游一日。

11

【解析】"春"字里游去"一日",剩余"夫"。

规定在前。

【解析】"规"字前面是个"夫"字。

75. 天

四画添在右上方。

【解析】"添"字的右上方,是四画字"天"。

两点入关。

【解析】"天"字加入两点,构成"关"。

76. 无

天下大变。

【解析】"天"字下面的"大"末笔变化,成为"无"。谜面也可理解为:"天"字下面做大的变化。

像天不是天,像元不是元,说它是没有,却写在眼前。

【解析】前两句指出谜底在字形上与"天"、"元"相似。"没有"提示字义。

77. 元

夫人不在儿做伴。

【解析】"夫"字之"人"不在,余"二",加"儿"组成"元"。

葡萄园里摘葡萄。

【解析】"摘葡萄"暗示将前面"葡萄"二字去除。谜面"葡萄""摘葡萄"自行抵消后,剩下"园里"猜出"元"。

78. 专

搬开砖头。

【解析】"砖"字开头部件"石"搬开,得到"专"。

传言不要信。

【解析】从"传言"中去除"信"的部件"亻""言",剩下"专"。

79. 云

会散人离去。

【解析】"会"字拆散得"人""云","人"离去,还有"云"在。

运动会上都有它。

【解析】"运、动、会"三个字中都包含有什么?"云"字。

80. 扎

扰乱前后。

【解析】"扰"之前为"扌","乱"之后为"乚",合起来是"扎"。

挥手孔子去。

【解析】"孔"字之"子"离开,剩"乚",加个提手旁(扌)成"扎"。

81. 艺

开口说梦话。

【解析】"艺"字加"口"合为"呓",意为梦话。

上面草字头,下面亿人游。

【解析】"亿"字的"人"(亻)游开,余"乙",上面加个草字头(艹)便得到谜底"艺"。

82. 木

砍伐森林。

【解析】"森"字除掉"林",所剩部分是个"木"。

桌椅橱柜全部有。

【解析】"桌、椅、橱、柜"每个字都有的部件,是"木"。

83. 五

与人为伍。

【解析】"五"加上"人"(亻)为"伍"字。

添上一口就是我。

【解析】"五"添一"口"组成"吾",意为"我"。

84. 支

折去枝头。

【解析】"枝头"扣"木",指"枝"字的开头部分。将"枝"头之"木"去除,剩下"支"字。

横竖又相连。

【解析】笔画横"一"和竖"丨"与"又"字相连,可构成"支"。

85. 厅

一撇写个丁。

【解析】"一撇"理解为"一"和"撇"(丿)两个笔画,再写个"丁",组成"厅"。

建厂在南宁。

【解析】"南宁"解作"宁"字之南,为"丁",加"厂"成"厅"。

86. 不

后半杯。

【解析】"杯"字的后半部是"不"。

一口否定。

【解析】加上一"口"能成为"否"的,是"不"字。

87. 太

要大点,不是犬。

【解析】"大"与"丶"组合,除了"犬",便是"太"字。

有心表态。

【解析】"太"字有"心"则成"态"。

88. 犬

一人一点扛肩上。

【解析】"一人"合为"大",

其"肩上"再放一点(、),得到"犬"。

热水器里出热水。

【解析】"热水"、"出热水"自行抵消,以剩余的"器里"二字猜得"犬"字。

89. 区

凶横。

【解析】"凶"字横倒放置,变成"区"。

过来一只鸟,正是一只鸥。

【解析】"区"与"鸟"合并,为"鸥"。

90. 历

进厂下力。

【解析】进"厂"下"力",组合出"历"。

厂里增加出口。

【解析】"厂"里增"加"出"口",一增一减,得到"历"。即:"厂"+"加"－"口"＝历。

91. 尤

多人获优。

【解析】"尤"若多"人"(亻),可得一"优"。

只要来京,会有成就。

【解析】谜底"尤"与"京"相会,则成"就"字。

92. 友

有头没尾。

【解析】"有"字开头两笔"ナ"与"没"字结尾的"又"组合成"友"。

一撇又一横,关系好得很。

【解析】"丿"(一撇)、"又"、"一"(一横)三部分合成一个"友"字。"关系好得很"提示字义(朋友)。

93. 匹

加一等于四。

【解析】"匹"加上"一"(竖立放置),合为"四"字。

儿到边区。

【解析】"边区"解为"区"字的边缘、边框即"匚","儿"字进入组成"匹"。

94. 车

乔老爷下轿。

【解析】"轿"字里的"乔"下掉,余"车"。

阵前脱逃。

【解析】"阵"前之"阝"脱逃而去,还有"车"在。

95. 巨

熄灭火炬。

【解析】"炬"字的"火"灭掉,剩下"巨"字。

用木料做成柜。

【解析】"巨"用上"木",合并成"柜"。

96. 牙

消灭蚜虫。

【解析】"蚜"字前面是一"虫",将它消灭掉,得到谜底"牙"。

穿在下面。

【解析】"穿"字下面的部件是谜底"牙"字。

97. 屯

要炖就得用火。

【解析】"屯"字若要变成"炖",必须加上"火"。

合目小睡。

【解析】"屯"字合"目",是打盹的"盹",即小睡。

98. 比

一月二日离开昆明。

【解析】"昆明"两字中的一个"月"、两个"日"都离开了,剩"比"。

这批已脱手。

【解析】"批"字的"手"(扌)脱离开,余下"比"。

99. 互

小于、大于、等于。

【解析】把"互"看成是由"<"(小于)、">"(大于)、"="(等于)三个数学符号组成的。

上看半个工,下看半个工,上下一齐看,斜口在当中。

【解析】"互"字上下均犹如半个"工",中间是一歪斜的"口"。

100. 切

入穴行窃。

【解析】"穴"字加入谜底"切",构成"窃"。

有水好泡茶。

【解析】"切"字加"水"(氵),为沏茶的"沏"字。

101. 瓦

不要次瓷。

【解析】"瓷"字中的"次"不要则成"瓦"。

合并为一瓶。

【解析】此字与"并"相合就成一"瓶"字,那从"瓶"字中移开"并"字,所剩之"瓦"便是谜底。

102. 止

一生无邪。

【解析】"生"字理解为产生、出现之意。"止"字"一"生组成"正",意扣"无邪"。

15

正是由于一丢，这才决定停留。

【解析】"正"字丢掉"一"，剩下"止"。"停留"提示字义停止。

103. 少

吃力不讨好。

【解析】"少"加上"力"就是"劣"。

用火一炒。

【解析】"少"字用"火"，合一"炒"。

104. 日

早晚时间全用上。

【解析】"早、晚、时、间"四个字中的相同部件是"日"。

明月当空。

【解析】谜面别解为"明"字的"月"应当空去，从而得到"日"字作谜底。

105. 中

一直在台下。

【解析】"一直"别解成笔画，即一竖"丨"，与"台"下之"口"合为"中"。

献出忠心。

【解析】把"忠"字的"心"献出去，还剩"中"。

106. 冈

没有用心，出现差错。

【解析】"用"字的心没有了，余"冂"，再加进表示差错的符号"×"，得到"冈"。

下岗。

【解析】"岗"字下面是个"冈"。

107. 贝

先进先进，人人称赞。

【解析】"先"进"先"进，人人称"赞"。谜底字加进两个"先"，组合为"赞"。

只要有才，就能生财。

【解析】"贝"只要有"才"字，就能组合出"财"。

108. 内

一来就是第三。

【解析】"内"与"一"合为"丙"，"丙"是天干的第三位，表示次序第三。

多一人有肉吃。

【解析】"内"字多一"人"，是"肉"。

109. 水

两点结冰。

【解析】"水"加两点，结合

成"冰"。

小心翼翼。

【解析】"小"之心为"亅",对应"水"字中间一笔;"翼翼",以象形法扣"水"字两侧的笔画。

110. 见

此砚不是石头料。

【解析】"不是石头料",说明"砚"中无"石",为"见"。

开舰西去。

【解析】"舰"字西边的"舟"离去,剩下一"见"。

111. 午

远看像头牛,近看没有头,要想见到它,等到日当头。

【解析】"牛"字不出头为"午"。"等到日当头"照应字义。

看看似牛,其实是马。

【解析】"午"与"牛"字形相似,而地支"午"对应的生肖是"马"。

112. 牛

收件人。

【解析】收走"件"字的"人"(亻),剩下的就是"牛"字。

午前露头。

【解析】"午"字前面露头,成了"牛"字。

113. 手

拿下。

【解析】"拿"字下方是个"手"。

摩拳擦掌有之。

【解析】"摩拳擦掌"四字都有的部件是"手"。

114. 毛

像手不是手,胳膊往外扭。

【解析】"毛"与"手"字形有些相似,最大的区别在于最后一笔是往相反方向扭曲的。

笔帽不见了。

【解析】"笔"字顶上的笔画没有了,余下一"毛"字。

115. 气

汽水没了。

【解析】"汽"的"水"(氵)没有了,剩"气"。

乞求一见。

【解析】"乞"和"一"相见,合为"气"。

116. 升

革除弊端向前进。

【解析】"弊"字上端革除掉,余下面三笔"廾",与"向"字前头一撇合为"升"。

17

一字很简单,看看像十千,要猜这个谜,步步往高攀。

【解析】"升"字可拆解为"十""千"二字,"步步往高攀"暗示上升,呼应字义。

117. 长

丢失一张弓。

【解析】"张"字前面的"弓"失去,留下"长"。

张弓射出。

【解析】"张"字之"弓"射出离开了,余"长"。

118. 仁

夫人走,他也走。

【解析】"夫"的"人"走开了,剩"二";"他"的"也"走开,余"亻",二者合为"仁"。

二人东西排,不作从俩猜。

【解析】两个"人"字合为"从",二人即两人,"两"、"人"(亻)合为"俩"。但谜面已告知不能猜成"从""俩"。另寻思路,将"二"、"人"(亻)东西排列,得到谜底。

119. 什

苦难之中要团结。

【解析】"苦"之中为"十","难"之中为"亻",合在一起是"什"。

早日腾飞雄心在。

【解析】"早"的"日"腾飞去,余下"十",与"雄"字中心的"亻"合为谜底。

120. 片

前面半版。

【解析】"版"字的前面半部是"片"。

排版后。

【解析】"排"理解为排除之意。排除"版"字后面的部件(反),余"片"。

121. 仆

雄心多一点。

【解析】"雄心"扣"亻",与"一""、"拼凑成"仆"。

一人补右边。

【解析】一个"人"(亻)与"补"字右边的"卜"组合,得到"仆"。

122. 化

花草凋零。

【解析】"花"的草字头(艹)去掉,余下"化"字。

七人一组。

【解析】"七""人"(亻)组合,就成"化"字。

123. 仇

召集九人。

【解析】"九""人"（亻）被召集在一起，合为"仇"字。

几人有变动。

【解析】"几"字笔画变动可得"九"，"人"也变作单人旁"亻"使用，二者合并为"仇"。

124. 币

新月挂帆前。

【解析】"新月"象形为一撇，与"帆"前面的"巾"合为"币"。

丢头巾。

【解析】"丢头"，即"丢"字首笔一撇，和"巾"组合得到"币"。

125. 仍

借出后半，扔掉前半。

【解析】"扔"掉前半，余后半"乃"，与"借"字的一半"亻"相合，成为谜底"仍"。"借出后半"可以理解为在组合谜底时"借"字出（提供）了一半，也可理解为"借"字去除一半，用剩下的一半去组合谜底。

乃单立人。

【解析】"乃"加单立人"亻"，构成"仍"。

126. 仅

一人半双。

【解析】"人"以单人旁"亻"替代，半"双"为"又"，合并出"仅"。

退休后又来。

【解析】退去"休"字后部，余"亻"，"又"来了，与它合并为"仅"。

127. 斤

斧头丢了。

【解析】"斧"字头部失去，留存下面"斤"。

前所未有。

【解析】"所"字前面的部件没有了，则剩后部"斤"。

128. 爪

伸手就抓。

【解析】"爪"加上"扌"，成为"抓"。

瓜熟蒂落。

【解析】把"瓜"字中间一笔的底下部分看成瓜蒂，落掉后剩"爪"。

129. 反

又加了两撇。

【解析】"又"字加上两撇，构成"反"。

缺木板。

【解析】缺"木"之"板"，为"反"。

130. 介

一人走高跷。

【解析】"介"字下面两笔象形为高跷，上面是一"人"。

春游三日去川中。

【解析】"春"游"三日"还剩"人"，"川"字中间一竖去掉后与"人"组合成谜底"介"。

131. 父

一点来成交。

【解析】"一""、"来与谜底"父"组合，成为"交"。

爹有一半不算多。

【解析】"爹"字上一半为"父"，下一半是"多"。"不算多"，则应是"父"字。

132. 从

入庄里就座。

【解析】"从"字进入到"庄"里，就得到"座"。

众人已离开。

【解析】"众"字上面是"人"，下面是"从"，"人"已离开，剩下"从"。

133. 令

无雨零点起飞。

【解析】"零"字无"雨"为"令"，"点"（、）再起飞，余下"今"。

一点下令。

【解析】"今"加一点"、"，得到"令"。或理解为："令"字的一点"、"下掉，成"今"。

134. 凶

分离前后。

【解析】分开"离"字前后笔画，所剩中段为"凶"。

区字转变真可怕。

【解析】"区"字转动变成"凶"。"真可怕"提示字义。

135. 分

汾水奔流。

【解析】"汾"字的"水"（氵）奔流而去，剩下"分"。

见人有份。

【解析】"分"加上"人"（亻），得到"份"字。

136. 乏

眨眼不见。

【解析】"眼"会意为"目"。"眨"的"目"不见了，余下"乏"字。

一撇之下。

【解析】先写一撇,"之"字在下面,构成"乏"。

137. 公

眉毛鼻子。

【解析】象形法猜解。"公"字上面的"八"像眉毛,下面的"厶"像鼻子。

分上头,丢下头。

【解析】"分"上头是"八","丢"下头取"厶",组合出"公"。

138. 仓

有木是武器,有手便争夺。

【解析】"仓"有"木"成"枪",是武器。"仓"有"手"(扌)则"抢",要争夺。

有草是青色,有水青绿色。

【解析】谜底"仓"字,有"草"(艹)为"苍",是青色;有"水"(氵)为"沧",意为(水)青绿色。

139. 月

明日去。

【解析】"明"字由"日""月"组成,"日"字离去则剩"月"。

绝望之下便逃亡。

【解析】"绝"示意去除。去掉"望"字下面的"王",上面的"亡"

也逃走,留下"月"。

140. 氏

昏头昏脑。

【解析】"昏"字的头部,为"氏"。

底下少一点。

【解析】"底"字下面是"氐",再少一点便成"氏"。

141. 勿

动物只缺牛。

【解析】"物"字改动,让其缺少牛字旁"牜",余下"勿"。

忽然没了心。

【解析】"忽"字没有"心",成为"勿"。

142. 欠

节饮食。

【解析】"饮"前面为食字旁(饣),将其节省掉,剩下"欠"。

人要争先进。

【解析】"争"字先前笔画"⺈"与"人"组合,得到"欠"。

143. 风

根除疯病。

【解析】"疯"的病字旁"疒"除掉,剩下"风"字。

外边问是多少,里面回答错了。

【解析】"风"字外边为"几"，里面犹如错号"×"。

144. 丹

半册多点。

【解析】"册"的半边加进一点，成"丹"。

月中空一点。

【解析】"月"字里面的两横空去，所剩边框部分加上"一""、"（点），为"丹"。

145. 勺

均分其土。

【解析】"均"字前面的"土"分开，留下"勺"。

句中改两点。

【解析】"句"中的"口"改成两点，变为"勺"。

146. 乌

像鸟没眼睛，颜色黑油油。

【解析】"鸟"字里的一点，象形为眼睛，这一点没有了则成"乌"。"乌"有一义指黑色。

一鸟浑身黑，无眼照样飞。

【解析】"一鸟浑身黑"、"照样飞"是针对谜底"乌"的字义而言，指乌鸦。"无眼"则是指示字形，指"鸟"字为"鸟"字少了一点（这一点象形为眼睛）。

147. 凤

又行进几里。

【解析】"又"进"几"里，组装成"凤"。

几个半双。

【解析】半"双"为"又"，与"几"组合成"凤"。

148. 勾

清水沟。

【解析】"清"别解为清除之意。"沟"字的"水"（氵）被清除掉，余下"勾"字。

木结构。

【解析】谜底"勾"与"木"结合，成"构"。

149. 文

消灭蚊虫。

【解析】"蚊"字的"虫"被消灭了，剩下一"文"。

点横撇捺汇成章。

【解析】"点横撇捺"四个笔画构成"文"字。"汇成章"对应"文"的字义。

150. 六

一点一横，两眼一瞪。

【解析】"六"字上面是一点一横，下面两笔象形为瞪着的两只眼睛。

不要交叉。

【解析】"交"字下面的"乂"（形如叉）不要了，上面剩的就是"六"。

151. 方

放在左边。

【解析】"放"字左边是"方"。

一字有万点，四笔就写全。

【解析】"方"的字形组成部件有"万点（丶）"，为四笔字。

152. 火

两点有人来。

【解析】两个点与"人"合为"火"。

写点东西留人间。

【解析】东西两边各写一点，中间一个"人"，构成"火"。

153. 为

办错了两点。

【解析】"办"字的两点位置改变，可得"为"。

力字添两点，不要猜作办。

【解析】"力"加两点，不是"办"就是"为"。

154. 斗

手在抖。

【解析】"斗"加上提手旁（扌），是"抖"。

没有前科。

【解析】"科"字前面的"禾"没有了，右边是个"斗"。

155. 忆

亿人游，不后悔。

【解析】"亿"字之"人"游去，余"乙"；不要"悔"字后面的"每"，余"忄"，二者合为"忆"。

有一半乞怜。

【解析】"乞怜"两字各取一半出来，能组成"忆"。

156. 订

第四个发言。

【解析】"第四"扣合"丁"，"发言"暗示加言字旁。"丁"加言字旁"讠"合为"订"。

调头到亭下。

【解析】"调头"扣"讠"，"亭下"扣"丁"，相合成"订"。

157. 计

此言记心田。

【解析】"心田"解作"田"

字中心，扣"十"，与言字旁"讠"合为"计"。

十句话。

【解析】"话"即言语，可扣言字旁"讠"，与"十"合并，得到"计"。

158. 户

用手保护。

【解析】谜底"户"加提手旁（用"手"）成"护"。

小鸟落屋顶。

【解析】"户"字上头一点（丶）象形为小鸟，下面"尸"为"屋"字顶部。

159. 认

会议的一半。

【解析】将"会议"两字的一半即"人""讠"组合，得到"认"。

人言不作信字猜，识别之后谜底来。

【解析】将"言"用作偏旁"讠"，与"人"相合得到"认"。后句"识别"提示谜底字义。

160. 心

一弯新月伴三星。

【解析】用象形法猜解。将"心"字的卧钩象形为一弯新月，其余三点象形为星星。

不记前愁。

【解析】不记前"愁"，则只有"愁"后面的"心"字。

161. 尺

尽可能省点再省点。

【解析】"尽"省去两个点，剩余"尺"。

毁于一旦在一昼。

【解析】"昼"字之"旦"毁掉了，还有上面的"尺"在。

162. 引

直到弯下。

【解析】"直"理解为笔画"丨"，与"弯"字下头的"弓"合并成"引"。

一把弓，一枝箭，左右摆放未上弦。

【解析】"箭"象形为一竖"丨"，和"弓"左右摆放在一起，成"引"。

163. 丑

扭头走开。

【解析】"扭"字开头的"扌"离开，剩下"丑"。

半掩羞容见牛郎。

【解析】"羞"字掩去一半，可得到"丑"字。地支"丑"对应生肖"牛"。

164. 巴

把手放下。

【解析】"把"字之"手"（扌）放下，留"巴"字。

爸上去。

【解析】"爸"字上面一半去掉，余下"巴"。

165. 孔

有口就吼。

【解析】"孔"加上"口"为"吼"。

老鼠上钩。

【解析】"老鼠"扣"子"，"钩"象形为"乚"，二者合并成"孔"。

166. 队

那边有人。

【解析】"那"边取"阝"，加"人"成"队"。

树起旗帜招人来。

【解析】"旗帜"象形为"阝"，招来"人"，合为"队"。

167. 办

摘掉穷帽，力争上游。

【解析】"穷"字上头的"宀"像一顶帽子，将其摘掉，"力"再上移，变成"办"。

力字添两点，不作为字猜。

【解析】"力"加上两点，不是"为"则是"办"。

168. 以

与人相似。

【解析】"以"加个"人"（亻），是"似"。

着手拟成。

【解析】谜底"以"着"手"（即加上提手旁"扌"），成"拟"。

169. 允

一点补充。

【解析】"一"和"点（丶）"补到"允"字上头，构成"充"字。

公元后。

【解析】"公"后面部件为"厶"，"元"后面部件为"儿"，合起来是"允"。

170. 予

预先。

【解析】"预"字先前部件是"予"。

河南丢了一头象。

【解析】河南省的别称是"豫"，丢掉一头"象"，余下"予"。

171. 劝

又要出力。

25

【解析】"又"与"力"组合，得到谜底"劝"。

有一半权势。

【解析】用"权势"两字的一半（又力），能组合出"劝"。

172. 双

又增加一个。

【解析】"又"字再增加一个，两个"又"合并成"双"。

半对半对，凑成一对。

【解析】"半对"，指"对"字的一半，取"又"。两个"又"组成一"双"。后句"凑成一对"提示字义。

173. 书

两级台阶直到顶点。

【解析】"书"中的两个"乛"，似台阶。"丨"即一"直"，右上方还有一点"丶"。

中间身子直，右边两处驼，头上一只眼，文人家里多。

【解析】两处驼，指两笔拐弯处，是弯曲的。"眼"指上面的"丶"。第四句提示字义，文人家里书籍多。

174. 幻

年幼力不足。

【解析】"幼"字的"力"不足，

少一撇成为"幻"。

左边不大，右边像刀，整个一看，神奇玄妙。

【解析】"幻"字左边是"幺"（不大），右边"勹"与"刀"字形有些相似。"神奇玄妙"提示字义。

五　画

175. 玉

宝中宝。

【解析】"宝"字中含有"玉"，是珍贵之物。

主动一点。

【解析】"主"字的一点移动到右下方，成"玉"。

176. 刊

干在前头，谋利在后。

【解析】谋取"利"字后面笔画"刂"，前面有"干"字就成"刊"。

刀来盾迎。

【解析】盾牌古时称"干"。立刀旁（刂）来了，有"干"字相迎，合为"刊"。

177. 示

禁伐林。

【解析】"禁"字伐去"林"，

剩下"示"。

离别夫人到南京。

【解析】"夫"字的"人"离开余"二";"南京"解为"京"字南部,是"小",组合成"示"。

178. 末

抹掉头。

【解析】"抹"字去掉开头部件"扌",为"末"。

沫若西行。

【解析】"沫若"本指人名郭沫若。"沫"字西面笔画(氵)若行去,则余"末"字。

179. 未

没口味。

【解析】没有"口"字的"味",是"未"。

一棍刺破天。

【解析】"未"字犹如"天"字中间刺出一根棍子。

180. 击

二度归山。

【解析】"二"归入"山"中,构成"击"。

二山紧相连,不作出字猜。

【解析】"二山"两字结合,可得"击"。如以两个"山"字相叠,

可得"出",但谜面上已经排除了猜"出"。

181. 打

挑灯左右看。

【解析】"挑"左边是"扌","灯"右边是"丁",相合为"打"。

出手一定要小心。

【解析】"小"字之心为"亅"。"扌""一""亅"组合,是"打"。

182. 巧

削去朽木再加工。

【解析】"朽"字之"木"去除,余右边"丂",加"工"成"巧"。

建功出力,不呼口号。

【解析】"功"字取出"力"剩"工","号"不要"口"为"丂",与"工"组合便是"巧"。

183. 正

三长两短,不偏不倚。

【解析】"正"字三笔长,两笔短。"不偏不倚"提示字义。

二人齐出征。

【解析】"正"加上双人旁"彳",构成"征"。

184. 扑

挖西边补东边。

【解析】"挖"字西边"扌"与"补"字东边"卜"合并,为"扑"。

前拆后补。

【解析】"拆"字前部是"扌","补"字后部为"卜",合之成"扑"。

185. 扒

四双手。

【解析】四双手即八只手,"八手(扌)"组合出"扒"。

折兵一半。

【解析】"折兵"二字各取一半,可拼合出"扒"。

186. 功

出工出力,做出成绩。

【解析】出"工"出"力",合为"功"字。"做出成绩"提示字义,说明有功绩。

半边天,有贡献。

【解析】用"边天"两字的一半("力""工")组合成"功"。"有贡献"照应谜底字义。

187. 扔

提前来仍后到。

【解析】"提"前为"扌","仍"后为"乃",合起来就是"扔"。

人去仍要露一手。

【解析】"人去仍"扣"乃",加个提手旁(露一手)成"扔"。

188. 去

多一撇,难寻找。

【解析】"去"字多一撇,为"丢",丢了难寻找。

公主在后。

【解析】"公"字的后面部件是"厶","主"字的后面部件取"土",组合成"去"。

189. 甘

没有甜头。

【解析】"甜"字之头没有了,还有"甘"字。

甜得把舌头咽下。

【解析】"甜"字的"舌"取下,剩"甘"。

190. 世

虫生树上化为蝶。

【解析】"世"生个"虫",再加上树"木",变为"蝶"字。

甘心去当配角。

【解析】"甘心去"扣"廿"(把"甘"字中心一横去掉),然后装配上一个直角,成"世"。

191. 古

一字有十口,历史很悠久。

【解析】"十口"合一"古"。"历史很悠久"照应字义。

湖水消尽月无踪。

【解析】"湖"字的"水"（氵）、"月"都去除掉，还有"古"在。

192. 节

戴上草帽多前卫。

【解析】"卫"字前面部件加草字头"艹"，构成"节"。

花前和柳畔。

【解析】"花"前是"艹"，"柳"畔即取右边的"卩"，组合成"节"。

193. 本

未移一笔保原状。

【解析】"未"字移动一笔，可得到"本"。"保原状"提示字义（原本）。

个个生得笨。

【解析】"本"加上"个个"，得到"笨"。

194. 朮

一字十八点。

【解析】"十""八""丶"三个部分合为"朮"。

离休前作点贡献。

【解析】"休"前之"亻"离去余"木"，加个"点"（丶）成"朮"。

195. 可

再添一个，便是老兄。

【解析】"可"再添一个，两个"可"字合为"哥"。

为何无人也同意。

【解析】"何"字无"人"（亻）为"可"。"同意"提示字义。

196. 丙

内外一条线。

【解析】一横"一"像一条线。"内"外加上"一"，是"丙"字。

第三，人口结构要改变。

【解析】丙是天干第三位，表示次序第三。"人口"两字结构笔画调整，能拼凑出"丙"字。

197. 左

一横一撇写个工。

【解析】"一""丿"再写个"工"，构成"左"。

有功上前来。

【解析】取"有"字上头的"ナ"和"功"字前面的"工"，相合而得谜底。

198. 厉

一字一万撇，写来很严格。

【解析】"一""万"丿（撇）"

三部分组合，得到"厉"。"严格"提示字义。

上面多一点，范围大无边；下面多一点，正好有四边。

【解析】"厉"上面是"厂"字，多一点为"广"（范围大无边）；下面"万"多一点则成"方"，方形有四边。

199. 右

布告前后。

【解析】"布"前为"ナ"，"告"后为"口"，相合成"右"。

吕布字奉先。

【解析】吕布是《三国演义》中人物。"吕布"两字奉献出先前部分"口ナ"，组成谜底"右"。

200. 石

抽水泵。

【解析】把"泵"字的"水"抽掉，所余者为"石"。

一个字，有五画，在码头，在岩下。

【解析】"码"头、"岩"下，都是五画字"石"。

201. 布

灰帽头。

【解析】"灰帽"二字开头笔画"ナ巾"组合，得到"布"。

希字没有错。

【解析】把"希"字上头两笔看成表示差错的符号"×"，这两笔没有了，剩下"布"。

202. 聋

充耳不闻。

【解析】"龙"加上"耳"为"聋"，聋者不能听闻。

一棍打弯了狗腿。

【解析】"狗"会意作"犬"字，加上一撇（象形为棍子），下面象形为腿的一捺再弯曲变形，成了"龙"字。

203. 平

干到两点。

【解析】"干"加上两点（丷），为"平"。

进士反而瞪眼睛。

【解析】"士"上下颠倒，反过来为"干"，据"瞪眼睛"加进两点，构成"平"。

204. 灭

只要一离开，火就烧起来。

【解析】"灭"上头的"一"离开，就出现"火"。

一人头上顶块板，压得瞪着

两只眼。

【解析】板子象形为一横，两只眼象形为两点，加在"人"上，构成"灭"字。

205. 轧

古稀之年垂钓钩。

【解析】"古稀之年"指七十岁，"七十"合一"车"字。"钓钩"象形为"乚"，与"车"合并而成"轧"。

车七退一。

【解析】"车七"两字中退去"一"，便能拆拼出"轧"。

206. 东

小车前头。

【解析】"小"与"车"前头两笔组合成"东"。

车损缺后轴，两边挂葫芦，大道往前走，迎来太阳出。

【解析】"车"缺后轴，示意下面一横没了；据"两边挂葫芦"，在左右各加一点，成为"东"字。后面两句暗示朝"东"去。

207. 卡

上下合起来。

【解析】"上下"两字合起来，是个"卡"。

上下一条线，设立检查站。

【解析】"上下"合为"卡"。"设立检查站"提示字义。

208. 北

不见背后。

【解析】不见"背"字后面的"月"了，剩上头的"北"字。

燕山有只燕，头尾全不见，心口送给人，翅膀在伸展。

【解析】"燕"字去头尾（廿灬），再将中心部位的"口"送人，只剩个"北"。

209. 占

战略武器。

【解析】"战"字省略掉其中的武器"戈"（我国古代的一种兵器），余"占"。

一点缺点。

【解析】一个"点"字缺少笔画点，为"占"。

210. 业

一来就是第二名。

【解析】"一"来与谜底"业"合为"亚"。"第二名"提示字义。

山西一日游，猜亚不对头。

【解析】山西省的别称是"晋"，"一日"两字游去，还有"业"在。

211. 旧

二十四小时，不新了。

【解析】二十四小时为"一日"，把"一"旋转90度或转化为阿拉伯数字"1"（好似一竖"丨"），可组合成"旧"。"不新了"提示字义，也排除了猜"旦""由""田"等字。

三横左右一样长，三竖上下一样长，算算时间只一日，看看颜色是老样。

【解析】前面三句从谜底字的笔画特点、文字组成（一日）上去分析。末句提示字义（陈旧）。

212. 帅

一来就带徒弟。

【解析】谜底"帅"字，来个"一"就组成"师"字。"带徒弟"对应字义。

一见先生面，模样确英俊。

【解析】"帅"与"一"相见，构成"师"字。老师也称先生。"模样确英俊"提示字义。

213. 归

妇女节来临之前。

【解析】"节"别解为节除，故以"妇女节"扣"彐"，再来"临"字之前的两笔，组成谜底"归"。

将帅一旁守灵前。

【解析】"帅"字的旁边笔画（左边两笔）与"灵"字前头的"彐"组合，得到谜底"归"。

214. 且

用力帮助。

【解析】"且"用个"力"，组合为"助"。

宜下不宜上。

【解析】"宜"下面是个"且"，"且"不在"宜"上头。

215. 旦

春末夏初。

【解析】"春"末为"日"，"夏"初取"一"，合之成"旦"。

太阳从地平线升起。

【解析】"太阳"以"日"字替代，地平线象形为"一"，合为"旦"。

216. 目

抹去泪水。

【解析】"泪"字中的三点水去掉，剩下"目"。

瞪着眼睛瞧，哪个都不少。

【解析】"瞪、着、眼、睛、瞧"五个字中都不少的是"目"字。

217. 叶

古貌一变，绿荫一片。

【解析】"古"字结构形貌改变，可成"叶"。"绿荫一片"照应谜底字义，也排除了可能变化出的"田""旦"等其他字。

田里跑到田外，不能当作古猜。

【解析】"田"里面的"十"到了外边，变成了别的字，此字不是"古"就是"叶"。

218. 甲

不出头来只露尾，身上长了四张嘴。

【解析】"甲"字上面没有出头，下面露尾（出头）了。"甲"字里有四个小"口"，即四张嘴。

翻身得自由。

【解析】"甲"字翻身，能变成"由"。

219. 申

受审先摘乌纱帽。

【解析】"审"字摘掉帽子（宀），是"申"。

既出头来又露尾，中间长了四张嘴，虽说是猴子，模样却不对。

【解析】"申"字上下均出头，中间有四个"口"。地支"申"与生肖"猴"对应，而"申"与"猴"两个字的字形是完全不同的。

220. 叮

似可非可。

【解析】"叮"字看上去似"可"，都由"口""丁"二字组成，却不是"可"。

改革可成。

【解析】"可"字结构变动，将"口"往外移，就成"叮"字。

221. 电

俺大人不在。

【解析】"俺"字里的"大人"不在了，还有"电"。

卷尾猴。

【解析】"猴"对应地支"申"，一竖的下端向右弯曲（卷尾）成为"电"。

222. 号

离人去兮鸟飞鸣。

【解析】"兮"字上头两笔如同笔画分离开的"人"，将其去掉余"丂"，"鸟"飞"鸣"余"口"，二者合为"号"。

吃亏易泄气。

【解析】从"吃亏"二字中去掉"气"的笔画，分别去掉"乞""一"，所余部分组合成"号"。

33

223. 田

没心思。

【解析】"思"字没有"心",是"田"。

横看是个三,竖看是个三,三三不得九,光见四个口。

【解析】"田"看上去有三横三竖,也有四个"口"。

224. 由

要一直,反而曲。

【解析】"由"加进一"直"(丨),变成"曲"。

倒数第一。

【解析】谜底"由"颠倒则成"甲",甲是天干第一位,表示次序第一。

225. 史

一一变更。

【解析】谜底"史"加上"一一",能变成"更"。

一来就当官,二来又更改。

【解析】"一"来与"史"合为官吏的"吏"。"二"来则与"史"组合成"更"字。

226. 只

兄要一半,父要一半。

【解析】取"兄"、"父"二字的上面一半,可组成"只"。

两个蚂蚁守洞口。

【解析】"只"字底下两笔象形为蚂蚁,上面是洞"口"。

227. 央

择日上映。

【解析】"央"若择"日"组合,可得"映"。

添日头光彩夺目,逢水波浩荡无涯,遇歹徒必遭灾难,栽禾苗绿满田家。

【解析】谜面四句分别隐射"映""泱"("泱泱"有一义是形容水面广阔)"殃""秧"四字,每句后面对组成的新字从字义上作了提示。

228. 兑

一点一点兑现。

【解析】"一点"别解为笔画一个点。"兄"加上两个点成"兑"。

兜售一半。

【解析】"兜"字的下半部分与"售"字的下半部分组成一个字,是"兑"。

229. 叼

呆头也放刁。

【解析】"呆"头为"口",放"刁"

合并成"叨"。

左边方，右边似刀。

【解析】"叨"字左边为"口"，是方的；右边的"刁"形似"刀"字。

230. 叫

收容前后总呼喊。

【解析】"收"字前头的"丩"与"容"字后头的"口"组合，得到"叫"。"呼喊"照应字义。

扣掉前头，收走后头。

【解析】"扣"前头的"扌"掉了余"口"，"收"后头的"攵"走开余"丩"，"口"和"丩"组成"叫"。

231. 另

离别之后。

【解析】"别"字后面的"刂"离开，留下前面的"另"。

别把刀丢掉。

【解析】"别"字把立刀旁"刂"丢掉，剩下"另"字。

232. 叨

刀口左右愈合。

【解析】"刀口"两字左右合并成为"叨"。

滔滔不绝口如刀。

【解析】"口"与"刀"组合可得"叨"字。"滔滔不绝"暗示唠叨，也排除了以"召"字作谜底。

233. 叉

鸡鸣鸟尽飞。

【解析】"鸡鸣"二字中的"鸟"均去除，余下"又""口"，合为"叉"。

只对前半部。

【解析】"只对"两字的前半部，是"口""又"，合之为"叉"。

234. 四

驷马难追。

【解析】"驷"字里面的"马"离开了，还剩"四"字。

一院很方正，周围不透风，里面无他人，孤儿在其中。

【解析】把方框"囗"象形为方方正正的院子，加进一"儿"，构成"四"。

235. 生

星出太阳落。

【解析】"星"里面的太阳"日"落掉，余"生"。

牛过独木桥。

【解析】"独木桥"以"一"来象形表示，上面加个"牛"，得到"生"。

236. 失

一头牛，两尾巴，丢了别想找到它。

【解析】"失"字犹如"牛"字的一竖下面一分为二了。谜面末句提示字义。

二人共白头。

【解析】"白头"理解为"白"字开头，即一撇，与"二人"组合，成为"失"。

237. 禾

平生知轻重。

【解析】谜底"禾"字，若与"平"组合，则构成"秤"字。秤是测定物体重量的器具。

新月挂枝头。

【解析】"新月"象形为一撇（丿），"枝头"（"枝"字开头）扣"木"，合为"禾"。

238. 丘

去南岳。

【解析】南岳衡山，五岳之一。将"岳"字南面的"山"去掉，所余"丘"字便是谜底。

战士伤残左右腿。

【解析】"战士"即"兵"，底下的两笔象形为两腿，"伤残"暗示去掉之，余"丘"。

239. 付

时到日落人便回。

【解析】"时"到"日"落，剩个"寸"，有"人"（亻）回来，相合为"付"。

半导体。

【解析】选取"导"字的下半部"寸"、"体"字的左半部"亻"能拼凑出谜底"付"。

240. 仗

岳父。

【解析】岳父俗称"丈人"，合为一字就是"仗"。

一落千丈。

【解析】"千丈"中落掉"一"，余"亻丈"，合并成"仗"。或解作："一"字落到谜底"仗"上，能拼拆出"千丈"。

241. 代

缺衣袋。

【解析】"袋"字缺"衣"，必是"代"。

不见岱山。

【解析】"岱"字之"山"不见了，还有上面的"代"字。

242. 仙

岁首树雄心。

【解析】"岁"首为"山","雄"心是"亻",合在一起就是"仙"。

一人站山前。

【解析】"山"字前面加个单立人"亻",成了"仙"字。

243. 们

不正之人靠后门。

【解析】不正之"人"(亻)与"门"相靠组成"们"。

门儿关得快,把人关门外。

【解析】"人"(亻)在"门"外,构成"们"字。

244. 仪

任务当前,义不容辞。

【解析】"任"字务必取前面部件"亻",加上"义"字成为"仪"。

人要齐心点。

【解析】"人"以偏旁"亻"表示,"齐心"扣"乂"("齐"字中心),"点"解作笔画"丶",三者组成"仪"。

245. 白

怕是不用心。

【解析】"怕"不用"心"(忄),为"白"。

有木树常青,有人受尊敬,有心就恐惧,有水船可停。

【解析】谜底"白"字,有"木"合为"柏",有"人"(亻)就是"伯",有"心"(忄)则"怕",有"水"(氵)可得"泊"。谜面每句后面部分对组成的新字的字义作了提示。

246. 仔

做在前,学在后。

【解析】"做"字在前面的笔画是"亻",而"学"字在后面的笔画为"子","亻"与"子"合并成谜底。

为何可删半个字?

【解析】"何"字的"可"删除余"亻",与"字"的下半部分"子"组成谜底。

247. 他

何为万物之灵?

【解析】何为万物之灵?人也。"人也"组合成"他"。

也有先例。

【解析】"先例"即"例"之先"亻","也"有"亻",合为"他"。

248. 斥

五百克多一点。

【解析】五百克是一斤。"斤"

字多一点（丶），是"斥"字。

欲诉无言。

【解析】"诉"没有了言字旁（讠），为"斥"。

249. 瓜

无父无母又丧子。

【解析】无父无母是孤儿。"孤"又失去"子"，余"瓜"。

此子一来自称帝。

【解析】"瓜"来个"子"就成"孤"字，"孤"是皇帝自称。

250. 乎

呼不出口。

【解析】"呼"字不出现"口"，为"乎"。

头上一刀子，肩上两拳头，齐腰一扁担，脚下一锄头。

【解析】把"乎"字每笔作象形描述：一撇如刀，两点（丷）看成两个拳头，一横想象成一根扁担，竖钩似一把锄头。

251. 丛

个个不落后。

【解析】"个个不"三字的后面笔画落掉，所余"人人一"合为谜底。

两人手拉手，钢丝绳上走。

【解析】将"一"想象为一根钢丝绳，上面加两个"人"，构成"丛"字。

252. 令

有点点冷。

【解析】谜底"令"如有两个点（冫），则变成"冷"字。

没有零头。

【解析】"零"字头部的"雨"没有了，余下一"令"。

253. 用

甩掉尾巴，就能使它。

【解析】"甩"字底下弯曲部分（尾巴）失去了，余"用"字。"就能使它"提示字义为使用。

连月不开。

【解析】两个"月"字相连不分开，合为一"用"。

254. 甩

东湖垂钓钩。

【解析】"东湖"别解为"湖"字的东部，是"月"，加上"乚"（象形为钓钩），构成"甩"字。

一个字，尾巴弯，虽有用，扔一边。

【解析】谜面先说字形："甩"字尾部是弯曲的，上头含有"用"字。末句"扔一边"提示字义。

255. 印

恰似横山插一旗。

【解析】"印"字左边部件犹如横倒的"山"字,右边部件则似一面旗帜。

开始向后仰。

【解析】"开"字始笔为"一",与"仰"字后面的"卬"组合,得到"印"。

256. 乐

清除砾石。

【解析】把"砾"中之"石"清除,就剩下"乐"字。

看似一颗牙,样子生得怪,上面歪又斜,下面多一块。

【解析】谜底"乐"与"牙"字形有些相似,但顶上一笔是斜的,右下方还多一笔。

257. 旬

向左一直去。

【解析】"向"字左边一直（丨）去掉,得到"旬"字。

一来就是十天。

【解析】"一"来与"勹"组合得到"旬"。一旬为十天。

258. 勿

去掉葱头,丢掉葱尾。

【解析】"葱"字的头尾都去除,剩余的中间部分"勿"就是谜底。

一点勿用。

【解析】"勿"字用一点（丶）变成了"匆"。

259. 册

放进两粒丸,制成两颗丹。

【解析】"丸"以笔画点（丶）象形表示,"册"字加进两个点,构成两个"丹"。

二月肚中空,草绳系腰中。

【解析】两个"月"字里面两横没有了,再加上一横（象形为绳子）连接,得到"册"。

260. 犯

有犬守仓不用人。

【解析】"犬"变形为反犬旁"犭","仓"不用"人"为"㔾",二者合为"犯"。

舱尾遇奇才。

【解析】"舱"字结尾部分是"㔾","奇才"扣"犭"（形态奇异之"才"）,二者合并成"犯"。

261. 外

这边多一半,那边补一半,要想猜着它,莫在里面转。

【解析】"多"字一半为"夕",

39

"补"字一半是"礻"或"卜",而选取"卜"才能与"夕"组成一字即"外"。"莫在里面转"提示"外"面。

不足之处。

【解析】"处"字的一捺短缺一些(不足),可得"外"字。

262. 处

像外不是外,多了一长带。

【解析】"处"与"外"在字形上相似,有一笔更长而已。

开口得咎。

【解析】谜底"处"与"口"组合,成为"咎"。

263. 冬

雾中点点透寒意。

【解析】"雾"之中心是"夂",加上"点点",成为"冬"字。"透寒意"照应字义。

就在图中。

【解析】"图"字的中心是"冬"字。

264. 鸟

有口则鸣。

【解析】谜底"鸟"有"口"则组成"鸣"。

赠我一头鹅。

【解析】"鸟"字加上"我",就是一个"鹅"。

265. 务

后备不足,前功尽弃。

【解析】"备"字后面的"田"没有了余"夂","功"字前面的"工"弃掉余"力"。"夂"与"力"合为"务"。

入冬之前加把力。

【解析】"冬"之前取"夂",加"力"便是"务"。

266. 包

卸下刨刀。

【解析】"刨"字的立刀旁取下,所余"包"字就是谜底。

长草花将放,加水茶沏成,有脚行走快,点火有响声。

【解析】谜底"包"分别加上"艹、氵、足、火"能组合为另外一字"苞、泡、跑、炮",每句后面的文字均对其字义作了提示。

267. 饥

问他吃多少,只说肚不饱。

【解析】"饥"由食字旁"饣"和"几"组成,即"食几",对应"吃多少"。"肚不饱"照应字义,指饥饿。

饭后走几回。

【解析】谜面顿读为"饭后走/几回"。"饭"字后面的"反"走开

40

则余"饣","几"字回来与之组合成"饥"。

268. 主

一往无前。

【解析】一个"往"字没有了前面的笔画,还剩"主"。

注意节水。

【解析】"注"字节去"水"(氵),为"主"。

269. 市

进门就闹。

【解析】谜底"市"进入到"门"里,构成"闹"。

称帝前后。

【解析】将"帝"字前头两笔和后头的"巾"组合,得到"市"。

270. 立

一点一横短,两点一横长,要是猜不到,请你站一旁。

【解析】谜面前两句是说谜底字的笔画组成情况,"请你站一旁"暗示谜底有站立之意。

拉手也不来。

【解析】"拉"字的"手"(提手旁"扌")没有来,为"立"。

271. 闪

来人但见闹市空。

【解析】"闹"中的"市"空去余"门",来"人"组装成"闪"。

一条火龙从天降,一人吓得门里藏。

【解析】谜面头句提示字义,指闪电。后句得出字形,一"人"到"门"里,是"闪"。

272. 兰

一只羊,怪模样,只有角,没脊梁。

【解析】把"羊"字上头两点象形为羊角,中间一竖象形为脊梁,这一竖没有了,自然是"兰"。

三丫头。

【解析】"三"加上"丫"字头部两点(丷),组成谜底"兰"。

273. 半

一十二点不是斗,猜平还是不对头。

【解析】"一十"既可解作一个"十",也可解为"一"和"十"两个部分。一个"十"加"二点"为"斗","一"和"十"与"丷"(二点)三部分组合,能得到"半"或"平"。谜面已经排除了"斗""平",因而只能猜"半"。

有人做伴。

【解析】"半"字有"人"(亻)

41

构成"伴"。

274. 汁

十滴水。

【解析】"汁"字由"十"和"氵"组成。

涓涓细流润心田。

【解析】"涓涓细流"会意为"水",扣"氵"。"心田"解为"田"字之心,即"十"。"氵""十"相合即得谜底。

275. 汇

口朝东开,水从西来。

【解析】"口"朝东打开,为"匚",再在其西边加上"水"(氵),构成"汇"。

一圈大院墙,里面空荡荡,水从左边来,冲走右边墙。

【解析】方框"囗"象形为"一圈大院墙","冲走右边墙"之后,为"匚",左边加"水"(氵),成为"汇"。

276. 头

一个字,点点大,想摸它,在帽下。

【解析】"点"指笔画"丶","点点大"即"丶、大",合为一字便是"头"。后两句提示字义。

只有点点大,第一总是它。

【解析】据"点点大"组合出字形,"第一总是它"提示字义。

277. 汉

又到西湖来。

【解析】"西湖"扣"氵",指"湖"字西边的笔画。"又"与"氵"合为"汉"字。

临水傍树一村落。

【解析】"树"的"村"落掉余"又",临"水"(氵)则成"汉"。

278. 宁

伸手就拧。

【解析】谜底"宁"加个"手"(扌)就是"拧"字。

本来家里空,结果又添丁。

【解析】"家里空",示意"家"字只剩宝盖"宀",再添加一"丁",成为"宁"。

279. 穴

一字真奇怪,帽儿头上戴,只有八字胡,五官全不在。

【解析】"穴"字上头"宀"象形为帽子,下面"八"象形为"八字胡"。

窝窝头。

【解析】"窝"字头部,为"穴"(若取"宀"成不了字)。

五画

280. 它

鸵鸟不见了。

【解析】"鸵"字是由"鸟""它"组成的,"鸟"字不见了,只有"它"。

宝玉被窃余花影。

【解析】"宝"字之"玉"被窃,剩下宝盖"宀"。"花影"可扣"匕",指"花"字的部分笔画。"宀""匕"合为"它"。

281. 讨

请字开头,谢字结尾。

【解析】"请"字开头部件是"讠","谢"字结尾部件是"寸",相合成"讨"。

说对一半。

【解析】取"说对"二字的一半来拼凑谜底。为了能组成字,当取"说"的前半和"对"的后半。

282. 写

喝水就泻。

【解析】"写"字加上"水"(氵),则成"泻"。

爱心参与。

【解析】"爱心"扣"冖","与"字加入构成"写"。

283. 让

狱中上书。

【解析】"狱"中为"讠",书写个"上"构成"让"。

不在话下。

【解析】"不在话下"反面会意为"言上",合成"让"字。

284. 礼

一点不上钩。

【解析】一个点(丶)、"不"、"乚",三部分合为谜底。

孔子前去寻祖先。

【解析】"孔"字的"子"离开余"乚","祖"字先头是"礻",二者合为"礼"。

285. 训

谅已离京到川。

【解析】"谅"字义为料想。猜此谜时只需分析字形,"谅"字里的"京"离开,余"讠",来个"川"与之合为"训"。

四川话。

【解析】四川简称"川","话"会意扣"言"(语言)。"川"加言字旁"讠"成"训"。

286. 必

人残心不残。

【解析】"人"字残缺不全,选取一撇,以便与一个完整的"心"

43

组合为"必"。

先后解密。

【解析】"密"字的先后都解开了，余中间的"必"字。

287. 议

言必及义。

【解析】"言"必及"义"。"言""义"合并成谜底。

仗义执言。

【解析】仗"义"执"言"。"义"加言字旁"讠"，成为"议"。

288. 讯

依计两点开飞。

【解析】"飞"字的两点离开余"乁"，依"计"则成"讯"字。

生气之后，一直多言。

【解析】"气"字后面笔画是"乁"，"一直"解作"一"和"直"（丨）两个笔画，"言"以言字旁"讠"代替，以上各部分组合出"讯"。

289. 记

自我介绍。

【解析】自我介绍是言说自己，即"言己"，合为"记"字。

五画一个字，不讲别人事，用脑不会忘，笔录更详细。

【解析】"记"是五画字，"记"

拆开为"言（讠）己"，因而"不讲别人事"。谜面后两句呼应字义。

290. 永

水多一点。

【解析】"水"多"一"和"、"（点），成了"永"。

欲咏口难开。

【解析】"咏"不开"口"即没有"口"字，就是"永"。

291. 司

同去左边。

【解析】"同"字左边一竖（丨）去掉，所余为"司"。

无人伺候。

【解析】"伺"字无"人"，即去掉单人旁"亻"，剩下"司"字。

292. 尼

格子合成呢。

【解析】格子形如"口"字。"尼"与"口"合成"呢"。呢：呢子，一种较厚较密的毛织品。

月貌花容凋残甚，青灯古佛伴终身。

【解析】"月"字凋残留取"尸"，"花"字凋残留取"匕"，合成"尼"。后句照应字义，指尼姑。

五画

293. 民

岷山下。

【解析】把"岷"字的"山"下掉,得到谜底"民"。

闭目而眠。

【解析】谜底"民"与"目"相合,得到"眠"字。

294. 出

山脚连山头,猜岳不对头。

【解析】两个"山"字头尾相连,构成一"出"。若把一个"山"会意为"丘",则猜出"岳",故谜面第二句对此予以排除。

岁岁除夕总相聚。

【解析】"岁岁"除"夕",剩余"山山",合为"出"字。

295. 辽

老鼠横行上扁舟。

【解析】生肖与地支对应,老鼠对应"子",一横(一)行开,余"了"。"扁舟"象形扣"辶","了"字进入,构成"辽"。

到了还不走。

【解析】"还"字之"不"走开,留下"辶"。"了"到与"辶"合为"辽"。

296. 奶

要一半,扔一半。

【解析】"要""扔"二字各取一半出来,可以组成"奶"。

如去一口,仍少一人。

【解析】"如"去一"口",剩"女";"仍"少一"人",余"乃"。"女""乃"合并,终得谜底。

297. 奴

努力下去。

【解析】"努"字的"力"下去,所剩"奴"字就是谜底。

又得千金。

【解析】千金是对别人女儿的美称,故以"千金"扣"女"。"又"得到"女",组合起来为"奴"。

298. 加

另有变动传佳音。

【解析】"另"字部件重组,可得"加"字。"传佳音"提示谜底字音,并排除可能猜出的"叻"字,以确保谜底的唯一性。

一边有力能干,一边有口能言,两边互相结合,工作干劲倍添。

【解析】一边有"力",一边有"口",可以组成"加"字。"工作干劲倍添"提示谜底有增加之意,

45

因而进一步锁定"加",排除其他字作谜底的可能。

299. 召

有一手就露一招。

【解析】"手"用提手旁"扌"代替,谜底"召"有了"扌"就会变成"招"。

刀口在下。

【解析】"刀"字放个"口"在下面构成"召"。

300. 皮

投石穿个洞,见水浪翻涌。

【解析】谜底"皮"字,加"石"就"破"了,见"水"(氵)出现"波"浪。

有病精神很不佳,有脚走路姿势差,有衣只能床上用,有水击石起浪花。

【解析】"皮"字,如果有了病字旁(疒)、足字旁(𧾷)、衣字旁(衤)、三点水(氵),则分别组成"疲、跛、被、波"四字。每句结尾对组合成的新字作了暗示。

301. 边

半途而废,前功尽弃。

【解析】"途"字废除一半,保留"辶";"功"字前头的"工"放弃,

余"力"。"辶""力"组合为边。

功过各半。

【解析】"功过"二字各选取一半来组成一个新字就是谜底。为能组合成字,应该选"功"字之"力"、"过"字之"辶"。

302. 发

泼水节。

【解析】"节"本指节日,入谜后别解为节除、去掉之意。"泼"字的三点水(氵)去掉,就是谜底"发"。

用手一拨。

【解析】"发"字加上提手旁(用"手"),合为一个"拨"字。

303. 孕

先写了一撇,后写了一横。

【解析】先写"了"字(有所变形)和一撇,后写"了"字和一横,就是"孕"。

一撇歪了,一横直了。

【解析】一撇(丿)与歪斜变形的"了"构成"乃",一横(一)与正常直立的"了"构成"子"。谜底"孕"就是由"乃"和"子"组成的。

304. 圣

又到国庆。

【解析】国庆节是十月一日，简称"十一"。"又"与"十一"组合成"圣"。

毕业之后又相逢。

【解析】"毕业"之后是"十一"二字，与"又"相逢,组合出"圣"。

305. 对

滥砍树木，却不认错。

【解析】"树"的"木"砍去余"对"，"却不认错"提示字义。

又得十分。

【解析】长度十分是一寸。"又"得一"寸"合为"对"。

306. 台

侧画鼻子正画嘴。

【解析】"台"字上头"厶"象形为鼻子，下面为"口"，也就是嘴。

有草舌生垢，有手能举起，下有心懒惰，旁有心欢喜。

【解析】谜面隐射包含有谜底字的"苔、抬、怠、怡"。

307. 矛

拔掉茅草。

【解析】"茅"的"草"（艹）拔掉，余下"矛"。

我写一撇成兵器。

【解析】"我"会意为"予"，再写一撇，成"矛"。"矛"是古代兵器。

308. 纠

收获之前到异乡。

【解析】"异乡"扣合"纟"，指"乡"字形变异成"纟"。"收"获取前面部件"丩"，与"纟"合并为"纠"。

结尾删后，收入前段。

【解析】"结"字尾部"吉"删除后余"纟"，"收"字前段"丩"加入，构成"纠"。

309. 母

海水一退人离去。

【解析】"海"的"水"（氵）退去余"每"，上头两笔（𠂉）视作变形的"人"也离去，两次笔画剥离后剩下"母"。

海之东南隅。

【解析】在"海"字东南隅的是"母"字。

310. 幼

乡下改革有后劲。

【解析】"乡"下改革，将一撇改为一点就是"幺"，再与"劲"字后面的"力"合并，成"幼"。

47

务将基层系在心。

【解析】"务"字基层部件为"力","系"字中心是"幺",二者合为"幼"。

311. 丝

再续前缘不再断。

【解析】"缘"字前面笔画是"纟","再续"暗示有两个"纟","不再断"指下面一笔没有断开,成了"丝"。

纱线结头。

【解析】"纱线"两字的开头部件(纟纟)结合在一起,得到"丝"。

六 画

312. 式

江东代有人才出。

【解析】"江"东边为"工","代"字"人"出去余"弋",组合成"式"。

残戈一把功力差。

【解析】"戈"字残损可得"弋","功"的"力"差缺为"工"。"弋"和"工"组成谜底。

313. 刑

动手术。

【解析】动手术俗称开刀,"开""刂"(立刀旁)合为"刑"。

花开花落山水间。

【解析】"花落"暗示将首字"花"去掉,"花"与"花落"自行抵消之后,谜面余下"开山水间"扣合谜底。"山""水"两字中间笔画是"丨""丨"。"开"和"丨""丨"组合成谜底"刑"。

314. 动

会后还须添后劲。

【解析】"会"后为"云",后"劲"是"力",合并为"动"。

力往基层使。

【解析】"基层"解为"层"字的基础部件,扣"云",加上"力"是"动"。

315. 扛

手工生产,全靠两肩。

【解析】"手"(扌)"工"合为"扛","全靠两肩"是从字义上提示。

提前施工。

【解析】"提"前是"扌",加上"工"成为谜底字。

316. 寺

寸土必得。

【解析】得"寸土"二字,组合起来就是"寺"。

48

一字一尺一，不用仔细量，你要不相信，庙里问和尚。

【解析】一尺一换算为十一寸。"十一寸"组合成一字，是"寺"。

317. 吉

画堂中间添一笔，天下无人不欢喜。

【解析】"画堂"中间，取"十口"，加一横组合为"吉"。"天下无人不欢喜"是针对字义而言的。

十一口，福长久。

【解析】"十一口"合为一字是个"吉"。"福长久"照应字义。

318. 扣

一边用手，一边用口。

【解析】一边用"手"（扌），一边用"口"，合并起来就是"扣"。

提头知尾。

【解析】"提"字头（扌）、"知"字尾（口），组合成"扣"。

319. 考

老是往下拐弯。

【解析】"老"字的"乚"如果往下拐弯，则成"考"。

烤火去了。

【解析】"烤"字之"火"去掉，剩"考"。

320. 托

虚心携手共向前。

【解析】"虚心"扣"七"，加上"扌"（携手），连同"向"字前面的一撇，组合成"托"。

伸手拔一毛。

【解析】"毛"拔掉"一"余"乇"，与提手旁"扌"合并出谜底。

321. 老

考在前，比在后。

【解析】"考"字前面的笔画"耂"与"比"字后面的"匕"合为"老"。

持匕相向子不孝。

【解析】"子不孝"，"子"字不要了的"孝"，是"耂"，加上"匕"成为"老"。

322. 执

提前服一丸。

【解析】"提前"扣"扌"，加一"丸"组成"执"。

削减势力。

【解析】"势"字之"力"削减去掉，剩"执"。

323. 巩

几多进球用头攻。

【解析】"球"以点（丶）象

49

形表示。"攻"字开头是"工"。"几""、""工"合为"巩"。

心存畏惧。

【解析】谜底"巩"加个"心"则成"恐"字,意扣"畏惧"。

324. 圾

极地树也不生。

【解析】"树"会意扣"木"。据"树也不生",从"极""地"两字里去掉"木""也",所余"及""土"合为谜底"圾"。

城头仿佛有三人。

【解析】谜底"圾"由"土"和"及"组成。"土"是"城"字前头,"及"犹如是由阿拉伯数字"3"和"人"构成的。

325. 扩

一手推广大发展。

【解析】"扌"(手)与"广"合并出"扩"。"大发展"提示字义,言扩充、扩展。

庙前接头。

【解析】"庙前"扣"广","接头"扣"扌",相合为"扩"。

326. 扫

一手推倒山。

【解析】"山"被推倒,变为"彐",与提手旁"扌"组合成"扫"。

担当一半。

【解析】"担"字左半部与"当"字下半部结合,为"扫"。

327. 地

他人一走起是非。

【解析】"他"字之"人"走开余"也"。"是""非"分别用符号"+""—"表示,犹如汉字"十""一"。"也""十""一"组合成谜底"地"。

池塘中间。

【解析】"池塘"两字中间的部件为"也土",合为一字是"地"。

328. 扬

携手杨树下。

【解析】"杨"字的"木"(树)撤下后,所剩右边部件加上提手旁"扌"成"扬"。

先后打场。

【解析】以"打"之先、"场"之后合并成谜底"扬"。

329. 场

牵肠挂肚空对月。

【解析】"肠""肚"两字中的一对"月"空去后,以所余右面笔画组成"场"。

地头杨树已伐光。

【解析】"地"开头笔画为"土";"杨"字中的树"木"去除,以余下的右半部与"土"合为"场"。

330. 耳

辞职之后。

【解析】"职"字后头的"只"辞去了,还有"耳"在。

添食能引鱼上钩。

【解析】"耳"加上食字旁"饣"成"饵"。饵是钓鱼时引鱼上钩的食物。

331. 共

拱手告别。

【解析】"拱"字的提手旁"扌"告别而去,留下"共"字。

供应别人。

【解析】"供"字的"人"离别去,剩下"共"。

332. 芒

忘却心事二十载。

【解析】"忘"退却"心"余"亡"。"二十"扣"艹",加上"亡"为"芒"。

盲目出走到花前。

【解析】"盲"字之"目"出走,余"亡";"花前"扣"艹",二者组合成"芒"。

333. 亚

山西日出。

【解析】山西省的别称是"晋",将其中的"日"取出,剩下"亚"字。

一字堪称老二,二横二竖二点,说它存心不善,让它有口难言。

【解析】头句照应谜底字义,第二句描述字形组成。"亚"字存"心"为"恶"(不善),有"口"则"哑"(难言)。

334. 芝

昔日一别又见之。

【解析】"昔"字之"日一"别了,留个"艹",见"之"构成"芝"。

花前遇之。

【解析】"花"前为"艹",遇"之"则成"芝"。

335. 朽

污水一除就植树。

【解析】"污"字中将"水(氵)一"除去,余"万","植树"示意加个"木",组成"朽"。

亏本——消除。

【解析】从"亏本"两字中将"——"消除,所剩"万木"合为谜底。

336. 朴

村前来了算卦人。

51

【解析】"村前"扣"木","算卦人"会意扣"卜"（占卜），相合为"朴"。

半卧枝头。

【解析】"卧"字用半边，与"枝头"之"木"合并为谜底。为了能拼凑出常用字，应当选用"卧"的右半部"卜"。

337. 机

花朵变形不见花。

【解析】"不见花"示意将首字"花"隐去，谜面剩下"朵变形"，"朵"字变形则成"机"。

胡乱插一朵。

【解析】"朵"字的结构打乱，部件重排成为"机"。

338. 权

隐藏树后。

【解析】"树"字后头的"寸"隐藏了，剩下"权"字。

森林毁了又栽成。

【解析】"森"字之"林"毁了，剩下"木"。"木"加"又"是"权"。

339. 过

讨去一半，还剩一半。

【解析】"讨"字去除一半，保留"寸"，与"还"的一半"辶"组合为"过"。

时日流逝去不还。

【解析】"时"字之"日"去除，余"寸"。"还"字的"不"去掉，剩"辶"。"寸""辶"组合为"过"。

340. 臣

为宦丢了乌纱帽。

【解析】宝盖"宀"可象形为帽子。"宦"字丢了"宀"，剩下"臣"。

卧在旁边，藏在中间。

【解析】谜底"臣"字在"卧"字左边、"藏"字中间。

341. 再

一去速度就慢。

【解析】"再"字上头的"一"去除，是"冉"。冉冉：慢慢地。

一江清水出高桥。

【解析】"一江"清除"水"余"一工"，"高桥"象形为"冂"，和"一工"搭建成"再"字。

342. 协

苦心操办。

【解析】"苦"字中心为"十"，加"办"组合成"协"。

力字加两点，不作办字猜，若是猜为字，也没猜出来。

52

【解析】"协"字构成是"力""十"以及"两点"。"十"字犹如加号"+"。谜面上排除了简单地用"力"添加两个点而猜作"办"或"为"。

343. 西

要女的离开。

【解析】"要"字下面的"女"离开了，剩"西"字。

择木而栖。

【解析】谜底"西"加上"木"而成"栖"。

344. 压

厂里有点土。

【解析】"厂"里有"点"（、）"土"，组成"压"。

一撇下面十一点。

【解析】"一撇"，本谜中指"一"和"丿"这两笔。"一""丿"下面"十一点（、）"，构成"压"。

345. 厌

厂内养条狗，实在让人烦。

【解析】"狗"即"犬"。"厂"内一"犬"，是讨厌的"厌"。

一点高升实可庆。

【解析】"厌"字里的一点（、）升上去，可变为"庆"字。

346. 在

外存一半，里放一半。

【解析】"存"字外边三笔加上"里"字的一半"土"，构成"在"。

锄草改茬。

【解析】"茬"字有所改变，将"草"（艹）锄去，余下"在"。

347. 有

朋友来了一半。

【解析】"朋友"两字的一半来组合成谜底"有"字。"朋"一半为"月"，"友"一半取"ナ"。

又要半天，又要一月，六画字中，一定不缺。

【解析】半个"天"，取"ナ"，与一个"月"合为六画字"有"。"一定不缺"是说有。

348. 百

见到右邻觉陌生。

【解析】"右邻"扣"阝"，谜底"百"见到"阝"便产生出"陌"字。

白首一先生。

【解析】"白"字头上生出个"一"，成"百"。

349. 存

在字写一半。

53

【解析】"在字"两个字写一半，组成谜底。用"在"字前面三笔和"字"的下边"子"。

节前要推荐。

【解析】"节"字前面笔画为"艹"。谜底"荐"字要有"艹"才能推出"荐"。

350. 而

一下见血。

【解析】"而"字上头的"一"下移，便见"血"字。

小铁耙，柄儿短，下面只有四个齿。

【解析】谜面形象描述"而"字的字形特点，把"而"联想为一铁耙。

351. 页

破格用人厂貌变。

【解析】"破格"解为破损的格子，形如"冂"，用"人"可成"贝"。"厂"字笔画变动后加上"贝"，得到"页"。

抛头颅。

【解析】"颅"字开头部件"卢"抛开了，余一"页"字。

352. 匠

半为近臣。

【解析】"近臣"两字的一半（斤匚）组合出谜底"匠"。

开口吃一斤。

【解析】"开口"扣"匚"，吃进一"斤"，成为"匠"。

353. 夸

排污水，大协作。

【解析】排除"污"的"水"（氵），余下"亏"，"大"与之协作，合为"夸"。

虽吃大亏受表扬。

【解析】"大亏"合一"夸"字，"受表扬"提示字义。

354. 夺

日落之时观天下。

【解析】"日"落之"时"为"寸"，"天"下面为"大"，"寸""大"合为谜底"夺"。

雁字排连十分低。

【解析】雁阵飞行时排列成"人"字或"一"字。"十分"别解为长度十分，即一"寸"，"人""一""寸"组合成"夺"。

355. 灰

发火又与友分离。

【解析】"又"与"友"分离，余"ナ"，加"火"变为"灰"。

头盔。

【解析】"盔"字头上是"灰"字。

356. 达

驮运一半。

【解析】"驮"的一半"大"与"运"的一半"辶",合为"达"。

一人坐船到。

【解析】船象形为"辶",里面加"一人"构成"达"。"到"照应字义。

357. 列

有人为例。

【解析】"列"若有"人"（亻）,合并为"例"字。

一夕共处山水中。

【解析】"山""水"二字中心笔画是"丨""丨",与"一夕"共同组成"列"。

358. 死

草草安葬。

【解析】两个草字头"艹"安放上去,谜底"死"字就会变成"葬"字。

比二多一半。

【解析】"比二多"一半,是"匕一夕",合为一字就是"死"。

359. 成

一字只有六画,有言不说谎话,有皿不会枯萎,有土不是乡下。

【解析】"成"有"言"（讠）为"诚",有"皿"为"盛",有"土"是"城"。

出言必诚。

【解析】"成"字出"言"合为"诚"。

360. 夹

此字一点点大,莫作头字来猜。

【解析】"点"用一个笔画表示,"一点点大"合为谜底"夹"。"一"字如果忽略,就会猜成"头"。

陕西省。

【解析】"陕"字西部的"阝"省掉,剩下"夹"字。

361. 轨

车八进一。

【解析】八进一和为九。"车""九"合并成"轨"。

九车并行,道路相同。

【解析】"九车"相并,构成"轨"。"道路相同"照应字义（轨道）。

362. 邪

陌头灭蚜虫。

【解析】"陌"头为"阝",灭掉"蚜"之"虫"余"牙",二者组成"邪"。

没有鼻子没有眼,牙齿长在

耳朵边，一看就知不正派，及时改正还不晚。

【解析】"牙"在"阝"（双耳旁）边，成为"邪"字。后面两句照应字义，劝人改邪归正。

363. 划

左操戈，右挎刀。

【解析】"戈"与立刀旁（刂）左右排列，构成谜底"划"。

戏剧节。

【解析】"戏剧"两字节省笔画，分别取其"戈""刂"组成谜底。

364. 迈

走之万里叫卖声。

【解析】一个走之"辶"，"万"字进到里面组成"迈"。"叫卖声"提示谜底字音，"迈"与"卖"读音相同。

放前差点逃脱一半。

【解析】"放"字前头是"方"，差"点"（丶）则为"万"。"逃"字脱掉一半，为使剩余部分与"万"能组合成字，应该保留"辶"而脱去"兆"。

365. 毕

田间竞赛。

【解析】"田"间为"十"，"竞赛"意扣"比"，相合成"毕"。

比千少一撇，比一多一直，不能猜作十。

【解析】前面两句分别能扣合谜底。"千"少一撇是"十"，与首字"比"合为"毕"。"比"加"一"再加上"丨"（直）也是"毕"。谜面的"比"字要参与组合谜底，否则会猜作"十"。

366. 至

上面减去十，下面加十一。

【解析】上面为减掉"去"的"十"，余"一厶"，在下面加上"十一"，得到"至"。

一去有变化。

【解析】"一去"两字笔画移动，可拼凑成"至"。

367. 此

打柴不见木。

【解析】"柴"字不见"木"，必是"此"字。

少一些，再少一些。

【解析】"些"字少"一"，再少"一",少掉下面的两个"一"后，余"此"字。

368. 贞

侦看无人留痕迹。

【解析】"侦"无"人"迹，仅为"贞"。

上下一道肃今贪。

【解析】"肃"字意为肃清，彻底清除。"肃今贪"，暗示清除"贪"字中的"今"，余"贝"。"上下一道"，指"上"字下掉一道线，可去掉下面一横，以余下的两笔与"贝"组成"贞"。

369. 师

筛掉两个。

【解析】"筛"失掉两个"个"，即去掉上面竹字头，余下"师"字。

一去就统领千军。

【解析】"师"字去掉"一"为将帅的"帅"，"统领千军"照应字义。

370. 尘

别看土堆小，风来到处跑。

【解析】"土"上堆积"小"，成为"尘"。"风来到处跑"对应字义，指灰尘、尘土。

小王一去不知返。

【解析】"小王"里的"一"离去，余"小土"组成谜底字。

371. 尖

一个大，一个小，小的倒比大的高。

【解析】一"大"一"小"构成"尖"。"尖"字的"小"在高处，"大"在底下。

无奈之中，上下颠倒。

【解析】"奈"字中间的"二"没有了，所余"大""小"上下颠倒就是"尖"。

372. 劣

少加一半不要吵。

【解析】"少"与"加"的一半"力"组合，得到"劣"。"少"如与"加"的另一半"口"组合则成"吵"字，"不要吵"排除了猜"吵"字。

只因出力少，成绩总不好。

【解析】"力""少"合为"劣"。谜面第二句提示字义。

373. 光

不大一会儿。

【解析】"不大"则"小"，加上"一"又会"儿"，构成"光"字。

入党前后要一致。

【解析】"党"字前后部件（⺌儿），中间再要个"一"，构成"光"。

374. 当

妇女节南京相聚。

【解析】"妇"字之"女"节除，

57

剩"ヨ";"南京"扣合"小"（京字南部），二者组合为"当"。

雪下得小。

【解析】"雪"字下面是"ヨ"，得"小"组成"当"。

375. 早

十日并出。

【解析】"十日"组合起来，为"早"字。

西去此潭水已无。

【解析】"潭"字"西"去"水"（氵）也无，只剩下"早"。

376. 吐

城邑之前。

【解析】"城"之前是"土"，"邑"之前为"口"，合起来就是"吐"。

方到国庆。

【解析】"方"别解作方形、方格，扣"口"。国庆是十月一日，简称"十一"。"口""十一"组合成"吐"。

377. 吓

一口咬掉虾头。

【解析】"虾"字前头的"虫"没有了，换为一"口"，成了"吓"。

方来一下就害怕。

【解析】"方"扣"口"，加"下"则成"吓"。"害怕"是从意思上提示。

378. 虫

集中一点，猜卜不算。

【解析】集"中一点"三个部件，得到"虫"。如果思路是把"一点"两个笔画集中起来，会得到"卜"，谜面对此已予以否定。

虽出面，不张口。

【解析】"虽"字不要"口"，是"虫"。

379. 曲

相貌生得恶，六口两只角，看起来弯多，听起来快乐。

【解析】"曲"字有六个"口"，两只"角"。后两句提示了谜底的不同字义（弯曲、乐曲）。

两层楼，六间房，两根烟囱一样长。

【解析】谜面以象形手法对"曲"的字形作了描述。"曲"字形如两层楼房，每层三间，上面出头部分想象为烟囱。

380. 团

打破框框便成才。

【解析】"团"字的框框打破没有了，里面是"才"。

国内空白才填补。

【解析】"国"内空白，里面的"玉"没有了，然后把"才"填补进去，成"团"。

381. 同

回字移一笔，意思都一样。

【解析】"回"字移动一笔，变为"同"。"意思都一样"即相同。

半口比一口大。

【解析】半"口"里面装"一口"，构成"同"。

382. 吊

方头巾。

【解析】"吊"字头部"口"是方形的，下面为"巾"。

布告下达。

【解析】"布告"两字的下面部分"巾口"到达，组成"吊"。

383. 吃

这口气一定要出。

【解析】"气"出去"一"，余"乞"，和"口"合并成"吃"。

乞讨一口。

【解析】"乞"讨来一个"口"，组合为"吃"。

384. 因

有火就有烟。

【解析】"因"字有"火"就成"烟"。

意中人。

【解析】"意"中间是"日"字，加上"人"成"因"。

385. 吸

三人会合守一方。

【解析】"吸"字由"口""及"组成，"口"扣"方"（方格、方形），"及"犹如阿拉伯数字"3"和"人"会合构成的。

舍后曲径留人迹。

【解析】"吸"字前面是"口"，对应"舍后"（"舍"字后边）；"吸"右边的"及"可拆出一个"人"，曲折如"3"的一笔象形为曲径。

386. 吗

河内、罗马。

【解析】"河"内是"口"，再收罗一个"马"就组成"吗"。

一边哄，一边骗。

【解析】"哄"字左边与"骗"字左边组合为"吗"。

387. 屿

写出一半是小岛。

【解析】"写出"两字的一半（与山）组合成"屿"，意思是小岛。

59

一溜好似五座山。

【解析】"屿"字左边是"山",右边为"与","与"下面的"一"溜走了,似阿拉伯数字"5"。

388. 帆

几曾蹲点帮后进。

【解析】"几"加一个点(、),"帮"字后面的"巾"再进入,组成"帆"。

布展后几番装点。

【解析】"布"字展现后面的"巾",加上"几",再装进"、"(点),得到"帆"。

389. 岁

多出一半,猜夕不算。

【解析】"多"一半是"夕","出"一半为"山",组合成"岁"。"猜夕不算"提醒你,别按"多"字出一半的思路去猜"夕"。

山下一夜晚,猜字可真难,你要不相信,让你猜一年。

【解析】"夜晚"会意为"夕"。"山"下一"夕",成"岁"。"让你猜一年"照应字义,一岁即一年。

390. 回

国外进口。

【解析】"国"外是一方框"口",进个"口"则成"回"字。

嘴比嘴大,嘴比嘴小,嘴被嘴吃,嘴把嘴咬。

【解析】"嘴"会意为"口"。一大一小两个"口"组装出"回"。

391. 岂

我在山下。

【解析】"我"就是自己,以"己"代替,放于"山"下,成"岂"。

下岗后一起走了。

【解析】下掉"岗"字后面部件(冈)余"山","起"字的"走"字不要余"己",合之成"岂"。

392. 刚

高桥错落山水间。

【解析】"高桥"象形为"冂",一个错号"×"落入其中构成"冈"。"山水"中间为"丨""丨",与"冈"组合成谜底"刚"。

下岗别后却相逢。

【解析】"下岗"扣"冈","别后"扣"刂",相逢合为"刚"。

393. 则

恻隐之心。

【解析】"恻"隐去"心"(忄),剩"则"。

人架高桥山水间。

【解析】"高桥"象形为"冂","人"与之合为"贝"。"山水间"指"山水"两字的中间笔画,扣"刂"。"贝""刂"合为"则"。

394. 肉

人人开口。

【解析】打开的"口",扣"冂",加上"人人",成"肉"。

一间房子没南墙,两个人儿里面藏,一人骑在一人肩,伸着头儿朝外望。

【解析】头句象形为"冂",加上重叠的两个"人",得到"肉"。

395. 网

齐心再齐心,三面来包围。

【解析】"齐"字中心为"乂"。"三面来包围"象形为"冂",里面两个"乂",组装成"网"。

一错再错因开口。

【解析】"错"用符号表示为"×","开口"(冂)里面两个错号,成"网"。

396. 年

好像是午后一点。

【解析】"年"好似"午"字后面加"一"和"丶"(点)。

舞会始终。

【解析】"舞"字起始笔画"ノ"与右下方的最终部件合成"年"。

397. 朱

木字多一撇,猜禾身价跌。

【解析】"木"多"一""ノ",为"朱"。"一"字不要忽略,以免猜成"禾"。

未有一撇。

【解析】"未"有一"撇"。"未"加上"ノ",构成"朱"。

398. 先

干洗。

【解析】"干"示意无水。"洗"字的三点水没有了,是"先"。

选一半到前面。

【解析】"选"字有一半是"先"。"到前面"提示字义。

399. 丢

去见秃头。

【解析】"秃"头为撇,"去"见到一撇(ノ),组合成"丢"。

向前去。

【解析】"向前"扣"ノ",指"向"字前头一撇,与"去"组合为"丢"。

400. 舌

一个字,千张嘴,要想活,

给它水。

【解析】"舌"字有"千口",即千张嘴。"舌"字要想成为"活",应加上三点水——"给它水"。

一字有千口,我有你也有。

【解析】"舌"字组成是"千口",舌头我有你也有。前句针对字形,后句对应字义。

401. 竹

本来就不聪明。

【解析】谜底为"竹","本"来与竹字头"𥫗"组合就是"笨",意思不聪明。

左一个,右一个,两个一起并排着,头像脚像浑身像,难分弟弟和哥哥。

【解析】两个"个"并列,构成"竹"字。

402. 迁

适当出口。

【解析】"适"字的"口"出去,所余部件是"迁"。

千里行舟。

【解析】"舟"象形扣走之"辶","千"进到里面,构成"迁"。

403. 乔

坐轿不要车。

【解析】"轿"字里面的"车"不要了,剩下"乔"。

有女过度宠爱,有人住在海外,有马傲气十足,有车却要人抬。

【解析】谜底"乔"字如有"女、人(亻)、马、车",将分别组合为"娇、侨、骄、轿"四字。每句后面部分对所组成的新字作了提示。

404. 伟

苇草收割有人来。

【解析】"苇"字的"草"(艹)收割了,余下"韦",有"人"来合为"伟"。

派一人去外围。

【解析】去除"围"字外边笔画,余"韦",与派来的"人"合并成谜底。

405. 传

专人联系。

【解析】"专人"联系,组合为"传"。

一边转一边停,递信息快又灵。

【解析】用"转"字右边的"专"与"停"字左边的"亻"组成"传"。"递信息快又灵"对应字义:传递。

406. 乓

当兵条件缺,八字没一撇。

62

【解析】"兵"下面"八"字没一撇,成了"乒"。

这个兵士去参战,左腿受伤已折断。

【解析】"兵"字"左腿"折断,成为"乒"字。

408. 休

人在树旁好歇凉。

【解析】"人"在树"木"旁,成"休"字。"歇凉"暗示休息。

困难之中团结紧。

【解析】"困"之中是"木","难"之中是"亻",相合为"休"。

409. 伍

吾旁有人难张口。

【解析】"吾"旁有"人"难张"口"。"吾"不要"口"余"五",旁边加"人",成"伍"。

五人为一组。

【解析】"五人"组合在一起,得到"伍"字。

410. 伏

有一半默认。

【解析】"默认"两字选取一半,以"默"字右边"犬"和"认"字右边"人"组成"伏"。

人要有一点雄心。

【解析】用"人""一""、"(点)"亻"("雄"心),四个部分合为"伏"字。

411. 优

离休之后心无忧。

【解析】"休"之后(木)离开余"亻","心"无"忧"为"尤",二者合为"优"。

一半就位。

【解析】"就"一半是"京""尤";"位"一半是"亻""立"。以"尤""亻"组合成为谜底"优"。

412. 伐

你一半,我一半,同心干,把树砍。

【解析】"你"的左边一半(亻)与"我"的右边一半(戈)合并为"伐"。"把树砍"照应字义。

我在东来你在西。

【解析】"我"字东部为"戈","你"字西部是"亻",合并成"伐"。

413. 延

个个罢筵。

【解析】"筵"字里的"个个"罢去,余下"延"字作谜底。

荒诞之言。

【解析】"诞"字之"言"(讠)

荒废了,剩"廷"。

414. 件

人生难得一相逢。

【解析】"人生"不见"一",余"人牛"合为"件"。

丢人献丑。

【解析】"件"字丢掉"人",为"牛"。生肖"牛"对应地支"丑",故谓献"丑"。

415. 任

白头人士。

【解析】"白"头一撇,连同"人士"组合为谜底"任"。

左边加一是一千,右边减一是一千,多的加在少的上,不多不少是两千。

【解析】"任"字左边是"亻",加个"一"就是"千"字;右边"壬"减"一"也是"千"。"任"右下方的"一"移到左边去,正好变成两个"千"。

416. 伤

人到高年,犹有后劲。

【解析】"人"即偏旁"亻","高年"("年"字高处)扣"𠂉","后劲"扣"力",以上几部分组合成"伤"。

一人无力前边站,一人有力后边躺,此事并非不公平,只因受损不健康。

【解析】"伤"字前面是一个单立人"亻",后边"𠂉"犹如躺下的"人"字,下面还有"力"。后面提示受伤了。

417. 价

二人相伴走川中。

【解析】"川"字中间一竖走开,剩下两笔与两个"人"合为"价"。

一人踩高跷,一人站着瞧。

【解析】"价"字右边似一"人"踩高跷,"介"下面两笔象形为高跷。而"价"字左边是单立人。

418. 份

退休之后方别离。

【解析】退去"休"字后面笔画"木"余"亻","别离"会意扣"分","亻""分"合为"份"。

分外有雄心。

【解析】"雄"字中心是"亻","分"外有"亻"组成"份"。

419. 华

古稀之年雄心在。

【解析】古稀之年指七十岁。"七十"和"亻"(雄心)组成"华"。

十字花下

【解析】"花"下为"化","十"字与之组合成"华"。

420. 仰

昂头不见低头见。

【解析】"昂"头部不见,剩下"卬","低头见"说明有个"亻"("低"字前头),二者合为"仰"。

却放扁舟迎归人。

【解析】"扁舟"象形为"辶","迎"字的"辶"放走了,留下"卬",再归来"人",合并出谜底"仰"。

421. 仿

住房无户主。

【解析】"住房"二字无"户主",余下"亻""方",合为谜底"仿"。

左边一千少些,右边一万多点。

【解析】"千"少一横为"亻","万"多一个点是"方",相合成"仿"。

422. 伙

仲秋前后。

【解析】"仲"之前是"亻","秋"之后为"火",合并出"伙"。

华灯初上。

【解析】"华"字初始笔画"亻"与"灯"字初始笔画"火"用上,构成"伙"字。

423. 伪

为何不可。

【解析】谜面顿读成"为/何不可"。"何"不要"可"剩"亻",加上"为"字组成"伪"。

好像不为自己,其实虚情假意。

【解析】谜底"伪"拆开是"为人"(不为自己),它的意思是虚假。

424. 自

一叶障目,有己无人。

【解析】"丿"象形为一片叶子,放在"目"前,构成"自"。"有己无人"提示字义自己。

咱在后面。

【解析】"咱"字在后面的,就是"自"。

425. 血

一举而成。

【解析】"血"底部的"一"往上举,成了"而"字。

白头蓝底红全身。

【解析】"白"头为"丿","蓝"底是"皿",组合成"血"。"红全身"指血液是红色的。

426. 向

前响未曾来。

65

【解析】"晌"字前头的"日"没有来，是个"向"字。

一直未得成句。

【解析】"向"字左边的一直（丨）没有得到的话，就成为"句"。

427. 似

三人踢球，一人卧倒。

【解析】"似"字中好像有三个人，中间一个是呈卧倒状的。里面的一点（丶）象形作球。

拟动手换人。

【解析】"拟"的"手"（扌）换为"人"（亻），变成"似"。

428. 后

同心建厂厂貌变。

【解析】"同心"解作"同"字中心，为"一口"，加上笔画变动的"厂"，构成"后"。

沾土结垢。

【解析】"后"字沾"土"结为"垢"。

429. 行

少夫人小心往前。

【解析】"夫"字的"人"少了，余"二"；"小心"解为"小"字中心笔画，是竖钩"亅"；"往"字前面为双人旁"彳"。以上三部分合

为"行"。

街中积土已清除。

【解析】把"街"字里面的"圭"（两个"土"堆积而成的）清除掉，剩下两侧笔画合并为"行"。

430. 舟

是船不叫船，只因缺半边。

【解析】"舟"意思是船，"舟"的字形正好是"船"字的半边。

丹心一点到白头。

【解析】"白"头是一撇。"丹"里加进一点（丶），前头再加上一撇，组成"舟"。

431. 全

点滴积累可成金。

【解析】"全"字"点滴"积累即加上两点，成为"金"。

大干变了样。

【解析】"大干"两字笔画移位，能变成"全"。

432. 会

人在底层。

【解析】"层"字的底部为"云"，有"人"在，则组成"会"。

人在高处走，云在脚下行。

【解析】"人"在上，"云"在下，构成"会"字。

433. 杀

齐心植树。

【解析】"齐"字中心笔画"义"加个"木"（植树），得到"杀"。

刹那间刀已飞出。

【解析】"刹"字的立刀旁（刂）移开，剩下"杀"。

434. 合

人要同心。

【解析】"人"加上"同"字中心部件，组成"合"。

有皿能把物存，有口笑出声音，有手把物取走，有鸟可传书信。

【解析】谜底"合"字，分别加上"皿""口""手""鸟"，则组合为"盒""哈""拿""鸽"。每句后面文字对组合出的新字作了提示。

435. 兆

有木花枝俏，有脚蹦得高，有手肩上扛，有目向远瞧。

【解析】谜底"兆"字,有"木"为"桃"（桃花枝头俏），有"脚"（用足字旁"𧾷"替代）就"跳"（跳才蹦得高），有"手"（扌）便"挑"（挑在肩上扛），有"目"则"眺"（眺向远方瞧）。

点点滴滴记儿心。

【解析】"兆"字两边的四笔扣合"点点滴滴"，中心是个"儿"字。

436. 企

人要一直求上进。

【解析】"一直"别解为笔画，即一竖"丨"。"人"要"丨"，再进个"上"字，组成"企"。

让人止步。

【解析】"人"和"止"组合为谜底"企"。

437. 众

分开是三人，不分是一群。

【解析】"众"字分开是三个"人"。"众"字的意思是许多人。

一字六笔，无横无直，单人不认，大伙都识。

【解析】六画字"众",全由撇、捺两种笔画组成。后两句暗示谜底有众多之意。

438. 爷

节后见父亲。

【解析】"节"字后部与"父"合为谜底"爷"。

爸爸寸草也节省。

【解析】"爸爸"会意为"父"。"节"省去"艹"（草）所余笔画与"父"合为"爷"。

439. 伞

一个重点。

【解析】"重"异读作重复的重,"重点"别解为重复的点。"一个"加上两点,得到"伞"。

一人削了平头。

【解析】"平"字头部一横去掉,以余下笔画和一个"人"组成"伞"字。

440. 创

后舱在右侧。

【解析】"后舱"扣"仓","右侧"扣"刂",二者合并为"创"。

断枪断剑受了伤。

【解析】"断枪断剑"暗示"枪剑"二字是残缺的,只有一部分。从"枪剑"中各取一部分(仓刂)便可组成"创"。"受了伤"提示字义(创伤)。

441. 肌

又来加入一股。

【解析】"肌"字如有"又"来加入,则成为一个"股"字。

月亮有几个,你往身上摸,体弱者必少,体壮者必多。

【解析】头句的"月""几"两个字合并为谜底"肌",后面提示字义,指肌肉。

442. 朵

拆机重装。

【解析】拆开"机"字为"木""几",重新组装、改变结构可得"朵"。

凤落枝头又飞去。

【解析】"凤"字之"又"飞去余"几","枝头"扣"木","几"在"木"上合为一"朵"。

443. 杂

八九不离十。

【解析】"八九"和"十"合为一字,是"杂"。

动机不纯。

【解析】"机"字笔画及结构变动,可成"杂"字。"不纯"提示字义。

444. 危

有木舟中耸立,有足只好屈膝,有话不可轻信,它与安全为敌。

【解析】谜面前三句依次隐射"桅""跪""诡"(有"欺诈"的意思),第四句提示谜底字义。

跪在后头。

【解析】"跪"字后头是"危"。

445. 旬

恰好是一句,不作向字猜。

【解析】"旬"字组成是"一句"。如果把"一"旋转90度（或换作阿拉伯数字"1"）使用，可得"向"字。

句中有一字，每月见三次，就是高手猜，也得猜十日。

【解析】"句"中有"一"字，组装出"旬"字。一个月分上旬、中旬、下旬，因而"每月见三次"；十日为一"旬"，所以谜面最后强调要猜"十日"。

446. 旨

用手一指。

【解析】谜底"旨"用"手"（扌）就成了"指"。

残花一片，犹有余香。

【解析】残损之"花"可取"匕"，"香"字剩余可取"日"，合为"旨"。

447. 负

赔掉一半，减免一半。

【解析】"赔"字掉了一半，为构成谜底，应该掉"音"留"贝"。"免"减去下面一半余斜刀头"⺈"，与"贝"组合成"负"。

失败之后争先进。

【解析】失去"败"字后面部分，剩前面"贝"，"争"字前头部件（⺈）进入，合为"负"。

448. 各

路旁无足迹。

【解析】"路"没有前面的足字旁成"各"。

务必出力抓进口。

【解析】"务"必出"力"抓进"口"。"务"出"力"，余上头"夂"，进个"口"组成"各"。

449. 名

一字人人有，晚上才开口。

【解析】"晚上"会意扣"夕"，加"口"构成"名"。姓名人人都有。

岁末恰逢周末。

【解析】"岁"字末尾为"夕"，"周"字末尾部件是"口"，相合成"名"。

450. 多

除夕即岁末。

【解析】"多"字中除去一"夕"，还剩一个"夕"，即"岁"末。

一字生得巧，上下可颠倒，无论谁在上，反正都不少！

【解析】"多"字上下部件相同，上下颠倒后还是"多"。

451. 争

别心急，要小心。

69

【解析】"急"字的"心"不要，所剩部分加上"小"字中心的竖钩（亅），构成"争"。

个个会做筝。

【解析】"个个"来与谜底"争"相会，成为"筝"。

452. 色

盼望争先进。

【解析】"盼望"意扣"巴"，"争"先为"⺈"，组合成"色"。

巴望争先。

【解析】"争"字先头部件"⺈"与"巴"组合，成为"色"。

453. 壮

不见衣装。

【解析】不见"衣"字的"装"，为"壮"。

十一将前来。

【解析】"将"字前面笔画（即左边"丬"）来，与"十一"共同组成谜底。

454. 冲

两点半钟。

【解析】笔画"两点"，连同半个"钟"，能组成"冲"。

冷雨飘零中。

【解析】"冷雨"飘"零"再加"中"。"冷雨"飘去"零"的部件（去掉"雨令"），余"冫"，加个"中"成为"冲"。

455. 冰

点滴节约自来水。

【解析】"冰"字去掉两点水（点滴节约），自然成为"水"字。

两点水。

【解析】两点加个"水"字，得到"冰"。

456. 庄

搬走木桩。

【解析】"桩"字的"木"搬走了，余下"庄"。

座中无人。

【解析】"座"字中无"人"，是个"庄"字。

457. 庆

庵内停电。

【解析】"庵"内没有"电"，余"庆"。

去掉木床一人睡。

【解析】"床"去掉"木"余"广"，加进"一人"，得到"庆"。

458. 亦

弯头。

70

【解析】"弯"字头部，是个"亦"。

无心留恋。

【解析】没有"心"留在"恋"字里，是"亦"。

459. 刘

别后撰文。

【解析】"别"字后面笔画是"刂"，加"文"为"刘"。

汉高祖文武双全。

【解析】汉高祖是刘邦。"刘"字里有"文"有刀（刂），刀表示从武，故曰文武双全。

460. 齐

济水奔流。

【解析】"济"之"水"（氵）奔流而去，剩下"齐"。

川中不见有文来。

【解析】"川"字中间一竖不见了，有"文"来组合，得到"齐"。

461. 交

六处错误。

【解析】"错误"用符号"×"表示，和"六"组成"交"。

一口咬定。

【解析】谜底"交"加个"口"，必得"咬"。

462. 次

缺两点。

【解析】"缺"会意扣"欠"，加上两个点成为"次"字。

首尔来人两点到。

【解析】"首尔"解作"尔"字头部，为"⺍"，再来"人"，又有两点到，构成"次"。

463. 衣

没有后裔。

【解析】"裔"字后面部分没有了，是"衣"。

依然无人来。

【解析】"依"无"人"来，为"衣"。

464. 产

竖后加一撇。

【解析】"竖"字后头是"立"字，在其下面加一撇，成了"产"。

六厂联合。

【解析】"六厂"两字合在一起，为"产"。

465. 决

没有冰水心不快。

【解析】没有了"冰"字的"水"为"冫"，"心"（忄）不要了的"快"

71

为"夬",与"冫"合并成"决"。

大半口多点点。

【解析】"半口"解作半个"口"字,取第二笔横折"𠃌",与"大"组成"夬",多"点点"则成"决"。

466. 充

允许多一点。

【解析】"允"字多"一"和"丶"(点),成为谜底"充"。

许以芳心。

【解析】"许"会意扣"允","芳心"别解为"芳"字中心即"宀",二者组合成"充"。

467. 妄

上面忘一半,下面要一半。

【解析】谜底是上下结构字。上面是"忘"字的一半(亡),下面为"要"的一半(女)。

盲目出走,遇上女友。

【解析】"盲"字之"目"出走后余"亡",加个"女"得到"妄"。

468. 闭

才进门就关门。

【解析】"才"进"门",成为"闭"字。"就关门"提示字义。

才入门。

【解析】"才"字入"门",组合成"闭"。

469. 问

门口相逢就请教。

【解析】"门口"二字相逢,合为"问"。"请教"照应谜底字义。

入门无犬吠。

【解析】"无犬吠"扣合"口",进入"门"中构成"问"。

470. 闯

跑马入屋惹祸端。

【解析】"屋"会意扣"门","马"字进入后组成"闯"。"惹祸端"是说闯祸了,照应字义。

闪出一个人,进来一匹马。

【解析】"闪"字的"人"出来,余"门",一"马"进入,得到"闯"。

471. 羊

植树就变样。

【解析】"植树"暗示加"木",谜底"羊"加上"木"就变成了"样"。

有人装模作样,有病难卧难躺,有木一般不卖,有气万众分享。

【解析】谜面四句分别隐射"佯""痒""样""氧",包含了谜底"羊"字。

472. 并

开头两点。

【解析】"开"字上头加两点，变成"并"。

首先要消除弊端。

【解析】"首先"，取"首"字前面三笔；消除"弊"端，余下面"廾"，二者相合为"并"。

473. 关

两点之后二人来。

【解析】"两点"扣合笔画"丷"，后面加"二人"，构成"关"字。

美中不足。

【解析】"美"字中间的笔画没有了，去掉三笔成为"关"。

474. 米

树上的鸟儿成双对。

【解析】"米"字为"木"上头两个点，这两点象形为两只鸟儿。

十字在当中，四角炮弹轰。

【解析】"十"字四角各加一笔（象形成炮弹），构成"米"。

475. 灯

一半打烊。

【解析】"打"一半为"扌""丁"，"烊"一半是"火""羊"，"丁""火"组合可得一字，即谜底"灯"。

大小参差光照人。

【解析】"大小"两字笔画移动参差组合，可成"灯"字。"光照人"提示字义。

476. 州

繁星一二点，相继入川中。

【解析】"、"象形为星星。"一二点"别解为一加二共三点。三个点进入到"川"中，构成"州"。

蜀水横流。

【解析】"蜀"是四川的别称，扣合"川"（四川），"水"指三点水"氵"，横放于"川"里，成为"州"字。

477. 汗

一字共六笔，干湿在一起，凡事要成功，对它别吝惜。

【解析】"汗"字有"干"有"水"（氵），即"干湿在一起"。后面提示字义，指汗水。

点水蜻蜓款款飞。

【解析】"蜻蜓"象形成"干"，和"氵"（水）组合为"汗"。

478. 污

一半属浮夸。

【解析】取"浮"字左边的"氵"与"夸"字下面的"亏"合并成"污"。

73

亏得有水来。

【解析】"水"用偏旁"氵"代替，"亏"有"氵"成为"污"。

479. 江

半缸油。

【解析】半个"缸"字与半个"油"字组合，可得一"江"。

一到里面狗就叫。

【解析】"江"里加个"一"得到"汪"。"汪"作拟声词，是形容狗叫声。

480. 池

也还沾边。

【解析】"也"和"沾"字左边三点水组合，成为"池"。

一马奔驰到江边。

【解析】"驰"字之"马"奔去，余"也"；"江"边取"氵"，"也""氵"合并成"池"。

481. 汤

烫头。

【解析】"烫"字头部，是个"汤"。

退场之前汗未干。

【解析】"汗未干"扣"氵"（"汗"字未有"干"），退掉"场"字前面部件（土）后，以后面部分与"氵"合为"汤"。

482. 忙

猜忘可不行，死了这条心。

【解析】"死了"会意为"亡"，加上竖心旁成"忙"。如果"亡"直接加个"心"则是"忘"，谜面头句已作否认。

忘怀一半。

【解析】"忘怀"二字各出一半（亡忄）来组合成谜底"忙"。

483. 兴

举头喜洋洋。

【解析】"举"字上头是个"兴"，"喜洋洋"对应字义。

三个蛤蟆爬上岸，两只底下钻，猜着了，喜满面。

【解析】象形法猜解。"兴"字中间一横看成岸边，其余五笔均象形为蛤蟆。"喜满面"照应谜底字义。

484. 宇

安于无女之状。

【解析】"安于"无"女"，余下"宀于"，组合成"宇"。

远看像个字，近看不是字，上下都一样，中间脖子直。

【解析】"宇"与"字"字形十分相似，上下完全一样，只是中

74

间略有不同:"字"字"脖子"斜,"字"字"脖子"直。

485. 守

杜绝火灾,十分必要。

【解析】"灾"字的"火"不要,是宝盖"宀";"十分"别解成长度,为一"寸",与"宀"组合成"守"。

付出人的一点爱心。

【解析】"付"字的"人"出去了,还有"寸","一点"扣"丶","爱心"扣合禿宝盖"冖",以上三部分组成"守"。

486. 宅

寄托前后。

【解析】"寄托"两字的前后部件为"宀"和"乇",组成一个字为"宅"。

戴帽何须用手托。

【解析】"何须用手托"暗示"托"字不要提手旁"扌",为"乇",再"戴帽"即加个"宀",成为"宅"。

487. 字

见点滴就学。

【解析】"点滴"指两个点的笔画。谜底之"字"加上两个点,就是"学"。

家里杀猪为得子。

【解析】"豕"即"猪","杀猪"暗示将"家"里的"豕"灭掉,剩个"宀",得"子"便成"字"。

488. 安

宝玉去,她也去。

【解析】"宝"字的"玉"去了,剩"宀";"她"字之"也"去了,余"女",所剩两部分组成"安"。

来日设宴。

【解析】谜底"安"字,来个"日"可装配成"宴"。

489. 讲

半耕半读。

【解析】"耕"字右半部"井"与"读"字左半部"讠"组合,得到"讲"。

井旁发言。

【解析】"井"字旁边加个言字旁(讠),构成"讲"字。

490. 军

挥手告别。

【解析】"挥"字的提手旁告别离开后,还剩一个"军"。

远看像篷车,近看是部队,既能御外敌,又能保国内。

【解析】"军"字下面是"车",上头"冖"象形为篷。后三句对应字义。

491. 许

白马。

【解析】"白"解为说，扣言字旁"讠"；"马"借代扣地支"午"，"讠""午"合为"许"。

午前发言。

【解析】"午"字前加个言字旁，成为"许"字。

492. 论

谈罢之后人倾心。

【解析】"谈"字罢掉了后面的"炎"，剩"讠"。"人"与"倾"字中心笔画"匕"合为"仑"，加上"讠"成谜底。

此后待人诚为先。

【解析】"此"字后面是"匕"，加"人"成"仑"；"诚"字先前部分是"讠"，"讠"与"仑"合并成"论"。

493. 农

加水却变浓。

【解析】谜底"农"字，加"水"（氵）则变成"浓"。

看似连帽衣。

【解析】"农"字好似"亠"（象形为帽子）和"衣"相连而成。

494. 讽

风为谁起。

【解析】"谁起"扣"讠"，指"谁"字的起始部分。"风"与"讠"合并为"讽"。

过江千尺浪，入竹万竿斜。

【解析】谜面系唐代李峤《风》诗句，"言（讠）风"合为"讽"。

495. 设

一半得殿试。

【解析】"殿试"二字取出一半来组合，得到谜底"设"。

股东会发言。

【解析】"股东"扣合"殳"，指"股"字东面的笔画。"发言"暗示加个言字旁。"殳"加"讠"合为"设"。

496. 访

设施落后。

【解析】"设施"两字后面的部件落掉了，剩余前面的"讠""方"，组合出"访"。

不信来调查，纯系地方话。

【解析】头句照应字义，是说调查访问。后句对应字形组成，地方话即"方言"，合为"访"。

497.寻

村后一峰横。

【解析】"村后"扣"寸","峰"即山峰可扣"山",横倒之后变成"彐",和"寸"构成"寻"。

只要有寸地立足,就能把高山搬倒,这字在哪儿见过?找!

【解析】"寸"在下面(立足),高处"山"搬倒成"彐",构成谜底"寻"。谜面结尾一句"找!",是从字义上对谜底进行暗示。

498.那

一一带刀来阵前。

【解析】"阵"前为"阝","一一"带"刀"加上"阝",共同组成"那"。

阶前依稀月。

【解析】依稀:相像、类似。"那"字左边部件,与"月"字有些相似(依稀"月"),只是一撇移到中间去了。右边"阝"与"阶前"对应,在"阶"字前面。

499.迅

底气十足力无边。

【解析】"底气"解作"气"字底部,为"乁";"十足"指有个"十"字;"力无边"即"边"字无"力"之意,得到"辶",以上三部分组合为谜底"迅"。

水汛解除送出关。

【解析】"汛"字之"水"(氵)解除,余"卂"。"送"字移出"关"剩"辶"。"卂""辶"合为"迅"。

500.尽

一尺多点点。

【解析】"尺"多"点点",即增加两个点,成了"尽"。

两个马蹄十寸长。

【解析】马蹄象形为"、",十寸换算成一"尺"。两个"、"和"尺"构成谜底"尽"。

501.导

抱残守缺。

【解析】谜面"残""缺"暗示"抱""守"二字不完整,取用其部分笔画组成谜底。选取"抱"字的"巳"、"守"字的"寸",组成"导"。

有蛇要小心一点。

【解析】生肖地支对应,"蛇"借代扣"巳"。"小心"理解为"小"字的心,扣中心笔画"亅",与"一""、"(点)组成"寸"。"巳""寸"合为"导"。

502.异

蛇一离开便不同。

【解析】生肖"蛇"借代扣地支"巳","一"离"开"余"廾",二者合为"异"。"不同"提示字义。

蛇年定要除弊端。

【解析】"蛇年"对应"巳",除去"弊"端余"廾",二者合为"异"。

503. 孙

孔雀东南飞。

【解析】"孔"字东面的"乚"飞去余"子","雀"字南面的"隹"飞离余"小"。"子""小"合并成"孙"。

享乐在后。

【解析】"享乐"二字在后面的,分别是"子""小",合为一字就是谜底。

504. 阵

车队缺人,重新组建。

【解析】"车队"缺"人",剩下"车阝","重新组建"之,可得"阵"。

斩头除去尾。

【解析】"斩"之头为"车","除"字去掉尾部余"阝",相合为"阵"。

505. 阳

孤帆一片日边来。

【解析】"孤帆一片",象形为"阝",来到"日"字旁边,构成"阳"。

当日半阴半晴。

【解析】"当日"提示谜底字义,"阳"当是"日",即太阳。"半阴半晴"扣合字形:"阴"的左半边(阝)与"晴"的左半边(日)组合,可得"阳"字。

506. 收

叫来一半,放走一半。

【解析】"叫"字来右半边"丩","放"字走掉左半边而留下"攵",合为谜底"收"。

解散之前,叫到一边。

【解析】解除"散"的前面部件,余右边"攵";"叫"字选用右边"丩",合为"收"。

507. 阶

东郊长亭两依依。

【解析】"东郊"以方位法扣"阝","长亭"象形为"介",二者相依构成"阶"。

先后降价一半。

【解析】"降价"两字取用一半,取"降"之先、"价"之后合为一字"阶"。

508. 阴

清辉洒阶前。

【解析】清辉多指月光,可以

扣合"月"。"阶前"按方位法扣合双耳旁"阝"。二者合为"阴"。

明日去升旗。

【解析】"明"字之"日"去除，余下"月"；"升旗"示意加个"阝"（象形为旗子），故得谜底"阴"。

509. 防

院前房后。

【解析】"院"前是"阝"，"房"后为"方"，合起来得到"防"。

一队人离开后方回来。

【解析】一个"队"字的"人"离开，余"阝"，与"方"合为"防"。

510. 奸

不是男人做的活。

【解析】不是男人做的活，那就是女人干的，"女""干"合为"奸"。

姑娘共举杯。

【解析】谜底"奸"拆解为"女干"二字，会意为女人在干杯。

511. 如

兄妹在前。

【解析】"兄妹"在前面的部件是"口""女"，合之成"如"。

恕不用心。

【解析】"恕"字不用"心"，是个"如"。

512. 妇

半边天，推倒山。

【解析】"半边天"借指妇女，扣"女"字。"山"被推倒成"彐"，与"女"合为"妇"。

横山一姑娘。

【解析】"横山"扣"彐"，"姑娘"会意为"女"，二者组合成"妇"。

513. 好

安字去宝盖，不作女字猜，要说这个字，一点也不坏。

【解析】"安字"两个字都去宝盖，余下"女""子"，合而为"好"。"一点也不坏"提示字义。

从右向左看是孙女，从左向右看是外孙。

【解析】谜底"好"字从右向左看是"子""女"二字组成的，子之女即孙女；从左向右看是"女""子"，女之子为外孙。

514. 她

也要女来做伴。

【解析】"也"要"女"来做伴，组合为"她"。

何谓"半边天"？

【解析】何谓"半边天"？妇女也。"女""也"组成"她"字。

515. 妈

千金买马。

【解析】"千金"是称别人的女儿,故可扣"女"。"女""马"合并成谜底"妈"。

姑娘闯出门。

【解析】"姑娘"扣合"女","闯"出"门"余"马",相合为"妈"。

516. 戏

先后观战。

【解析】"观"之先是"又","战"之后为"戈",合起来得到"戏"。

难找一半,却很好看。

【解析】"难找"每字选取一半,便能拼凑成"戏"。"却很好看"是说戏好看,对应字义,同时排除他字。

517. 羽

复习。

【解析】两个"习"字重复,得到"羽"。

白头翁。

【解析】"翁"字头部空白了,即上头的"公"没有了,剩下"羽"字。

518. 观

重逢。

【解析】重逢即又相见,"又见"合一字,是"观"。

先后规劝都没用。

【解析】"规"字先前部分"夫"不用,为"见";"劝"字后面的"力"不用,为"又",再将"见""又"合为"观"。

519. 欢

对歌始终心舒畅。

【解析】"对"之始为"又","歌"之终为"欠",合在一起就是"欢"。"心舒畅"提示字义。

旧债添新债。

【解析】谜面意思是说又欠账了,"又""欠"组成谜底"欢"。

520. 买

头戴破帽来购物。

【解析】"冖"象形为破帽,"头"上一个"冖"组成"买"字。"来购物"照应字义。

卖掉十头。

【解析】"卖"字头部的"十"去掉,余下"买"。

521. 红

前线巧遇。

【解析】"线巧"的前面部分相遇,拼合成谜底"红"。

异乡打工,表现出色。

【解析】"异乡"解作"乡"

80

字有所变异，扣"纟"，加上"工"组成"红"。"表现出色"暗示谜底字是表示一种颜色。

522. 纤

重上前线。

【解析】"重"字上头，取"千"；"线"字前面为"纟"，结合为"纤"。

撇下断针结线头。

【解析】"断针"可扣"十"，指"针"字只有一部分。"撇"别解为笔画。"撇"下一个"十"为"千"。"线头"扣"纟"，与"千"合为"纤"。

523. 级

三人到异乡。

【解析】"级"字由"纟""及"组成。"纟"为"乡"字底下一笔变动而得，是异"乡"。"及"好似阿拉伯数字"3"与"人"搭建成的。

残红曲径人穿行。

【解析】"级"左边"纟"对应"残红"，是"红"字残缺了。右边"及"字里弯曲如"3"的笔画象形为曲径，有"人"字穿过。

524. 约

钓一半，给一半。

【解析】为了构成一字，应该取用"钓"字右半部"勺"，"给"字左半部"纟"，合成"约"。

种草药。

【解析】谜底"约"字加上"艹"（种草），成为"药"。

525. 纪

配给一半。

【解析】"配给"的一半，以"己""纟"合并成谜底。

节约一半归己。

【解析】节除"约"字的一半，保留"纟"，与"己"组合为"纪"。

526. 驰

放马饮尽池中水。

【解析】"饮尽池中水"暗示去掉"池"字的三点水，剩下"也"。"马"和"也"合为"驰"。

他人去马前。

【解析】"他"字之"人"（亻）去了，余"也"，加个"马"在前面，得"驰"字。

527. 巡

东风齐着力，一舟扬三帆。

【解析】"巡"字的走之（辶），象形为舟。"巛"看成被东风劲吹的三张帆。

半数飞进巢。

81

【解析】"进巢"二字飞去一半，留存"辶""巛"组合成"巡"。

七　画

528. 寿

合金铸成。

【解析】谜底"寿"合上金字旁"钅"，成为"铸"。

一撇划过三寸长。

【解析】"丿""三""寸"组合为谜底字"寿"。

529. 弄

开始倒土。

【解析】"开"字上面倒放一"土"，构成"弄"。

上边一十一，下边似二十，要想猜中它，须到小巷里。

【解析】前面两句描述字形组成特点，后面以"小巷"提示字义。

530. 麦

三横一竖又一撇。

【解析】"三横"（三）、"一竖"（丨）、"又"、"一撇"（丿），组合出"麦"。

责备之前。

【解析】"责备"两字的前面部件（龶夂）能组合成谜底"麦"字。

531. 形

三个半人不离开。

【解析】"人"字一半取撇（丿），三个撇和"开"在一起，构成"形"。

开始写三撇。

【解析】"开"在前面，再写三撇（彡），得到"形"。

532. 进

送开关到井上。

【解析】"送"字取开"关"，剩下"辶"，加个"井"成"进"。

运用一半讲一半。

【解析】"运"字用一半（辶），"讲"字再要一半（井），组合起来得到"进"。

533. 戒

一直从戎。

【解析】"一直"别解为笔画，即一竖。"丨"加上"戎"是"戒"。

开头不见，后面找到。

【解析】"开"字第一笔"一"不见是"廾"，"找"字后面部分"戈"来了，二者组成"戒"。

534. 吞

天下一方。

【解析】"方"扣"口",指方格、方形。"天"下一个"口"是"吞"。

吃了一大口。

【解析】"吃了"提示字义。"一大口"合为"吞"的字形。

535. 远

还不去拿一元来。

【解析】"还"字里的"不"去掉,剩下"辶",拿来一个"元",组合为"远"。

次子坐船走天涯。

【解析】次子即"二儿",合成"元"。船象形为"辶"。"元"进到"辶"中构成"远"。"走天涯"是说行程遥远,提示字义。

536. 违

毋庸讳言,一走了之。

【解析】"讳"字的"言"(讠)不用了,为"韦"。加个走之(辶)得到"违"。

扁舟载着伟人去。

【解析】"扁舟"象形作"辶","伟"字的"人"去掉余"韦",二者组合即为谜底。

537. 运

送走云长接子龙。

【解析】三国人物关羽字云长,"送走云长"暗示"送"字里面的"关"(关羽)去掉,余"辶";子龙指赵云,"接子龙"示意加进"云"(赵云),组合成"运"。

会这一半。

【解析】"会这"两个字各用一半(云辶)能组成"运"。

538. 扶

一手捅破天。

【解析】"捅破天"指"天"字上面出头了,为"夫"。提手旁"扌"和"夫"组成"扶"。

二人提前到。

【解析】"提"前为"扌","二人"和"扌"合为谜底。

539. 抚

没有提前。

【解析】"没有"会意为"无","提前"扣合"扌",相合成"抚"。

上肢切除。

【解析】上肢切除便无手,"无手(扌)"合并成字,得到"抚"。

540. 坛

地头约会人离去。

【解析】"地头"("地"开头)扣"土","会人离去"("会"字之"人"离去)扣"云",合为"坛"。

一边高来一边低，一边实来一边虚，一边地下生万物，一边天上随风飞。

【解析】"坛"字是由"土""云"组成的。谜面四句就是对"土""云"进行对比描述。

541. 技

又添五双手。

【解析】"五双手"就是十只手，"十手（扌）"与"又"合为"技"。

支援西部。

【解析】谜面顿读为"支/援西部"。"援"西部是"扌"，和"支"合并成"技"。

542. 坏

不土也不好。

【解析】"不土"合为一字，是"坏"。谜面"不好"从反面提示字义。

少了一环。

【解析】"环"少了"一"，剩余的是"坏"。

543. 扰

半推半就，搅闹不休。

【解析】"推""就"的一半可以组成"扰"，也可组成"掠"。"搅闹不休"将谜底锁定为"扰"。

前后担忧。

【解析】"担"字前头是"扌"，"忧"字后面是"尤"，相合为"扰"。

544. 拒

出手灭了火炬。

【解析】"炬"字的"火"灭了余"巨"，加上"手"（扌）成为"拒"。

大缺口，小缺口，前面还有一只手。

【解析】"大缺口，小缺口"指"巨"由大小不同的两个缺口组成，前面加个提手旁成为"拒"。

545. 找

把我撇开两分离。

【解析】"我"字前头一撇拿开，再左右分开，成了"找"。

划掉一半要寻觅。

【解析】"划掉"的一半部件能组成"找"字。"寻觅"暗示意思为寻找。

546. 批

提前竞赛。

【解析】"提"字前面笔画是"扌"，"竞赛"即"比"赛。"扌""比"合为"批"。

用手比画。

【解析】提手旁"扌"与"比"

组成谜底"扯"。

547. 扯

一半推辞一半肯。

【解析】一半"推"字辞去,去掉"隹"保留"扌",与"肯"字上一半"止"合并,得到"扯"。

武打片。

【解析】"武打"二字的片段即一部分(止扌)组成"扯"。

548. 址

走步在先。

【解析】"走步"两字在前面的部件"土止"合在一起,成为"址"。

正字没有冠,王字没有天,二者合起来,就成一地点。

【解析】头句指"正"字没有顶上一横,余"止";第二句指"王"字没有顶上一横,余"土",两者相合为地址的"址"。

549. 走

收二人为徒。

【解析】谜底"走"字,增加双人旁(彳)变为"徒"。

十载定会掉乌纱。

【解析】宝盖"宀"象形帽子。"定"字掉了乌纱,即去掉"宀",上面再加载"十",成为"走"。

550. 抄

少损失一半。

【解析】"少"字直接进入谜底。"损"字失去一半,即失去"员"留下"扌",以便和"少"组合出谜底"抄"。

不要多插手。

【解析】不要多,则要少。"少"加"扌"(插手)得到"抄"。

551. 坝

重赏之下。

【解析】"重赏"的下面部分(土贝)合为一字,"坝"。

万担宝贝土,用它把河堵,河水听指挥,乖乖改道路。

【解析】头句的"贝""土"合为"坝"字。后面三句提示字义,描述堤坝的功能。

552. 贡

多次调整工资。

【解析】"贡"字多个"次",两个字调整笔画部件可得"工资"。

半费用工。

【解析】取"费"字下面一半"贝",用"工"与之组成"贡"。

553. 攻

工作在敌后。

【解析】"工"与"敌"字后头的反文旁"攵"组合，成为谜底字"攻"。

功败垂成，缺乏财力。

【解析】古时用贝壳做货币，故"贝"可以扣"财"。"功败"二字缺少"贝力"，所余"工攵"合为谜底。

554. 赤

横竖要转业。

【解析】一横一竖加个上下翻转的"业"，成为"赤"。

苦心为创翻身业。

【解析】"苦"心为"十"，与翻身之"业"结合，得到"赤"字。

555. 折

撕掉中间剩两边。

【解析】"撕"字中间的"其"掉了，剩下两边合拢就是"折"。

断一半，接一半，接起来，还是断。

【解析】用"断"字的一半"斤"与"接"字的一半"扌"来组成谜底"折"。"还是断"照应谜底字义。

556. 抓

用手摘瓜蒂已落。

【解析】"瓜蒂已落"暗示"瓜"字已变为"爪"，加上提手旁成"抓"。

伸手探爪。

【解析】"手"用作提手旁"扌"，和"爪"合并为谜底。

557. 扮

先扣一分。

【解析】"先扣"解作"扣"字先写的部件，是"扌"，加"分"组成"扮"。

握别。

【解析】握别指要分手。"分手（扌）"合为一字，是"扮"。

558. 抢

提前入仓。

【解析】"提前"扣合"扌"，入"仓"合为"抢"。

木制手枪。

【解析】谜底"抢"字加上"木"，能拼凑出"手（扌）枪"。

559. 孝

一半是学者。

【解析】"学者"各用一半（子耂），组合成"孝"。

老头子。

【解析】"老"字头部笔画"耂"与"子"组合，得到谜底。

560. 均

匀出半边地。

【解析】半边"地",取"土",与"匀"合并为"均"。

国庆两点到包头。

【解析】国庆是"十一",合成"土"。"包"字头部为"勹",加"两点"成"匀",与"土"合并,最终组合成谜底字"均"。

561. 抛

缺点势必要改。

【解析】"势"字缺失一个点(、),再将其部件移动变化,可得"抛"。

力争握手消前仇。

【解析】"手"用提手旁"扌"代替,"仇"消除前面的"亻"余"九","力""扌""九"合并成谜底"抛"。

562. 投

搬东西。

【解析】"搬"字东边、西边的部件合在一起,成了"投"。

几度牵手又相聚。

【解析】"几""扌""又"相聚,组合成"投"。

563. 坟

无用武之地。

【解析】"无用武"反扣用"文","地"会意扣"土",二者合为"坟"。

添个小数点,加减乘除全。

【解析】"坟"字加上一个点,能拆出"+ - × ÷"四个数学符号。

564. 抗

先后护航。

【解析】"护"字之先为"扌","航"字之后是"亢",相合为"抗"。

几度携手上北京。

【解析】"北京"别解为"京"字的北部,扣"亠"。"几""扌""亠"组成"抗"。

565. 坑

几易其主。

【解析】"主"字笔画拆开,变易为"土""亠",与"几"组合成谜底"坑"。

冷炕尽是土。

【解析】"冷炕"暗示"炕"中无"火",余"亢",加"土"成"坑"。

566. 坊

先后设城防。

【解析】"城"之先为"土","防"之后为"方",合起来就是谜底"坊"。

民间疗法。

【解析】民间疗法是土方,"土

方"合为一字，得到"坊"。

567. 抖

半边抓斗。

【解析】"抓"字的左半边"扌"与"斗"组合，成为谜底"抖"。

拳击。

【解析】拳击以手相斗，"手（扌）""斗"合为"抖"字。

568. 护

提前入户。

【解析】"提"前是"扌"，入"户"组合，得到谜底"护"。

半截扁担。

【解析】"扁担"二字中选取一半(户扌)，便可组合为谜底"护"。

569. 壳

转干几度献爱心。

【解析】"干"字翻转，变成"士"；"几"字直接使用；"爱"心为"冖"。以上几部分合为谜底"壳"。

将士守桥风中走。

【解析】将"士"用上，"桥"象形为秃宝盖"冖"，"风"字中间的笔画走开余"几"。三部分合为一字就是"壳"。

570. 志

喜上心头。

【解析】"喜"上面是"士"。将"士"放到"心"上头，构成"志"字。

蜻蜓点水影如弓。

【解析】将"志"上的"士"象形为一只蜻蜓，下面"心"中的三点象形为水（或视为三点水"氵"横放下来），卧钩弯曲如弓。

571. 扭

用手牵牛。

【解析】生肖"牛"借代扣地支"丑"，用"手"与之组合为"扭"。

半个纽扣。

【解析】"纽扣"各用半个字(丑扌)来组成谜底"扭"。

572. 块

坚决砍掉一半。

【解析】"坚决"两字砍掉一半，保留其"土""夬"组合成谜底"块"。

堤畔诀别默无言。

【解析】"堤"畔可取"土"，"诀"无"言"为"夬"，合成谜底"块"。

573. 声

喜上眉梢。

【解析】"喜上"扣"士"，与"眉"字顶梢部分组成"声"。

眉来眼去惹是非。

【解析】"是"以符号"十"表示，

88

"非"以符号"一"表示,可合为"士"字。"眉"字里去掉"目"(眼去),所余部件加上"士",便是谜底"声"。

574. 把

巴结有一手。

【解析】"巴"有一"手"(扌),结合为"把"。

打靶前后。

【解析】"打靶"两字的前后部分是"扌""巴",合并成谜底"把"。

575. 报

手抛西服传消息。

【解析】"服"字西边的"月"抛开,所余右面部件与提手旁"扌"组合为"报"。"传消息"对应字义。

半数折服。

【解析】"折服"两字取半边,即可组合出"报"。

576. 却

节后去。

【解析】"节"字后面的"卩"与"去"合并成"却"字。

孤帆一直上云端。

【解析】"孤帆"象形为"卩";"一直"解作笔画"丨",上云端则成"去"。"去"和"卩"合并为谜底。

577. 劫

丢掉上头,前功尽弃。

【解析】"丢"字掉了上头一撇,余下"去"字。前"功"尽弃,剩后面"力"。"去""力"相合,得到"劫"字。

一直在动。

【解析】"动"加上一直即一竖,成为谜底"劫"。

578. 芽

菜上蚜虫已消灭。

【解析】"菜"字上头部件是"艹","蚜"字的"虫"灭掉余"牙",合为谜底"芽"。

二十颗牙。

【解析】"二十"扣"艹",加上"牙"成为"芽"字。

579. 花

二十七人来相会。

【解析】"二十"扣"艹",与"七人(亻)"合为"花"。

七个人,戴草帽,绿叶中,艳又俏。

【解析】"七""人(亻)"加上草字头"艹"组成"花"字。"绿叶中,艳又俏"对应字义,指花朵。

580. 芹

二十斤。

【解析】"二十"扣合"艹",与"斤"合为"芹"。

一斤芋头。

【解析】一个"斤"与"芋"头部之"艹"组合,是"芹"。

581. 芬

离别二十载。

【解析】离别即"分"别,把"艹"(扣"二十")记载上去,成为"芬"。

看看两角零钱,闻闻芳香一片。

【解析】前句是指"芬"字拆开为"艹分",即二十分。后句提示字义。芬:香气。

582. 苍

草创之前。

【解析】"草创"二字前面的部件(艹仓)组合,得到谜底"苍"字。

建仓二十载。

【解析】"二十"扣合"艹","仓"上加"艹",构成"苍"。

583. 芳

草方配成香气浓。

【解析】"草"用草字头"艹"替代,与第二字"方"合为"芳"。

"香气浓"提示字义。

二十万点。

【解析】"艹""万""、"(点)组成谜底"芳"。

584. 严

从前曾得第二名。

【解析】"从前"扣"丿",取"从"字最前面的一撇;"第二名"意扣"亚"字,加"丿"成"严"。

转业下厂。

【解析】"业"字翻转后,下面加个"厂",组成"严"。

585. 芦

残月孤星映花前。

【解析】"残月"扣"尸",指"月"字笔画残损;"孤星"象形为"、";"花"前为"艹",三个部分组合成谜底"芦"字。

藏头护尾。

【解析】"藏"字头部是"艹","护"字结尾为"户",二者合为"芦"字。

586. 劳

涝而又旱。

【解析】"旱"说明缺水。"涝"字缺水即去掉三点水,为"劳"。

爱心接力显高节。

【解析】"爱"心为"冖","高

90

节"指"节"字高处的部件"艹","冖"接"力"加"艹"组成"劳"。

587. 克

吃尽苦头养个儿。

【解析】吃尽"苦"头,余下"古",加个"儿"构成"克"。

十个哥哥,体重真轻,增到千倍,才一公斤。

【解析】十个哥哥,就是"十兄",合而为"克"。增到千倍,一千克就是一公斤。

588. 苏

节前办成。

【解析】"节前"扣"艹",与"办"组合,成为"苏"。

再加一点点力。

【解析】"再加"示意有两个加号"+",构成"艹"。"艹"与两个点和"力"组成谜底"苏"。

589. 杆

十八加一十。

【解析】"十八"合为"木","一十"组成"干",合成谜底"杆"。

干杯不要走开。

【解析】"杯"字的"不"走开了,余下"木",与首字"干"合并成谜底"杆"。

590. 杠

红梅先后开。

【解析】"红梅"二字的先后部件(纟每)移开,留下"工木"组合为谜底"杠"。

前后相差。

【解析】"相"前为"木","差"后为"工",合并成"杠"。

591. 杜

土木结构。

【解析】"土""木"两字组合,得到谜底"杜"。

省柴灶。

【解析】"柴灶"两字的笔画节省,选取一部分(木土)出来组合成谜底"杜"。

592. 材

才到村前。

【解析】"村前"扣"木","才"与"木"组合为"材"。

半个团困在里面。

【解析】半个"团",选取"才","困"在里面的是"木",二者合并成"材"。

593. 村

核对前后。

91

【解析】"核对"前后是"木寸",相合为"村"。

空心树。

【解析】"树"字中心空了,即中间的"又"字没有了,剩下"村"。

594. 杏

一一清查。

【解析】"查"里的"一一"清除掉,剩下"杏"字。

香字少一撇,不作杳字猜。

【解析】"一撇"本谜中指"一"和"撇",是两个笔画。"香"少掉"一"和头上的"丿",剩"杏"字。"不作杳字猜"提示不要忽略"一"而猜成了"杳"。

595. 极

楼前曲径留人迹。

【解析】谜底"极"拆开是"木""及"。"楼前"扣"木","曲径留人迹"扣"及",因"及"里有个"人",还有一笔弯弯曲曲,犹如曲径一般。

涉及南宋。

【解析】"南宋"扣"木",指"宋"字南面笔画。"及"与"木"合为"极"。

596. 李

宋字去了盖,不当木字猜。

【解析】"宋字"两个字都去了盖,剩下"木子",组成一个"李"。

枝头忽见子初成。

【解析】"枝头"扣"木",加上"子"得到"李"。

597. 杨

几经加土造机场。

【解析】谜底"杨"字加上"几"和"土",能拼凑出"机场"二字。

一别桥东欲断肠。

【解析】"一别桥东"解为"桥"字东边的"乔"离开,余下"木";"欲断肠"暗示"肠"字断了,应该选取右边部分(昜)与"木"组合成"杨"。

598. 求

球王走了。

【解析】"球"字前面的"王"离开了,剩下"求"字。

扣球十二下。

【解析】"球"字中的"十二"撇下,即去掉前头的"王",剩个"求"字。

599. 更

与人方便。

【解析】给谜底"更"一个"人"(亻),方成为"便"字。

一一记入史。

【解析】"一一"记入"史"中，构成"更"字。

600. 束

一中来人。

【解析】"一中"来"人"，构成个"束"字。

木在口中栽，非杏又非呆，当作困字看，还没猜出来。

【解析】"木""口"能装配成"束"，谜面排除了简单猜作"杏""呆""困"。

601. 豆

前前后后颠倒。

【解析】"前"字前面三笔（丷一）与"后"字后面的"一口"顺序颠倒组合，成为"豆"。

独见关前鸟飞鸣。

【解析】"独"会意为"一"，"关前"取"关"字前面三笔，"鸟飞鸣"扣"口"（"鸟"从"鸣"字中飞走了），以上几部分合为"豆"。

602. 两

病中幸有人服侍。

【解析】"病"字中间是个"丙"，"有人服侍"暗示添加一"人"，于是组成"两"。

人人动口。

【解析】"口"字变动一下，底下一横取出上移，加上"人人"构成"两"。

603. 丽

一下变成两粒丹。

【解析】"丽"字上头的"一"往下移，构成两个"丹"。

横眉怒目发厉声。

【解析】"丽"的字形笔画犹如"横眉怒目"，"发厉声"提示字音，"丽""厉"读音相同。

604. 医

一箭射中缺口。

【解析】"箭"会意扣"矢"，"缺口"扣"匚"，加进"矢"成为"医"。

空匣藏箭。

【解析】"空匣"扣合"匚"，放进"矢"（箭）则成"医"。

605. 辰

一日之计在于晨。

【解析】谜底"辰"加上一"日"，组成"晨"。

清晨太阳升。

【解析】清"晨"的太阳（日）升起离开了，余下"辰"字。

606. 励

为厂方出点力。

【解析】"方出点"，"方"字的"点"（、）出去，剩"万"。"厂""万""力"组合为"励"。

历经万难难不住。

【解析】"难"与"难不住"自行抵消，谜面余"历经万"扣合谜底。"历万"拆拼可得"励"。

607. 否

不可都留，只要前头。

【解析】头句意思是"不"字可完整留下，第二句意为"只"字就要前头的"口"。"不""口"组合成"否"字。

一知半解要不得。

【解析】一个"知"字有半边解散去掉，保留半边"口"，"要不得"意为要得到"不"。"口""不"组合成谜底"否"。

608. 还

送别云长不归来。

【解析】云长即关云长。"送别云长"暗示"送"字里的"关"离开，余"辶"。"不"字与"辶"组合成谜底。

不到半边。

【解析】"不"与"边"字的一半"辶"组合，得到谜底"还"。

609. 歼

左边一夕，右边十撇。

【解析】"歼"字左边是"一夕"，右边为"十丿"。本谜猜射的关键是对"十撇"的理解，不是十个撇，而是"十"和"撇"。

一千零一夜。

【解析】"夜"会意为"夕"。一"千"加"一夕"，构成谜底"歼"。

610. 来

东楼少女天下绝。

【解析】"东楼"以方位法扣出"娄"，再少个"女"，剩"米"。"天"下面的"大"绝了，保留上头"一"，与"米"组合成"来"。

拆开有一米。

【解析】"来"字拆开，正是"一米"。

611. 连

车来了，还不走。

【解析】"还"字的"不"走开，剩余"辶"，"车"来与它合为"连"。

送走云长便上车。

【解析】云长指关云长。"送走云长"暗示"送"字之"关"离开，余下"辶"，上"车"构成"连"。

612. 步

涉水离开。

【解析】"涉"字的三点水去掉，余下"步"字就是谜底。

上面正差一横，下面少丢一点。

【解析】"正"差一横是"止"，下面"少"丢掉右边一点，与"止"合为"步"。

613. 坚

西城前贤。

【解析】"西城"扣"土"，"前贤"指"贤"字前面部件即上头四笔，与"土"组合，成为"坚"。

两竖又十横。

【解析】两竖加"又"，再加"十""一"（横），得到"坚"。

614. 早

一早来聚会。

【解析】"一早"两字组合在一起，得到谜底"早"。

日上竿头竹影移。

【解析】"竿"头"竹"影移，余下"干"字，"日"字上去组成"早"。

615. 盯

眼前就是一男儿。

【解析】"眼"字前面是个"目"，"眼"字会意也可扣"目"。"男儿"扣"丁"（丁:成年男子），与"目"组合成"盯"。

眼前需要打下手。

【解析】"眼前"可解为"眼"字的前面而扣"目"，或将"眼"会意为"目"，"眼前"即指"目"在谜底字的前面。"打下手"解为把"打"字的"手"（扌）下掉，余"丁"。"目""丁"合为"盯"。

616. 呈

前程看不到。

【解析】"程"字前面的"禾"看不到了，只有后面"呈"在。

称王一方。

【解析】"方"（方格、方形）象形扣"口"。"王"与一"口"组成"呈"。

617. 时

一天长一寸。

【解析】一天即一日。一个"日"加上一"寸"，为"时"。

双方合作，十分融洽。

【解析】"方"别解作方格，扣"口"。双"方"（口）合作，合为"日"。"十分"别解为长度是一"寸"，与"日"合并成"时"字。

618. 吴

问心自可对苍穹。

【解析】"问"字中心是"口","苍穹"(天空)会意扣"天"。"口""天"依顺序上下排列,构成"吴"。

天上飞鸟鸣。

【解析】"飞鸟鸣"指"鸣"字之"鸟"飞了,余"口","天"上一个"口",为"吴"字。

619. 助

且在一旁,出力帮忙。

【解析】"且"在一旁,出"力"则组成"助"。"帮忙"提示字义。

丢了锄头。

【解析】"锄"字开头部分(钅)丢了,还剩"助"字。

620. 县

和云伴月不分明。

【解析】"县"字看似"月""云"两字叠在一起构成的。有一横共用,"县"中这两字不是很明显,即"不分明"。

宜去下头。

【解析】"宜去"两字下头的"且厶"组合成谜底"县"。

621. 里

留下一片净土。

【解析】"留"下面是个"田",加"土"成"里"。

拉土造田。

【解析】拉"土"造"田",合为一字就是"里"。

622. 呆

有人作保。

【解析】谜底"呆"字,有"人"则合为"保"。

吉林省。

【解析】"吉林"两字省略一些笔画后,以余下的"口""木"组成"呆"。

623. 园

次子入围。

【解析】"次子"会意为"二儿",入围成"园"。

外面四角,里面十角,可以种菜,可以娱乐。

【解析】"园"字外面方框有四个角,里面有一"元"。人民币一元为十角。谜面两个"角"字按不同的意思理解。后面两句对应字义,园有菜园、游乐园等。

624. 旷

明月当空照前庭。

【解析】"明月当空"别解为

"明"字的"月"应当空去,余下"日"字。"前庭"扣"广"(是"庭"字前面部分)。"日""广"组合成"旷"。

春节前到广西。

【解析】"春"字节省掉前面的笔画,剩后头的"日",将"日"放置于"广"字西边,构成"旷"。

625. 围

苇草拔掉圈起来。

【解析】"苇"字的"草"拔掉,即去掉草字头"艹",剩下"韦",圈起来则成"围"字。

伟人出访在国外。

【解析】"伟人出访"暗示"伟"字的"人"不在,余"韦"。"国外"指"国"字的外边即方框"囗"。"韦"在"囗"中构成"围"。

626. 呀

省吃俭穿。

【解析】"吃""穿"二字笔画俭省,余下"口""牙"合为谜底。

唇齿相依。

【解析】"唇"即嘴唇,扣"口";"齿"即牙齿,扣合"牙","口""牙"合并出"呀"。

627. 吨

囤里移到囤外。

【解析】"囤"字里头的"屯"移到外边,变成"吨"字。

屯驻在前哨。

【解析】"前哨"扣"口","屯"驻在一起,构成谜底"吨"。

628. 足

伸手必捉。

【解析】"足"字加上提手旁(扌),必成"捉"。

唱在前面,走在后面。

【解析】"唱"字前面之"口"与"走"字后面四笔组合,得到"足"。

629. 邮

东邻吹竹笛。

【解析】"东邻"扣"阝","吹竹笛"扣"由"("笛"字的"竹"吹走了),二者组成"邮"。

由那边连接。

【解析】"那"边取"阝",与"由"连接,构成谜底"邮"。

630. 男

果断有力。

【解析】"果"字断了,保留一部分,取"田",加"力"为"男"。

奋力合作大扫除。

【解析】"奋力"合作"大"扫除。将"奋力"的"大"去掉,余"田""力"

97

组合成谜底。

631. 困

枕头套。

【解析】"枕"字开头部分是"木",装进套子里,得到"困"。

花园四四方,里面真荒凉,只有一棵树,种在园中央。

【解析】"花园四四方"象形为"口",中间加个"木"成为"困"。

632. 吵

嘴巴不多却能闹。

【解析】"嘴巴"会意为"口","不多"则"少",合并成"吵"字。"却能闹"提示字义。

炒一半,吃一半。

【解析】"炒"的一半"少"加上"吃"的一半"口",得到"吵"。

633. 串

上下都猜中。

【解析】"串"字上下都是"中"。

两个方洞,一棍穿通。

【解析】"方洞"象形为"口",棍子象形为一竖(丨)。两个"口"被"丨"穿通,成了"串"字。

634. 员

内圆。

【解析】"圆"字内部是个"员"。

建勋出力。

【解析】谜底"员",如要构建成"勋",则需出现一个"力"。或理解为:"勋"字移出"力",余谜底"员"。

635. 听

一斤点心。

【解析】"点心"别解为"点"字中心,为"口"字。一"斤"和"口"组合成"听"。

一半折扣。

【解析】"折扣"两字的一半"斤""口"组合,可得"听"字。

636. 吩

河内一别。

【解析】"河"字内部是个"口","别"会意为"分"(分别),组合成"吩"。

别具一格。

【解析】"别"别解为"分"别,"格"别解为方格,扣"口"。"分""口"组合,得到"吩"。

637. 吹

部分喜欢莫叹息。

【解析】"喜欢"两字的一部分"口欠"组合成"吹"。"莫叹息"

是排除用"喜"字的"口"与"欢"字的"又"组合成"叹"。

开口赊账,还说大话。

【解析】"赊账"即"欠"款,"口""欠"合为"吹"。"还说大话"照应字义。

638. 鸣

有鸟差点入河中。

【解析】"鸟"差"、"(点)为"乌"。"河"中是"口",与"乌"相合就成"鸣"。

鸟失一目多一口。

【解析】"鸟"字里面的"、"象形为眼睛。"鸟"失去"、"多一"口",成了"鸣"。

639. 吧

嘴巴合拢,不打哈哈。

【解析】"嘴"会意为"口",与"巴"相合,成为"吧"。"不打哈哈"是排除以"口""合"相加而猜"哈"字。

城市改造要搬迁。

【解析】"城市"扣"邑","邑"字结构改造,得到"吧"。

640. 吼

儿孙各一半,猜孔不能算。

【解析】"儿""孙""各"三个字的一半"儿""子""口"组合为"吼"。如果理解为"儿孙"各一半,则组成"孔"字。因此谜面用"猜孔不能算"排除"孔"字,以保证谜底的唯一性。

方见老鼠爬秤钩。

【解析】"方"扣合"口","老鼠"借代扣地支"子","秤钩"象形为"乚",三个部分组成"吼"。

641. 别

收割前加以调整。

【解析】收走"割"字前面的"害",剩下"刂","加"字结构调整成"另",合为"别"。

胡乱加一刀。

【解析】乱了结构的"加"可成"另",与立刀旁"刂"合并,得出谜底"别"。

642. 岗

山区变样已翻身。

【解析】"区"字翻转成"冈",和"山"组成"岗"。

刚出头。

【解析】"刚出"头。"刚"字开头为"冈","出"字头部是"山",组合成谜底。

643. 帐

怅然无心共沾巾。

【解析】"怅"字无"心",即去掉竖心旁"忄",剩下"长",与"巾"在一起组成"帐"。

长出半幅。

【解析】"长"与"幅"字的一半(巾)组合,成为"帐"字。

644. 财

破格选人才。

【解析】"破格"别解为破损的格子,扣"冂",选用"人才"即与之合为"财"字。

坝前土塌才填补。

【解析】"坝"前"土"塌,余"贝",有"才"字填补,得到"财"。

645. 针

金十字,头儿尖,穿根线,缝衣衫。

【解析】金字旁"钅"与"十"字合并,构成"针"字。后三句描述这种物品的形状和用途。

打破禁锢,突破框框。

【解析】把"锢"字里面一大一小两个"口"看成框框,将其去掉,剩余"针"。

646. 钉

左边锋打手出界。

【解析】"锋"左边为"钅","打"字的"手"(扌)出界余"丁"。"钅""丁"合为"钉"。

现金一亮要小心。

【解析】"现金"指出现金字旁"钅","小心"扣"亅",亮出"一"与"亅"合为"丁","钅""丁"合并得到"钉"字。

647. 告

先写上半段,后写下半段。

【解析】"先"字写上半段"牛","后"字写下半段"口",合为谜底"告"。

一口咬掉牛尾巴。

【解析】"牛"的尾巴被咬掉了,剩"牛",与"口"组成"告"。

648. 我

一找到白头。

【解析】"白头"扣"丿",指"白"字头上一撇。"找"加一撇,是"我"。

共食不饱。

【解析】"我"字共"食",即加个食字旁(饣),成"饿",意思是"不饱"。

649. 乱

千古牵连一笔勾。

【解析】"千古"牵连在一起成"舌","一笔勾"扣"乚",合并成谜底"乱"字。

白首湖中下金钩。

【解析】"白首"指"白"字头部一撇,和"湖"中的"古"合为"舌",加一个钩成为"乱"。

650. 利

移左边到右边。

【解析】"移"左边是"禾","到"右边是"刂",合并为"利"。

有木味酸甜,有牛在耕田,拿走刀一把,青绿一大片。

【解析】谜底"利",有"木"为"梨"(味酸甜),有"牛"是"犁"(在耕田)。"利"字的立刀旁拿开,成"禾",禾苗是青绿色的。

651. 秃

机构改革向前进。

【解析】"机"字结构改变,上下排列后,再加上"向"字前面的一撇,成为"秃"。

风里行,共前程。

【解析】"风"字里面两笔行开,余"几",与"程"字前面的"禾"组合成"秃"。

652. 秀

奶奶送女登前程。

【解析】"奶"字的"女"送走了,剩下"乃";"前程"扣"禾"。二字组成"秀"。

此乃私字当头也。

【解析】"私"字当头者为"禾"。"乃"与"禾"组合为"秀"。

653. 私

枝头眉月映残云。

【解析】"枝"头为"木","眉月"象形为一撇,与"木"组成"禾"。残"云"取"厶",加"禾"为"私"。

上台要稳别着急。

【解析】"上台"扣"厶","稳"不要"急"余"禾",合为"私"字。

654. 每

海枯。

【解析】"海枯"暗示"海"字无水,为"每"。

有水茫茫一片,有心懊恼不已,有日昏暗不明,有木花开冬季。

【解析】谜底"每"与"氵""忄""日""木"组合,分别得到"海""悔""晦""梅",每句后面对组合出的字作了字义提示。"晦"

有一义为昏暗、不明显。

655. 兵

只剩下一斤。

【解析】"只"字剩下面两笔，与"一斤"合为"兵"。

六斤少一点，八斤多一点。

【解析】"六斤"少"、"（一个点），拼凑出"兵"。"八斤"多一横（比"八斤"多点）也是"兵"。谜面两个"点"可理解为不同的意思，前一个指笔画。

656. 估

千古一绝。

【解析】"一绝"指有个"一"没有了。"千古"去掉"一"，组成"估"。

人在画堂深处。

【解析】"画堂"深处，取"十口"，和"人"（亻）组成"估"。

657. 体

一去方休。

【解析】"体"字的"一"去掉，方为"休"。

我自己。

【解析】谜底"体"字拆开是"本人"，即"我自己"。

658. 何

人在河边站，就是不沾水。

【解析】"不沾水"示意不要"河"字的三点水，以"河"右边的"可"与"亻"（单立人）组成谜底。

哥一半，你一半。

【解析】"哥"一半是"可"，"你"一半取"亻"，以便与"可"组合为"何"字。

659. 但

千日改革。

【解析】"千日"两字笔画移位，可拼凑成"但"。

春末夏初有人来。

【解析】"春"末为"日"，"夏"初是"一"，与"人"（亻）组合成谜底。

660. 伸

申请添人。

【解析】"申"添加"人"（亻），构成谜底"伸"。

上海居民。

【解析】"上海"别称"申"，"上海居民"即"申人"，相合为"伸"字。

661. 作

他去也，怎把心儿放？

【解析】"他"字去掉"也"，余下"亻"；"怎"把"心"放走剩"乍"，相合得谜底"作"。

告别昨日树雄心。

七画

【解析】"昨"字之"日"告别离去,留下"乍"。"雄心"指"雄"字中心笔画"亻"。二者组合,是谜底"作"。

662. 伯

千姿百态一一开。

【解析】"千"姿"百"态"一一"开。"千"移开"一"为"亻","百"移开"一"是"白",相合即得谜底。

一人砍掉柏树。

【解析】"柏"字的"木"(树)去除,余下"白"。"人""白"合而为"伯"。

663. 伶

令人不解。

【解析】"令人"在一起(不解开),构成"伶"。

领头人。

【解析】"领头"解为"领"字开头,是"令",加"人"得到"伶"。

664. 佣

有用之人。

【解析】"人"字加上"用",得到"佣"字。

一连俩月人不断,来来往往是雇员。

【解析】俩"月"相连为"用",来"人"合为"佣"。后句提示字义(雇用)。

665. 低

此人有点头昏。

【解析】"人""丶"(点)与"昏"字头部"氐"组合,成为"低"。

人一抵达就出手。

【解析】"抵"字的提手旁拿出去,余"氐",与谜面首字"人"(亻)合为谜底。

666. 你

您不要挂心。

【解析】"您"字不挂"心",为"你"。

人小也要争先进。

【解析】"人"(亻)"小",还有"争"字前面笔画"ク"进来,组合出"你"。

667. 住

国内改革树雄心。

【解析】"国"内是"玉",笔画移动可成"主",加上"雄"字中心笔画"亻",成为"住"。

离开主人。

【解析】谜底"住"字拆开,为"主人(亻)"。

103

668. 位

一人旁边立。

【解析】一"人"旁边"立"，构成一字是"位"。

拉他手也不来。

【解析】"拉他"两字的"手"（扌）"也"不来，为"立""亻"，相合为"位"。

669. 伴

一人一半。

【解析】一"人"一"半"，组成"伴"字。

明明有人相陪，却说不够一人。

【解析】前句提示字义，后句指谜底字的组成是"半人"。

670. 身

先后凋谢。

【解析】"谢"字的前后即"讠""寸"都凋落了，只余中间"身"在。

榭在村落后。

【解析】"榭"字里的"村"落掉后，剩中间的"身"字。

671. 皂

明明七成白，偏说全部黑。

【解析】"七""白"合为"皂"字。"皂"有一义为黑色。

七百减一。

【解析】"百"字减去"一"，为"白"。"七""白"合一"皂"。

672. 佛

低消费，俭为先。

【解析】"低消费"暗示"费"字位于低处的"贝"消去，余"弗"，与"俭"字先前笔画"亻"组合，为"佛"。

一个人，背张弓，搭双箭，显神通。

【解析】"佛"字左边一"人"，右边一个"弓"加上两笔，这两笔象形为两枝箭。"显神通"照应字义。

673. 近

还听见一半。

【解析】见到"还听"的一半"辶斤"，组合起来就是"近"。

一条船儿小，货物载得少，只能装一斤，还不往远跑。

【解析】将"辶"象形为一条船，里边装进一"斤"，便成"近"字。"还不往远跑"从字义方面对谜底作了暗示，不远则"近"。

674. 彻

人人关切。

【解析】"人人"以"彳"（双

七画

人旁）代替，与"切"组成"彻"。

二人巧用七把刀。

【解析】"二人"扣"彳"，加"七""刀"成为"彻"。

675. 役

二人做股东。

【解析】"股"字东边是"殳"，与"彳"（双人旁，即"二人"）合并成"役"。

几时又见白头人。

【解析】"几""又""丿"（白头）"人"组成一字，为"役"。

676. 返

贩运出一半。

【解析】"贩运"各取一半，分别用其"反辶"组合成谜底"返"。

饭后半途相遇。

【解析】"饭后"扣"反"，半"途"取"辶"，合为"返"。

677. 余

剩下二小人。

【解析】"剩下"提示谜底的字义，剩余。"二小人"合为"余"的字形。

我在途中。

【解析】"我"提示字义。"途中"扣合字形，"途"字之中就是"余"。

678. 希

布打上封条。

【解析】"希"字下面是"布"，上头交叉的两笔象形为封条。

齐心布置。

【解析】"齐"字中心交叉的两笔加个"布"字即为"希"。

679. 坐

从十到一。

【解析】"从""十"到"一"，三个字组合，便是谜底"坐"。

人人离不开土。

【解析】"人人"离不开"土"，三个字合为一体，正是谜底"坐"字。

680. 谷

八口人相聚。

【解析】"八口人"三字相聚，构成一个"谷"字。

僧俗二人曾远游。

【解析】"僧俗"之中的"二人"（两个单人旁）和"曾"都远游离开了，只剩下"谷"。

681. 妥

姑娘觅不见。

【解析】"姑娘"会意为"女"，"觅"字不要"见"余"爫"，二者合为"妥"字。

105

先前的爱好。

【解析】"爱好"二字的先前部件分别是"爫"和"女",组合成"妥"。

682. 含

今日一去不复返。

【解析】"今日"的"一"去不复返,剩下"今口"组成谜底"含"。

胡乱吟成。

【解析】"吟"字结构打乱,重组为"含"。

683. 邻

有令到队前。

【解析】"队"字前头是"阝",有"令"合并为"邻"。

队长有令要撤人。

【解析】"队"字撤下"人"余"阝",然后加"令",得到"邻"。

684. 岔

离别汾水到太行。

【解析】"汾"字的"水"(氵)离开,剩下"分"。"太行"即太行"山"。"分""山"组合,得到"岔"字。

把汝裁为三截。

【解析】谜面为毛泽东《念奴娇·昆仑》词句。谜底"岔"拆为"分山"与谜面呼应。即把昆仑山分为三截。

685. 肝

明日别干。

【解析】谜面顿读为"明日别/干"。"明"字之"日"离别了,余下"月",与"干"合为"肝"。

一半期刊。

【解析】"期刊"两个字的一半能组合出谜底"肝",用这两个字中的"月""干"。

686. 肚

十一月聚会。

【解析】"十一月"聚会,三字合为"肚"。

背后有土。

【解析】"背后"扣合"月",有"土"合并为"肚"。

687. 肠

一月汤水未进。

【解析】"汤水未进"暗示"汤"字的三点水没有,以其右边部件(昜)与一个"月"组合为谜底"肠"。

一轮清辉映残杨。

【解析】"清辉"扣"月"。"残杨",取用"杨"字右半部,与"月"合为"肠"。

688. 龟

此日垂钓有起色。

七画

【解析】"日"直接用,"垂钓"象形为"乚","起色"指"色"字的起始笔画"ク",三者合为"龟"字。

鱼头鱼身,尾巴一根,背上有壳,四脚会缩。

【解析】前两句描述字形,说"龟"字是由"鱼"字的头和身子加一根尾巴"乚"组成的。后两句指龟这种动物的特征。

689. 免

晚去一天。

【解析】一天即一日。"晚"字去掉一"日",余下"免"字。

日落西边为时迟。

【解析】谜底"免",如有"日"字落到它的西边,则构成"晚"字,意思"为时迟"。

690. 狂

辞别皇上才弯腰。

【解析】"皇"字上面部分"白"辞别了,余下"王"。"才"字弯腰变成"犭",与"王"合为"狂"。

狗头王。

【解析】"狗头"指"狗"字开头笔画,为反犬旁"犭",加上"王"成了"狂"。

691. 犹

犯前扰后。

【解析】"犯"前为"犭","扰"后是"尤",合起来就是谜底"犹"。

尤其要先猜。

【解析】"先猜"解为"猜"字的先前部分,是"犭"。"尤""犭"合为"犹"。

692. 角

争先用上。

【解析】"争"字先写的部件是"ク",加上"用"就是"角"。

战斗直到解放后。

【解析】"战斗"提示字义("角"有一义为竞争,斗争)。"解放后"得出字形,"解"字放走后面的部件(刀牛),余下"角"字。

693. 删

一册列在后面。

【解析】"列"字在后面的笔画是"刂",与"册"合为"删"。

刊出之前要造册。

【解析】"刊"前面部件(干)拿出去,留下"刂",加上"册"就是谜底。

694. 条

摆脱困境,务须出力。

107

【解析】摆脱"困"境,即把"困"外边的框框去除,余"木"。"务"移除"力"余"夂",与"木"组合成"条"。

机务段。

【解析】用"机务"两字的片段(即一部分,木夂)来组合出谜底,合为"条"。

695. 卯

兔多两只眼。

【解析】生肖地支相对应,"兔"对应"卯",加两个点(象形为两只眼睛),成了"卯"。

柳树下流萤点点。

【解析】"柳树下"解为将"柳"字里的树"木"撤下,剩余"卯"字,加进"点点"(两个点),得到"卯"。

696. 岛

小山落只鸟,缩脚看海潮。

【解析】"缩脚"暗示"鸟"字底部的"一"收回,所余部件加入小"山",构成"岛"。"看海潮"对应字义。

南岳鸟横飞。

【解析】"岳"字南部是"山"("南岳"衡山,为五岳之一,本就是一座名山,故"南岳"会意也可扣"山"),"鸟"字下面的一横飞去后,所剩笔画与"山"合为"岛"。

697. 迎

送出关后昂首去。

【解析】"送"字里的"关"出去了,余"辶"。"昂首去"即"昂"字上头离开,所剩"卬"与"辶"组合为"迎"。

仰望无人还不走。

【解析】"仰望无人"指"仰"字没有单人旁(亻)了,剩"卬";"还不走","还"字的"不"走了留下"辶"。"卬""辶"组成"迎"。

698. 饭

扳开手见到馒头。

【解析】"扳开手":"扳"字的提手旁拿开,余"反"字。"馒头"扣"饣"。"反""饣"合为"饭"。

食字旁写反了。

【解析】食字旁为"饣",再写个"反",构成"饭"。

699. 饮

饥肠辘辘。

【解析】饥肠辘辘,说明饿了,胃里缺少食物。"欠食(饣)"合为"饮"。

饭后去赊账。

【解析】谜底顿读为"饭后去/

赊账",“饭"字后面的部件去掉余"饣","赊账"会意为"欠"。"饣""欠"合并成"饮"。

700. 系

下田累得到白头。

【解析】"下田累"示意将"累"字的"田"取下，剩下面"糸"，再得到"白"字头上的一撇，组成谜底字"系"。

幼小出力向前进。

【解析】"幼小"出"力"，余"幺小"，合为"糸"，再加进"向"前一撇，构成谜底"系"字。

701. 言

用人不疑。

【解析】谜底"言"字，用"人"（亻）则组成"信"，其义"不疑"。

调休一周。

【解析】"调"字休掉一个"周"，剩言字旁"讠"，扣合"言"字。

702. 冻

靠东点点。

【解析】"东"加上两个点，成"冻"。

冲到前头又向东。

【解析】"冲"字前头是"冫"，与"东"合为"冻"。

703. 状

将去后面牵来犬。

【解析】"将"字去掉后面的部件，剩"丬"，来个"犬"与之合为"状"字。

偏挂羊头卖狗肉。

【解析】"羊"头部三笔偏挂成"丬"，"狗"会意扣"犬"，相合为"状"。

704. 亩

四方相聚在北京。

【解析】"四方相聚"解作四个方格相聚，为"田"。"北京"扣"亠"，与"田"组合成"亩"。

男当出力多一点。

【解析】"男"字移出"力"剩"田"，再多"一"""、"组成"亩"。

705. 况

哥哥两点到。

【解析】"哥哥"会意扣"兄"，加"两点"（冫）成"况"。

点滴积累献四化。

【解析】"四化"别解为"四"字变化，笔画移动可得"兄"，加上"点滴"（即两个点）成为"况"。

706. 床

寸土不丢保村庄。

【解析】谜底"床"加上"寸土",能拼凑出"村庄"二字。

广植树。

【解析】"广"字加"木"(植树),合为"床"。

707. 库

一点车进厂,东西好存放。

【解析】"、""车""厂"组成"库","东西好存放"提示字义。

连衣裤。

【解析】谜底"库"如果加上衣字旁(连"衣"),则成"裤"。

708. 疗

三点就到厂里了。

【解析】三个点加"厂",里面再有"了",构成"疗"。

病了就要治。

【解析】"病"用病字旁"疒"替代,加"了"组成"疗"字。"就要治"提示字义。

709. 应

庭前举头听莺声。

【解析】"庭"前取"广",与"举"头部四笔组合,得到"应"。"听莺声"提示字音,"应"有一个读音和"莺"一样。

广有兴头。

【解析】"广"加上"兴"上头四笔,成为谜底"应"。

710. 冷

零下点点气温低。

【解析】"零下"指"零"字下面,为"令"字,加"点点"成为"冷"。"气温低"呼应字义。

两点受命。

【解析】"命"即命令,扣合"令"字。两个点加"令"成为"冷"字。

711. 这

还不去作文。

【解析】"还"字的"不"去掉了,剩"辶",与"文"组成"这"。

半边文字。

【解析】"半边"即取"边"字的一半,本谜应该选取"辶",以便和"文"字组合成"这"。

712. 序

庄里地少我来开。

【解析】"庄"里"地"少,少了"土"地还剩"广"。加进"予"(我)组成"序"。

预先到府上。

【解析】"预"之先为"予","府"之上取"广",合为"序"字。

713. 辛

十分孤立。

【解析】谜底"辛"字的"十"分开，只留下一个"立"。

端午节。

【解析】"端午"二字笔画节省，可组成"辛"。应取用"端"字的"立"、"午"字的"十"。

714. 弃

一点半公开。

【解析】"一点"扣"一、"，半"公开"取"厶廾"，合为谜底"弃"。

亭台高处似草生。

【解析】"亭台"高处，分别取"亠厶"，对应"弃"字上头四画；"似草生"指"弃"底下三笔看似草字头"艹"。

715. 冶

两点到宝岛。

【解析】台湾是祖国的宝岛，故以"宝岛"扣合"台"字。两点（冫）到"台"，构成"冶"。

减头去尾还有一口。

【解析】"减头"扣"冫"，指"减"字开头笔画。"去尾"扣"厶"，指"去"字尾部。"冫""厶"，还有一"口"，组合为"冶"。

716. 忘

死了这条心，反正记不住。

【解析】"忘"字拆开是"亡心"，与头句会意相扣。"反正记不住"则是对应字义。

忙得变了样。

【解析】"忙"字的竖心旁"忄"变成"心"后，与右边"亡"字重组成"忘"。

717. 闲

离开闹市到村头。

【解析】"闹"字的"市"离开，剩"门"；"村头"扣"木"，"门""木"组合成谜底。

林间日落林半掩。

【解析】"林"字半掩还剩"木"，"间"里"日"落剩下"门"，组合为"闲"。

718. 间

削竹简。

【解析】"简"字的"竹"削去，即去掉竹字头"竹"，剩下"间"。

闹市散罢太阳出。

【解析】"闹"字的"市"散罢，剩下"门"字。"日"（太阳）出现，组合成"间"。

719. 闷

存心不让出大门，你说烦人不烦人。

【解析】"心"在"门"里，是"闷"。后句提示字义。

倒钩射门，连进三球。

【解析】"倒钩"象形为卧钩，"门"直接进入谜底，三球象形为三个点，从而构成"闷"字。

720. 判

已有一半，又制一半。

【解析】有一个"半"，再加上"制"的一半"刂"，组成"判"。

说是半把刀，其实用处大，如果有纠纷，就请去找它。

【解析】头句描述字形组成，为"半""刂"（立刀旁）；接下来提示字义，是说评判。

721. 灶

秋收之前垄上行。

【解析】"秋"字收藏了前面的"禾"，余"火"；"垄"字上头行去余下"土"，"火""土"合为"灶"。

土炕头。

【解析】"炕头"解为"炕"字开头，扣"火"，与"土"合为"灶"。

722. 灿

火山壮观真好看。

【解析】"火山"合为"灿"。"壮观真好看"提示字义。

灵活变化。

【解析】"灵"字部件调整变化，可得"灿"。

723. 剃

剃须刀。

【解析】"弟"要成为"剃"，须用上"刀"（加上立刀旁"刂"）。

头上两朵花，张弓把箭搭，另有一根线，飘在弦底下。

【解析】"弟"字上头两点象形作花，下面有"弓"字、"丨"（象形为箭）、"丿"（象形为一根线）。

724. 汪

江边全无一人。

【解析】"江边"扣"氵"，"全"无一"人"剩下"王"，合为谜底"汪"。

三点二十。

【解析】"三点"扣三点水"氵"，"二十"合一"王"，二者组合成谜底"汪"。

725. 沙

金木火土。

【解析】"金木水火土"五行中少了水。"少""水"（氵）合为"沙"。

少到河边。

【解析】"河边"扣"氵"，"少"与"氵"合并，得到"沙"字。

726. 汽

一来乞求泪涟涟。

【解析】"一""乞"合为"气"。"泪涟涟"象形为"氵"，与"气"组成"汽"。

水牛一直去，小鸭随后来。

【解析】"水"以"氵"替代；"牛"字的一直（丨）去掉，余"ㄏ一"；"小鸭"象形为"乙"，以上几部分组合成谜底"汽"。

727. 沃

个个见了笑出泪来。

【解析】"沃"字左边"氵"象形为泪水，右边"夭"对应"个个见了笑"，即"夭"与"个个"能组成"笑"字。

乔迁之后到江西。

【解析】"乔"字迁出后面两笔，余"夭"；"江"西为"氵"，二者相合为"沃"。

728. 泛

明是水少，却说水多。

【解析】"泛"字拆开为"水（氵）乏"，即水缺乏，水少；而整个"泛"字有水向四处漫流之意，水多到泛滥了。

一字令人弄不明，有水无水难分清，看似干旱缺雨水，其实洪涝成灾情。

【解析】"泛"字的结构组成是"水（氵）乏"。

729. 沟

三点从台北至包头。

【解析】"三点"扣"氵"，"台北"扣"厶"，"包头"扣"勹"，组合成"沟"。

池边下金钩。

【解析】"池边"扣"氵"；"下金钩"解为把"钩"的金字旁"钅"下掉，余"勾"，"氵""勾"合为谜底"沟"。

730. 没

凤飞上下在河西。

【解析】"凤"字部件（几又）拆开上下排列，加上"氵"（河西），成为"没"字。

几度入汉中。

【解析】"几"加入到"汉"中，得到"没"。

731. 沈

枕头不见泪珠痕。

【解析】"枕"字前头的"木"不见了,换为"氵"(象形为泪珠痕),得到"沈"。

水冲枕木。

【解析】"枕"字的"木"移开,加上"水"(氵),成为谜底"沈"。

732. 沉

小桥流水有几处。

【解析】"小桥"象形为"冖","流水"扣合"氵",加上"几"字组成"沉"。

几多爱心在西湖。

【解析】"几"字直接用。运用方位法,"爱心"扣"冖","西湖"扣"氵",与"几"相合为"沉"。

733. 怀

不得偏心。

【解析】"偏心"暗示将"心"用作偏旁"忄"。"不"得到"忄",成为"怀"。

心不二用。

【解析】"心不"两个字都用上,成为"怀"。

734. 忧

创优人去总挂心。

【解析】"优"字的"人"(亻)去掉余下"尤",挂上"心"构成"忧"。

犹有半心存。

【解析】谜面是一句唐诗,作者柳宗元。"犹"字取一半"尤",加上"心"(忄),组合为谜底。

735. 快

心已决断不宜迟。

【解析】"决断"示意"决"字断开,取"夬",与竖心旁"忄"结合为"快"。"不宜迟"是对字义的提示。

两点前来表决心。

【解析】谜底"快"有两点(冫)前来,能拼凑出"决心"二字。

736. 完

宝玉出游到园中。

【解析】"宝"中"玉"字出游,留下"宀",与"园"中的"元"字组合,得到"完"。

安徽少云。

【解析】安徽省的别称是"皖";"云"别解为说,可扣"白"。"皖"少"白",余下"完"字。

737. 宋

此案无女犯。

【解析】"案"中无"女"字,

是"宋"。

宅前植树。

【解析】"宅"前头笔画为"宀","植树"暗示加个"木",成为"宋"。

738. 宏

窗台上面有月光。

【解析】"窗台"上面取"宀厶","有月光"解为"有"字的"月"光了,剩"ナ",几部分合为谜底"宏"。

雄字当头。

【解析】"雄字"当头的部件分别是"厷"和"宀",合起来就是"宏"。

739. 牢

失宠之后了一生。

【解析】失去"宠"字后面的"龙",留"宀";"了一生"扣合"牛",指"生"字下面的"一"了却,余"牛","宀""牛"组合成"牢"。

家里卖猪又买牛。

【解析】"豕"为猪。"家"里去掉"豕"又进来"牛",得到"牢"字。

740. 究

药丸少一点,藏在洞里面。

【解析】"丸"字少一"点"(、)是"九","洞"会意为"穴"。"九"在"穴"里,构成"究"。

旭日升空照半窗。

【解析】"旭"之"日"升空余下"九";"半窗",取"窗"字的上一半"穴",和"九"合为谜底。

741. 穷

半边窝头。

【解析】"半边"即"边"字的一半笔画,取"力";"窝头"以方位法猜出"穴","力""穴"组合成"穷"。

劲头不足空费工。

【解析】"劲"头不足余后面的"力","空"字费去"工"剩"穴",合为谜底"穷"。

742. 灾

一火烧得家内空。

【解析】"家"内空,剩"宀",与"火"组成"灾"字。

塞上烽火。

【解析】"塞上"扣"宀",加"火"成"灾"。

743. 良

缺米粮。

【解析】缺"米"之"粮",是"良"字。

有水能淘沙,有犬羊害怕,有米做食品,有女叫妈妈。

【解析】谜面依次隐射"浪"

"狼""粮""娘",每句后面对组成的新字作了暗示。

744. 证

东征西讨。

【解析】"东征"扣"正","西讨"扣"讠",合并成谜底"证"。

不是反话。

【解析】不是反话,即是正话。"正"与言字旁"讠"组合为"证"。

745. 启

孤星残月照一方。

【解析】"孤星"象形为一个点"丶","残月"解作残损的"月"字扣"尸","方"象形扣"口",三者合为"启"。

户口放在一起。

【解析】"户口"二字在一起,合为"启"。

746. 评

有言在先,干到两点。

【解析】"干"多两点(丷),构成"平"。前面加个言字旁,成"评"。

语不惊人。

【解析】语不惊人则语言平常,"言"字旁加上"平",得到谜底"评"。

747. 补

外出前要加衣。

【解析】"外"字前面的笔画出去,余后面"卜",加上衣字旁"衤",成了"补"。

卧掩花窗未解衣。

【解析】"花窗"象形扣"臣"字,"卧"掩去"臣"余"卜",再加上衣字旁(衤),成为"补"字。

748. 初

剪下衣服。

【解析】"剪下"扣"刀",加上衣字旁"衤"便是谜底"初"。

衫拂柳丝一刀断。

【解析】"衫"字里的三撇象形为柳丝,将其拂去则余"衤",加一"刀"字组成"初"。

749. 社

视而不见,埋没里边。

【解析】"视"而不"见",剩下"衤";"埋"没"里"边,余"土"。"衤"和"土"组成"社"。

幸福在前。

【解析】"幸""福"两字在前面的部件,取"土""衤",相合便是谜底。

750. 识

君子不动手。

【解析】君子不动手,只动口

说话,"只言"合为"识"。

只进一言。

【解析】"只"与言字旁"讠"组合,得到"识"字。

751. 诉

说到点子见匠心。

【解析】"说"扣"言",以言字旁"讠"替代;"点子"扣"丶";"匠心"扣"斤",三个部分合为一字,就是谜底"诉"。

诊断前后注意点。

【解析】"诊"字前面为"讠","断"字后面为"斤",再加一个点,成"诉"。

752. 诊

认得影后来看病。

【解析】"影"字后面是"彡"。"认"字得到"彡",构成"诊"。"来看病"即就诊,从字义上进行提示。

待人还须诚为先。

【解析】"须诚"的先前笔画,是"彡讠",与"人"组合为"诊"。

753. 词

一直没有共同语言。

【解析】"同"没有一直(丨),为"司",加上言字旁成"词"。

先请上司。

【解析】"请"之先为"讠",加上"司"组成"词"字。

754. 译

又生一计。

【解析】"又"生"一计",合为一字就是"译"。

诠释一半。

【解析】"诠释"各取一半来构成谜底字"译",用"诠"字左边、"释"字右边。

755. 君

连衣裙。

【解析】谜底"君"字,连上"衣"(即加衣字旁"衤"),则是"裙"字。

京中不见伊人容。

【解析】"京"中间是"口",不见"伊""人"(亻)容,余"尹","口""尹"合为"君"。

756. 灵

生火化掉一半雪。

【解析】"雪"化掉一半,保留"彐",与"火"组合成"灵"。

火山运动。

【解析】"山"字转动成"彐",和"火"组成"灵"。

757. 即

鲫鱼游走了。

【解析】"鲫"字之"鱼"游走后，剩下"即"字。

耳朵变了样，差点错认郎。

【解析】"即"字右边的单耳旁"卩"变为双耳旁"阝"，再加一点就是"郎"。

758. 层

屋顶入云端。

【解析】"屋顶"扣"尸"，放于"云"端，构成"层"。

赵子龙遗体。

【解析】"赵子龙"即赵云，扣"云"。"遗体"即"尸"体。"云""尸"组成"层"。

759. 尿

屋顶积水。

【解析】"屋顶"扣"尸"，积"水"成"尿"。

依稀残月映南泉。

【解析】"残月"扣"尸"，"尸"看似"月"字残缺了；南"泉"为"水"。"尸""水"合为"尿"。

760. 尾

屋前宅后搜一回。

【解析】"屋"前为"尸"，"宅"后是"乇"，搜来"一"与它们组合成"尾"。

展开之后就下笔。

【解析】"展"字后面的笔画拿开，余"尸"；"下笔"扣"毛"，相合为"尾"。

761. 迟

过去一寸，进来一尺。

【解析】"过"字去掉一"寸"余下"辶"，然后加进一"尺"成为"迟"。

半边加一尺。

【解析】"半边"可扣"辶"，加一个"尺"字，得到"迟"。

762. 局

居心不正一笔勾。

【解析】"居心不正"解为"居"字中心的"十"（视作正号"＋"）不要，剩余部分加上"一笔勾"成为"局"。

开口来一句。

【解析】"开口"解为"口"打开，左边一竖没有了，来一个"句"组成谜底"局"。

763. 改

本人著作。

【解析】谜底"改"拆开为"己""夂"(反文旁,示意"文"字),与谜面会意相扣。

收起一半。

【解析】"收""起"二字的一半,取"夂""己",合为谜底"改"。

764. 张

弓挂帐后。

【解析】"帐"后是"长"字,"弓""长"合为"张"。

左边半弯,右边不短,左右一起,让你看看。

【解析】半个"弯"字,取"弓";不短则"长",二者合成"张"。"让你看看"提示字义,"张"有看的意思。

765. 忌

记一半,忘一半。

【解析】选取"记"的一半"己"、"忘"的一半"心",相合成为谜底"忌"。

心上只有我,生怕别人强。

【解析】"心"上有自"己",构成"忌"字。"生怕别人强"照应字义。

766. 际

半票到陕西。

【解析】"半票"即"票"字的一半,可扣"示";"陕西"即"陕"字的西边,是"阝",相合构成谜底"际"。

两只小耳朵。

【解析】"际"字由"二""小""阝"组成。

767. 陆

二山耸立阻西归。

【解析】"二山"合为"击","阻西"扣"阝",合起来就是谜底"陆"。

阵前出击。

【解析】"阵"字前头是"阝",与"击"相合为"陆"。

768. 阿

河水流失得先防。

【解析】"河"水流失剩余"可","先防"扣合"阝","可"得到"阝"组成"阿"。

可除去我。

【解析】"除"字去除"我",即去掉其中的"余",剩"阝"。"可""阝"组合出谜底"阿"。

769. 陈

防冻前后。

【解析】"防冻"前后分别为"阝"和"东",合并出谜底"陈"。

119

来者相会在东都。

【解析】谜底"陈"字,来个"者"字与之相会,能拆拼出"东都"。

770. 阻

那东边盖起三层楼。

【解析】"那"字东边是"阝","三层楼"象形为"且",合起来成为"阻"。

且站院前。

【解析】"且"与"院"字前面的部件"阝"组合,得到谜底"阻"。

771. 附

人在村后院前边。

【解析】"人"用作单人旁"亻","村"后是"寸","院"前边为"阝",合为"附"。

陕西有人来寻根。

【解析】"陕西"扣"阝","人"以单人旁"亻"替代,"寻根"扣"寸",合为谜底"附"。

772. 妙

如要吵,双方都出去。

【解析】"如"要"吵",双"方"(口)都出去,即把"如""吵"两字的"口"都去掉,余下"女""少"合为"妙"。

婚前少见面。

【解析】"婚"字前头是个"女",与"少"见面,合为谜底"妙"。

773. 妖

姑娘找来大头针。

【解析】"姑娘"扣合"女";"针"象形为一撇,故以"大头针"扣"夭"。"女""夭"合并成"妖"。

女人一来显高手。

【解析】"高手"解作"手"字的高处,是一撇。"女人一"来,加上一撇,得到"妖"。

774. 妨

教女有方。

【解析】"女"字有"方",组成"妨"。

西施女。

【解析】"西施"扣"方",指"施"字西边是"方"字。"方"和"女"合并,得到"妨"。

775. 努

姑娘又出力。

【解析】"姑娘"扣"女",与"又""力"组合,成为"努"。

男走四方奴相随。

【解析】"四方"别解为四个方格,合为"田"。"男走四方"暗示将"男"字的"田"去掉,余下

"力",有"奴"相随组成"努"。

776. 忍

刀下要留心一点。

【解析】"刀"下留"心",再加一个点(、),得到"忍"。

心有余而力不足。

【解析】"心有余","心"字加一点(、);"力不足","力"字不足可成"刀",一起组合为"忍"。

777. 劲

一径无人云飞动。

【解析】"云飞动"解为"动"字中的"云"飞了,扣"力"。"一径无人"示意"径"字去掉双人旁,所剩右边部件与"力"合为"劲"。

轻车推走也用力。

【解析】"轻"字之"车"推走后,留下部分加上"力"成为谜底"劲"。

778. 鸡

又来一只鸟。

【解析】"又"来一只"鸟",合并成"鸡"。

树掩村落鸟来归。

【解析】"树"字掩去"村",余"又"。"又"字来"鸟"合为"鸡"。

779. 驱

马上到西欧。

【解析】"西欧"扣"区",指"欧"字西部。"马""区"组合成"驱"。

铁骑逞凶横。

【解析】"铁骑"指精锐的骑兵,扣出"马";"凶横"解为"凶"字横放,成"区"。"马""区"合并为谜底"驱"。

780. 纯

打开囤围,支援前线。

【解析】"囤"字外围笔画"囗"不要了,剩下"屯";"前线"扣"纟","屯""纟"合为"纯"。

一吨半丝出口。

【解析】"吨"字出"口"余"屯","半丝"扣"纟",合为谜底"纯"。

781. 纱

绝色已无少时容。

【解析】"绝"中之"色"没有了,剩下"纟",和"少"合为"纱"。

省下一半送前线。

【解析】"省"字下掉一半,去"目"留"少",以便和"前线"对应的"纟"组合成字,即"纱"。

782. 纳

边线单人拦网。

【解析】"边线"扣"纟",指"线"字一边。"单人拦网"扣"内"(形

121

如一"人"拦网)。"纟""内"组合成"纳"。

破格用人，终取先进。

【解析】"破格用人"常扣"贝"，但本谜不是。"破格"象形扣"门"，用上"人"可构成"贝"字也可构成"内"。为能组合成字，本谜以"破格用人"扣"内"，以便和"终"字先头部分"纟"构成"纳"字作谜底。

783. 纲

下岗之前到前线。

【解析】下掉"岗"字的前面部件(山)，余"冈"，"前线"扣"纟"，和"冈"组成"纲"。

下岗要改乡下貌。

【解析】"下岗"扣"冈"，"要改乡下貌"暗示"乡"字底下一笔变动，改为"纟"。"冈""纟"组成谜底"纲"。

784. 驳

只求前驱，一错再错。

【解析】"前驱"扣"马"("驱"字前头是"马")。"错"以符号表示为"×"，一错再错即有两个错号，与"马"组合成"驳"。

马上求出连乘积。

【解析】两个乘号(××)与"马"组合，得到谜底"驳"。

785. 纵

两人共用半张纸。

【解析】两个"人"和"纸"字的半边"纟"合并，成为"纵"。

二人并肩上前线。

【解析】"二人并肩"得出"人人"，与"前线"之"纟"合为谜底。

786. 纷

加工可分红。

【解析】谜底"纷"字加上"工"，可拆拼出"分红"。

边线得分。

【解析】"边线"扣出"纟"，得"分"合成"纷"。

787. 纸

择吉日命女结婚。

【解析】谜底"纸"与"吉日""女"组合，得到"结婚"两字。

一半底细差一点。

【解析】一半"底细"，取"氐纟"，差一点(丶)，为"氐纟"，组合成谜底"纸"。

788. 纹

乡下面貌变，蚊虫全不见。

【解析】前句扣合"纟"("乡"字下面变了)，后句扣"文"("蚊"字不见"虫")，合起来就是"纹"。

纵使无人残斋在。

【解析】"纵"无"人",余下"纟",残"斋"取"文",相合为"纹"。

789. 纺

红旗半卷。

【解析】"红旗"两字的半边卷去,即去掉两字的右半边,留下左边的"纟""方"合为"纺"。

边防前线。

【解析】"边防"可扣"方",指"防"字一边,"前线"扣"纟",和"方"组合成"纺"。

790. 驴

一马站房前。

【解析】"房"前为"户"。"马"和"户"在一起,成为"驴"。

芦边放马草不生。

【解析】"芦"字"草"不生,为"户",旁边放一"马",构成"驴"。

791. 纽

出丑在异乡。

【解析】"异乡"解作字形变异之"乡"而扣"纟",出"丑"与"纟"合并成谜底"纽"。

牛年乡下变。

【解析】"牛年"借代扣"丑","乡下变"扣"纟",二者合为"纽"。

八 画

792. 奉

三人骑条无角牛。

【解析】"无角牛"指"牛"字上头的一撇没有了,上面再加"三人",构成"奉"。

先捧出去。

【解析】"先捧"指"捧"字先前的部件"扌"。"扌"出去了,则留下后面的"奉"。

793. 玩

完全封顶。

【解析】"完全"两字的顶部(宀 人)封掉,余下"元""王",合为一字就是"玩"。

皇后在园中。

【解析】"皇"字后面部分是"王","园"中为"元",相合为"玩"。

794. 环

主要缺点不团结。

【解析】"主"要缺"点"(、),余"王","王""不"团结,合并成谜底"环"。

不称王。

【解析】"不""王"合为一字,

是"环"。

795. 武

正式辞工弃文职。

【解析】"式"字辞去"工",剩"弋",与"正"拆拼成"武"字。"正"要上下拆开为"一止"。"弃文职"照应字义。

正式为了后代。

【解析】"后代"扣"弋",与"正"组成"武"。

796. 青

请勿说话。

【解析】"请"去掉言字旁(勿说话),余下"青"字成谜底。

遇水则清,遇日则晴。

【解析】谜底"青"字,遇"水"(氵)则"清",遇"日"则"晴"。

797. 责

前组有成绩。

【解析】"前组"扣"纟"。谜底"责"如果有"纟"就成"绩"字。

来人还债。

【解析】谜底"责",来"人"(亻)则成为"债"。

798. 现

遇见皇后。

【解析】"皇"字后部为"王"。"见""王"相遇,组合为"现"。

少点主见。

【解析】"主"字少"点"为"王",加上"见"就是谜底"现"。

799. 表

先后扮青衣。

【解析】"青衣"两字的前后部分组合到一起,得到"表"。

用心擦掉衣上斑。

【解析】"用心"解为"用"字中心(两横一竖),"衣"字上头一点(丶)象形为斑点,将其擦掉后,与"用"字中心的两横一竖组合,成为"表"。

800. 规

见到二人。

【解析】"见"和"二人"结合,得到"规"字。

改天见。

【解析】"改天"理解为"天"字结构要改变,稍作变化可成"夫",再加个"见"字,成为"规"。

801. 抹

独自提前到西楼。

【解析】"独自"会意扣"一","提前"以方位法扣"扌","西楼"

扣"木"。将"一""扌""木"合为一字,得到"抹"。

在前排最后。

【解析】"前排"扣"扌","最后"会意为"末",组合成"抹"。

802. 拢

提前到垄上。

【解析】"提前"扣"扌","垄上"扣"龙",相合为"拢"。

龙抬头。

【解析】"抬头"扣"扌","龙""扌"组合出"拢"。

803. 拔

望友提前一点来。

【解析】"友""扌"("提"前)"、"(一点)三者组合,成为谜底"拔"。

始交莫逆携手归。

【解析】"始交"解为"交"字开始笔画"、","莫逆"之交指非常要好的朋友,扣"友",再携"手"(扌)成为"拔"字。

804. 拣

操练前后需配合。

【解析】"操"字前面的"扌"与"练"字后面部件组合,成为"拣"。

先后提炼。

【解析】"提炼"二字的先后部件结合成一个字,是"拣"。

805. 担

着手改旧貌,共把任务挑。

【解析】"旧"字一竖移动变成一横,得到"旦",加上提手旁(着"手")即为"担"。后句提示字义。

一手遮不住太阳。

【解析】"一""扌"(手)"日"(太阳)合为一字就是谜底"担"。

806. 坦

西域之晨。

【解析】"西域"扣"土","晨"会意为"旦",合起来便是"坦"。

走上来要一天。

【解析】"一天"即"一日",与"走"字上面部分"土"组合,可得谜底"坦"。

807. 押

第一把手。

【解析】"押"拆开为"甲手(扌)",与谜面会意相扣。

手探匣中。

【解析】"匣"中是"甲"字,"手"与之合为一字便是"押"。

808. 抽

用手锯掉柚木。

125

【解析】"锯掉柚木"示意去除"柚"字的"木",余下"由",再加个提手旁(用手),成为"抽"。

前排倒数第一。

【解析】"前排"扣合"扌","倒数第一"扣合"由"("由"字颠倒就是"甲",是第一的次序)。"扌""由"合起来,成了"抽"字。

809. 拐

要抢先,别落后。

【解析】"抢"字的先头笔画是"扌","别"字落去后面笔画"刂"余"另"。"扌""另"合并成为"拐"。

握别后离去。

【解析】"握别"二字的后面部分离去,剩下"扌""另",相合为"拐"。

810. 拖

扣留一半,施舍一半。

【解析】"扣"字保留一半(扌),"施"字舍弃一半(去掉"方"),以两字留下的部件合为谜底"拖"。

前后有措施。

【解析】"措施"两字的前后部件组合为一字,得到"拖"。

811. 拍

十指不沾泥。

【解析】"十指不沾泥"表示手是白净的。"手(扌)白"合为一字,"拍"。

昂首向前共携手。

【解析】"昂首"扣"日","向前"扣"丿",连同提手旁"扌"组合为"拍"。

812. 者

有目共睹。

【解析】谜底"者"字,和"目"在一起,组合出"睹"。

孝子出去一日回。

【解析】"孝"字下面的"子"出去了,余"耂",和一"日"组合成谜底"者"。

813. 顶

顺东到亭下。

【解析】"顺"字东部是"页","亭"下为"丁",二者相合就是"顶"。

灯光暗淡半遮颜。

【解析】"灯光暗淡"示意"灯"字之"火"去掉,余"丁","半遮颜"暗示"颜"字遮住一半,应该遮住"彦"露出"页",才能和"丁"合为一字"顶"。

814. 拆

提从前欲诉无言。

【解析】"提从前"暗示取用"提"字前面的部件"扌","诉"无"言"（讠）余"斥"，与"扌"合并成"拆"。

撕去中间有点连。

【解析】"撕"字去除中间的"其"，余"折"，连一点"、"成为"拆"。

815. 拥

损坏半边还有用。

【解析】"损"字坏掉半边，保留半边（扌），还有"用"字在，构成谜底"拥"。

用上手机总关机。

【解析】"机""总关机"自行抵消后，谜面余下"用上手"三字猜想谜底。"用"加上提手旁"扌"，是"拥"字。

816. 抵

低头不见抬头见。

【解析】"低"字开头笔画"亻"不见了，余右方"氐"；"抬"字的开头笔画"扌"在，二者相合，得到"抵"。

手底下。

【解析】"底下"指"底"字的下部，是"氐"。"手""氐"合为"抵"。

817. 拘

前排向前一直走。

【解析】"前排"扣合"扌"；"向前一直走"解作"向"字前面的一直（丨）走开，余"句"。"扌""句"合为"拘"。

扣留在包头。

【解析】"包头"解为"包"字头部，为"勹"，"扣"和"勹"组合成"拘"。

818. 势

执行得力。

【解析】"执"字得到"力"，组成"势"。

提前九点出力。

【解析】"提前"扣"扌"，加上"九""、"和"力"，构成"势"。

819. 抱

扣留一半跑一半。

【解析】"扣"字保留一半"扌"，与"跑"字的一半"包"组合，得到谜底"抱"。

一手承包。

【解析】一"手"（扌）和"包"合并，成为"抱"。

820. 垃

站在土边。

127

【解析】"站"会意扣合"立",放在"土"字旁边,构成谜底"垃"。

一边是十一,一边是六一。

【解析】"十一"可合为"土","六一"合为"立","土""立"组成"垃"。

821. 拉

摘下竹笠抬起头。

【解析】"笠"字的"竹"摘下,即去掉竹字头"⺮",余下"立"字,与"抬"字起头部件"扌"组合,得到谜底"拉"。

接走姑娘。

【解析】"姑娘"扣"女","接"字里面的"女"走了,余下"拉"。

822. 拦

挑出一半,烂掉一半。

【解析】"烂"字失掉一半(火),保留右半部"兰",与"挑"字的一半"扌"组合成谜底"拦"。"挑出一半"可以理解为"挑"字提供(出、出现)一半,也可理解为"挑"字移出、去除一半。但不管什么思路,在组合谜底时都是使用"挑"字左边的一半"扌"。

手牵羊儿一直走。

【解析】"直"解作笔画,即竖(丨)。"羊"字的一直"丨"走掉,余"兰",加上提手旁"扌"成为谜底"拦"。

823. 拌

提前到一半。

【解析】"提前"扣"扌",到一"半"组合成"拌"。

先后搭伴来。

【解析】"搭"之先为"扌","伴"之后为"半",合起来得到"拌"字。

824. 幸

有地有钱,日子舒坦。

【解析】"幸"字上面是"土",下面犹如人民币符号。"日子舒坦"暗示幸福。

远看土埋羊,近看不是羊,头上虽有角,肚里少根肠。

【解析】"幸"字上面是"土",下面是"羊"字少一横,这一横象形为肠子,而上头的两点象形为羊角。

825. 招

手持一口刀。

【解析】"手"以提手旁替代。"扌""口""刀"组合为一字,"招"。

提前召来。

【解析】"提"前面是"扌","召"来和它组合成谜底"招"。

826. 坡

地皮也刮去。

【解析】"地皮"的"也"去除，余下"土皮"合为"坡"。

堤西水无波。

【解析】"堤"西为"土"，"水无波"扣"皮"，合为"坡"字。

827. 披

提前会东坡。

【解析】"提"之前是"扌"，"坡"之东为"皮"，二者组合成"披"。

着手清除坡前土。

【解析】"坡"前面的"土"清除了，剩下"皮"字，加上提手旁成为"披"。

828. 拨

提前出发。

【解析】"提前"扣"扌"，再出现一个"发"，合为"拨"。

携手合作致富。

【解析】"致富"会意为"发"，加个提手旁合为"拨"。

829. 择

拘留一半，释放一半。

【解析】"拘"字保留一半（扌），"释"字放走一半。应该保留"释"字右半部，以便与"扌"合并成"择"。

提前又要用心。

【解析】"提前"扣"扌"，与"又"和"用"字中心三笔组合，成"择"。

830. 抬

提前出台。

【解析】"提"字前面是"扌"，和"台"合并为"抬"。

掐头去尾呈上来。

【解析】"掐头"扣"扌"，"去尾"扣"厶"，"呈上"扣"口"，三者组合为"抬"。

831. 其

撕去两边。

【解析】"撕"字去除两边的"扌""斤"，余下中间"其"字作谜底。

横着两根柴，竖着两根柴，小二跳进去，小八跳出来。

【解析】横着两根柴象形为两横，竖着两根柴象形为两竖，里面加进"二"，外面再加"八"，构成"其"字。

832. 取

联欢之前。

【解析】以"联""欢"两个字的前面部分"耳""又"组合成"取"。

半副对联巧相续。

半"又""耳"合为谜底"取"。

833. 苦

花前叶翻飞。

【解析】"花"前面为"艹","叶"字翻飞可得"古",组合成"苦"。

若有变化，味同黄连。

【解析】"若"字有变化，中间一撇变为一竖即成"苦"字。"味同黄连"提示谜底意思。

834. 若

一言在先准应诺。

【解析】谜底"若"字，前面加个言字旁"讠"，成为"诺"。

吃苦在前。

【解析】"吃苦在"三个字的前面部件（口艹ナ）组合起来，得到"若"。

835. 茂

花已半残又成空。

【解析】"花"残去一半（化），余"艹"。"成"字里面空了成"戊"，加上"艹"构成"茂"。

成心出走，必尝苦头。

【解析】"成心出走"指"成"字中心笔画没有了，余下"戊","苦头"扣"艹"，合为"茂"。

836. 苹

草坪前后。

【解析】"草"前为"艹","坪"后是"平"，相合为"苹"。

节前干点点。

【解析】"节前"扣"艹","干点点"扣"平"（"干"加两点），合为谜底"苹"。

837. 苗

葱头鱼肚。

【解析】"葱"字头部是"艹","鱼"字腹部为"田",合为"苗"字。

花前留下来。

【解析】"花"前为"艹","留"字下面的"田"来与之合为"苗"。

838. 英

秧苗先后枯。

【解析】"秧""苗"先后的"禾""田"枯萎去掉，余下"央""艹"合为谜底"英"。

落日映荷盖。

【解析】"落日映"扣"央"（"映"字的"日"落掉），"荷盖"指"荷"字上面部分即"艹",二者组合为"英"。

839. 范

营前浪头卷下来。

130

【解析】"营前"扣"艹","浪头"扣"氵",与"卷"字下面部分"㔾"合为"范"。

草字头,三点水,翘着尾巴张着嘴。

【解析】"艹""氵"和"翘着尾巴张着嘴"的"㔾"组合,成为"范"字。

840. 直

四层楼上架天线。

【解析】"直"字下部象形为四层楼,上头两笔形为天线。

有木即栽。

【解析】"直"字有"木"则成"植",意为栽种。

841. 茄

另展新姿列前茅。

【解析】"另展新姿","另"字结构改变可得"加";"前茅"扣"艹",合为"茄"。

上边两个加,下边一个加,绿叶开紫花,像瓜不叫瓜。

【解析】"茄"字上面"艹"犹如两个加号(+),下面就是一个"加"字。后面两句对应字义,指这种植物的形态特征。

842. 茎

小径无人草自生。

【解析】"径"无人,去掉双人旁"彳",所余右边部件加上草字头"艹"构成"茎"。

花前轻车归去。

【解析】"花前"扣"艹","轻"字的"车"离开后,所剩右边部件与"艹"合为谜底"茎"。

843. 茅

我在草下藏,露出一条腿。

【解析】"我"会意扣"予",下面加一撇(露出一条腿)成为"矛",放在草字头(艹)下,得到"茅"。

我在花前舞长剑。

【解析】"我"扣"予","花前"扣"艹","长剑"象形为一撇(丿),合为"茅"字。

844. 林

木偶。

【解析】"偶"指双数,成对的。两个(一对)"木"字合并,成"林"。

杯杯不落空。

【解析】"杯杯"两字的"不"落空了,余下"木木",合为"林"。

845. 枝

技术合作,不留一手,不留一点。

【解析】"技术"两字中不留

一"手"（扌），也不留一"点"（、），余下"支""木"合为"枝"。

十载维权结知音。

【解析】"十"记载上，加个"权"组合成谜底"枝"。"结知音"提示谜底字音。"枝"和"知"读音相同。

846. 杯

不在榜首。

【解析】"榜"字开头为"木"。"不""木"组合成"杯"。

两个不字手拉手，一个不字出了头，有人用它来沏茶，有人用它来盛酒。

【解析】"不"字出头成"木"字，"不""木"合而为"杯"。后两句提示字义。

847. 柜

熄灭火炬到桥头。

【解析】"熄灭火炬"扣合"巨"，"桥头"扣合"木"，合成谜底"柜"。

渠水排出，移植树木。

【解析】"渠"字里面的"水"（氵）排出，所余"木"字再上移与"巨"并列，构成"柜"。

848. 析

前所未有列榜首。

【解析】"所"字前面部件没有了余"斤"，与"榜首"之"木"组合为"析"。

断桥边。

【解析】"断桥"两字都用一边就能组合出谜底"析"字。分别用"断"字右边（斤）和"桥"字左边（木）。

849. 板

茶余饭后。

【解析】"茶"字剩余，取"木"；"饭"后为"反"，二者合为"板"字。

放权之中厂变样。

【解析】"厂"字笔画变样，放到"权"中，构成谜底"板"。

850. 松

桥头老翁。

【解析】"桥头"以方位法扣"木"，"老翁"以会意法扣"公"。"木""公"合并成"松"。

人虽离休，不忘集体。

【解析】"人"字离开"休"，还余"木"，"集体"会意扣"公"，组合为"松"。

851. 枪

木头放在仓库边，作为武器防凶险。

【解析】"木"在"仓"字旁边，

132

组成"枪"。后句对应字义。

机舱前后。

【解析】"机舱"两字前后，分别为"木""仓"，合之为"枪"。

852. 构

楼前沟水清。

【解析】"清"由清澈别解为清除之意。"沟"字之"水"（氵）清除了，余"勾"，与"楼前"所得之"木"合并，成为谜底"构"。

沟边无水好植树。

【解析】"沟"边无"水"，余"勾"，加上"木"（植树）就是"构"。

853. 杰

楼东不见燕南归。

【解析】"楼"字东边的"娄"不见了，剩下"木"，与"燕"字南面的四点组合成"杰"。

闲来出门献余热。

【解析】"闲"字出"门"余下"木"，"余热"可扣"灬"（"热"字残余），相合为"杰"。

854. 述

有点着迷样。

【解析】谜底"述"字加上一个点（、），犹如"迷"字，只是右上方的一点有所不同。

外边树上一只鸟。

【解析】"外边"可扣"辶"，指"边"字外面笔画。"树上一只鸟"扣合"术"，是把"树"会意为"木"，"鸟"象形作一点（、）。"辶""术"组合成"述"。

855. 枕

沈宋之后。

【解析】"沈""宋"两字后面部件"尢""木"组合，得到谜底"枕"。

前人爱心存书札。

【解析】"前人"扣"亻"，"爱心"扣"冖"，再书写一个"札"，构成谜底"枕"。

856. 丧

跟到东南转平安。

【解析】用"跟"字东南位置（右下角）的笔画，再将"平"字翻转安放上去，得到"丧"。

无畏上头应平反。

【解析】"畏"字上头没有了，再将"平"字颠倒（反），构成"丧"。

857. 或

一方用戈。

【解析】"方"扣合"口"。"一""口"用"戈"组合为"或"字。

去西域

133

【解析】"域"字西部去掉，余右边"或"。

858. 画

移山造田。

【解析】"山"字笔画移动，将中间一竖上移旋转90度变作一横，中间再造"田"，构成"画"。

果木砍伐山形变。

【解析】"果"字的"木"去除后余"田"，将"山"的字形改变（中间一竖移出变为一横），组装成"画"。

859. 卧

一点中间藏。

【解析】"藏"字中间是个"臣"，与"一""、"组合成"卧"。

充人臣仆。

【解析】谜底"卧"加上"人"（亻），能拆拼成"臣仆"二字。

860. 事

囊下已空争先走。

【解析】"囊"字下面空去余上头"一口"。"争先走"指"争"字先头笔画"⺈"走开，余下部件与"囊"上头的"一口"组合为谜底"事"。

一方横山水中现。

【解析】"一"直接使用，"方"扣合"口"，"横山"扣合"彐"，"水中"扣合"亅"，以上各部件组成"事"。

861. 剌

到最后才用下策。

【解析】"到最后"扣"亅"，"下策"扣"束"，合为谜底"剌"。

休在荆棘前。

【解析】"荆棘"二字在前面的笔画休去，留后面"亅""束"组合成"剌"。

862. 枣

点点皆下策。

【解析】"策"字下面为"朿"，加上两个点成为谜底"枣"。

一刀刺去，鲜血点点。

【解析】"刺"字的立刀旁去掉余"朿"，加"点点"得到"枣"。

863. 雨

霜降后。

【解析】"霜"字后面的"相"降落了，剩上面"雨"字。

两人同离去，直到四点归。

【解析】"两"字里面的两个"人"离去后，有"直"（丨）和四个点归来，构成"雨"。谜面的"直""点"均解作笔画。

八画

864. 卖

正巧买到。

【解析】"正"扣合"十"（视作正号"＋"），与"买"组成"卖"。

默读。

【解析】"默"不发声，暗示去掉"读"的言字旁"讠"，剩下"卖"。

865. 矿

庭前磕头。

【解析】"庭前"扣"广"，"磕头"扣"石"，相合为"矿"。

床前摆砖头。

【解析】"床"前是"广"，"砖"字开头为"石"，合起来就是"矿"。

866. 码

马上来碰头。

【解析】"马"和"碰"字开头部分"石"合并，为"码"。

抽水泵在后面吗？

【解析】"泵"字抽去"水"余"石"，"吗"字后面为"马"，相合成"码"。

867. 厕

厂内守则。

【解析】"厂"内一个"则"，构成谜底"厕"。

厂侧不见人。

【解析】"侧"不见"人"，为"则"，与"厂"组合得到"厕"。

868. 奔

奋起十载除弊端。

【解析】"奋起"解为"奋"字起始部件，为"大"。"除弊端"，除去"弊"字顶端，余下"卄"。"大"字加载"十"连同"卄"构成谜底"奔"。

画中一人是后羿。

【解析】"画中"指"画"字中心，可扣"田"也可扣"十"。为能组合出谜底字，本谜以"画中"扣"十"。"后羿"扣"卄"。用谜面上的"一人"与"十""卄"组合成"奔"。

869. 奇

大有可为。

【解析】"大"字有"可"，合为谜底"奇"。

可有奔头。

【解析】"奔头"扣"大"，指"奔"字头部。"可"有"大"组合成"奇"。

870. 奋

天下四方成一统。

【解析】"天下"扣"大"；"四方"别解为四个方格（口），合为"田"，

"大""田"组成"奋"。

夺去一半，留下一半。

【解析】"夺"字去掉一半，去掉"寸"保留"大"，与"留"字下面的一半"田"组合为"奋"。

871. 忑

太多心。

【解析】"太"字多个"心"，构成谜底"忑"。

心怀天下献丹心。

【解析】"天"字下面为"大"，"丹"字中心为"、"。"心"加上"大""、"组成"忑"。

872. 欧

一半受讴歌。

【解析】"讴歌"两字的一半"区""欠"组合成"欧"。

若旋风吹后。

【解析】"若旋风"扣"区"，因为"区"字好似"风"旋转了方向。"吹后"扣"欠"。"区""欠"合并成"欧"。

873. 垄

竹笼不用挂墙头。

【解析】"笼"不用"竹"，即去掉竹字头余"龙"，与"墙"字开头部件"土"组合成"垄"。

一来就是龙王。

【解析】谜底"垄"，来个"一"就能拼凑出"龙王"。

874. 妻

该女正在争取中。

【解析】"正在"别解为有正号"十"存在。"女""十"和"争"字中段组合成"妻"。

凄然掉下两滴泪。

【解析】"凄"字前头的两点，象形为两滴泪，掉下后剩余"妻"。

875. 轰

双车在前。

【解析】"双"字有"车"在前，构成谜底"轰"。

停车观树见村落。

【解析】"观""树"两字中的"见""村"落去，余下"又""又"，和"车"组合为"轰"。

876. 顷

见禾脱颖而出。

【解析】"禾"字从"颖"中脱离开，剩下"顷"。

倾尽人力力已虚。

【解析】"力已虚"暗示前面一个"力"字没有了，即"力""力已虚"自行抵消，剩下"倾尽人"

扣合谜底"顷"。

877. 转

专车来相会。

【解析】"专车"两字相会,组合为"转"。

后辈不见传人。

【解析】"后辈"扣"车",不见"传"字之"人"（亻）余"专",二者组合成谜底"转"。

878. 斩

这车不宽敞,只能装十两。

【解析】"十两"为一"斤",与"车"合并成"斩"。

夺冠军,运匠心。

【解析】"军"字上头的秃宝盖"冖"象形为帽子,与"冠"相扣。谜面"冠"由 guàn 异读作 guān,意思也由"居第一位的"别解成了"帽子"。"军"字的"冖"(帽子,冠)被夺去余"车","匠心"得"斤",合为"斩"。

879. 轮

比后有人夺冠军。

【解析】"比后"扣"匕","夺冠军"扣"车"（"冠"异读别解为衣冠的冠,扣"冖"）。"匕""人""车"合为"轮"。

开车送人来东北。

【解析】"东北"（"北"字东部）扣"匕"。"车""人""匕"合为谜底"轮"。

880. 软

乘车去西欧。

【解析】"欧"字西边的"区"去掉余"欠",和"车"组成"软"。

一车人争先。

【解析】"车""人"和"争"字先头笔画"⺈"合为"软"。

881. 到

至交别后。

【解析】"别后"扣"刂",与"至"相交成"到"。

拆去屋顶,片刻完成。

【解析】"屋"字顶部拆除,余下"至",加上"刻"字的片段（一部分）"刂",成为"到"。

882. 非

排在后面。

【解析】"排"字在后面的,是"非"。

罪该斩首。

【解析】"罪"字头部去除,余下一"非"。

883. 叔

又上南京来读书。

【解析】"南京"扣"小"，"又""上""小"合为"叔"。"读书"提示谜底读音，"叔"和"书"字音是一样的。

汝陪淑女把书念。

【解析】谜底"叔"字，若有"汝"陪，能拼凑出"淑女"二字。"把书念"指"叔"与"书"字音相同，即"叔"念"书"音。

884. 肯

正月初一离开。

【解析】"正月"开初的"一"离开，则余"止月"，合为"肯"。

左脚上步。

【解析】"左""上"都表示方位，"左脚"扣"月"，"上步"扣"止"，合为谜底"肯"。

885. 齿

差半步人落陷阱。

【解析】"差半步"扣"止"（"步"字差了一半），还有"人"落入"凵"（象形为陷阱）中，组合成"齿"字。

上面正缺一横梁，三堵院墙建下方，里边住了一个人，一到吃饭忙呀忙。

【解析】"正"缺一横梁，为"止"。三堵院墙可表示为"凵"，里面加个"人"后，与"止"组合为"齿"。末句提示字义，指牙齿的功能。

886. 些

一一到此。

【解析】"一一"到"此"，组合为谜底"些"。

此字多两横。

【解析】"此"字多两横，是"些"字。

887. 虎

饥不择食，心无顾虑。

【解析】"饥"不用食字旁（饣），为"几"；"虑"字无"心"为"虍"，二者合为"虎"。

处心积虑几多成。

【解析】"处心积虑"扣"虍"（"虍"有"心"相处累积为"虑"），多个"几"组成"虎"。

888. 虏

业已空虚，用力挽回。

【解析】"虚"字的"业"空缺了，余"虍"，用"力"与之组合，得到谜底"虏"。

心虑不足，前功尽弃。

【解析】"心虑不足"，暗示"虑"

字去除"心",余"虎";"前功尽弃",暗示将"功"字前面的"工"丢弃,剩"力"。"虎""力"组合为"虏"。

889. 肾

坚定要上朝前走。

【解析】"坚定要上","坚"字定要上面的两竖和"又";"朝前走","朝"字前面部件走开,余"月",合为"肾"。

下月又到川西去。

【解析】"月"字在下面,"又"直接使用,"川"字西边一撇去除,合为谜底"肾"。

890. 贤

先后见坚贞。

【解析】"坚贞"二字前后部分合为谜底"贤"。取用"坚"字上面的两竖和"又"以及"贞"字后面的"贝"。

肾贡献出一半。

【解析】"肾贡"两字献出一半,保留一半。以"肾"字上半部与"贡"字下半部组合为谜底"贤"。

891. 尚

补衣裳。

【解析】谜底"尚"字补充个"衣",就得到"裳"。

白走一趟。

【解析】"趟"字里面的"走"空白了,余下"尚"字。

892. 旺

先后见明皇。

【解析】"明"字的先前部件（日）与"皇"字后面的"王"组合,成为"旺"。

一江清水月分明。

【解析】"一江清水","一江"清除"水"（氵）,余"一工",合为"王"。"月分明","明"字之"月"分离开,余"日"。"王""日"合并成"旺"。

893. 具

飓风已过。

【解析】"飓"字的"风"离开了,剩下"具"字。

无惧心。

【解析】"惧"字之"心"没有,去掉竖心旁余下"具"字。

894. 果

留下到桥西。

【解析】"留下","留"字下面是"田";"桥西","桥"字西边为"木",相合成"果"。

上面能产粮,下面能盖房,

139

上下在一起，请你尝一尝。

【解析】"果"字上头是"田"能产粮，下面是"木"能盖房。后面文字提示字义。

895. 味

兄妹无儿女。

【解析】"兄妹"两字中除去"儿女"，所余"口""未"合成"味"。

未来京中。

【解析】"京中"，"京"字中间是"口"。"未""口"组成谜底"味"。

896. 昆

早上竞赛。

【解析】"早上"扣"日"，"竞赛"会意为"比"，相合成"昆"。

残花片片有余香。

【解析】"残花"解作残损的"花"字，可扣"匕"，"片片"示意有两片，即两个"匕"。"余香"可扣"日"（"香"字残余）。三者合起来就是"昆"。

897. 国

既要主动，又要大方。

【解析】"主动"，"主"字笔画移动，可成"玉"。"大方"别解为大的方格、方框，扣"囗"，与"玉"组合为"国"。

藏宝盒，方又方，一块玉，放中央。

【解析】前两句象形为方框"囗"，里面加个"玉"，构成"国"字。

898. 昌

开口唱。

【解析】谜底"昌"加上"口"，成为"唱"字。

鲳鱼少了。

【解析】"鲳"字里面的"鱼"没有了，剩下"昌"字。

899. 畅

申请先离场。

【解析】"场"字的先前部件（土）离开后，所余右边部件与"申"组合为"畅"。

扬手告别一中。

【解析】"扬"字的"手"（扌）告别离去，所余右边部件和"一中"组合成"畅"。

900. 明

日月并照。

【解析】"日月"两字合并为"明"。

一边是月亮，一边是太阳，两边合起来，到处亮堂堂。

【解析】月亮、太阳分别用"月""日"表示，合而为"明"。"亮堂堂"

140

示意明亮。

901. 易

早上勿来。

【解析】"早"字上头是"日","勿"来与"日"组合为"易"。

有锡矿,无金矿。

【解析】"锡矿"两字里去除"金(钅)矿",余下"易"字。

902. 昂

明月当空人尽仰。

【解析】"明月当空",解为"明"字的"月"应当空去,剩余"日"字。"人尽仰","仰"字的"人"(亻)尽了没有了,余"卬"。"日""卬"合为谜底"昂"。

卯少一撇,申缺一直;二者结合,仰面而视。

【解析】"卯"字少一撇为"卬","申"字缺一直(丨)为"日",二者组合成"昂"。"仰面而视"提示字义。

903. 典

先排洪水再建桥。

【解析】"洪"字的"水"排除,余"共",再据"建桥"加上"冂"(象形为桥),合为谜底"典"。

相貌生得恶,头上两只角,身上六个口,底下八字脚。

【解析】"典"字中间两竖上面出头了,犹如两只角,"典"里有六个"口",下面是"八"字。

904. 固

大口加小口,坚硬如石头。

【解析】"加"以符号"+"表示,连同大小两个"口",构成"固"。后句提示字义坚固。

四四方方一个院,东西南北四堵墙,虽然没有楼和房,十口人在里边藏。

【解析】前面两句象形为一个方框,里面加上"十口",得到谜底"固"。

905. 忠

联合中心。

【解析】"中心"合在一起,得到谜底"忠"。

祖国在心上。

【解析】"祖国"会意为"中"(中国),放在"心"上,构成"忠"字。

906. 咐

台下一人寻根来。

【解析】"台下"扣"口","人"以"亻"代替,"寻根"("寻"字根部)扣"寸",三者合并为"咐"。

141

时逢日落人方归。

【解析】"时"字的"日"落掉余"寸","人"以"亻"代替,"方"扣"口",组合成"village"。

907. 呼

出乎石下。

【解析】"石"下取"口",和"乎"合并为谜底"呼"。

于字头顶偏,瞪着两只眼,左边长着嘴,好像在叫喊。

【解析】前面三句描述"呼"字的字形组成情况,"两只眼"象形扣两点。最后一句提示字义。

908. 鸣

鸟嘴。

【解析】"嘴"会意为"口"。"鸟""口"组合成"鸣"。

一口咬掉鸡头。

【解析】"鸡"字开头的"又"没有了,再加上"口",得到谜底"鸣"。

909. 咏

永在前方。

【解析】"永"字在,前面还有一个方格(口),构成谜底"咏"。

叶脉半显。

【解析】"叶脉"两字显示一半(口永),组合成"咏"。

910. 呢

河心泥水已清除。

【解析】"河心"解为"河"字中心,扣"口";"泥水已清除","泥"字的"水"(氵)清除后余"尼"。"口""尼"组合为谜底"呢"。

挖去方砖补水泥。

【解析】将"口"象形为一块方砖。谜底"呢"去除"口"(挖去方砖)余"尼",再加上"氵"(补水)则成"泥"。

911. 岸

上山下厂劳动。

【解析】"劳动"会意扣"干"。上"山"下"厂",加个"干"构成"岸"。

上山下厂,干劲冲天,江河湖海,以它为边。

【解析】"山""厂""干",合一"岸"字。江河湖海,以岸为边。

912. 岩

山下安个抽水泵。

【解析】"抽水泵"扣"石",指把"泵"字的"水"抽掉。"山"下安放个"石",成"岩"。

上山采石。

【解析】"山""石"组合,得

到谜底"岩"。

913. 帖

出席之后站右边。

【解析】"席"字后面的"巾"出现，加上"站"字右边的"占"，合为"帖"字。

脱帽后又点头。

【解析】"帽"字后面部件（冒）脱离开，剩下"巾"，与"点"字上头的"占"组合，得到"帖"。

914. 罗

多罚一半。

【解析】用"多罚"两个字的一半（夕罒）组合，可得谜底"罗"。

多多合作。

【解析】"多多"拆开，共有四个"夕"字，"四夕"合为"罗"。

915. 帜

只有半吊。

【解析】"只"加上"吊"字的一半（巾），成为谜底"帜"。

离职之前帮后进。

【解析】"职"字之前（耳）离开，剩下"只"，"帮"字后面的"巾"进入，合为"帜"。

916. 岭

领先上岸。

【解析】"领先"扣"令"，"上岸"扣"山"，组成"岭"字。

峰前传虎符。

【解析】"峰"字前面为"山"；"虎符"是古代调兵用的凭证、令牌，可扣"令"。"山""令"合并成谜底。

917. 凯

峰前我在风中走。

【解析】"峰前"扣合"山"。"我"会意为"己"。"风"字中间两笔走开余"几"。组合起来就是"凯"。

岂可饥不择食？

【解析】"饥不择食"，"饥"字不要食字旁（饣）为"几"。"岂""几"合为"凯"。

918. 败

赛前不见散后见。

【解析】"赛"前不见，剩后面的"贝"；"散"后为反文旁"夂"，二者合为"败"。

为政不正，理财无才，最后怎样？必定垮台！

【解析】"政"字不要"正"，剩余"夂"；"财"无"才"余"贝"，合起来是"败"字。"必定垮台"提示字义。

919. 贩

反贼戎装已解除。

【解析】"贼"字之"戎"解除，为"贝"。"反""贝"合并成谜底"贩"。

贼头造反。

【解析】"贼头"（"贼"字开头）扣"贝"，与"反"组合，得到"贩"。

920. 购

包头赛后回云南。

【解析】运用方位法，"包头"扣"勹"，"赛后"扣"贝"，"云南"扣"厶"，三者合为一字得到"购"。

修坝整沟保水土。

【解析】谜底"购"加上"水（氵）土"，能拆拼出"坝""沟"两字。

921. 图

四面墙中躲一冬。

【解析】"图"字外围方框象形为四面墙，中间是一"冬"。

园内空空，进入隆冬。

【解析】"园"字里面的"元"空去后，加进"冬"字构成"图"。

922. 钓

勺子碰锅沿。

【解析】"锅沿"（"锅"字边沿）扣"钅"，与"勺"合为"钓"。

金边约会后。

【解析】金字旁"钅"与"约"字后面部件（勺）相会，构成"钓"。

923. 制

牛刀缺口。

【解析】"牛""刂"（立刀旁）与"冂"（缺口）组合成"制"字。

牟利走私落网中。

【解析】"牟利"走"私"，从"牟利"两字中去除"私"的部件"禾""厶"，剩下"牛""刂"；"落网中"，"网"字中间四笔落掉，余边框"冂"，组合为"制"。

924. 知

矢口不移，人人晓得。

【解析】"矢""口"合为一字就是"知"。"人人晓得"照应字义。

中医配方。

【解析】"中医"扣"矢"，配个方格"口"构成"知"。

925. 垂

合目就睡。

【解析】"垂"字合"目"，就是"睡"字。

千士相逢二十载。

【解析】"二十"扣"艹"。"千""士"相逢，又把"艹"载上，构成"垂"字。

926. 牧

特赦一半。

【解析】"特赦"两字各用一半（牛攵），合为谜底"牧"。

败后出丑。

【解析】"败"字后头是"攵"，加上牛字旁（牜）成为"牧"。地支"丑"扣生肖"牛"。

927. 物

请勿放牛。

【解析】"勿"加"牛"字旁（牜），成为"物"。

勿出丑。

【解析】生肖地支借代相扣，"丑"扣"牛"。"勿"与"牛"字旁（牜）组合，得到谜底"物"。

928. 乖

乘人不备。

【解析】"乘"字的人不具备，是"乖"。

千骑北上。

【解析】"千"骑"北"上，两字构成一个"乖"。

929. 刮

一千口刀。

【解析】"千""口""刂"（立刀旁）组合，成为"刮"。

一弯新月古刹后。

【解析】一弯新月象形为"丿"，"古"字直接用上，"刹后"扣"刂"，组合成谜底"刮"。

930. 秆

稼轩选集。

【解析】南宋词人辛弃疾，字幼安，号稼轩。"稼轩"两字中选择一些部件（禾干）组合，得到"秆"。

汗水换来秧苗旺。

【解析】"秧苗"会意扣"禾"。"汗"字的"水"（氵）换为"禾"，成为"秆"。

931. 和

中秋节。

【解析】"中秋"两字笔画节省，留取其中的"口""禾"组成"和"。

树梢新月映小窗。

【解析】"树"会意为"木"，在顶梢加上一撇（象形成新月）为"禾"。"小窗"象形扣"口"。"禾""口"组合成"和"。

932. 季

科学始终要合作。

【解析】"科学"两字的始终，

取"禾""子",合为谜底"季"。

和好前后在一起。

【解析】"和好"前后为"禾""子",合在一起成为"季"。

933. 委

初秋女装。

【解析】"初秋","秋"字开初为"禾",与"女"字装配成"委"。

东魏虽亡西魏在。

【解析】"魏"字东边的"鬼"没有了,西边的"委"还在。

934. 佳

街中有人来。

【解析】"街中"扣"圭",与来"人"(亻)相合为"佳"。

人地两生乃念家。

【解析】谜面顿读为"人/地两生/乃念家"。"地"扣"土","两生"示意有两个"土"。"人"和两个"土"组合,成"佳"。"念家"提示字音,"佳"念"家"音。

935. 侍

和尚。

【解析】和尚指出家修行的男佛教徒,是住在寺庙里的人,"寺人"合为一字,"侍"。

假日空暇看少林。

【解析】"假日空暇",从"假日"两字里空去"暇"的部件,余下"亻"。"少林"指少林寺,借代扣"寺"。"亻""寺"合并,得到"侍"字。

936. 供

与人共处。

【解析】"人"(亻)、"共"相处,合为"供"字。

共树雄心讲奉献。

【解析】"共"与"雄"字中心笔画"亻"组合,得到"供"。"奉献"提示字义。

937. 使

全仗一张嘴。

【解析】"嘴"会意扣"口","仗"和一个"口"组合成"使"。

何不可与史进一见?

【解析】"史进"为《水浒传》中人物。"何不可"扣"亻",还有"史"进"一"见,三部分构成"使"。

938. 例

恶人持刀。

【解析】"恶"会意扣"歹","人"以单人旁"亻"代替,"刀"用立刀旁"刂"代替,合为一"例"。

先烈有雄心。

【解析】"先烈"扣"列","雄

心"扣"亻",相合为"例"。

939. 版

饭后一片。

【解析】"饭"字后边是"反",加上一"片",得到"版"。

在银幕后面。

【解析】在银幕后面看到的影片是反的,"反片"合为"版"字。

940. 侄

城头残云雁阵斜。

【解析】"城"头为"土",残"云"取"一厶","雁阵斜"扣"亻"(雁阵常排列成"人"或"一"字形),组合成"侄"。

人已到半。

【解析】"人"和"到"字的一半"至"合并,成"侄"字。

941. 侦

一直优先破格用人。

【解析】"一直"别解为"一"和"直"(丨)共两个笔画,"优先"扣"亻","破格用人"扣"贝",几部分组合为"侦"。

上任先摘贫帽子。

【解析】谜面顿读为:上任先/摘贫帽子。"上任"先,指"上"字前面两笔和"任"字的单人旁,"摘贫帽子"指把"贫"字上面部分除去剩下"贝",几部分合为"侦"。

942. 侧

人有恻隐之心。

【解析】"恻"字隐去"心",剩下"则"。"人"有"则",合为谜底"侧"。

为人不正,先受贿后受刑。

【解析】"为人不正"暗示"人"用作偏旁"亻",接受"贿"字之先(贝)和"刑"字之后(刂),合为"侧"。

943. 凭

几任都在。

【解析】"几任"合为一字,是"凭"。

几近一千人。

【解析】"几"和"一""千""人"(亻)组合,成为"凭"字。

944. 侨

来人不要轿车。

【解析】"不要轿车"扣"乔","人"(亻)与"乔"合为谜底"侨"。

人在桥头走。

【解析】"桥头走","桥"字开头部分(木)走开了,余下"乔"。"人"与"乔"合为谜底"侨"。

147

945. 佩

雨点飘落几人立。

【解析】"雨"字里面的四个点去除（飘落）后，与"几"和单立人"亻"组合，成"佩"。

风雨空中雁阵斜。

【解析】"风雨"两字的中间笔画空去，去掉"风"字里面两画和"雨"字里面的四点，与"亻"（雁阵斜）组合成"佩"。

946. 货

摘去贫帽靠变革。

【解析】"贫"字上面部件（分）去除，余"贝"。"变革"，即变"化"。"贝""化"组合成"货"。

花下藏宝。

【解析】"花下"以字形方位扣"化"，"宝"会意扣"贝"。"化""贝"合为"货"。

947. 依

来人脱上装。

【解析】"装"字上头（壮）脱去，余下"衣"，来"人"（亻）与之合为"依"。

人靠衣装。

【解析】"人""衣"组合，得到"依"。

948. 的

无先约而白来。

【解析】"无先约"，无"约"字先前部件（纟），为"勺"。"白"字来了与"勺"组成"的"。

白芍要长好，必须除掉草。

【解析】"白芍"除掉草，即去掉"芍"的草字头"艹"，余"白""勺"，合并成"的"。

949. 迫

半道遇皇上。

【解析】"半道"（半个"道"字）取"辶"，"皇上"扣"白"，组成"迫"字。

扁舟一叶向中原。

【解析】"扁舟一叶"象形为"辶"，"中原"解为"原"字中部而扣"白"，相合为"迫"。

950. 质

无后盾而先败。

【解析】"盾"字后面的"目"去掉，然后加上"败"字前面的"贝"，得到"质"。

坝后连阡陌，新月挂前川。

【解析】"坝后"扣"贝"；"阡陌"是田地中间纵横交错的小路，象形为"十"；"新月"象形为一撇；"前

148

川"对应"川"字前面一笔，以上各部分组成"质"。

951. 欣

虽然缺十两，心里也舒畅。

【解析】缺十两即欠一斤，"欠""斤"合为谜底"欣"。后句呼应字义（喜悦）。

新歌录了一半。

【解析】"新歌"两字选录一半（斤欠），组合成"欣"字。

952. 征

正在西街。

【解析】"西街"扣双人旁"彳"。"正"和"彳"组成"征"。

二人正好远行。

【解析】"二人"扣"彳"，与"正"合并为"征"。"远行"提示字义。

953. 往

人人做主。

【解析】"人人"以双人旁"彳"代替，与"主"合为谜底"往"。

住到白头。

【解析】"白头"扣"丿"，"住"和"丿"组成"往"。

954. 爬

抓手把手全放开。

【解析】"抓"字之"手"、"把"字之"手"都放开了，余下"爪""巴"合为"爬"。

前爪、尾巴。

【解析】前面一个"爪"，结尾一个"巴"，构成"爬"字。

955. 彼

东坡西行。

【解析】从字形方位分析，"东坡"扣"皮"，"西行"扣"彳"，相合为"彼"。

二人扯皮。

【解析】谜底"彼"的"二人"（彳）扯去，剩下"皮"。

956. 径

人人劲头足。

【解析】"人人"扣"彳"，与"劲"字开头部分（即左半部）组成"径"。

人人前来，有劲出力。

【解析】"人人"扣"彳"，放在前面。"劲"字移出"力"，所余部分与"彳"合并成"径"。

957. 所

似有一半新安户。

【解析】"所"字左边似安放的"户"字，右边为"新"字的一半"斤"。

149

好像一户一斤。

【解析】谜底"所"字看似由一个"户"和一个"斤"组成的。

958. 舍

十分合得来。

【解析】谜底"舍"中将"十"字分开，得到"合"。

合纵连横。

【解析】"合"加上"纵"（丨）"横"（一）两笔，成为"舍"。

959. 金

这字挺值钱，全靠这两点。

【解析】"全"字加入两点，成为"金"。谜面头句照应字义。

其人玉貌带颗痣。

【解析】"金"字上头是"人"，下面部分，左边一点象形为一颗痣，其余部分犹如"玉"字。

960. 命

半边印盒。

【解析】"印盒"两字都用半边，"印"字的右边一半（卩）和"盒"字的上边一半（合）组合为"命"。

舍前一叩。

【解析】"舍"前取"人"，与"一叩"组合，得到"命"。

961. 斧

为父断后。

【解析】"父"与"断"字后面部分"斤"组合，成为"斧"字。

当中错了八斤。

【解析】"斧"字当中两笔视为错号"×"，上下犹如"八斤"。

962. 爸

斧头把手已脱落。

【解析】谜面顿读为"斧头/把手已脱落"。"斧"头，取"父"；"把"字的"手"（扌）已脱落，余下"巴"，组成"爸"。

父归川东。

【解析】"川东"扣"巴"（巴：周朝国名，在今四川东部和重庆一带），与"父"组合为"爸"。

963. 采

种菜除草。

【解析】"菜"的草字头（艹）除去，剩个"采"。

枝头分明留爪痕。

【解析】谜底"采"字下面为"木"，对应"枝头"（"枝"字开头部分），而上面爪字头（爫）对应"留爪痕"。

964. 受

爱友去又来。

【解析】"爱"字下面的"友"离开后,再进来个"又",成为"受"。

舜亡后先圣出。

【解析】"舜"字后面笔画去除,余"爫""冖",再加上"圣"字前面的"又",构成"受"字。

965. 乳

斜月三星洞。

【解析】"斜月"象形作一撇,"三星"象形为三点,"洞"会意为"孔",组合出"乳"字。

一钩浮出水。

【解析】"钩"象形为"乚","浮"字的"水"出去,余下右边"孚",与"乚"合为"乳"字。

966. 贪

赏后今又来。

【解析】"赏"字后面是"贝","今"来与"贝"组成"贪"。

生财念头。

【解析】"财念"两字之头"贝""今"合为一字,是"贪"。

967. 念

今后要留心。

【解析】"今"后一个"心",构成谜底"念"。

始终贪恋。

【解析】"贪恋"两字之始终为"今""心",组成"念"。

968. 贫

分赃一半也不富。

【解析】"分"与"赃"字的一半"贝"组合,得到"贫"。"不富"照应字义。

分财得一半。

【解析】"财"得一半,取用其"贝",与"分"合为"贫"。

969. 肤

二人朝前走。

【解析】"朝"字前面部件走掉,余下"月",和"二人"合为一字,成"肤"。

一月大。

【解析】"一月大"三个字合起来,是"肤"。

970. 肺

删帖之后一月来。

【解析】删除"帖"字后面部件(占),剩下"巾",加上"一月"构成"肺"。

帐前看月挂高天。

151

【解析】"帐"前为"巾","高天"扣"一",解为"天"字高处。"巾""月""一"组合成"肺"。

971. 肢

月落枝头。

【解析】谜面顿读为：月／落枝头。落去"枝"头之"木",余"支","月""支"合为"肢"。

知音十月又相逢。

【解析】"知音"提示谜底读音,"肢"读"知"音。"十月又"三字相逢合为"肢"。

972. 肿

不左不右朝前走。

【解析】"不左不右"说明在"中"间。"朝"字前面部件走开余"月"。"中""月"组合成"肿"。

蟾宫里面。

【解析】"蟾宫"指月亮,扣"月"。"里面"会意为"中"。"月""中"合为"肿"。

973. 胀

长安一片月。

【解析】谜面为唐朝李白诗句。解此谜需做文字游戏："长"字安上"月",构成"胀"。

怅然无心望东北。

【解析】"怅"字无"心"为"长","望"字东北位置是"月",相合为"胀"。

974. 朋

月月相会友谊长。

【解析】"月月"相会,构成"朋"字。"友谊长"提示字义。

教育先行有奔头。

【解析】让"育"字先头部件行去,余下"月";"有奔头",有字开头部件（ナ）奔去,剩"月"。两个"月"合并成"朋"。

975. 股

又见明月清风里。

【解析】"清风里",清除"风"字里面的笔画,剩下"几"字。"又""见""月""几",组合为"股"。

一半没有来。

【解析】"没有"的一半来了,取用两字的"殳"、"月"合为"股"。

976. 肥

巴西三十天。

【解析】三十天为一个月。"巴"字西边一个"月",成为"肥"。

把手放开朝前走。

【解析】"把"字之"手"放开剩个"巴","朝"前走掉余"月",

152

合为"肥"。

977. 服

月报已出手。

【解析】"月报"中取出"手"（扌），余下部分合为"服"。

后期不先报。

【解析】"后期"扣"月"，"不先报"即不要"报"字前面的提手旁（扌），以右边部件和"月"组合成"服"。

978. 胁

一月办成。

【解析】一个"月"与"办"合并成"胁"。

共为改革朝前奔。

【解析】"为"字笔画移动可得"办"，"朝前奔"（"朝"字前面奔去）扣"月"，合为"胁"。

979. 周

一言定调。

【解析】谜底"周"加上言字旁"讠"，构成"调"。

团结一心是同志。

【解析】谜底"周"字，与"一心"组合，可拆拼为"同志"。

980. 昏

有女结婚。

【解析】"昏"字有"女"，结合成"婚"。

鲁氏卖鱼。

【解析】"鲁氏"中除去"鱼"，余下"日氏"合为"昏"。

981. 鱼

山东阴。

【解析】山东省的别称是"鲁"，"阴"说明没有太阳（日）。"鲁"字去掉"日"，剩"鱼"。

争先留下一齐来。

【解析】"争先"扣"⺈"，"留下"扣"田"，"一"齐来合为"鱼"。

982. 兔

免受一点牵连。

【解析】"免"字牵连上一个点（丶），构成"兔"字。

连日晚点。

【解析】谜底"兔"字连接"日"，则成为"晚"和"点"（丶）。

983. 狐

猜西瓜。

【解析】"猜"字西边是反犬旁"犭"，加上"瓜"，得到谜底"狐"。

半生孤独。

【解析】"孤独"两字的一半"瓜""犭"组合，成为"狐"。

984. 忽

勿往心上记。

【解析】"勿"记在"心"上，得到"忽"。

有心取物终出丑。

【解析】"丑"扣"牛"。"物"的牛字旁"牛"出去了，余下"勿"。"心"和"勿"组成"忽"。

985. 狗

首犯向前一直跑。

【解析】"首犯"扣"犭"（"犯"字开头部分）；"向"字前面的一直（丨）跑掉，余"句"，合并成"狗"。

先猜一句。

【解析】"猜"字之先为"犭"，加一个"句"，构成"狗"。

986. 备

四方团结，务须出力。

【解析】"四方"别解为四个方格，结合为"田"。"务"字取出"力"余"夂"。合为"备"字。

雾中留下来。

【解析】"雾"中是"夂"，"留"下为"田"，组合成"备"。

987. 饰

扬帆觅食海东头。

【解析】"扬帆"象形扣"巾"，"觅食"暗示加食字旁"饣"，"海"东头为"𠂉"，三者组合成"饰"。

挂帅后整饬不力。

【解析】"帅"后为"巾"，一个"饬"字不要"力"，所余笔画加上"巾"构成"饰"。

988. 饱

饭前一包。

【解析】"饭"前为"饣"，与"包"组合为"饱"。

一包馒头。

【解析】"馒"字开头为"饣"，"包"与"饣"组成"饱"。

989. 饲

炊事员。

【解析】炊事员的职责是"司食"（司：主持；操作），"司"与食字旁"饣"合为"饲"。

饯别后一直同去。

【解析】"饯"字后面部分离别了，余"饣"；"同"字的一直（丨）去掉，剩下"司"，和"饣"组成"饲"。

990. 变

蝶舞东南枝。

【解析】蝴蝶象形为"亦"，"枝"字东南部分是"又"，组合成"变"。

无心恋，又相见。

154

【解析】"恋"字无"心"为"亦",与"又"相见构成"变"。

991. 京

口字小一点。

【解析】"口""小""一""、"(点)组合成"京"。

一点一横长,中间是个框,下头也不大,却能驻中央。

【解析】前三句扣合"京"的字形,其中"框"象形作"口","不大"会意为"小"。第四句提示字义。

992. 享

同心出点子。

【解析】"同"字中心为"一口",加上"、"(点)"子"得到"享"。

只听一声响,大亨人不见。

【解析】前句提示谜底字的读音为"响"。后句扣合字形,"大亨"里"人"不见,余下"一亨"合为"享"。

993. 店

占座而不坐。

【解析】"占座"不要"坐",剩下"占广",组合成"店"。

庭前不站立。

【解析】"庭前"扣"广";"不站立"解为不要"站"字的"立",剩下"占",合为谜底"店"。

994. 夜

加水变液体。

【解析】"夜"字加上"水"(氵),变成"液"。

液汁流尽。

【解析】"液"汁流尽,去除三点水,剩下"夜"。

995. 庙

矿后油水流。

【解析】"矿后"扣"广","油水流"扣"由",组合成"庙"。

席上少油水。

【解析】"席上"扣"广","少油水"扣"由",二者合为谜底"庙"。

996. 府

人立空庭日落时。

【解析】"空庭"扣"广"("庭"字里面空了),"日落时"扣"寸",加上单立人"亻",得到"府"。

人行处,前不见村,后不着店。

【解析】"人"以单立人"亻"代替,前不见"村"为"寸",后不着"店"为"广",合为"府"。

997. 底

低了头退出府中。

【解析】"低了头"解为"低"字开头部件(亻)了却,余下"氐";

155

"退出府中","府"字里面的"付"退出,余下"广"。"氏""广"组合出"底"。

抵达后至庭前。

【解析】"抵"字后面的"氏"到达,与"庭"前之"广"组成"底"。

998. 剂

挤到一边去。

【解析】"挤到"两字的一边去掉,保留右边"齐""刂",合并成"剂"。

刘备双股剑。

【解析】"剂"字左下方的两笔象形为双股剑。"剂"就是"刘"字具备有"双股剑"。双股剑,又名鸳鸯剑,是《三国演义》中刘备的兵器。

999. 郊

交头接耳。

【解析】"交"字在前头,再接上双耳旁"阝",构成"郊"字。

阵前相交。

【解析】"阵"字前头是"阝",加上"交",得到"郊"。

1000. 废

发生在庭前。

【解析】"发"与"庭"前之"广"组合,成为"废"字。

普遍致富。

【解析】普遍致富,会意为"广发",组合成"废"字。

1001. 净

争取两点到。

【解析】"争"字加上两点,构成"净"。

争先冲上前。

【解析】"冲"字前面为"冫","争"先加上"冫",成为"净"。

1002. 盲

看后面而忘前面。

【解析】"看"字后面是"目","忘"字前面为"亡",组合成"盲"。

忙到后面瞧一眼。

【解析】"忙"字后面为"亡","瞧一眼"暗示加"目",构成"盲"。

1003. 放

前面有万点,后面有一文。

【解析】"万点"扣"方",后面加个反文旁"攵",得到"放"。

散后方回。

【解析】"散"字后面是"攵",和"方"组合为"放"。

1004. 刻

该到后边。

【解析】"该到"两字的后边，为"亥""刂"，相合成"刻"。

该省则省。

【解析】"该"字省略，取用"亥"；"则"字省略，取用"刂"，两者合为"刻"。

1005. 育

孤星残云伴月明。

【解析】"孤星"扣"丶"，"残云"扣"一厶"（"云"字上头一笔没有了），与"月"组合为"育"。

若轻云之蔽月。

【解析】"育"字如"云"下一个"月"，"云"将"月"遮盖了。

1006. 闸

第一门生。

【解析】"第一"扣合"甲"，与"门"组合成"闸"。

门里藏着半只鸭。

【解析】"门"里加进"鸭"字的一半"甲"，得到"闸"。

1007. 闹

综合门市。

【解析】"门市"两字组合在一起成为"闹"。

市场门外难安静。

【解析】"市"字外边一个"门"，成"闹"字。"难安静"提示字义。

1008. 郑

天上星星映西陲。

【解析】"星星"象形为两个点（丷），"天"字上头加两点成"关"，"西陲"扣"阝"，合为"郑"。

云长在那边。

【解析】"云长"扣"关"（关云长），"那边"可扣"阝"（"那"字的一边），组合成"郑"。

1009. 券

此拳出手力不足。

【解析】"拳"字取出"手"余"关"，"力不足"扣"刀"，合为"券"。

拳头对刀。

【解析】"拳头"扣"关"，与"刀"组合成谜底"券"。

1010. 卷

来人必倦。

【解析】谜底"卷"字，来"人"必构成"倦"。

外圈不要。

【解析】"圈"字外面的方框不要了，剩下"卷"。

1011. 单

丢了弹弓。

157

【解析】"弹"字里面的"弓"丢了，还剩"单"。

点滴改革见成果。

【解析】谜底"单"字上头的两点位置变动（"点滴"改革），移到下方即成"果"字。

1012. 炒

一人少两点。

【解析】一个"人"加上两点成"火"，与"少"合为"炒"。

灾后少见面。

【解析】"灾"后是"火"字，与"少"字见面组成"炒"。

1013. 炊

秋后西欧行。

【解析】"秋后"扣"火"。"西欧行"，"欧"字西边的"区"行去，余"欠"。"火""欠"组成"炊"。

夹生饭。

【解析】做成夹生饭，说明还欠火候，"欠""火"合为"炊"字。

1014. 炕

抗灾后相会。

【解析】"抗灾"两字后面部分（亢火）相会，成为"炕"。

东坑生火。

【解析】"东坑"扣"亢"，生"火"

合为"炕"字。

1015. 炎

秋前离去秋后回。

【解析】"秋"前之"禾"离去余"火"，"秋"后回，又得到一个"火"。两个"火"组成"炎"。

火上加火。

【解析】"火"上加"火"，合为一个"炎"字。

1016. 炉

上房生火。

【解析】"上房"扣"户"，生"火"合成"炉"字

一篇心得写灯前。

【解析】"篇心"，取"篇"字中心部件"户"；"灯"前为"火"，相合成"炉"。

1017. 沫

好像未在江边。

【解析】谜底"沫"字好像"未"与"江"边之"氵"组成的。

先后涂抹。

【解析】"涂""抹"两字的前后部件为"氵""末"，组合成"沫"。

1018. 浅

退出前线河西会。

【解析】退出前"线",去除"纟"留下"戋",与"河"西边的"氵"相会,得到谜底"浅"。

酒钱先后收到。

【解析】"酒钱"二字的先后部件是"氵""戋",合为"浅"字。

1019. 法

脚心冒汗。

【解析】"脚心"扣"去",指"脚"字中心。冒汗有汗水,"去"加"水"(氵)得到"法"字。

奔流到海不复回。

【解析】奔流到海不复回,水去也。"水"(氵)"去"合为"法"。谜面诗句出自李白《将进酒》。

1020. 泄

三点出世。

【解析】"三点"扣"氵",出"世"与之合为"泄"。

世居江西。

【解析】"世"与"江"西边的"氵"组合,成为"泄"。

1021. 河

半打啤酒。

【解析】以"打啤酒"三字的半边(丁口氵)组成一个字,为"河"。

可来西湖。

【解析】"西湖"解为"湖"字的西边,是"氵","可"来与"氵"合为"河"。

1022. 沾

激战之前。

【解析】"激战"之前,分别为"氵""占",合起来就是谜底"沾"。

占领前沿。

【解析】"占"与"沿"字前头的"氵"合并,得到"沾"字。

1023. 泪

目前有水。

【解析】"目"字前头有"水"(氵),构成"泪"。

十八相送到河西。

【解析】"相"送走"十八"成"目",与"河"西之"氵"合为"泪"。

1024. 油

倒数第一演后溜。

【解析】"倒数第一"扣"由"(颠倒成"甲",为第一),"演"字后面的"寅"溜走余"氵",与"由"组合成"油"。

田字出头,左边水流,有它菜香,没它发愁。

【解析】"田"字出头为"由",

加上三点水"氵"得到"油"字。后面两句对应字义。

1025. 泊

泉水西流船停靠。

【解析】"泉"字的"水"移到西边并变作偏旁"氵"，成为"泊"。"船停靠"提示意思。

日落江边一抹斜。

【解析】"江边"扣"氵"，"日"加上一撇（一抹斜）为"白"，二者合为"泊"。

1026. 沿

方在风中游西湖。

【解析】"方"扣"口"，"风中游"扣"几"，"西湖"扣"氵"，组合成"沿"。

泥船左右。

【解析】"泥船"左右，分别是"氵""几口"，组合成"沿"。

1027. 泡

跑到江边方歇脚。

【解析】"歇脚"暗示除去"跑"的足字旁"𧾷"，剩下"包"，"江边"扣"氵"，组合为"泡"。

东跑西溜。

【解析】"跑"字东边是"包"，"溜"字西边为"氵"，合为"泡"。

1028. 注

往前走到西湖。

【解析】"往"字前面的"彳"走开余"主"，"西湖"扣"氵"，组合为"注"。

差点成汪。

【解析】谜底"注"字差一点，便是"汪"。

1029. 泻

写出三点。

【解析】"写"加上三点，成为"泻"字。

水与小桥紧相连。

【解析】"水"扣"氵"，"与"直接使用，"小桥"扣"冖"，组合成"泻"。

1030. 泳

永在水边善于游。

【解析】"永"字在"水"（氵）旁边，构成"泳"。"善于游"对应字义。

永定河边。

【解析】"河"边取"氵"，"永"与"氵"合为谜底"泳"。

1031. 泥

江边逢尼姑。

【解析】"江边"扣"氵"，"尼姑"

160

简称"尼"。"氵""尼"合并成"泥"。

残花带露落屋前。

【解析】"残花"扣"歹","带露"扣"氵","屋前"扣"尸",组合成"泥"。

1032. 沸

一弓两箭守江边。

【解析】一个"弓"加上两笔(象形为两枝箭),再加上"氵"(江边),得到"沸"字。

千人一口称活佛。

【解析】谜底"沸",与"千人"和一"口"组合,能得到"活佛"两字。

1033. 波

三点见东坡。

【解析】"三点"扣"氵","东坡"扣"皮",合为"波"字。

东坡来河边。

【解析】"坡"字东部是"皮",与"河"边之"氵"组合,成为"波"。

1034. 泼

洗头发。

【解析】"洗"字开头部件为"氵",加"发"得到"泼"。

废水利用要推广。

【解析】"废"字推掉"广"余下"发",和"水"(氵)构成"泼"。

1035. 泽

前后注释。

【解析】"注释"前后部件(氵 睪)合为一字,成"泽"。

写汉字,要用心。

【解析】写个"汉"字,再加上"用"字中心的两横一竖,成为"泽"。

1036. 治

供水给宝岛。

【解析】"宝岛"扣"台"(台湾),加"水"(氵)则为"治"。

三点登台。

【解析】三个点加上"台",构成"治"。

1037. 怖

用心布置。

【解析】用"心"(忄),加个"布",构成"怖"。

奉先之心。

【解析】《三国演义》人物吕布,字奉先,故以"奉先"借代扣"布"(吕布),加上"心"(忄)组成"怖"。

1038. 性

一心生一个

【解析】"心"以竖心旁"忄"替代,加个"生"成为"性"。

有心招生。

【解析】"心"（忄）招来"生"，组合成"性"。

1039. 怕

皇上之心。

【解析】"皇"字上面是"白"字，与"心"合为"怕"。

星星眉月还依旧。

【解析】"星星"象形为两点，"眉月"象形为一撇，与"旧"组合成"怕"。

1040. 怜

与西邻交心。

【解析】"西邻"扣"令"，交"心"成"怜"。

心怀此令。

【解析】"心"怀此"令"，合并成"怜"字。

1041. 怪

一心朝圣。

【解析】"心"与"圣"合并，得到"怪"字。

心偏又得惹是非。

【解析】"心偏"，"心"用作偏旁"忄"，"是非"扣"十一"（视作符号"十一"），连同"又"组成"怪"。

1042. 学

一字多两点。

【解析】一个"字"多两点，成了"学"。

远看是个字，近看不是字，字上添两点，其实也是字。

【解析】谜底"学"与"字"字形有些相似，是"字"字上头添了两点。

1043. 宝

中国上空。

【解析】"中国"扣"玉"，"上空"扣"宀"，合为谜底"宝"。

主动奉献一点爱心。

【解析】"主动"（"主"字笔画移动）扣"玉"，"一点"扣"丶"，"爱心"扣"宀"，组合成"宝"。

1044. 宗

杜绝火灾禁毁林。

【解析】"灾"字的"火"杜绝了余"宀"，"禁"字毁掉"林"余"示"，二者合为"宗"。

一到塞北，一到南京。

【解析】"塞"北为"宀"，南"京"为"小"，连同谜面两个"一"，构成"宗"。

1045. 定

宝玉出走，牵连下人。

【解析】"宝"中的"玉"出走了，留下"宀"，牵连"下人"，合为"定"字。

赐金一锭。

【解析】谜底"定"，给予"金"（钅），成为一"锭"。

1046. 宜

助残出力，献点爱心。

【解析】"助"字残缺，取出（缺失）"力"，剩下"且"。献上一点（丶）和"爱"字之心"冖"，成为"宜"。

赛前且相聚。

【解析】"赛"前取"宀"，和"且"相聚，组合成"宜"。

1047. 审

上海上空。

【解析】"上海"用别称"申"替代，与"空"字上面的"宀"组合，得到"审"。

一点爱心留上海。

【解析】"一点"扣"丶"、"爱心"扣"冖"，"上海"以其别称"申"替代，组合为"审"。

1048. 宙

宝玉出走有由来。

【解析】"宝"字的"玉"出走后余"宀"，有"由"来，合为"宙"。

倒数第一属空前。

【解析】"倒数第一"扣"由"（倒过来为"甲"），"空前"扣"宀"，合起来是"宙"。

1049. 官

个个都要管。

【解析】谜底"官"，如要"个个"（竹）则成"管"。

直接进宫。

【解析】"直"别解为笔画"丨"，接连在"宫"里，构成"官"。

1050. 空

窗前江水流。

【解析】"窗前"取"穴"，"江水流"余"工"，组合为"空"。

后腔。

【解析】"腔"字后部，是"空"。

1051. 帘

孤帆空下尽。

【解析】"孤帆"象形扣"巾"，"空下尽"余"穴"，构成"帘"。

窗前挂帽头。

【解析】"窗前"扣"穴"，"帽头"扣"巾"，合为一"帘"。

1052. 实

头上一顶帽。

【解析】宝盖"宀"象形为帽子。"头"上一个"宀",组成"实"。

头上安头。

【解析】"安头"解为"安"字之头而扣"宀"。"头"上有"宀",合为"实"。

1053. 试

证前须列式。

【解析】"证"前为"讠",再列上"式"构成"试"。

话语讲格式。

【解析】"话语"扣言字旁"讠",加上"式",成为"试"。

1054. 郎

廊前走了隋炀帝。

【解析】隋炀帝,杨广。"廊"字的"广"走了,余下"郎"。

东郊归来月未朗。

【解析】"东郊"扣"阝"。"月未朗","朗"字的"月"没有,所剩左边部件与"阝"合为"郎"。

1055. 诗

还我河山。

【解析】谜面会意为"讨土",合成"诗"字。

庙堂之论。

【解析】"庙堂"会意扣"寺";"论",言论,扣言字旁"讠",二者组合成"诗"。

1056. 肩

房前明月。

【解析】"房"字前面是个"户",加"月"成为"肩"。

肯定不止一户。

【解析】"肯"字不要"止",为"月",加个"户"构成"肩"。

1057. 房

星临万户。

【解析】星星象形为"、",与"万户"二字合为"房"。

解放后落户。

【解析】"放"字后面的反文旁(攵)解开,剩"方",加个"户"成为"房"。

1058. 诚

光说不兑现,肯定有成见。

【解析】"说"字中的"兑"不出现,剩"讠",加上"成",合为"诚"。

前言写成。

【解析】前面一个"言"(讠),再写一个"成",得到谜底"诚"。

1059. 衬

日落之时要添衣。

【解析】"时"字的"日"落去，剩下"寸"，加上衣字旁"衤"，成为"衬"。

点滴不沾守高节。

【解析】"不"字沾上"点滴"，即加两个点，成为"衤"。"守高节"，"守"字高处的宝盖节省掉，余下"寸"。"衤""寸"合并为"衬"。

1060. 衫

年年年初换新衣。

【解析】"年"字初始一笔为撇。"年年年初"扣合"彡"，"衣"换作衣字旁"衤"，相合为"衫"。

东风刮前裙。

【解析】谜底"衫"，右边"彡"像东风吹拂的样子，前面"衤"对应"前裙"（在"裙"字的前面）。

1061. 视

观世音。

【解析】"观"扣合谜底"视"的意思，"世音"提示谜底读音，"视"读"世"音，即"视"和"世"字音相同。

一点不见。

【解析】"不"字加一点（丶），为"衤"，与"见"合为"视"字。

1062. 话

千口一言。

【解析】"言"以言字旁（讠）替代，"千口""讠"合为谜底"话"。

语辞半通。

【解析】"语辞"的一半（讠、舌）组合，成为谜底"话"字。

1063. 诞

延至信末。

【解析】"信"末为"言"字。"延"与言字旁（讠）组合，得到"诞"。

话说延安。

【解析】"话说"扣为"言"，以言字旁"讠"代替，再把"延"字安放上去，构成谜底"诞"。

1064. 询

说了十天。

【解析】十天为一"旬"，加言字旁成"询"字。

一句话提问。

【解析】"一句"合为"旬"，"话"会意为"言"，合成"询"字。"提问"照应字义（询问）。

1065. 该

孩子走丢无人信。

【解析】"孩"字的"子"不见了，余"亥"，"无人信"扣"言"（"信"字无"人"），组合成"该"。

话说猪年。

【解析】猪年对应地支"亥"。"话说"扣"言"，与"亥"组成"该"。

1066. 详

说有一只羊。

【解析】"说"扣"言"。言字旁"讠"加"羊"，成为"详"。

话未来。

【解析】"话"扣"言"，得到言字旁"讠"；地支"未"借代扣合生肖"羊"，"讠""羊"组合成"详"。

1067. 建

此人健在。

【解析】谜底"建"加上"人"（亻），成为"健"。

三点离津到延边。

【解析】"津"字的三点（氵）离开，得到"聿"，与"延"字外边的"廴"组合，成为"建"。

1068. 肃

张口长啸。

【解析】谜底"肃"加上"口"，成为"啸"字。

萧条草不生。

【解析】把"萧"的草字头（艹）去除，余下"肃"字。

1069. 录

好像山水变了样。

【解析】谜底"录"字，好像"山水"变样（"山"字倒下）组合而成的。

恰似横山隔水低。

【解析】"录"字犹如"山"字横倒（彐）后，下面加个"水"。

1070. 隶

疑是前帆水上卧。

【解析】"前帆"扣"巾"。"隶"字好似"巾"横卧在"水"上构成的。

糠里有米拣出来，此法也要推广开。

【解析】"糠"字去除"米"，余"康"，再将"广"推开，最终剩下"隶"字。

1071. 居

湖光水月层云散。

【解析】"光"别解为全没有了。"湖"字的"水（氵）月"光了，剩下中间"古"。"层云散"余"尸"。二者合为"居"。

锯掉前头。

166

【解析】"锯"字前头部件（钅）掉了，剩下"居"字。

1072. 届

抽调一半到上层。

【解析】"抽"字调用一半"由"，与"层"字上部的"尸"组合，成为"届"。

邮局占一半。

【解析】以"邮局"两字的一半（由、尸）组合，得到"届"。

1073. 刷

有水就涮。

【解析】谜底"刷"字，有"水"就成为"涮"。

残月孤帆在东侧。

【解析】"残月"，"月"字残缺可得"尸"；"孤帆"象形为"巾"；"东侧"扣"刂"，三者合为"刷"。

1074. 屈

拨开层云见重山。

【解析】"拨开层云"余"尸"，"重山"扣"出"，合为"屈"字。

连山之上不盈尺。

【解析】"连山"扣合"出"。"不盈尺"，即不满"尺"，少掉最后一笔成"尸"字。"出""尸"组合为"屈"。

1075. 弦

弹头中右舷。

【解析】"弹头"扣"弓"，指"弹"字开头的笔画。"右舷"扣"玄"，与"弓"合为"弦"。

残月高高远山重。

【解析】"残月"扣"弓"（残月弯曲如弓，"月"字残损也可得到"弓"字），"高"字的高处笔画为"亠"，"远山重"形如"幺"。"弓""亠""幺"合并出"弦"。

1076. 承

垂钓深水接三竿。

【解析】"垂钓"对应"乛"，"三竿"对应"三"，与"水"合为"承"。

今后与三水合作。

【解析】"今后"，"今"字后面一笔是"乛"，与"三水"组合为"承"。三水区，是广东省佛山市行政辖区之一。

1077. 孟

装上盘子沉了船。

【解析】"盘子"中去除"舟"（船），余下"皿子"合为"孟"。

鼠入盘底。

【解析】生肖"鼠"扣合地支"子"，与"盘"字底部"皿"组合，

167

得到"孟"。

1078. 孤

翻转一看是瓜子。

【解析】谜底"孤"字拆开，从右往左看，是"瓜""子"。

孙在前面看瓜。

【解析】"孙"字在前面的部件是"子"，加上"瓜"，成为"孤"。

1079. 陕

二人两点去西郊。

【解析】"二人"加两点，成"夹"；"去西郊"，去除"郊"字西边的"交"余"阝"。"夹""阝"合并成"陕"。

郎君两点到院前。

【解析】"郎君"会意为"夫"，加进两点成"夹"，与"院"前之"阝"合为"陕"。

1080. 降

陇头客里又残年。

【解析】"陇"开头为"阝"，"客"字里面是"夂"，与"年"字下面部分笔画组合成"降"。

夏末年终到陕西。

【解析】"夏"字末尾部件取"夂"，"陕"西边为"阝"，加上"年"字后面部分笔画，得到"降"。

1081. 限

阶前相见恨无心。

【解析】"阶"前为"阝"，"恨"字无"心"则余"艮"，合起来就是"限"。

都跟在后面。

【解析】"都跟"两字在后面的部件是"阝""艮"，相合为"限"。

1082. 妹

姑娘未来。

【解析】"姑娘"扣"女"，"未"来与之相合成"妹"。

独上西楼她去也。

【解析】"独"扣"丨"，"西楼"扣"木"，"独上西楼"可得"未"；"她"字去"也"还有"女"，二者合为"妹"。

1083. 姑

要西去，湖边走。

【解析】"要"字"西"去，留个"女"；"湖"边走，剩下中间"古"，合为"姑"。

如在画中。

【解析】"画"中范围有大小，取"田"取"十"均可，要看组合成字时需要什么了。"如"与"画"字中心的"十"合并，得到"姑"。

1084. 姐

此女住的三层楼。

【解析】"三层楼"象形为"且"。"女""且"组合成"姐"。

且要一半。

【解析】"且"与"要"字的一半"女"组合,成为"姐"。

1085. 姓

天上牛女会。

【解析】"天"字上头是"一",与"牛女"相会,组成一个"姓"。

一生好开端。

【解析】"生"与"好"字开端"女"合并,成为谜底"姓"。

1086. 始

宝岛姑娘。

【解析】"宝岛"扣"台",指台湾。"姑娘"扣"女",与"台"组合成"始"。

远山如是。

【解析】"厶"像远山之形,加"如"合为"始"。

1087. 驾

另有变动要下马。

【解析】"另"变动成"加",下面一个"马",构成"驾"。

马上加入。

【解析】"马"上"加"入,组成"驾"。

1088. 参

丝丝柳影云天下。

【解析】"丝丝柳影"象形扣"彡",与"云天"两字下面的"厶大"组合,得到"参"。

台上一人放影片。

【解析】"台上"扣"厶","影片"解为"影"字的一个片段而扣"彡",连同"一人"组合成"参"。

1089. 艰

很难保留一半。

【解析】"很难"两字保留一半(艮、又),合为谜底"艰"字。

又在跟前走。

【解析】"跟前走","跟"字前面部件走掉,余"艮"。"又""艮"合为"艰"字。

1090. 线

收了金钱要先缴。

【解析】"钱"的金字旁(钅)收走,剩下右边"戋",加上"缴"字前头的"纟",得到"线"。

先后给钱。

【解析】"给"之先为"纟","钱"之后为"戋",组成一个字就是"线"。

1091. 练

先给后拣。

【解析】"先给"扣"纟",与"拣"字后面部件组合成"练"。

用手拣破纽。

【解析】"用手拣"对应"拣"字右边部件,"破纽"可扣"纟",组合成"练"。

1092. 组

乡下变了样,平地起高楼。

【解析】"乡"字下面变了样,得到"纟","平地起高楼"象形为"且",二者合并成"组"。

半粗半细。

【解析】半个"粗"字(且)和半个"细"字(纟)组合,得到一"组"。

1093. 细

留下上前线。

【解析】"留"字下面为"田","线"字前面是"纟",相合为"细"。

半给半留。

【解析】"给"的一半"纟",加上"留"的一半"田",得到"细"字。

1094. 驶

司马《史记》。

【解析】"马",记上一个"史",成为"驶"。

先驱者史进。

【解析】"驱"字先前部分为"马",加进"史"字,构成"驶"。

1095. 织

八方一片绿。

【解析】"方"象形扣"口","一片绿"取"绿"字的片段"纟",连同"八"字合而为"织"。

只到前线。

【解析】"只"和"线"字前面的绞丝旁(纟)组合,成为"织"字。

1096. 终

图中残红。

【解析】"图"中是个"冬"字,"残红"可扣"纟",相合为"终"。

冬至半着绵。

【解析】"冬"加上"绵"字的半边"纟",得到谜底"终"。

1097. 驻

一马当先,一往无前。

【解析】一"往"无前,余后面"主"。"马"字在前,加个"主"合而为"驻"。

主要去码头。

【解析】"去码头",去掉"码"

字开头的"石",剩下"马"。"主"和"马"合并成"驻"。

1098. 驼

马有它,它有马,不怕狂风卷黄沙。

【解析】"马""它"组合成"驼"字。末句对应字义,指骆驼的特性。

把舵行舟离码头。

【解析】"舵"字之"舟"行开,剩下"它"字。"码"字开头的"石"离去余"马"。"它""马"合而为"驼"。

1099. 绍

绝招示左右。

【解析】"绝招"二字左右部件分别是"纟""召",合而为"绍"。

前线在召唤。

【解析】"前线"扣"纟",加"召"成为"绍"。

1100. 经

走红之后添劲头。

【解析】"走红之后","红"字后面部件走开余"纟",加上"劲"字开头部件成为"经"。

轻车出前线。

【解析】"轻"字之"车"移出,所剩部件与"纟"(前线)组成"经"。

1101. 贯

一惯不用心。

【解析】"惯"字去掉"心"(忄),剩下谜底"贯"。

赛后申请转会。

【解析】"赛"字后头是"贝","申"字旋转90度与其相会,构成"贯"字。

九 画

1102. 凑

一点一滴凑起来。

【解析】谜底"奏"加上两点(一点一滴),构成"凑"字。

二人顶三人。

【解析】"二人"在下,上面顶"三人",搭建成"奏"。

1103. 春

三人同日见,百花齐争艳。

【解析】"三人"和"日"相见,构成"春"字。"百花齐争艳"暗示在春天。

即日奉上。

【解析】"日"与"奉"字上头部件"夫"(春字头)组合,得到"春"字。

1104. 帮

松绑之前带下来。

【解析】"绑"字前面的"纟"松开，剩下"邦"，与"带"下面的"巾"组合，成为一"帮"。

帐前正立汉高祖。

【解析】"帐"前面是个"巾"字，"汉高祖"是刘邦，扣"邦"。"巾""邦"合而为"帮"。

1105. 珍

三撇全分开。

【解析】"全"字上下分开为"王""人"，加上"彡"（三撇）构成"珍"。

全是动人影片。

【解析】"全"字的"人"移动错开，再加上"影"字的一个片段"彡"，得到谜底"珍"。

1106. 玻

十二张皮。

【解析】"十二"合为"王"，连同"皮"字组成"玻"。

半现波光一二点。

【解析】"半现"可扣"王"，指半个"现"。"波光一二点"，"波"字光去"一二点"（共三点），剩下"皮"。"王""皮"组合成"玻"。

1107. 毒

麦收之后来探母。

【解析】"麦"字收走后面部分，保留"丰"，与"母"合而为"毒"。

半个青海无人迹。

【解析】半个"青海"取"丰""每"，无"人"迹，则余"丰""母"，合之成"毒"。

1108. 型

就地行刑。

【解析】"地"会意扣"土"，与"刑"字相合为"型"。

手术安排国庆前。

【解析】做手术俗称开刀，"开""刂"（立刀旁）组成"刑"，放在"十一"（国庆节）之前，构成"型"。

1109. 挂

一手抓起两块土。

【解析】"手"用提手旁"扌"代替，加上两个"土"字，构成"挂"。

先后折桂。

【解析】"折桂"的先后，是"扌"和"圭"，合之成"挂"。

1110. 封

佳人去时日已落。

【解析】"佳人去"扣"圭"，"时日已落"扣"寸"，组合成"封"。

加加减减得十分。

【解析】把汉字"十"视作加号，"一"视作减号。"十分"别解为长度，是一"寸"。"十十一一"和"寸"组合，得到"封"字。

1111. 持

不待人来就动手。

【解析】"待"字的"人"不来，去掉双人旁（彳）余下"寺"，加上"手"（扌）得到"持"。

着手写诗默无言。

【解析】"写诗默无言"，示意去掉"诗"的言字旁"讠"，剩下"寺"，与"手"（扌）合而为"持"。

1112. 项

工作为公应称颂。

【解析】"为公应称颂"扣"页"，因为"页"字加个"公"则成"颂"。"工""页"合而为"项"。

江水顺川流。

【解析】"江"字之"水"、"顺"字之"川"均流失，分别剩下"工"和"页"，相合为"项"。

1113. 垮

城头清除污水，大有必要。

【解析】"城"之头为"土"，清除"污"字之"水"余下"亏"，再加上"大"成为"垮"。

横竖一定吃大亏。

【解析】"一"（横）"丨"（竖）以及"一""大亏"，合起来就是"垮"。

1114. 挎

亲手造成大亏损。

【解析】"手"（扌）"大""亏"三者组合，得到"挎"。

竖指称赞。

【解析】谜面意即以手夸赞。"手"（扌）"夸"合而为"挎"。

1115. 城

毕业之后有成就。

【解析】"毕业"两字后面部件是"十一"，与"成"合为"城"字。

国庆竣工。

【解析】国庆竣工，即十一完成。"十一""成"合而为"城"。

1116. 挠

拂晓前后见面。

【解析】"拂"之前为"扌"，"晓"之后是"尧"，合而为"挠"。

部分揭晓。

【解析】取"揭"字的"扌"、"晓"字的"尧"两部分组合成"挠"。

1117. 政

整改之后。

【解析】"整改"两字的后面部件是"正""攵",合而为"政"。

序后跋前。

【解析】书的序后跋前是正文。"正""攵"(反文旁)组合成"政"。

1118. 赴

徒要一半,仆要一半。

【解析】用"徒"字右半部(走)和"仆"字右半部(卜)组合,得到"赴"。

请走外边。

【解析】"走"加上"外"字右边的"卜",成为谜底"赴"。

1119. 赵

从风中走来。

【解析】"风"字中间的两笔和"走"组合,得到"赵"。

走错了。

【解析】"错"用符号"×"表示,与"走"组成"赵"。

1120. 挡

当出手时却受阻。

【解析】"当"与提手旁"扌"组合,成为"挡"。"受阻"提示字义。

应当提前来。

【解析】"当"与"提"前之"扌"组合,成为"挡"字。

1121. 挺

抢先入后庭。

【解析】"抢先"扣"扌","后庭"扣"廷",合而为"挺"。

提前开庭,面不要广。

【解析】"提前"扣"扌","庭"字拆开,不要"广",余下"廷"。"扌""廷"合并便成"挺"。

1122. 括

指西话东。

【解析】"指"字西部是"扌","话"字东部是"舌",合起来便是"括"字。

一扦下去插个洞。

【解析】"洞"象形扣"口"。"扦"和"口"组合,得到"括"字。

1123. 拴

抬头疑是玉人来。

【解析】谜底"拴"字左边之"扌"对应"抬头",右边的"全"扣"疑是玉人来","全"字是由"王人"二字构成的,看上去似"玉人"。

提前全到。

【解析】"提前"扣"扌","全"字到来与之组合为"拴"。

1124. 拘

将一人扣留。

【解析】"一人扣"三字合而为一，得到谜底"拾"。

提前会合。

【解析】"提"前为"扌"，与"合"相会，构成"拾"字。

1125. 挑

先后摘桃。

【解析】"摘"字之先是"扌"，"桃"字之后为"兆"，合而为"挑"。

儿抱走后泪两行。

【解析】"儿"字左右各加两点（泪两行），成"兆"。"抱走后"，"抱"字后面的"包"走掉，余"扌"。"兆""扌"合并为"挑"。

1126. 指

抢先接旨。

【解析】"抢"字之先，为"扌"，接"旨"后组合成"指"。

手拂残花留余香。

【解析】"手"用作偏旁"扌"，"残花"可扣"匕"，"余香"（"香"字残余）可扣"日"，三部分合而为"指"。

1127. 垫

九点来约会，携手上城头。

【解析】"九""丶"（点）组成"丸"，"携手"暗示加"扌"，"城头"扣"土"，合起来得到"垫"。

手捧一丸泥。

【解析】"手"以提手旁"扌"代替，"丸"字照用，"泥"会意为"土"，相合即得谜底。

1128. 挣

进仓便争抢。

【解析】谜底"挣"，加进"仓"字便可拆拼为"争抢"。

争着先扫。

【解析】"争"与"扫"字先写的笔画"扌"组合，构成"挣"。

1129. 挤

一齐举手。

【解析】一个"齐"字加上提手旁"扌"，成为谜底"挤"。

提前到齐。

【解析】"提"字之前是"扌"，再到来一个"齐"字，组合出"挤"。

1130. 拼

手里只有半瓶。

【解析】"手"扣"扌"，半个"瓶"当取"并"，以便和"扌"组合成字，即谜底"拼"。

携手并进。

【解析】"携手"暗示要用上提手旁（扌）。"扌"加进"并"，

175

构成"拼"。

1131. 挖

窗前飞燕探头来。

【解析】"窗"前取"穴","飞燕"象形扣"乙","探"字开头为"扌",三者合起来得到"挖"。

空投一半，两点起飞。

【解析】"空""投"两字取一半可得"穴""扌","两点起飞"("飞"字的两点起来，移走)扣"乙",合而为"挖"。

1132. 按

提案采纳前部分。

【解析】"提""案"两字采纳其前部分，可得"扌""安",合并成"按"。

动手安装。

【解析】提手旁"扌"与"安"组合，得到"按"字。

1133. 挥

拥向前迎子弟兵。

【解析】"拥"字前面是"扌","子弟兵"会意扣"军",组合成"挥"。

提前参军。

【解析】"提前"扣"扌",加个"军"字构成"挥"。

1134. 挪

那就用手去移开。

【解析】"那"字用"手"(扌),合为"挪"。"移开"提示字义。

那是一只手。

【解析】"那"加一个提手旁"扌",得到谜底"挪"。

1135. 某

熄灭煤火。

【解析】"煤"字之"火"灭掉，剩下"某"字。

二十一棵树，不知何人栽。

【解析】"二十"扣"廿",加上"一""木"构成"某"字。"不知何人"照应字义。

1136. 甚

其后遇到曲折。

【解析】"其"字后面加上曲折的一笔，成为"甚"。

全力勘探。

【解析】谜底"甚"加个"力",组成"勘"。

1137. 革

鞋未沾土。

【解析】去掉"鞋"字的两个"土",剩下"革"字成谜底。

二十一中全会。

【解析】"二十"扣"廿",与"一""中"相会,构成"革"字。

1138. 荐

存了二十载。

【解析】"二十"扣"艹"(可看成两个"十"),与"存"合而为"荐"。

野火烧不尽。

【解析】"野火烧不尽,春风吹又生。"说明草还存在。"艹""存"合而为"荐"。

1139. 巷

引水建港。

【解析】引来"水"(氵),与谜底"巷"字组合,成为"港"。

排除洪水当前导。

【解析】排除"洪"之"水"余"共","前导"扣"巳",合而为"巷"。

1140. 带

山山倒映一川横。

【解析】将"带"字下部视作两个"山"字倒映状,上头是"川"加一横。

三个十字架,帽子毛巾挂,帽子挂中间,毛巾挂在下。

【解析】"带"字上头"卅"犹如三个十字架并排,中间"冖"则似帽子,下面还有一"巾"。

1141. 草

早有苗头。

【解析】"苗"字之头为"艹"。"早"有"艹"组合成谜底"草"。

放宽心,还早。

【解析】"宽"字中心是"艹"。放置"艹",加上"早",构成"草"字。

1142. 萤

虫草。

【解析】"虫"加个草字头"艹",得到谜底"萤"。

草下有条虫。

【解析】"草"用草字头替代。"艹"下面一个"虫"字,是"萤"。

1143. 茶

人在草木中。

【解析】"人"字在"草"(艹)"木"之中,构成"茶"。

一人戴草帽,站在大树梢,为了待客人,就往水中跳。

【解析】"人"字上面加个草字头"艹",下面加个"木",构成"茶"字。

177

1144. 荒

谎言不能有。

【解析】"谎"字的"言"（讠）没有了，剩下"荒"。

言而有诈心发慌。

【解析】谜底"荒"加上"言"（讠）就构成"谎"，说谎话即言语有诈。"心发慌"，"荒"字加"心"（忄）便是"慌"。谜面前后两段单独与谜底扣合。

1145. 茫

盲目出去找水草。

【解析】"盲"字的"目"拿出去，剩下"亡"，再找来"水"（氵）"草"（艹）合为"茫"。

并荒之后引水来。

【解析】拿开"荒"字后面三笔，剩"芒"，引来"水"与之合而为"茫"。

1146. 荡

菜头汤。

【解析】"菜"字之头是"艹"，加"汤"便成"荡"。

杨花半落散湖边。

【解析】"杨花"半落，去掉"木""化"后，所余部件与"湖"边之"氵"组合成"荡"。

1147. 荣

种草植树献爱心。

【解析】"种草"示意加"艹"，"植树"示意加"木"，再献上"爱"心之"冖"，构成"荣"。

十八相送到草桥。

【解析】"草"用草字头替代，"桥"象形为秃宝盖"冖"，与"十""八"组合为"荣"。

1148. 故

没有人做不成。

【解析】谜底"故"字，如果没有"人"（亻）就成不了"做"字。

千年老篇章。

【解析】千年老篇章，是古文，"古""攵"（反文旁）合而为"故"。

1149. 胡

湖干了。

【解析】湖干了，无水。"湖"字去掉三点水，是"胡"。

田里到田外，用了三十天，问它啥意思，瞎扯又乱编。

【解析】"田"里为"十"，三十天是一"月"。"田"里的"十"移到外边可得"古"，加"月"成"胡"。第四句照应了谜底的意思。

1150. 南

楠木已被伐尽。

【解析】"楠"字之"木"去除，剩下"南"。

贡献大一点。

【解析】"献"字拿出"大"""、"（一点），还剩"南"字。

1151. 药

花前一约。

【解析】"花"字前头是"艹"，与"约"组合则成"药"。

非正式协定。

【解析】非正式协定，即草约。"艹""约"合为"药"。

1152. 标

二小在村边。

【解析】"村边"可扣"木"，与"二小"合而为"标"。

一旦抽查票根在。

【解析】"查"字的"旦"抽掉，余"木"。"票根"扣"示"，与"木"合而为"标"。

1153. 枯

砍伐森林，苦头吃尽。

【解析】"森"字之"林"除去，剩下一"木"。吃尽"苦"头，余"古"。"木""古"合为"枯"。

万年松。

【解析】万年松，堪称古木。"古""木"二字合为"枯"。

1154. 柄

病床之中。

【解析】"病"字之中是个"丙"，"床"字里面是个"木"，相合则成"柄"。

三级木材。

【解析】"三级"扣"丙"（丙等），与"木"组合为"柄"。

1155. 栋

林东树木稀。

【解析】"树木稀"暗示"林"字笔画变少，只用一个"木"，与"东"合为"栋"。

东西村相邻，这里出良材。

【解析】"西村"扣"木"，和"东"合并成"栋"字。后句提示字义，言栋梁之材。

1156. 相

没有用心想。

【解析】"想"字不要"心"，为"相"。

到桥头，泪水流。

【解析】"桥头"扣合"木"，"泪"字之"水"（氵）流去余"目"，二者合为"相"。

1157. 查

一去无音讯。

【解析】谜底"查"字下面的"一"去了,还剩"杳",其意扣合"无音讯"。"杳",远得看不见踪影。

独赏西楼明月光。

【解析】"独"会意为"一","西楼"以方位指示扣合"木","明"字之"月"光了余下"日",三者组合成"查"。

1158. 柏

林伯已退休。

【解析】"林伯"两字中退出"休",即去除"亻"和"木",剩余"木""白"合而为"柏"。

改变香型。

【解析】"香"字结构改变,移动笔画可得"柏"。

1159. 柳

十八只兔子。

【解析】"十八"合一"木",生肖"兔"对应扣地支"卯","木""卯"合为"柳"。

巢底无完卵。

【解析】"巢"字底部为"木","无完卵"扣"卯"("卯"字不完整,少了两点),二者组合成"柳"。

1160. 柱

植树还应灭蛀虫。

【解析】灭掉"蛀"字的"虫",剩下"主",加"木"(植树)合成"柱"。

林边来往不逢人。

【解析】"林边"("林"字一边)扣"木";来"往"不逢"人",去掉"往"的双人旁"彳",剩下"主"。"木""主"合并而成"柱"。

1161. 柿

树立先进帮后进。

【解析】"树立"两字先写的部件取"木"和"亠",与"帮"字后面的"巾"组合为"柿"。

吊脚楼头望北京。

【解析】"吊脚"指"吊"字下面部分"巾","楼头"扣"木","北京"扣"亠",三者合为"柿"。

1162. 栏

米兰点点开。

【解析】"米"字上面的两点取开,剩"木",与"兰"组合成"栏"。

一直在变样。

【解析】"一直"别解为笔画一竖,谜底"栏"字加上一直(丨)就变成"样"。

1163. 树

又进了村。

【解析】"又"字进入"村"中，构成谜底"树"。

西楼又逢日落时。

【解析】"西楼"扣"木"，"又"字照用，"日落时"扣"寸"，这三个字合而成"树"。

1164. 要

西安姑娘被录用。

【解析】"姑娘"会意为"女"。"西"安放一"女"构成"要"。"被录用"提示字义。

她去也，客又来。

【解析】"她"字去掉"也"剩"女"，"客"借代扣"西"（古时主位在东，客位在西），合为"要"字。

1165. 咸

喊不出口。

【解析】"喊"字不出现"口"，为"咸"。

心无所感。

【解析】"感"字没有"心"，是"咸"。

1166. 威

一女握鞭又操戈，好个巾帼英雄貌。

【解析】"鞭"以象形法扣"丿"。"一""女"加上"丿"和"戈"，构成"威"。后句提示字义。

狗年生个女。

【解析】"狗年"对应扣地支"戌"，加个"女"组成"威"字。

1167. 歪

不止一横。

【解析】"不""止"和"一"（一横）组合成谜底"歪"字。

此字谁也写不正。

【解析】写出"不""正"，组成一个"歪"字。

1168. 研

开会碰头。

【解析】"碰头"扣合"石"。"开"与"石"相会，合为"研"字。

岩下花已放。

【解析】"岩"字下面是"石"，"花已放"会意为"开"，二者合并成"研"。

1169. 砖

专用码头。

【解析】"专"与"码"头之"石"组合，成为"砖"。

转车去采石。

【解析】"转"字的"车"去掉

181

余"专",采来"石"与之组合成"砖"。

1170. 厘

厂里会合。

【解析】"厂""里"会合，构成一个"厘"字。

产量上去了。

【解析】"产量"两字的上头去掉，剩余下面的"厂""里"合而为"厘"。

1171. 厚

在厂里的日子。

【解析】"厂"里有"日""子"，合为一字就是"厚"。

厂子建成之日。

【解析】"厂""子"加上"日"，三字合为"厚"。

1172. 砌

互相切磋少谬误。

【解析】"磋少谬误"暗示去除"磋"字里的"差"（差错，谬误），余下"石"。"切""石"组合为"砌"。

砖头切记。

【解析】"砖头"扣"石"，再把"切"字记上，构成"砌"。

1173. 砍

码头遇歌后。

【解析】"码头"扣"石"，"歌后"扣"欠"，合之成"砍"。

半软半硬。

【解析】"软""硬"两字各取一半"欠""石"，合为"砍"。

1174. 面

合二而一。

【解析】"二而一"合为一字，是"面"。

而今三请才露脸。

【解析】"而"字请来"三"后组成"面"。"露脸"提示字义。

1175. 耐

寻根而来。

【解析】"寻"字根部是"寸"，来个"而"与之组合便成"耐"。

需要一半给十分。

【解析】"需"字要一半，选取下面"而"，长度"十分"为"寸"。"而""寸"组合成"耐"。

1176. 耍

而今她也不知去向。

【解析】"她"字不见"也"，剩下"女"。"而""女"合为"耍"。

需要下面团结。

【解析】"需要"两字的下面，分别是"而""女"，组合起来是"耍"。

1177. 牵

用爱心改变人生。

【解析】"爱心"扣"冖","人生"笔画移动能改变为"大牛",与"冖"组合为"牵"。

落下污点入大牢。

【解析】谜底"牵"字加一点,可拆拼出"大牢"。

1178. 残

花去金钱一半多。

【解析】"钱"的金字旁"钅"花去剩下"戋","一"直接使用,"半多"扣"夕",这几部分合为谜底"残"。

一夜集合去前线。

【解析】"夜"会意为"夕",与"一"合为"歹"。"去前线",去除"线"字前面的"纟"余"戋"。"歹""戋"合并成"残"。

1179. 殃

一夜之间秧半毁。

【解析】"一夜"扣"歹"(拆为"一夕"),"秧"字毁掉一半(禾)后,以留下的"央"与"歹"组合为"殃"。

央求一多半。

【解析】"央"与"一"以及"多"字的一半"夕"组合,得到"殃"。

1180. 轻

车在西径行。

【解析】"径"字西边的双人旁行去,留下的右半部与"车"组合为"轻"。

轴头半径。

【解析】"轴头"扣"车",与"径"字右半部组合,得到"轻"。

1181. 鸦

消灭蚜虫靠益鸟。

【解析】"蚜"字之"虫"消灭了,剩下"牙",增补一个"鸟"而成"鸦"。

草未萌芽候鸟来。

【解析】"草未萌芽"暗示"芽"不见草字头"艹",是"牙",来个"鸟"相合为"鸦"。

1182. 皆

自此一别两倾心。

【解析】"自"中别去"一",余"白"。"倾心"解为"倾"字中心,为"匕"。"白"与两个"匕"组合,成为"皆"字。

说和谐。

【解析】"说"扣"言"(讠),与谜底"皆"相合而成"谐"字。

1183. 背

月照北方。

【解析】"月"和"北"组合，得到"背"字。

残花弄影杜鹃鸣。

【解析】"残花"可扣"匕"，"匕"字弄影而成"北"；"杜鹃鸣"，将"鹃"字中的"鸟"去除（杜绝）了，剩下"月"。"北""月"合为"背"。

1184. 战

操戈把守制高点。

【解析】"点"字处于高处的部件是"占"，加上"戈"构成谜底"战"。

我站右边。

【解析】"我站"两个字的右边，取用"戈""占"，合而为"战"。

1185. 点

坦克撞上四颗地雷。

【解析】把"点"字上面的"占"象形为坦克，底下"灬"象形为四颗地雷。

先出站，然后会合。

【解析】"站"字先前部分（立）拿出，剩下"占"，与"然"字后面的"灬"会合，构成"点"。

1186. 临

两竿疏竹卧残阳。

【解析】"两竿"象形为两竖，"疏竹"扣"个"（稀疏之"竹"），"残阳"（"阳"字残缺）扣合"日"，"日"卧倒后与两竖和"个"组合为谜底"临"。

晕头转向投篮中。

【解析】"晕"字头部是"日"，旋转90度后与"篮"字中间部件组合成"临"。

1187. 览

临别双方得一晤。

【解析】将"临"字右下方横倒的"日"看成是由两个方格组成的，扣合"双方"。"临"字里的"双方"别离之后，所余笔画加上"见"（由"晤"会意得来，"晤"字意思是见面）而成"览"。

先后监视。

【解析】"监"字前面（即上头）部分与"视"字后面部分（见）组合，构成谜底"览"。

1188. 竖

双杆又立起。

【解析】"双杆"象形为两竖，连同"又""立"合为谜底"竖"。

又字前端加两直。

【解析】"前端"解为"端"字前面，扣"立"。"又""立"加两直，组合成"竖"。

1189. 省

目前不多，切莫浪费。

【解析】"不多"会意扣"少"。"目"前一个"少"，构成"省"。"切莫浪费"提示"省"的字义。

自小在一起，目前少联系。

【解析】"自""小"在一起，组合成"省"。"目"字前面和"少"联系上，也构成了"省"字。

1190. 削

期刊当精简。

【解析】"期刊当"三字精简，去掉一些笔画后，用"月""刂""丷"组合成"削"。

老赵出走别后逢。

【解析】"老赵"指旧写的"赵"，即"赵"字的繁体"趙"，"走"字出去了（出走），剩下"肖"。"肖"与"别"字之后的"刂"相逢，组合成"削"。

1191. 尝

小桥架云端。

【解析】"桥"象形为秃宝盖"冖"。"小""冖"搭建于"云"上，构成谜底"尝"。

学上边，会下边，若不信，试试看。

【解析】"学"字上边与"会"字下边（云）组合，得到"尝"。"试试看"对应字义。

1192. 是

一一给予满足。

【解析】"一一"和"足"组合成"是"。

填土保堤。

【解析】谜底"是"添加"土"，便成"堤"。

1193. 盼

眼前离别，教人思念。

【解析】"眼"会意扣"目"，"眼"字前面亦为"目"。"离别"会意为"分"（分别）。"目""分"合为"盼"。"教人思念"提示其字义。

省下一分。

【解析】"省"字下面部分，取"目"，加上一"分"成为"盼"。

1194. 眨

眼睛已告乏。

【解析】"眼睛"扣"目"，与"乏"字合而为"眨"。

自分离之后。

【解析】"自"字分离开，可得"丿""目"。与"之"组合（"之"在后面），构成"眨"。

1195. 哄

制服洪水，保全一方。

【解析】"制服洪水"，暗示将"洪"字之"水"去除，余下"共"，再加个方格"口"，得到"哄"字。

叫人进去录口供。

【解析】谜底"哄"，加进一"人"（亻）可拼凑出"口供"二字。

1196. 显

太阳下进行作业。

【解析】"太阳"扣"日"，下面加个"业"，构成谜底"显"。

变哑。

【解析】将"哑"字笔画移动，可变化成"显"。

1197. 哑

山西一省显新貌。

【解析】"山西"借代扣"晋"，省去"一"，为"亚""口"，合为左右结构的"哑"字。

方得第二，很是无语。

【解析】"方"别解为方格，扣"口"。"第二"会意扣"亚"。二者组合为"哑"。"很是无语"对应字义。

1198. 冒

会说话的眼睛。

【解析】"说话"扣"曰"，"眼睛"扣"目"，叠合而成谜底"冒"。

摘下帽头。

【解析】"帽"字开头部分（巾）摘下后，剩余一个"冒"。

1199. 映

明月当空照大桥。

【解析】"明月当空"，"明"字之"月"空去剩下"日"。"大桥"扣"央"，因"央"字是由"大""冂"组成的，"冂"象形为桥。"日""央"合而为"映"。

直站一天心不快。

【解析】"直"别解为汉字笔画，即"丨"。一天就是一"日"。"心不快"扣"央"。"丨""日""央"组合为"映"。

1200. 星

生日聚会。

【解析】"生""日"聚会，组合为"星"。

诞辰。

【解析】诞辰即生日，"生""日"合而为"星"。

1201. 昨

因不见人，怎能放心。

【解析】"因"字去掉"人"，剩余"日"。"怎"字放走"心"，剩个"乍"。"日"与"乍"合并，成"昨"。

日出而作，一人偷闲。

【解析】"一人偷闲"暗示"作"字的单人旁"亻"放弃不用，得"乍"。"日""乍"组合，成为"昨"。

1202. 畏

剥去画皮衣不全。

【解析】"剥去画皮"，去掉"画"字外围笔画，剩下"田"字。"衣不全"，"衣"字去掉一点一撇后所剩笔画与"田"合成"畏"字。

少喂一口。

【解析】"喂"字少一"口"，就是谜底"畏"字。

1203. 趴

各参加了八路。

【解析】谜底"趴"字，若加进"各"，就能拆拼成"八路"二字。

一只螃蟹几只脚？

【解析】一只螃蟹八只脚。"八""足"（⻊）相合，得到"趴"字。

1204. 胃

育苗之后。

【解析】"育"字之后为"月"，"苗"字之后为"田"，二者合为"胃"。

田下月，不能缺，看不见，有感觉。

【解析】"田"下一"月"构成"胃"，"看不见，有感觉"照应字义，指这一人体重要器官。

1205. 贵

差一位员工。

【解析】"员工"少去"一"（去掉"工"上头一横）之后，可拼凑出"贵"。

遗留部分，极其珍稀。

【解析】"遗"字保留一部分，可得到"贵"。"极其珍稀"提示谜底字义。

1206. 界

四方来人川中游。

【解析】"四方"别解为四个方格，合为"田"。"川中游"指"川"字中间一竖游开了，所余两笔与"田"和来"人"组合为"界"。

四四方方一座城，里边住有十万兵，还有八万住城外，两杆大炮守着城。

【解析】头句象形为"口"，根据第二句加入"十"，第三句取"八"，"两杆大炮"象形为两个似竖直的笔画，组合成"界"字。

1207. 虹

虫儿也做工，彩桥架空中。

【解析】"虫""工"组成"虹"字。谜面后一句提示字义。

清除半缸浊水。

【解析】清除半个"缸"字，去掉"缶"，保留"工"；清除"浊"字之"水"余下"虫"，"工""虫"组合成"虹"。

1208. 虾

一点钟后下来。

【解析】"一""、"（点）与"钟"字后面的"中"组合，得到"虫"，还有"下"来，合而为"虾"。

下边一条虫。

【解析】"下"字旁边一个"虫"，组合成"虾"字。

1209. 蚁

风中点残烛。

【解析】"风中"扣"乂"，加个"点"（、）成为"义"。"残烛"解为残缺的"烛"，可得"虫"。"义""虫"组合成"蚁"。

请为虫字定义。

【解析】"虫"字加上"义"，构成谜底"蚁"。

1210. 思

一心要种田。

【解析】"心"字加个"田"，构成"思"。

十张嘴，一条心，猜一猜，动脑筋。

【解析】"嘴"用"口"替代，"十""口"可组成"田"，再加一"心"构成"思"。"猜一猜，动脑筋"提示字义。

1211. 蚂

马上到闽中。

【解析】"闽"字中间是个"虫"。"马""虫"合而为"蚂"。

一点钟后带马回。

【解析】"钟"字后面是"中"。"一""、"（点）"中"与"马"组合成"蚂"。

1212. 虽

一条虫，不像样，嘴巴长在头顶上。

【解析】"虫"字上头一个"口"（嘴巴），成为"虽"。

一点半钟方归来。

【解析】"一点"理解为"一"和"、"两个笔画，"半钟"即半个"钟"字，可扣"中"。"方"别解为方格、方形，扣合"口"。以上各部分合而为"虽"。

1213. 品

边吃边喝边吟。

【解析】"吃""喝""吟"三字的半边，为能组合成字，都取前面的"口"。三个"口"构成"品"。

三份点心慢慢尝。

【解析】"点"字之心是"口"，三个"口"合而为"品"。"慢慢尝"提示"品"的字义。

1214. 咽

左边一小口，右边一大口。

【解析】左边一小"口"，右边一"大口"，组合成"咽"。

出口处严禁烟火。

【解析】"烟"字的"火"去除，余"因"。"口""因"组合，得到"咽"。

1215. 骂

奉先横卧于马上。

【解析】《三国演义》人物吕布，字奉先，故以"奉先"借代扣"吕"。"吕"横卧在"马"上，构成"骂"字。

下面跑千里，上面嘴巴多，你若猜对了，可别这样做。

【解析】"骂"字下面是"马"跑千里，上面两"口"嘴巴多。后面提示"骂"的字义。

1216. 哗

花下叶错落。

【解析】"花"字下面是"化"，与"叶"错落构成谜底"哗"。

纵横交错杏花低。

【解析】"纵"扣"丨"，"横"扣"一"，二者交错构成"十"。"杏""花"二字低处为"口""化"，连同"十"组合为"哗"。

1217. 咱

自会下台。

【解析】"自"与"台"字下面的"口"会合，构成"咱"。

左边是舌根，右边是鼻头。

【解析】"舌"字根部为"口"，"鼻"字头部是"自"，左右并列构成"咱"。

1218. 响

向着台下吹喇叭。

【解析】"向"与"台"字下面的"口"合并，成为"响"字。"吹喇叭"提示字义。

向来只取一半。

【解析】"只"字取用一半（口）与"向"构成"响"。

1219. 哈

半盒点心。

【解析】"半盒"可扣"合","点心"扣"口",合而为"哈"。

吃一半,拿一半。

【解析】"吃"字取一半(口),"拿"字取一半(合),构成谜底"哈"。

1220. 咬

父从台南来北京。

【解析】"台南"扣"口","北京"扣"亠",与"父"组合成"咬"。

哨前交接。

【解析】"哨"字前面是个"口",与"交"合并为"咬"。

1221. 咳

咱先来,孩子走开。

【解析】"咱"字先写的部件是"口","孩"字的"子"走开余下"亥"。"口""亥"组合成"咳"。

猪嘴。

【解析】生肖"猪"与地支"亥"对应相扣,"嘴"会意为"口"。"亥""口"合而为"咳"。

1222. 哪

那有点心。

【解析】"点心"扣"口"。"那"有"口"合而为"哪"。

那嘴总是问不休。

【解析】"嘴"会意为"口","那""口"组成"哪"。"问不休"提示字义。

1223. 炭

山灰堆积。

【解析】"山""灰"两字叠合而成谜底"炭"。

山火发生在前。

【解析】"山""火"与"在"字前面两笔"ナ"组合,得到"炭"字。

1224. 峡

离开汕头去陕西。

【解析】"汕"头之"氵"离开,得到"山";"陕"字西边的"阝"去除,余"夹","山""夹"组合成"峡"。

夫瞪双眼望着山。

【解析】"双眼"象形为两点,与"夫"构成"夹",加上"山"成为"峡"。

1225. 罚

转眼话别各西东。

【解析】"眼"扣"目",转动90度成"罒"。"话别各西东","话"西为"讠","别"东为"刂"。三部分组合成"罚"。

负荆后前来请罪。

【解析】"荆"后为"刂"。"请罪"二字前面部分到来,得"讠""罒"。

三者合而为"罚"。

1226. 贱

钱财先后有损失。

【解析】"钱"字之先（钅）、"财"字之后（才）都损失了，余下"戋""贝"合为"贱"。

贪钱被砍头，模样像个贼。

【解析】"贪钱"两字开头部分除去，剩余后面"贝""戋"，合为谜底"贱"。"贱"与"贼"字形相似。

1227. 贴

战败之后各奔逃。

【解析】"战败"两字后面部分"戈""攵"奔逃离开，留下前面部件"占""贝"，组合为"贴"。

底货在东站。

【解析】"货"字底部为"贝"，"东站"扣"占"，二者组合成"贴"。

1228. 骨

见水就滑。

【解析】谜底"骨"字和"水"（氵）组合，成为"滑"字。

三桥重叠映清辉。

【解析】"骨"字上面部分看成重叠的三座桥，下面"月"对应"清辉"。

1229. 钞

错一半少见。

【解析】取"错"字的一半"钅"，与"少"字相见合为"钞"。

钱虽少，毕竟是钱。

【解析】"钱"扣"金"（金钱），金字旁"钅"加个"少"得到"钞"。

1230. 钟

全中添两点，不作金字猜。

【解析】"全"字添加两点成"金"，与第二字"中"合而为"钟"。第二句提示不能简单地猜成"金"字。

前锋选中。

【解析】"前锋"扣合"钅"，选个"中"与它组合，便得到谜底"钟"。

1231. 钢

金家门上贴了封条。

【解析】"金"用作金字旁"钅"，"门"象形为"冂"，"乂"看成封条，组合成"钢"。

金边发生内乱。

【解析】"金"用作偏旁"钅"，"内"字结构打乱，笔画移动可得"冈"。"钅""冈"合而为"钢"。

1232. 钥

一月到铺前。

【解析】一个"月"与"铺"

字前面的"钅"组合，得到"钥"。

金月亮。

【解析】金字旁"钅"加上"月"，构成谜底"钥"。

1233. 钩

云南寄钱到包头。

【解析】"云"字南部的"厶"与"包"字头部的"勹"组合，成"勾"，再据"寄钱"加上金字旁"钅"，得到谜底"钩"。

购进一半，销出一半。

【解析】"购"字选用一半（勾），"销"字选用一半（钅），合而为"钩"。

1234. 卸

御前少两人。

【解析】"御"字前面的双人旁"彳"没有了，余下"卸"字。

双人配合防守。

【解析】谜底"卸"字与"彳"（双人旁）配合，构成"御"，义扣"防守"。

1235. 缸

罐头加工。

【解析】"罐头"扣"缶"，加个"工"便是谜底"缸"字。

左边缺一半，右边空一半。

【解析】"缺"一半，取"缶"；"空"一半，取"工"。"缶""工"合并为"缸"。

1236. 拜

两手一抱行大礼。

【解析】两个"手"和"一"组合，得到"拜"。"行大礼"提示字义。

双手一齐拱，频频致敬意，逢人有礼貌，待人很和气。

【解析】"双手一"扣合字形，即两个"手"与"一"合而为"拜"。后面文字对应字义。

1237. 看

泪珠洒落拜先生。

【解析】"泪"珠洒落余下"目"，与"拜"字前面的部件合而为"看"。

好似手高眼低。

【解析】谜底"看"字，好似"手""目"一高一低组合而成的。

1238. 矩

前后放矮柜。

【解析】"矮"字前面为"矢"，"柜"字后面是"巨"，放在一起构成"矩"。

年底不到，成就巨大。

【解析】"年"字底部不到，取用上头"𠂉"，与"巨""大"组合成"矩"。

1239. 怎

昨日别后心牵挂。

【解析】"昨"字之"日"别离后，剩下"乍"，牵挂一"心"构成"怎"。

言而无诈终放心。

【解析】"言而无诈"扣"乍"，最后放置一个"心"，得到"怎"。

1240. 牲

牵牛星现日已沉。

【解析】"星"现"日"已沉，余下"生"，与牛字旁"牜"合并，得到谜底"牲"。

禁牧之后，安排生产。

【解析】禁"牧"之后，保留前面牛字旁"牜"，再安排"生"产，合为"牲"。

1241. 选

将先生送出关。

【解析】"送出关"，"送"字的"关"移出，剩下"辶"，再将"先"字加上，成为谜底"选"。"先生"别解为"先"字产生、出现。

过去十分先进。

【解析】"十分"别解为长度，是一"寸"。"过"字去除"寸"，余下"辶"，加进"先"字得到"选"。

1242. 适

刮走一半还留一半。

【解析】"刮"字拿走一半（刂），保留"舌"；"还"字留存一半"辶"，与"舌"组合为"适"

迁来一口。

【解析】"迁"来一"口"，组合成"适"字。

1243. 秒

失利之后少露面。

【解析】失去"利"后面的"刂"，余"禾"，"少"字露面与之相合为"秒"。

来日生女称妙香。

【解析】来"日"生"女"称"妙香"。谜底"秒"加上"日""女"二字，可拆拼出"妙香"二字。

1244. 香

上边绿又绿，下边明又明，上下合起来，鼻子最欢迎。

【解析】"香"字上边是"禾"（禾苗绿又绿），下边是"日"（太阳明又明）。第三四句提示整个"香"字的意思。

春末秋初花芬芳。

【解析】"春末"扣"日"，"秋初"扣"禾"，相合为"香"。"花芬芳"

提示"香"的字义。

1245. 种

神州已临秋寒时。

【解析】"神州"会意扣"中"(中国），"秋寒"暗示去除"秋"字的"火"，剩下"禾"。"中""禾"组合为谜底"种"。

中秋节后。

【解析】"秋"字节除后面的"火"，剩余"禾"，与"中"组合成"种"。

1246. 秋

香烟头。

【解析】"香烟"两字之头，分别为"禾""火"，合起来得到"秋"。

左边怕虫咬，右边怕水浇，等你猜出来，夏天过去了。

【解析】"秋"字左边"禾"苗怕虫咬，右边是"火"怕水浇。夏天过去是"秋"天。

1247. 科

香料先后用上。

【解析】"香料"两字的先后部分用上（"香"之先为"禾"，"料"之后为"斗"），组合成"科"。

为了前程而拼搏。

【解析】"前程"扣合"禾"，"拼搏"会意扣"斗"，合而为"科"。

1248. 重

千里相会。

【解析】"千里"两字相会，合为"重"。

田土一千。

【解析】"田土"与"千"三字组合，得到"重"。

1249. 复

午前日出收半夏。

【解析】"午前"扣"⺈"，"半夏"取用"夏"字下面的"夂"，还有"日"字出现，组合为"复"。"半夏"，多年生草本植物，可入药。

冬至前日人回还。

【解析】"冬至前"，指"冬"字前面部件"夂"到来，上面加个"日"，还有"人"回还（变形为卧倒状"⺈"），组合成"复"。

1250. 竿

个个都在干。

【解析】"个""个""干"组合成一字，就是谜底"竿"。

上等干货无存货。

【解析】后面四字"货""无存货"相互抵消，剩下"上等干"扣合谜底。"上等"扣"⺮"，加上"干"构成"竿"。

194

1251. 段

不用煅火。

【解析】"煅"字的"火"不用了，剩下"段"字。

砍伐椴木闻断声。

【解析】"椴"字之"木"砍伐除去，留下"段"。"闻断声"提示谜底"段"字的读音。"段"与"断"字音相同。

1252. 便

一人守更。

【解析】一个"人"（亻）加上"更"，构成谜底"便"。

换班。

【解析】换班了，工作人员将会更换。"人""更"合而为"便"。

1253. 俩

两人在一起。

【解析】"两""人"在一起，合为一字就是"俩"。

病中内外有人陪。

【解析】"病"中是个"丙"，在其内外各加一"人"，构成"俩"。

1254. 贷

代购前要借笔款。

【解析】"代"与"购"前之"贝"组合，得到"贷"字。"借笔款"提示"贷"的字义。

原始货币用何物？

【解析】谜底"贷"拆解为"贝代"，与谜面会意相扣。

1255. 顺

改革须扫清障碍。

【解析】"须"字笔画改革，成为"顺"。"扫清障碍"暗示顺畅，对应字义。

到川先领走。

【解析】"先领走"，"领"字前面部分（令）走掉，剩余"页"。"川""页"相合，得到"顺"。

1256. 修

留影之后心悠闲。

【解析】留"影"之后，得"彡"。"心悠闲"，"悠"字的"心"闲置不用，所余上面部分与"彡"组合为"修"。

雾中直立一人，衣衫少。

【解析】"雾中"扣"攵"，"直"解为笔画"丨"，"人"以单人旁"亻"代替，"衣衫少"（"衫"的衣字旁"衤"少掉）扣"彡"，以上四部分合为"修"。

1257. 保

休要多嘴。

195

【解析】"嘴"扣"口"，与"休"组合成"保"。

因为他呆傻，有人看护他。

【解析】"呆"字有"人"合为"保"。"护他"提示字义。

1258. 促

人应知足。

【解析】"人"与"足"组合，构成谜底"促"。

客满。

【解析】客满，即客人足够了。"人""足"合并成"促"字。

1259. 侮

人在东海。

【解析】"人"以单人旁"亻"代替，与"海"字东边的"每"组合，得到"侮"字。

先后倒霉。

【解析】"倒"之先为"亻"，"霉"之后是"每"，合而为"侮"。

1260. 俭

部分保险。

【解析】"保险"两字选用一部分笔画，以"保"字的"亻"和"险"字的"佥"组合成"俭"。

化验前后。

【解析】"化"之前为"亻"，"验"

之后为"佥"，合而为"俭"。

1261. 俗

谷旁有人看守。

【解析】"谷"旁有"人"看守，"谷""人"组合成"俗"。

浴后要人扶。

【解析】"浴"字后面是"谷"，来"人"构成"俗"。

1262. 俘

用爪抓住仔。

【解析】"爪"（爫）和"仔"相合，构成谜底"俘"。

入水则人浮。

【解析】谜底"俘"中加入"水"（氵），则成"人"（亻）"浮"。

1263. 信

退休之后进一言。

【解析】退去"休"字后面的"木"，剩余"亻"，加进一个"言"字，合为"信"。

为人立言不浮夸。

【解析】"人""言"可合为"信"。"不浮夸"则真实可信，提示字义。

1264. 皇

白玉无瑕。

【解析】"瑕"，指玉上的斑点。

"玉无瑕"暗示去除"玉"字的一点(、),余"王"。"白""王"合为"皇"。

上面百减一，下面一加一。

【解析】"百"字减去"一"，余下"白"；"一加一"，"加"用符号（+）表示，"一""+""一"组合为"王"。上"白"下"王"，构成"皇"。

1265. 泉

诗仙落水。

【解析】"诗仙"指唐朝诗人李白，借代扣"白"。"白""水"合为"泉"字。

三星聚水泊。

【解析】"三星"象形为"氵"。谜底"泉"与"氵"相聚，可拼凑成"水泊"二字。

1266. 鬼

砍掉槐树。

【解析】去除"槐"字的树"木"，剩余"鬼"字。

愧不用心。

【解析】"愧"字的竖心旁不用了，剩下"鬼"字。

1267. 侵

横山小桥人又逢。

【解析】"横山"扣"彐"，"小桥"扣"冖"，与"人""又"相逢合为"侵"。

有慧心，献爱心，树雄心。

【解析】"慧"字中心为"彐"，"爱"字中心为"冖"，"树雄"二字中心是"又""亻"，四者合起来就是"侵"。

1268. 追

甩木槌。

【解析】"槌"字的"木"甩开，剩下"追"字。

半数迎老师。

【解析】"迎"字一半取"辶"。"老师"，指"师"的繁体字"師"，取用"師"的前半部与"辶"组合为"追"字。

1269. 俊

骏马奔驰去仙山。

【解析】"骏"字之"马"奔驰而去，余下"夋"，去掉"仙"字的"山"余"亻"，二者合而为"俊"。

派人疏浚排水。

【解析】"浚"字排除"水"（氵），剩下"夋"，与派来的"人"组合成"俊"。

1270. 盾

先后一一到湖中。

197

【解析】"先后"扣"后"字先写的两笔"厂","一一"照用,"湖中"扣"古",合而为"盾"。

眼前是十厂,厂貌有变化。

【解析】"目"(眼)字前面有"十厂",构成"盾"字。构成"盾"后,"厂"的首笔略有倾斜。

1271. 待

一半律诗。

【解析】"律诗"两字取用一半(彳、寺)进行组合,得到"待"字。

两人相约竹下等。

【解析】"竹下等","等"的竹字头取下,剩余"寺",加上双人旁"彳"构成"待"。

1272. 律

前往天津,再去天水。

【解析】"前往"扣"彳"。"再去天水"暗示去除前面"天津"中的"天"和"氵",余"聿"。"彳""聿"合并成"律"。

建一半,得一半。

【解析】选取"建"字一半"聿"和"得"字的一半"彳",合而成"律"。

1273. 很

银行内部要调整。

【解析】"银行"内部,即两字中间部分"艮彳",调整一下位置便得到"很"字。

街头除树根。

【解析】"街头"扣"彳";"除树根"暗示将"根"字之"木"(树)去掉,余"艮",二者合成谜底"很"字。

1274. 须

留影之后顺川流。

【解析】留住"影"字之后,得到"彡";"顺川流"扣"页"。"彡""页"组合为"须"。

斜看像三页。

【解析】谜底"须"字,看上去像"三页",但"三"是倾斜变了形的。

1275. 叙

又有剩余。

【解析】"又"和"余"合并,得到谜底"叙"。

半途而废不足取。

【解析】"途"字废除一半,保留"余";不足"取",用"取"字的一部分"又"。"余""又"合并成"叙"。

1276. 剑

用刀削竹签。

【解析】"削竹签",将"签"

的竹字头去除,剩下"佥",加上立刀旁"刂",构成"剑"字。

脱险前一直得小心。

【解析】"险"字前面的"阝"脱去,剩余"佥"。"一直"别解为笔画"丨","小心"扣"丨",合为"刂"。"佥""刂"合并成"剑"。

1277. 逃

挑选一半。

【解析】"挑选"两字的一半"兆""辶"组合,得到"逃"字。

得了百万还不走。

【解析】"百万"扣"兆"("兆"有一义指一百万)。"还不走"扣"辶"。"兆""辶"相合成为"逃"。

1278. 食

人之初,性本善。

【解析】"善"会意扣"良"。先写一个"人",与"良"组合为"食"。

八连好,言符实。

【解析】"八"字笔画相连成为"人","好"扣"良",组成"食"。言符"实",提示"食"的读音。

1279. 盆

分得半盒。

【解析】"半盒"可取"皿"。"分"字得"皿"合为"盆"。

篮下得分。

【解析】"篮"字底下是个"皿",得"分"相合组成"盆"。

1280. 胆

一月一日不猜明,若能猜出勇气嘉。

【解析】一个"月"与"一日"组合,得到"胆"。"勇气嘉"提示"胆"的字义。

明月西移挂天边。

【解析】"天边"扣"一"("天"字上边),"明"字的"月"移到西边(左边)后,再加个"一"得到"胆"。

1281. 胜

星月交辉日已落。

【解析】"星"字"日"落去,余下"生"。"月""生"合为"胜"。

背后一头牛。

【解析】"背"字后面是"月","一头牛"扣"生",合而为"胜"。

1282. 胞

承包才一个月。

【解析】"包"与一个"月"组合,成为"胞"。

围住广寒宫。

【解析】"广寒宫"即月宫,借

代扣"月"。"围住"扣"包"(包围)。二者组合成"胞"。

1283. 胖

半月在一起。

【解析】"半""月"两字在一起,合并成"胖"。

用去一半,再添一半。

【解析】"用"字去除一半,剩余半边即"月",再添一个"半"字构成"胖"。

1284. 脉

永远朝前走。

【解析】"朝"字前面走开,剩余"月"。"永""月"合为"脉"。

三明永安三日游。

【解析】"三明"的"三日"游去,剩余"月",将"永"字安放上,成为"脉"。

1285. 勉

不用使劲。

【解析】"不用"扣合"免","使劲"得到"力"。"免""力"组合成"勉"。

全力相帮挽手行。

【解析】"挽手行","挽"字之"手"(扌)行去,剩下"免"。"力"和"免"组合成"勉"。

1286. 狭

夹住狗头。

【解析】"夹"与"狗"字开头部件"犭"合并,得到"狭"。

犯边致使关生乱。

【解析】"犯边"扣"犭","关"字笔画打乱重组为"夹"。"犭""夹"相合而得"狭"。

1287. 狮

见了先生才弯腰。

【解析】"先生"会意为"师","才"字弯腰可得"犭"。二者组合出"狮"。

为师先猜。

【解析】"先猜"即"猜"字先写的部件,为"犭",加个"师"组合为"狮"。

1288. 独

狗头、蛇头。

【解析】"狗"字开头是"犭","蛇"字开头为"虫",组合成"独"。

闽中奇才世无双。

【解析】"闽中"扣"虫";"奇才"扣"犭",指形态奇异的"才"字。"虫""犭"合为"独"。"世无双"提示"独"的字义。

九画

1289. 狡

西郊来了一只狗。

【解析】"郊"字西部是"交","狗"用反犬旁"犭"替代,相合为"狡"。

到校后先猜。

【解析】"校"字后面是"交","猜"之先为"犭",组合起来就是"狡"。

1290. 狱

前后有狗,谁先进去。

【解析】"狗"字可用偏旁"犭"表示,也可会意扣"犬"。"谁先"扣"讠"。"犭""犬"一前一后,中间加进"讠",构成"狱"。

猜谜之前大聚会。

【解析】"猜谜之"三字前面的部件,取用"犭""讠""丶",和"大"字聚会,组合成"狱"。

1291. 狠

后面跟来一条狗。

【解析】谜面顿读作:后面跟/来一条狗。"跟"字后面为"艮",加个反犬旁"犭",成为"狠"。

多添一点变成狼。

【解析】谜底"狠",添加一点(丶)就是"狼"字。

1292. 贸

购走一半留一半。

【解析】"购"字取走一半,去除"勾"留下"贝",与"留"字上面一半组合为"贸"。

一半财产没留下。

【解析】"财"字一半取用"贝"。"没留下",没有"留"字下面的"田"了,所余上面部分与"贝"组合成"贸"。

1293. 怨

游上苑心生抱恨。

【解析】"游上苑","苑"字上面的"艹"游开,剩下"夗","心"生则成"怨"。"抱恨"提示字义。

心系南苑。

【解析】"南苑"扣"夗",加上"心"字构成"怨"。

1294. 急

争先恐后进横山。

【解析】"争先"扣"⺈","恐后"扣"心",再加进横倒之"山",构成"急"。

争先扫后把心安。

【解析】"争"之先为"⺈","扫"之后为"彐",还要安放一个"心",得到"急"。

201

1295. 饶

只要馒头，不要火烧。

【解析】要"馒"头，得到"饣"；不要"火"之"烧"为"尧"，合而成"饶"。"火烧"，食品名，指表面没有芝麻的烧饼。

烧饼中间。

【解析】"烧饼"两字中间，为"尧""饣"，组合成"饶"。

1296. 蚀

蚂蚁搬食。

【解析】"蚂蚁"是昆虫，扣"虫"，"搬食"引来"饣"，合为谜底"蚀"。

啄木鸟的本领。

【解析】啄木鸟善于啄食昆虫，"食"（饣）、"虫"合而为"蚀"。

1297. 饺

馒头咬掉一口。

【解析】"馒头"扣"饣"，"咬"字掉一"口"余"交"，组合为"饺"。

酒肉朋友。

【解析】酒肉朋友，以酒食相交，"食"（饣）、"交"合而为"饺"。

1298. 饼

饮下一半，还留半瓶。

【解析】"饮"字下掉一半，去"欠"留"饣"，与"瓶"字左半边"并"组合，成为"饼"。

吃完饭后两点开会。

【解析】"饭"字后面去除（吃完），余"饣"；两点"丷"与"开"相会构成"并"。"饣""并"组合成"饼"。

1299. 弯

张排长转业之前。

【解析】"张"字排除"长"，剩下"弓"，"业"字翻转，加上"之"字前面的"、"，三部分组合为"弯"。

一路盘旋去山峦。

【解析】"盘旋"，环绕着飞或走。"一路盘旋"说明道路弯曲，象形扣"弓"。"去山峦"扣"亦"。二者合为"弯"。

1300. 将

差十分得大奖。

【解析】谜底"将"字去掉"寸"（差十分）后，加上"大"字便是"奖"。

岁末村后壮士归。

【解析】"岁末"得"夕"，"村后"扣"寸"，"壮"字之"士"归去余"爿"，三部分合为"将"字。

1301. 奖

岁末一人归，不见壮士归。

【解析】"岁"末为"夕","一人"合为"大","壮"字之"士"不见为"斗",组合成"奖"。

放下木桨一人来。

【解析】"桨"字之"木"放下,剩余上面"斗""夕",再来"一人"组合成"奖"。

1302. 哀

衣服中间有个洞。

【解析】"洞"象形扣"口"。"衣"字中间一个"口",是"哀"。

出口成衣。

【解析】谜底"哀"字的"口"拿出去,剩余部分合拢成"衣"。

1303. 亭

来人止步,猜趾有误。

【解析】谜底"亭"字,来"人"(亻)则构成"停",义扣"止步"。谜面排除了将"来人止步"会意为"足止"而猜出的"趾"字。

见人就不走了。

【解析】"亭"字见"人"合并成"停"。"停"止就不走了。

1304. 亮

亭前小桥几曾来。

【解析】"亭"前取"一"和"口","小桥"象形为"冖","几"字到来与它们组合成"亮"。

几献爱心到北京。

【解析】"几"直接用,"爱心"扣"冖","北京"取用"亠"和"口",合起来就是"亮"。

1305. 度

离席之后又回来。

【解析】"席"字后面的"巾"离开后,加进"又"得到"度"。

席上又见面。

【解析】"席"字上面部件"广""廿"与"又"见面,组合成"度"。

1306. 迹

还不走,又会有变。

【解析】"还"字的"不"走开,剩余"辶","又会有变"扣"亦"("亦"与"又"会,合成"变")。"辶""亦"组合成"迹"。

蝴蝶翩翩随船飞。

【解析】"蝴蝶"象形为"亦","船"象形为"辶",合为"迹"字。

1307. 庭

朝廷召见飞将军。

【解析】飞将军,指西汉名将李广。"廷"加上"广"(李广)组成"庭"。

离开大庆后挺进。

203

【解析】"庆"字的"大"离开，余下"广"。"后挺进"，"挺"字后面的"廷"进入，与"广"构成"庭"。

1308. 疮

两点，车从仓库开出。

【解析】"车"从"库"里开出，剩下"广"，加上"仓"和两点，成为"疮"。

部分创痕。

【解析】"创痕"两字选用一部分（仓、疒），就能组合出"疮"字。

1309. 疯

中风致病。

【解析】病旁"疒"里面加进"风"，构成谜底"疯"字。

迎风鸟翻飞。

【解析】"鸟"象形为一点"丶"，与翻转的"飞"字组合为"疒"，加进"风"字，成为"疯"。

1310. 疫

几度又发病。

【解析】"几""又"与病字旁"疒"组合，得到"疫"。

厂貌没变样。

【解析】"厂"貌"没"变样，把"没"字的三点放到"厂"外，"殳"放在"厂"内，构成谜底"疫"。

1311. 疤

希望三点赶到厂。

【解析】"希望"会意扣"巴"，加上三点和"厂"字，得到"疤"。

半肥半瘦。

【解析】"肥"字的一半"巴"，与"瘦"字的一半"疒"组合，成为"疤"。

1312. 姿

这次让她也去。

【解析】"她"字的"也"离去，剩下"女"，与"次"组合为"姿"。

二姑娘。

【解析】"二姑娘"会意为"次女"，合而成"姿"。

1313. 亲

站在树上。

【解析】"站"扣"立"，"树"扣"木"。"立"在"木"上，合为"亲"。

独具匠心换新貌。

【解析】谜底"亲"字，加上"匠"心之"斤"，变成"新"。

1314. 音

黯然失色。

【解析】"黯"字里有个表示颜色的字"黑"。"黯"字失去"黑"色，剩余"音"。

有心合作生意成。

【解析】谜底"意"字,有"心"合作则成为"意"。

1315. 帝

为了帮后进,再三献爱心。

【解析】"帮后"扣"巾","再三"(两个三)得"六","爱心"扣"冖",三者合而为"帝"。

双星桥在市中心。

【解析】"双星"象形扣"丷","桥"象形扣"冖",这两部件放在"市"字中心,构成"帝"。

1316. 施

拖走一半放一半。

【解析】"拖"字拿走一半(扌),所余右边部件与"放"字左半边的"方"组合,成为"施"。

他改革有方。

【解析】"他"字改革,左右拆开后,将"亻"变形为"方"。"方""也""方"合而为"施"。

1317. 闻

进门取走一半。

【解析】"取"字拿走一半后,以剩下的"耳"进入"门"中,得到"闻"。

耳朵贴在门缝里,听听有无好消息。

【解析】"耳"在"门"里,组装成"闻"。后句提示字义。

1318. 阀

你先我后进了门。

【解析】"你"之先,取"亻";"我"之后,得"戈"。二者进入"门"里,构成"阀"字。

一人执戈把大门。

【解析】"人"(亻)、"戈"与"门"组装成"阀"。

1319. 阁

客进门,先脱帽。

【解析】"客"字脱帽,摘除宝盖"宀",剩下"各",再进到"门"里,构成"阁"字。

各自入门。

【解析】"各"进入"门"里,成为"阁"字。

1320. 差

东洋劳工境况糟。

【解析】"东洋"解作"洋"字东部,是"羊",加上"工"字构成"差"。"境况糟"提示"差"的字义。

劳动创造未来。

【解析】"劳动"会意扣"工"

205

(工作),地支"未"对应生肖"羊",合之为"差"。

1321. 养

三人两点游川中。

【解析】"三""人""丷"(两点),与"川"字中间游去后剩余的两笔组合,构成"养"。

一只羊羔没有尾,仔细看看四条腿。

【解析】把"养"字上面看成"羔"少了四点(没有尾部),下面则像四条腿。

1322. 美

谁见谁都说漂亮,分开却是大王八。

【解析】头句提示"美"的意思,后句对应字形组成。"美"字拆开,为"大""王"和倒置的"八"。

一人着盖头。

【解析】"一""人"和"盖"字头部的"丷""王"组合,成为"美"。

1323. 姜

长大必成美女。

【解析】谜底"姜"字加上"大",必然能组合出"美女"二字。

美好的开端。

【解析】"美好"二字的开始部分组合起来,成为谜底"姜"字。

1324. 叛

一半不顺从。

【解析】"不顺从"扣"反"。"半""反"组合成"叛"。

有人做伴,饭后回来。

【解析】"有人做伴"扣合"半",与"饭"字后面的"反"组合,成"叛"。

1325. 送

建设边关须尽力。

【解析】建设"边关"须尽"力"。"边"字除尽"力",余下"辶",加上"关"字构成"送"。

首先到达。

【解析】"首"先,取"首"字前面三笔,与到来的"达"字组合成"送"。

1326. 类

堆放大米。

【解析】"大""米"两字叠放在一起,成为"类"字。

稻谷饱满。

【解析】稻谷饱满,则米粒大。"米""大"组合为"类"。

1327. 迷

船儿长长,满载米粮,问去

哪里，忘了方向。

【解析】"辶"象形为船，加进"米"字组成"迷"。"忘了方向"提示"迷"的字义。

哑谜。

【解析】"哑"说明不能说话，暗示将"谜"的言字旁"讠"去除，剩下谜底"迷"。

1328. 前

箭竹枯萎。

【解析】"箭"字的"⺮"去掉，剩下谜底"前"字。

大散关上月如刀。

【解析】"大散关"，"关"字的"大"散了，剩余"丷""一"，加上"月"和立刀旁"刂"，得到"前"。

1329. 首

取之有道。

【解析】谜底"首"字，加上走之"辶"，则成为"道"。

自在前头称第一。

【解析】"自"与"前"字头部三笔组合，构成谜底"首"。"称第一"照应其字义。

1330. 逆

舟逢朔月去。

【解析】"舟"象形扣"辶"，"朔月去"扣"屰"，相合为"逆"。

空山斜月照，借道让我还。

【解析】"空山"，指"山"字中间一竖没有了。"斜月"象形为一撇"丿"。"借道让我还"，暗示"道"字里面的"自"（我）回去了不见了，所余部件与头两句得到的笔画组合成"逆"。

1331. 总

一心只图把身翻。

【解析】"只"字翻身，上下颠倒后与"心"组合为"总"。

善始善终一条心。

【解析】"善"之始为"丷"，"善"之终为"口"，加一个"心"，得到"总"字。

1332. 炼

好似东边起火了。

【解析】谜底"炼"字，好似"东"字旁边一个"火"。

一主人动怒。

【解析】"主人"扣"东"，"动怒"即发"火"。"一""东""火"合而为"炼"。

1333. 炸

昨夜发生火灾。

【解析】夜晚没有太阳，示意

将"昨"字的"日"(太阳)去除,余"乍"。"乍"和"火"合为"炸"。

受灾之后怎放心。

【解析】"灾"字后面是"火","怎"字放掉"心"余"乍",二者组合成"炸"。

1334. 炮

灯笼壳。

【解析】灯笼壳,是要包住灯笼里面的火。"包""火"合并成"炮"。

开封府里青天怒。

【解析】开封府里的"青天",指宋朝清官包拯,人称包青天。青天怒,包拯发火了,"包""火"组合成"炮"。

1335. 烂

栏木毁于火。

【解析】"栏"字的"木"毁掉,余"兰",加上"火"构成"烂"。

一直打烊。

【解析】谜底"烂"加进一直(丨)变成"烊"。

1336. 剃

弟弟后到。

【解析】"弟"与"到"字后头的"刂"组合,成为"剃"字。

拿掉木梯向后倒。

【解析】"梯"字的"木"拿掉,还有"弟"在,与"倒"字后面的"刂"组合,成为谜底"剃"字。

1337. 洁

一周之内到达江西。

【解析】一"周"之内,得到"吉"。"江西"扣"氵"。二者合为"洁"。

汕头十载结同心。

【解析】"汕头"扣"氵","同心"指"同"字中心的"一""口",还有"十"字记载上,几部分合为"洁"。

1338. 洪

共聚西湖。

【解析】"共"与"湖"字西边的"氵"组合,得到"洪"。

翻开找出五颗星。

【解析】"开"字上下翻转后,加上五点(象形为五颗星)构成"洪"。

1339. 洒

加了一成酒。

【解析】谜底"洒"字加个"一",成为"酒"。

先游西安。

【解析】"先游"扣"氵",再把"西"字安放上去,得到谜底"洒"。

1340. 浇

生火烧水。

【解析】谜底"浇",加"火"可拼凑成"烧""水"(氵)。

晓日出,江东行。

【解析】"晓"之"日"出去,留下"尧";"江"字东边的"工"行去余"氵","尧""氵"合而为"浇"。

1341. 浊

湘西到闽中。

【解析】"湘西"扣"氵","闽中"扣"虫",合而为"浊"。

湖边一只虫。

【解析】"湖边"扣"氵",加个"虫",成为"浊"。

1342. 洞

同是三点到。

【解析】"同"字加上三点,得到"洞"。

在水一方建高桥。

【解析】"氵"(水)"一""口"(方格)"冂"(高桥)组合,得到"洞"。

1343. 测

一半法则。

【解析】谜面顿读为:一半法/则。"法"字的一半选"氵",与"则"合为"测"。

左有水,右有刀,中间藏着一个宝。究竟这是什么字,我把你们考一考。

【解析】左边"氵"(三点水)、右边"刂"(立刀旁),中间加进宝"贝",构成"测"字。后面内容提示"测"的意思。

1344. 洗

先拿水来冲个澡。

【解析】"水"扣"氵"。"先""氵"合而为"洗"。"冲个澡"提示字义。

先到江西。

【解析】"先"与"江"字西边的"氵"组合,得到"洗"。

1345. 活

刮洗之前。

【解析】"刮""洗"两字前面,分别为"舌""氵",合起来成"活"。

眉月三星映湖中。

【解析】"眉月"象形为一撇,"三星"象形为三点,与"湖"中间的"古"字组合,得到"活"。

1346. 派

旅游分先后,厂里有安排。

【解析】把"旅游"两字的前后部件分开(拿走),去除"旅"字的"方""𠂆"以及"游"字"氵"

以外的后面笔画，所余部件再加个"厂"在里面，构成一"派"。

到汕头前后，旅居在东南。

【解析】"汕"字开头的"氵"，"后"字前面的两笔（厂），以及"旅"字的东南部分（瓜），三部分组合起来成为"派"。

1347. 洽

打工到合江。

【解析】谜底"洽"字，加个"工"可构成"合江"。

百川归海。

【解析】"洽"字拆解为"水合"，与谜面会意相扣。

1348. 染

注水掺杂加色素。

【解析】注"水"（氵）掺"杂"构成"染"字。"加色素"提示其字义。

九江桥头。

【解析】谜面顿读为：九／江桥头。以"九"和"江桥"二字之头"氵""木"组合，成为"染"。

1349. 济

三点一齐来。

【解析】"三点"扣"氵"，来一个"齐"与之合为"济"。

直达汶川解危难。

【解析】"直"解作笔画"丨"。谜底"济"加上"丨"（直达），可拆拼出"汶川"两字。"解危难"提示字义（救济）。

1350. 洋

河边卖鲜鱼。

【解析】"河边"扣"氵"，"卖鲜鱼"扣"羊"（"鲜"字中的"鱼"拿走了），合之成"洋"。

设酒杀鸡迎羊年。

【解析】地支"酉"对应扣合生肖"鸡"。设"酒"杀"鸡"，当从"酒"中去除"酉"，余下"氵"加"羊"成为"洋"。

1351. 洲

江西广州在推广。

【解析】"广"、"推广"自行抵消。谜面余下"江西州在"，"江"字西边"氵"与"州"组合成"洲"。

川水横流过，江头舟声来。

【解析】"川水横流过"扣"州"，加上"江"头之"氵"，合而为"洲"。"舟声来"提示读音，"洲""舟"字音相同。

1352. 浑

挥手告别抹泪眼。

【解析】"挥"字之"手"（扌）

告别离开，剩余"军"。"抹泪眼"，抹去"泪"字之"目"(眼)则余"氵"。"军""氵"相合，得到"浑"。

西沙驻军。

【解析】"西沙"扣"氵"，驻"军"合为"浑"。

1353. 浓

农业用水。

【解析】"农"字用"水"(氵)，合并成谜底"浓"。

几度消沉衣不整。

【解析】"几度消沉"，"沉"字的"几"消去，所余部分与"衣"字下面部分组合，成为"浓"。"衣不整"即指组合谜底字时，不是使用整个"衣"字，而是少了"一"。

1354. 津

法律选编。

【解析】"法律"两字中选取一部分笔画"氵""聿"，组合成"津"。

酒肆东西已售完。

【解析】"酒"之东(酉)、"肆"之西(镸)已经没有了(售完)，以剩余的"氵"和"聿"组合成谜底"津"字。

1355. 恒

一旦有心，定能持久。

【解析】"一旦"有"心"(忄)，合而为"恒"。"定能持久"提示"恒"的字义。

一心要把旧貌改。

【解析】"旧"字笔画移动可改为"旦"，加上"一""心"(忄)就是"恒"。

1356. 恢

气馁。

【解析】谜面"气馁"(失掉勇气)，会意为"灰心"，合为一字就是"恢"。

灾后安排有忙头。

【解析】"灾"后为"火"，"有忙"两字开头笔画取"犬""忄"，组合起来便是"恢"。

1357. 恰

心口如一为人正。

【解析】"心口"如"一"为"人"正。"心"(忄)"口""一""人"合为谜底"恰"。

有心结合。

【解析】"心"(忄)与"合"在一起，构成"恰"。

1358. 惆

离别之后心牵挂。

【解析】"离"字后面的笔画

211

去掉,剩余部分加上"忄"(心牵挂),成为"恼"字。

忙中一直出错。

【解析】"忙"字加一直"丨",再出现错号"×",构成谜底"恼"。

1359. 恨

良心没一点,休作恳字猜。

【解析】"良心"没一"点"(丶),余下"艮心",谜面提示不能猜成"恳",因而应将"心"变为竖心旁"忄",合为"恨"字。

金银耗尽为前情。

【解析】"银"字的"钅"(金字旁)去掉,余"艮","前情"扣"忄",相合为"恨"。

1360. 举

半是毁誉半奉承。

【解析】"誉"字毁掉一半,去除"言"保留"兴",下面再加上"奉"字的下半部(两横一竖),构成"举"。

一到丰收就高兴。

【解析】"举"字下面部分(两横一竖)加上"一"("一"到),则成"丰";"举"字高处为"兴"。

1361. 觉

只见高空星点点。

【解析】"高空"扣"冖",下面加个"见",上头再加两点(星点点),得到"觉"。

放学后再见。

【解析】"学"字后面的"子"放走后,再加进"见",变换成"觉"。

1362. 宣

一旦高官到,便把令来颁。

【解析】"一旦"与"官"字高处的部件"宀"组合,成为"宣"。第二句提示字义。

无恒心安能上进?

【解析】"恒"字无"心",为"亘",把"安"字上面的"宀"加进,得到"宣"。

1363. 室

安排姑娘住南屋。

【解析】"安"字的"女"(姑娘)排开,剩余"宀",与"屋"字南部的"至"组合,成为"室"。

有高官将至寒舍。

【解析】"高官"扣"宀",加"至"为"室"。"寒舍"提示字义。

1364. 宫

戴顶帽子,呆头呆脑。

【解析】"帽子"象形为"宀","呆头""呆脑"解为"呆"字头部,

212

扣"口",共得两个"口"。"宀"和两个"口"合为"宫"。

一口又一口,上面宝盖有,昔日帝王住,今朝百姓游。

【解析】两个"口",上面加宝盖"宀",构成"宫"字。后面两句对应字义。

1365. 宪

一点爱心先奉献。

【解析】"一点"扣"丶","爱心"扣"宀","先"字奉献上,三者合而为"宪"。

要先富,成先进。

【解析】要"富"字之先即取用"宀",再把"先"字加进去,构成"宪"。

1366. 突

洞要大一点。

【解析】"洞"会意为"穴",与"大""丶"(一点)组合成"突"。

狗钻洞。

【解析】"狗"扣"犬","洞"扣"穴",相合为"突"。

1367. 穿

齿孔。

【解析】"齿"会意扣"牙","孔"会意为"穴",合而为"穿"。

狼牙洞里狼已跑。

【解析】"狼已跑"暗示把前面的"狼"去掉,谜面以余下文字"牙洞里"扣合谜底——"牙"在洞"穴"里,构成"穿"。

1368. 窃

一切为了刨穷根。

【解析】"刨穷根",暗示将"穷"字根部的"力"去除,剩余"穴"字,与"切"合为"窃"。

窗前切记要防盗。

【解析】"窗前"取用"穴",再记上"切",构成"窃"。"要防盗"提示字义。

1369. 客

各位高官是嘉宾。

【解析】"各"与"官"字位于高处的"宀"组合,得到"客"。"是嘉宾"提示谜底字义。

各献一点爱心。

【解析】"各"与一点(丶)和"爱"字中心的"宀"组合,成为"客"。

1370. 冠

添上一点,十分完整。

【解析】谜底"冠"添上一点(丶),拆拼出"完""寸"二字。"寸"

213

扣合"十分"。

二子十分有爱心。

【解析】"二子"即"二儿","十分"别解作长度一"寸",连同"爱"心之"冖"合而为"冠"。

1371. 语

此言合吾意。

【解析】"言"用作偏旁"讠",与"吾"相合,得到"语"。

自传。

【解析】"自传"言说的是自己,即"言""吾",合而为"语"。

1372. 扁

偏不见人来。

【解析】"偏"不见"人"(亻),是"扁"。

一道篱笆挡房前。

【解析】"扁"字下面部件象形为一道篱笆,上面"户"在"房"字之前。

1373. 袄

妖女出来被先擒获。

【解析】"妖"字之"女"移出,剩余"夭",获取"被"字先写部件"衤"与之组合,成为"袄"。

生前留下的大衣。

【解析】"生"前取一撇,与"大"合为"夭",再加上衣字旁"衤"构成"袄"字。

1374. 祖

祠前立碑书两行。

【解析】"祠"前为"礻","立碑书两行"象形扣"且",合而为"祖"。

一点不宜脱帽。

【解析】"丶""不"组成"礻";"宜"字脱帽即去掉"宀",余下"且","礻""且"合并成"祖"。

1375. 神

中字加横不加点。

【解析】"中"字加横成为"申","不"字加点成为"礻",合起来就是"神"。

请示后再申报。

【解析】"示"以示字旁"礻"代替,加个"申"字成为"神"。

1376. 祝

口占《示儿》。

【解析】"口""礻"(示字旁)"儿"组合,得到谜底"祝"。《示儿》系南宋诗人陆游诗作。

向兄示意有喜事。

【解析】"兄"与"示"(礻)组合成谜底"祝"。"有喜事"当祝贺,提示字义。

214

1377. 误

海口夸得高过天，不知身旁有人言，难怪别人批评你，总是跟在错后边。

【解析】"口"比"天"高，组合成"吴"，加个言字旁"讠"，得到错误的"误"。

发言一定要大方。

【解析】"一""大"和"口"（方格）组合为"吴"，根据"发言"加上"讠"，成为"误"。

1378. 诱

漂亮话引人上当。

【解析】谜底"诱"字拆解为"秀言（讠）"，与"漂亮话"相扣。"引人上当"则是对"诱"的字义提示。

话说光武帝。

【解析】汉光武帝是刘秀，借以扣"秀"。"话说光武帝"即"言"（讠）"秀"，合而为"诱"。

1379. 说

言出就得兑现。

【解析】"言"以言字旁"讠"替代，"兑"字出现与之组成"说"。

兄闻言接连把头点。

【解析】"兄""言"（讠）再加两个点(接连把头点)，构成"说"。

1380. 诵

调休一周到宁波。

【解析】"调"字休去一个"周"，剩下"讠"，与宁波的别称"甬"组合，得到"诵"。

预先拿来先试用。

【解析】"预先"取"マ"，"先试"扣"讠"，连同"用"字合为"诵"。

1381. 垦

掺一点好土。

【解析】谜底"垦"字，加进一点(丶)，拆为"艮土"，扣"好土"。

后跟沾土。

【解析】"跟"字后部为"艮"，沾"土"合为"垦"字。

1382. 退

还不走，跟在后面。

【解析】"还"字的"不"走开，余下"辶"，与"跟"字后面的"艮"组合，成为谜底"退"。

还银一半。

【解析】"还银"两字取用一半部件，以其"辶""艮"合为"退"。

1383. 既

概将树木砍伐尽。

【解析】"概"将树"木"砍伐尽。"概"字去除"木"，剩余"既"。

引水浇灌。

【解析】谜底"溉",引来"水"（氵）则组成灌溉的"溉"。

1384. 握

握手告别。

【解析】"握"字之"手"（扌）告别离开,剩余"屋"。

城西残云半遮月。

【解析】"城"西为"土",残"云"取"一""厶","月"字半遮现出"尸",组合成"屋"。

1385. 昼

此日来到天尽头。

【解析】"天尽"二字开头部件,取"一""尺",与"日"合而为"昼"。

尽量提前。

【解析】提取"尽量"两字前面部件出来,以"尺""旦"组合成"昼"。

1386. 费

失败之后,拂手而去。

【解析】失去"败"字后面部分余"贝","拂"字的提手旁离开余"弗",二者组合成"费"。

人佛应有别,财才要分开。

【解析】"佛"字之"人"离别了,余下"弗";"财"字的"才"分开,

剩下"贝"。二者组合为"费"。

1387. 陡

向陕西走。

【解析】"陕西"扣"阝",和"走"合为"陡"字。

临阵弃车而走。

【解析】"阵"字弃"车"余下"阝",加个"走"构成"陡"字。

1388. 眉

半段相声。

【解析】"相声"二字各取用半段,以"相"字之"目"和"声"字下面部分组合,成为"眉"。

节目到尾声。

【解析】谜底"眉"字节去"目",所余部分正是"声"字尾部（即下面部分）。

1389. 孩

十二生肖首尾连。

【解析】十二生肖,以"子"开头,"亥"排最后。二者相连合为"孩"字。

一时半刻。

【解析】"一时"别解为第一个时辰,是子时,扣"子",与半个"刻"字（亥）组合,成为"孩"。

1390. 除

我从陕西来。

【解析】"我"会意扣"余",与"陕"字西边的"阝"组合,得到"除"字。

二小队集合。

【解析】"二""小""队"三字合在一起,成为谜底"除"。

1391. 险

高兴一起入了队。

【解析】"高兴"取用"兴"字高处的四笔,连同"一""队"合而为"险"。

剑影刀光阵前危急。

【解析】"剑"字里的立刀旁"刂"光了,剩下"佥",与"阵"前面的"阝"组合,得到"险"。"危急"提示"险"字的意思。

1392. 院

寄上十三元。

【解析】双耳旁"阝"形如阿拉伯数字"13"。"寄上"扣"宀",与"阝"和"元"组合为"院"。

先到陕西,后到皖东。

【解析】"陕"之西为"阝","皖"之东是"完","阝""完"一前一后合为"院"。

1393. 娃

年幼闺女出门去。

【解析】"闺"字的"门"去除余"圭",加"女"得到"娃"字。"年幼"照应字义。

姑娘今年二十二。

【解析】"姑娘"扣合"女","二十二"扣合"圭"(两个"十",两个"一"),相合为"娃"。

1394. 姥

红粉佳人白了头。

【解析】"红粉佳人"扣合"女","白了头",老了,扣"老"。"女""老"合而为"姥"。

老娘前来。

【解析】"娘"字前面到来,得"女"。"老""女"合并成"姥"字。

1395. 姨

女人身背一张弓,模样长得像亲娘。

【解析】"女""人""一""弓"组成"姨"。后句提示字义。

大女嫁给张先生。

【解析】"大""女"与"张"字先前部分"弓"组合,得到"姨"。

1396. 姻

国际妇女大团结。

【解析】"国际"扣"囗"("国"字边际),与"女""大"合在一起,

217

构成"姻"。

良缘结成，亲如一人。

【解析】"如""一""人"三字组合，可成"姻"。"良缘结成"提示字义。

1397. 娇

佳人临断桥。

【解析】"佳人"扣"女"，"断桥"指"桥"字断了，留下半边，本谜取用"乔"，以便与"女"合为"娇"。

乔装一女。

【解析】"乔"字装配一"女"，构成"娇"。

1398. 怒

努力不够需用心。

【解析】"努力不够"扣"奴"，用"心"则为"怒"。

奴心有恨。

【解析】"奴""心"两字组合，得到谜底"怒"。"有恨"提示"怒"的字义。

1399. 架

加根木棍支起来。

【解析】"加""木"可组合成"架"。"支起来"提示谜底字义，并排除了猜"枷"。

上面说加，下面加八。

【解析】上面"加"，下面"十"（视作加号"+"）"八"，组合为"架"。

1400. 贺

一半功名一半财。

【解析】"功名"一半，取用"力""口"，"财"的一半取用"贝"，合为"贺"。

加资少一次。

【解析】"资"少一"次"，剩下"贝"。"加""贝"合而为"贺"。

1401. 盈

又将破盆随手扔。

【解析】"破盆"可取用"盆"字之"皿"。"随手扔"扣"乃"（加"扌"为"扔"）。"又""皿""乃"组合，得到"盈"。

又剩半盅残奶。

【解析】"半盅"，取用"盅"字下半部"皿"；"残奶"，"奶"字残缺，保留"乃"。"又""皿""乃"合而为"盈"。

1402. 勇

为建设宁波添后劲。

【解析】宁波的别称是"甬"，添加后"劲"之"力"，成为"勇"。

下令用力合作。

【解析】"下令"，取用"令"

1403. 怠

云南前哨挂心上。

【解析】"云"之南为"厶","哨"之前是"口",挂于"心"上,构成"怠"。

心系宝岛待音讯。

【解析】宝岛指台湾,扣"台"。"心""台"组合为"怠"。"待音讯"提示谜底字的读音,"怠""待"读音相同。

1404. 柔

茅草飞扬挂树梢。

【解析】"茅"字的"草"(艹)飞扬而去,留下"矛"。将"矛"放在"木"(树)上头,成为"柔"。

去村后割茅草。

【解析】去除"村"之后,余下"木"。割掉"茅"之"草"(艹)剩下"矛"。二者组合为"柔"。

1405. 垒

三山远影连边城。

【解析】三山远影,象形扣三个"厶","边城"扣"土",合而为"垒"。

三个去尾,一个去头,合成一叠。

【解析】"去"字的尾部是"厶","去"字的头部可取"土"。三个"厶"加上一个"土",构成"垒"。"合成一叠"提示字义。

1406. 绑

先帮乡下改面貌。

【解析】"先帮"扣"邦"。"乡"字底下一笔稍作改变可得"纟"。合起来成为"绑"。

汉高祖还乡容已改。

【解析】汉高祖是刘邦,扣"邦"。"乡"字末笔改动可成"纟"。"邦""纟"合并成"绑"。

1407. 绒

穿戎装上前线。

【解析】"前线"扣"纟",把"戎"字装配上,构成"绒"。

西线有战事。

【解析】"西线","线"字西边是"纟"。"战事"会意扣"戎"。相合而成"绒"。

1408. 结

有约在先周内见。

【解析】"约"字之先为"纟","周"字内部是"吉",二者相见组成"结"。

219

十载同心终聚首。

【解析】"同心"解为"同"字中心笔画,是"一口",将"十"载上成为"吉"。"终聚首"指还有"终"字开头部件"纟"来相聚。"吉""纟"合为"结"。

1409. 绕

绞掉一半烧一半。

【解析】"绞"字掉一半,保留"纟";"烧"一半,取用右半部"尧","纟""尧"合并为"绕"。

红烧头尾。

【解析】"红"之头为"纟","烧"之尾为"尧",相合即成"绕"。

1410. 骄

马踏桥木断。

【解析】"桥木断"扣"乔",与"马"合而为"骄"。

马随轿后。

【解析】"轿"字后部是个"乔"。"马""乔"相合,得到"骄"。

1411. 绘

人说乡下变了样。

【解析】"说"扣"云"(云有说之义),"人""云"合为"会";"乡下变了样"扣合"纟"。"会""纟"组成"绘"。

幸会在异乡。

【解析】"异乡"扣"纟"(变异之"乡"),与"会"组合成"绘"。

1412. 给

异乡与人结同心。

【解析】"异乡"扣"纟",与"人"和"同"字中心的"一口"组合,得到"给"字。

集合上前线。

【解析】"前线"扣"纟",与"合"相聚构成"给"字。

1413. 络

各位应约前来。

【解析】"各"字与"约"前面的"纟"组合,成为谜底"络"。

线路前后。

【解析】"线"字前面为"纟","路"字后面是"各",组合起来就是"络"。

1414. 骆

马路东面。

【解析】"路"字东面为"各",与"马"组合成"骆"。

各有一匹马。

【解析】"各"字有"马",合而为"骆"。

1415. 绝

争先希望上前线。

【解析】"争先"扣""","希望"会意扣"巴"（巴望之义），再加上"前线"的"纟"，组合成"绝"。

节约一半反增色。

【解析】节省掉"约"字的一半，去除"勺"，保留"纟"，再增加个"色"字，构成"绝"。

1416. 绞

前来约会成知交。

【解析】"约"字前面部分"纟"与"交"会合，成为"绞"。

交到前线。

【解析】"前线"扣合"纟"，"交"与"纟"相合，得到谜底字"绞"。

1417. 统

补充前线。

【解析】"前线"扣"纟"，增补"充"字构成"统"。

分组之后要补充。

【解析】分开"组"字后面的"且"，留下"纟"，再添补个"充"字，组成"统"。

十　画

1418. 耕

耗去一半，加进一半。

【解析】"耗"字去除一半，留下"耒"，再加上"进"的一半"井"，成为"耕"。

耒插井边。

【解析】"耒"在"井"边，构成"耕"字。耒(lěi)：古代的一种农具，形状像木叉。

1419. 耗

笔底人生艳色空。

【解析】"笔底"得"毛"。"艳"字之"色"空去余"丰"，再加一个"人"，构成"耒"。"毛""耒"合并，成为"耗"字。

2.80元。

【解析】将谜底"耗"拆为"二十八毛"与谜面相扣。

1420. 艳

万紫千红。

【解析】将谜底"艳"拆解为"色丰"，以色彩丰富之意与谜面相扣。

带头改革望争先。

【解析】"带"字头部四笔改革，

221

转动90度成为"丰"。"望"会意为"巴"(巴望),与"争"先之"〃"合为"色"。"丰""色"合并成"艳"。

1421. 泰

三人水上漂。

【解析】"三人"在"水"上,构成谜底"泰"字。

春日已去,雨水即来。

【解析】"春"字的"日"离开,余"夫",来了雨"水",合为"泰"。

1422. 珠

上班前,新月未上来。

【解析】"班"字前面为"王";"新月"象形为"丿",与"未"合为"朱"。"王""朱"组合成"珠"字。

大明皇帝。

【解析】谜底"珠"字,拆解为"朱王",明朝皇帝是朱姓,故与谜面相扣。

1423. 班

棒球对打。

【解析】把"班"字中间的一撇象形为棒,点象形为球。左右的"王"可拆成"十二",十二为一打,故扣"对打"(即一对打,两打)。

左边王,右边王,一点一撇中间藏。

【解析】左右各有一"王",中间加进一点一撇,构成"班"字。

1424. 素

半青半紫不沾荤。

【解析】选取"青"字上半部"丰"与"紫"字下半部"糸"组合,得到"素"字。"不沾荤"照应字义。

依稀远树如飞絮。

【解析】"素"字上面"丰"象形扣"依稀远树",下面"糸"扣"如飞絮"("絮"字的"如"飞离了)。

1425. 蚕

天下一条虫,吐丝又结茧。

【解析】"天"字下面一个"虫",构成谜底"蚕"。后句提示字义,指这种动物。

一点半钟二人到。

【解析】"一""、"(点)与"钟"字的半边"中"组合,得到"虫",再加"二人"构成"蚕"字。

1426. 顽

颐和园毁一半。

【解析】"颐"和"园"两字均毁掉一半,保留"页""元",合为"顽"字。

不与君玩,见火就烦。

【解析】"不与君玩",暗示"玩"

字去掉"王"（君王），剩余"元"。"见火就烦"扣合"页"，因"页"字加"火"就成"烦"。"元""页"组合成"颀"。

1427. 盍

省盐省钱。

【解析】"盐""钱"两字都省略一些笔画，保留"皿""戈"合为"盍"。

后代一定血相通。

【解析】"后代"扣"弋"，与"一"和"血"组合成"盍"。

1428. 匪

三面有墙一面空，为非作歹住其中。

【解析】头句象形为"匚"，根据第二句加入"非"字，成为"匪"。

求出正方形，除非加直线。

【解析】谜底"匪"字，除去"非"，再加条直线"丨"，就能成为正方形"口"。

1429. 捞

举手之劳。

【解析】提手旁"扌"与"劳"组合，得到"捞"字。

力争提前到草桥。

【解析】"力"直接用，"提前"得"扌"，"草"扣草字头"艹"，"桥"象形作秃宝盖"冖"，合起来就是"捞"字。

1430. 栽

伐木用车载。

【解析】谜底"栽"字伐去"木"后，加上"车"就成为"载"。

田间树前藏一戈。

【解析】"田间"取"十"，"树前"得"木"，加一"戈"合为"栽"。

1431. 捕

刚刚到手。

【解析】"刚刚"会意扣"甫"，加个提手旁"扌"组合为"捕"。

到浦东接头被擒获。

【解析】"浦"字之东为"甫"，"接"字开头是"扌"，合而为"捕"。"被擒获"提示字义。

1432. 振

晨日未出提前到。

【解析】"晨"字之"日"未出现，为"辰"，与"提"前之"扌"合并，得到谜底"振"。

一手敢把苍龙擒。

【解析】生肖"龙"对应地支"辰"。"手"（扌）、"辰"合而为"振"。

223

1433. 载

年已古稀去栽树。

【解析】"古稀"指人七十岁。"七十"合为"车"。"去栽树",即去掉"栽"字之"木"(树),所余部件与"车"合为"载"。

伐后装十车。

【解析】"伐"字后面是"戈",装配上"十""车"二字,成为"载"。

1434. 赶

走得汗水流。

【解析】"汗"字之"水"(氵)流去,余下"干"。"走""干"合而为"赶"。

一边走,一边干,争速度,抢时间。

【解析】前边"走",后边"干",合在一起便是"赶"。"争速度,抢时间"对应字义。

1435. 起

不坐了,我要走。

【解析】"我"扣"己"(自己),与"走"合为"起"。"不坐了",是要"起"来。

自己走在前面。

【解析】"己"加个"走"在前面,构成谜底"起"。

1436. 盐

前场得球,直传篮下。

【解析】"前场"扣"土","球"象形扣"丶","直"别解为笔画"丨","篮下"得"皿",以上各部分组合为"盐"。

城前结盟后,外边来相会。

【解析】"城前"扣"土","盟后"扣"皿",与"外"字右边的"卜"相会,合而为"盐"。

1437. 捎

小手遮住半边脸。

【解析】"小""手"(扌)与"脸"字左半边"月"组合,成为"捎"。

提前吹口哨。

【解析】"提前"扣"扌","吹口哨"("哨"字的"口"吹掉)扣"肖",合而为"捎"。

1438. 捏

提前十一日到。

【解析】"提前"扣"扌",与"十一日"组合成"捏"。

一到就担土。

【解析】谜底"捏"加上"一"就能组合为"担土"。

1439. 埋

毕业之后回故乡。

【解析】"毕""业"两字之后，为"十""一"。"故乡"会意扣"里"。"十""一""里"三字组合为"埋"。

一定要讲理。

【解析】谜底"埋"字加上"一"则成为"理"。

1440. 捉

抓先进，促后进。

【解析】"抓"字之先为"扌"，"促"字之后为"足"，组合成"捉"。

手足并用。

【解析】"手"（扌）、"足"并用，合为一字就是"捉"。

1441. 捆

遭困之时伸援手。

【解析】"困"字加上"手"（扌），成为谜底"捆"。

一扣十八结。

【解析】一个"扣"与"十""八"结合为"捆"。

1442. 捐

给西服钉个扣。

【解析】"西服"理解为"服"字西边的部件，为"月"，加个"扣"则成"捐"。

扣留了一个月。

【解析】"扣"留一个"月"，相合为"捐"字。

1443. 损

扣下财产才罢休。

【解析】"财"字的"才"罢去，剩下"贝"。"扣""贝"组合为"损"。

贼首被拘押。

【解析】"贼首"扣"贝"，被拘押即被"扣"押。"贝""扣"合而为"损"。

1444. 都

来者到队前。

【解析】"队"字前面是"阝"。"者""阝"相合，成为"都"字。

高考之日那边来。

【解析】"高考"取"考"字高处的"耂"（老字头），加"日"成为"者"，后面再加上"那边"之"阝"，得到"都"。

1445. 哲

台下拆除一点。

【解析】"台"下为"口"，"拆"字去除一点（丶）剩余"折"，相合为"哲"。

小舟逝去叶正落。

【解析】"小舟"以象形法扣"辶"，"逝"字去掉"辶"剩余"折"。"叶正落"，"叶"字的"十"看作

225

"正"的符号"十",落去后剩"口"。"折""口"合而为"哲"。

1446. 逝

从近处入手。

【解析】"近"字里面加入"手"（扌），构成谜底"逝"。

从半道折回送了命。

【解析】"半道"可扣"辶",加"折"成为"逝"。"送了命"提示"逝"的字义。

1447. 捡

用手遮住半边脸。

【解析】"脸"字左半边"月"遮住,则余"佥",加上提手旁"扌",构成谜底"捡"。

断剑在手。

【解析】"断剑",暗示"剑"字不完整（断了）,取用半边"佥"与"手"（扌）组合成"捡"。

1448. 换

负担日见少。

【解析】"负担"中减去"日",重组可得谜底"换"字。

拉到前头,唤到后头。

【解析】"拉"字前头是"扌","唤"字后头为"奂",合起来成"换"。

1449. 挽

免得动手。

【解析】"免"字加个提手旁"扌",构成"挽"。

晚去一日提前到。

【解析】"晚"字去掉"日"则余"免","提前到"得"扌",相合为"挽"。

1450. 热

执行要抓四个要点。

【解析】"执"字下面加四点,得到"热"字。

执照撕破半截。

【解析】"照"字撕破半截,以留下的下半截"灬"与"执"合为"热"。

1451. 恐

平凡工作也安心。

【解析】"凡""工"安放个"心",构成一个"恐"字。

江帆半落系归心。

【解析】"江帆"两字落去一半部件,保留"工""凡",加上归来之"心",构成"恐"。

1452. 壶

转干创业献爱心。

【解析】"干"字上下翻转为

"士"，献上"冖"（"爱"心），下面创"业"，组合成"壶"。

纵横亚运夺冠归。

【解析】"纵"扣"丨"，"横"扣"一"，加个"亚"，再加个"冖"（象形为帽子，扣"冠"）插到"亚"里，构成"壶"字。

1453. 挨

唉！伸手相助却无方。

【解析】"方"别解为方格，扣"口"。"唉"字无"方"（口）剩下"矣"，加上提手旁"扌"，组合出"挨"。

抬头望远山，眉月挂天边。

【解析】"抬头"扣"扌"，"远山"象形扣"厶"。"眉月"扣"丿"，挂在"天"边，构成"矣"。"扌""厶""矣"组成"挨"。

1454. 耻

一直挂耳上。

【解析】"一直"扣"丨"，与"耳""上"组合成"耻"。

劝阻老子。

【解析】我国古代思想家、道家学派创始人老子，姓李名耳。"劝阻老子"，即阻止李耳，"止""耳"合而为"耻"。

1455. 耽

受聘前，入党后，爱心不减。

【解析】"聘"前得"耳"，"党"后取"儿"，"爱"心为"冖"。三个部件组合成"耽"。

耳套在枕后。

【解析】"耳"与"枕"后之"尤"组合，成为"耽"。

1456. 恭

拱手让出一小点。

【解析】"拱手让出"扣"共"，加上"小""、"，构成"恭"。

洪水已退小了点。

【解析】"洪水已退"扣"共"，加上"小""、"组成"恭"。

1457. 莲

装了一船车前草。

【解析】"船"象形扣"辶"，里面加"车"，前面再加"草"（艹），得到"莲"。

接连遭遇苦头。

【解析】"连"与"苦头"之"艹"组合，成为"莲"。

1458. 馍

见了馒头就叫馍。

【解析】"馒头"得"饣"。"莫"字加个"饣"，成为"馍"。

别用手摸。

【解析】"摸"字不用"手",去除"扌",剩下"莫"字。

1459. 荷

昔日一别何处逢。

【解析】"昔"字的"日""一"别离后,还有"艹"在,与"何"相逢合而为"荷"。

可容二十人。

【解析】"二十"扣"艹"。"可"加上"艹""人"(亻),得到"荷"。

1460. 获

落草后入狱一言不发。

【解析】"草"字后面的"早"落掉,余"艹"(或直接用"艹"代替"草");"狱"字的"讠"去掉(一言不发),余下"犭""犬"。组合为"获"。

两只狗,草底走。

【解析】"两只狗",得"犭""犬",它们在草字头"艹"下("草底走"也可理解为"草"字底部走掉余"艹"),构成"获"。

1461. 晋

亚当生日。

【解析】"亚"字产生"日",构成"晋"字。"亚当",是《圣经》故事中人类的始祖。

一登显位起变化。

【解析】"一"登"显"位起变化。"一"登到"显"字中,上下移位变化出"晋"字。

1462. 恶

一心要就业。

【解析】"一""心"与"业"组合,得到谜底"恶"字。

业务要专一,心里要牢记。

【解析】"业"加上"一"构成"亚",下面再加"心",合为"恶"字。

1463. 真

三点到云南。

【解析】谜底"真"字加上三点(三个点到来),就成为云南省的别称"滇"。

十分具体无虚假。

【解析】"真"字的"十"分开,剩下"具"字。"无虚假"照应字义。

1464. 框

纵然开口也枉然。

【解析】"开口"扣合"匚",与"枉"字组装成"框"。

枕边开口,直表真心。

【解析】"枕边"扣"木","开口"扣"匚","直"别解为笔画"丨",

"真心"别解为"真"字中心即"三"。以上各部分组合成"框"。

1465. 桂

半边林靠半坡地。

【解析】半边"林",得"木"。半"坡地",取"土""土",与"木"合为"桂"。

佳人消失在楼西。

【解析】"佳"字的"人"消失了,余下"圭"。"楼"西为"木"。相合为"桂"。

1466. 档

小山植树山变样。

【解析】"小""山"加个"木"(植树),并且"山"变为卧倒状"彐",构成"档"字。

当在桥头会合。

【解析】"桥头"扣"木",与"当"字会合组成"档"。

1467. 桐

村前有洞不见水。

【解析】"村前"得"木","洞"不见"水"为"同",二者组合成"桐"。

同植树。

【解析】"同"字加上"木"(植树),构成谜底"桐"。

1468. 株

人在林间卧。

【解析】"林"字里有个卧着的"人"(亻),构成"株"字。

红杉树。

【解析】"红杉树"会意为"朱木",相合即成"株"字。

1469. 桥

娇女出游离东楼。

【解析】"娇"字的"女"出游了,剩下"乔","楼"字东面的"娄"离开余"木",合为"桥"。

撇下老大,两腿直立,站在树旁,甘为人梯。

【解析】一撇"丿"下面一个"大",底下再加进象形为"两腿直立"的两笔,得到"乔"。"乔"在树"木"旁,组合为"桥"。第四句提示字义。

1470. 桃

四点送儿到桥头。

【解析】四个点与"儿"组合成"兆",与"桥头"之"木"合并,成为"桃"。

小儿泪两行,站在树一旁。

【解析】"儿"字左右各加两点(泪两行),成为"兆",放于树

229

"木"旁边，合而为"桃"。

1471. 格

半路休让人溜走。

【解析】半个"路"可得"各"，"休"字之"人"溜走后余下"木"，合并成"格"。

楼台半隐入雾中。

【解析】"楼台"隐去一半，留下"木""口"，与"雾"中之"夊"组合，成为"格"。

1472. 校

闲来出门游东郊。

【解析】"闲"字的"门"出去了，剩下"木"；"游东郊"，"郊"字东边的"阝"游开，剩余"交"。二者相合为"校"。

退档之后交回来。

【解析】退掉"档"字后面的"当"，剩下"木"，和"交"合并成"校"。

1473. 核

少生孩子多植树。

【解析】"孩"字少掉"子"，余"亥"，加"木"构成"核"。

一边种树，一边喂猪。

【解析】"树"扣"木"，生肖"猪"对应地支"亥"，合而为"核"。

1474. 样

村边放羊。

【解析】"村边"可取"木"，加上"羊"成为"样"字。

流泪出洋相。

【解析】"洋相"两字中去掉"泪"的部件（流"泪"），剩下"羊""木"，合而为"样"。

1475. 根

退休之人何处去？

【解析】"退休"两字的走之和"亻"不见了，余下"艮""木"，合而为"根"。

开垦之后栽棵树。

【解析】"垦"字后面的"土"移开，余下"艮"，再据"栽棵树"加上"木"，得到谜底"根"。

1476. 索

一直在头上萦回。

【解析】谜底"索"加上一直"丨"，成为"萦"。

田间桥下落残红。

【解析】"田间"扣合"十"，"桥"象形为"冖"，"残红"即残损的"红"，取用"纟"（绞丝旁），左偏旁"纟"旧写作"糸"。"十""冖""糸"相合为"索"。

1477. 哥

上河无水下河干。

【解析】"河"无"水"余"可";"河干"亦暗示"河"字无"水",剩余"可"。一上一下两个"可",构成"哥"。

可上可下。

【解析】"可"上"可"下,构成"哥"字。

1478. 速

结束了,还不走。

【解析】"还"字的"不"走掉余下"辶",与"束"组合成"速"。

方木运走一半。

【解析】"方"扣"口",与"木"可合为"束","运"字撇走一半(云),保留另一半"辶",和"束"合而为"速"。

1479. 逗

前前后后送出关。

【解析】"前"字前面笔画,取用"丷""一"三笔;"后后",取用"后"字后面的"一""口"。这些笔画合为"豆"。"送出关"扣"辶",与"豆"组合成"逗"。

扁舟一叶载相思。

【解析】"扁舟一叶"象形为"辶";"相思"别指相思豆,借以扣"豆"。"辶"里载入"豆",成为"逗"。

1480. 楔

要上楼前看高低。

【解析】"要"上面是"西","楼"字前面为"木",二者一高一低构成"楔"。

美国杨柳,法国梧桐,上下排列。

【解析】谜面所言为西方的树木,"西""木"上下排列,合而为"楔"。

1481. 配

醉酒前后我陪着。

【解析】"醉"字之前和"酒"字之后,均为"酉",有"己"(我)字陪伴,合而成"配"。

独自把酒干。

【解析】"酒干",暗示"酒"字无"水"(氵),余下"酉"。"独自"会意出"己",与"酉"组合成"配"。

1482. 翅

支持复习。

【解析】"复习"别解为重复的"习",两个"习"字重复构成"羽"。"支""羽"组合成"翅"。

孔雀开屏。

231

【解析】"孔雀开屏"，尾羽展开支撑着，"支""羽"组合为"翅"。

1483. 辱

龙种寻根。

【解析】生肖"龙"与地支"辰"对应相扣，"寻根"扣"寸"，二者合为"辱"。

龙在头上十分长。

【解析】"龙"扣合"辰"。"十分"别解为长度，扣"寸"，上头加个"辰"，构成"辱"。

1484. 唇

晨日未出抵前哨。

【解析】"晨"字的"日"没有出现，为"辰"，与"前哨"之"口"组合为"唇"。

龙口。

【解析】生肖"龙"对应扣合地支"辰"。"辰""口"组合成"唇"。

1485. 夏

自与友离别，春后再相见。

【解析】"友"字笔画拆离，可得"一""夂"，中间加上"自"合成"夏"。后句提示字义，春后为夏。

自我开始务尽力。

【解析】"开始"扣"一"（指"开"字起始笔画），"务尽力"扣"夂"，与"自"合而为"夏"。

1486. 础

码头对面山重山。

【解析】"码头"扣"石"，"山重山"得"出"，"石""出"相对合为"础"。

山山有石头。

【解析】"山""山"有"石"头，合而为"础"。

1487. 破

安石遇东坡，见面不猜玻。

【解析】"东坡"别解为"坡"字东边，是"皮"。"皮"字安放一个"石"，构成谜底"破"。谜面头句本指宋朝王安石遇见苏东坡，故"安石"可借代扣"王"，加"皮"（东坡）成"玻"，谜面已排除"玻"字，以免多底。

筑石坡挖走余土。

【解析】筑"石""坡"挖走余"土"。"坡"字去掉"土"余下"皮"，加"石"便成"破"。

1488. 原

开源节流。

【解析】"源"字拆开为"氵""原"，"节流"暗示省去三点水"氵"，余下"原"字即谜底。

了却心愿。

【解析】"愿"字的"心"了却，余下"原"。

1489. 套

直抵大县。

【解析】谜底"套"字加进一直"丨"，能拼拆出"大县"。

大县倒了一堵墙。

【解析】"大""县"二字上下结合，"县"字右边一直去掉（倒了一堵墙），得到"套"字。

1490. 逐

家道半衰。

【解析】"家道"两字去掉一半（宀、首），余下"豕""辶"合为"逐"。

船里装着猪。

【解析】"船"象形为"辶"，"猪"会意扣"豕"，组装成"逐"字。

1491. 烈

列举出四个要点。

【解析】"列"字加上四个点（灬），成为谜底"烈"。

排列等候到四点。

【解析】"列"字加上四点（灬），构成谜底"烈"。

1492. 殊

一夜便红。

【解析】"夜"会意扣"夕"。"红"会意为"朱"。"一""夕""朱"组合，成为"殊"。

一夕过后半株红。

【解析】"一夕"合为"歹"，与具有"红"色之意的半个"株"字即"朱"组合，得到"殊"。

1493. 顾

厄运来时须先溜。

【解析】"须先溜"，"须"字先前部分"彡"溜走余下"页"。"厄"来与"页"合为"顾"。

预先无备又遭厄运。

【解析】"预"字前面的部件"予"不具备，为"页"，加上"厄"组成"顾"。

1494. 轿

娇女出游车接送。

【解析】"娇女出游"余"乔"，加"车"成为"轿"。

车往桥东开来。

【解析】"桥"字东边是"乔"。"车""乔"合而为"轿"。

1495. 较

七十乘以六。

【解析】"七""十""×"（乘号）"六"组合，得到"较"字。

半数上军校。

【解析】"军校"两字各取一半，以其"车""交"合为"较"字。

1496. 顿

顺西行走有村庄。

【解析】"顺"字西部之"川"行走开，剩余"页"，"村庄"义扣"屯"，相合为"顿"。

先领走半吨。

【解析】"领"字前面的"令"走掉，余下"页"。"半吨"取"屯"，以便和"页"组合成"顿"。

1497. 毙

或重于泰山，或轻于鸿毛。

【解析】"人固有一死，或重于泰山，或轻于鸿毛。"（出自司马迁《报任安书》）谜面是在比较死亡的价值，会意为"比死"，组合成"毙"字。

歹徒身携三把匕首。

【解析】"歹"字加上三个"匕"，构成谜底"毙"。

1498. 致

先到达敌后。

【解析】"先到"扣合"至"，"敌后"扣合"攵"，合并成"致"。

来稿收到。

【解析】来稿收到，会意为"文""至"，组合成"致"字。

1499. 柴

在此休息，拒人打扰。

【解析】"休"字拒绝"人"，去掉"人"后余下"木"。"此""木"合而为"柴"。

此木做不得栋梁。

【解析】"此""木"组合成"柴"，"做不得栋梁"提示字义。

1500. 桌

文君传人。

【解析】文君指卓文君，借代扣"卓"，传来"人"，相合为"桌"。

早上一别人归来。

【解析】"上"字"一"别，所余前面两笔与"早""人"组合为"桌"。

1501. 虑

滤去水分。

【解析】"滤"字去掉水分，去除"氵"，剩下"虑"。

虎剩无几，用心保护。

【解析】"虎"字的"几"没有了，剩余"虍"，用上"心"则合为"虑"。

1502. 篮

编竹篮。

【解析】谜底"监"加上竹字

234

头"竹",成为"篮"。

两个配合投篮,篮下紧盯防守。

【解析】头句两"个"合为"竹","监"字如有"竹"(两"个")配合,构成"篮"。第二句"篮下"("篮"字下部)可得"监","紧盯防守"提示字义(监视)。

1503. 紧

丝丝树间飞如絮。

【解析】"丝丝"象形扣两竖,"树"字中间为"又","飞如絮"扣合"糸"("絮"字里的"如"飞走了),相合为"紧"。

一一又拿绳头扎牢。

【解析】"绳头"扣"纟","纟"旧写作"糸"。"一""一""又""糸"组合成"紧"。"扎牢"提示字义,言扎紧。

1504. 堂

儿到堂前来。

【解析】"堂"前取"尚","儿"来合为"堂"。

小桥会兄。

【解析】"小""一"(象形为桥)会"兄",合而为"堂"。

1505. 晒

日落西山不见山。

【解析】"山""不见山"自行抵消,余下"日落西"扣合谜底"晒"。

简明简要。

【解析】"明"字精简选用"日","要"字精简取用"西",二者组合成"晒"。

1506. 眠

眼中有百姓。

【解析】"眼"会意为"目","百姓"扣合"民",二字合起来就是"眠"。

着眼于群众。

【解析】"群众"会意扣"民",加"目"(着眼)构成"眠"。

1507. 晓

早上不用浇水。

【解析】"早上"扣"日","不用浇水"扣"尧",合起来是"晓"。

烧右边暖左边,天刚亮它出来。

【解析】"烧"右边为"尧","暖"左边是"日",合而成"晓"。后句提示字义。

1508. 鸭

匣中放只鸟。

【解析】"匣"字之中是个"甲",加上"鸟"成为"鸭"。

鸟从这里一一飞走。

【解析】"里"字"一一"飞走,

235

剩余"甲","鸟""甲"组合成"鸭"。

1509. 晃

来日光临。

【解析】"日"与"光"组合，成为"晃"字。

日光耀眼。

【解析】"日""光"合为"晃","耀眼"提示字义。

1510. 晌

葵花朝阳。

【解析】葵花朝阳，即向太阳，"向""日"组合为"晌"。

中午传来一声响。

【解析】"一""响"组合成"晌","中午"提示字义（晌午）。

1511. 晕

日军昏了头。

【解析】"日""军"组合，可成"晕""晖"，从"昏了头"判断，谜底应为"晕"，从而通过字义提示排除了"晖"字。

车到天桥，排成直行。

【解析】"天"扣"日"（一天即一日），"桥"扣"冖"。"车""日""冖"三部件排成直行，得到"晕"。

1512. 蚊

文中加一标点。

【解析】"中"字加"一"再标个"点"（、），得到"虫"，与"文"合并成"蚊"。

烛火燃尽稿写成。

【解析】"烛火燃尽"余"虫"（"烛"字去"火"）,"稿写成"得"文"，合而为"蚊"。

1513. 哨

明月当头映小窗。

【解析】"当头"扣"丷","小窗"象形为"口"，与"月"组合为"哨"。

方到堂前背下来。

【解析】"方"别解为方格以扣"口","堂"前取"丷","背"下为"月"，合而为"哨"。

1514. 哭

格格变得太伤感。

【解析】"格"扣"口","格格"即扣"口口";"太"字变化成"犬"，组合成"哭"。"伤感"提示字义。

一只狗，真少有，头顶上，两个口。

【解析】"狗"会意扣"犬"，上头加两个"口"，构成"哭"。

1515. 恩

烟火熄灭才放心。

【解析】"烟"字的"火"去除，

236

剩余"因",放置一个"心",构成"恩"。

一心维护国际大团结。

【解析】"国际"扣"口",与"大"组合成"因",加上一"心"成为"恩"。

1516. 唤

各换掉一半。

【解析】"各换"掉一半,"各"字掉一半保留"口","换"字掉一半保留"奂",相合为"唤"。

左方没换手。

【解析】"没换手"扣"奂",左边加个"方"格(口),成为"唤"。

1517. 啊

口耳可并用。

【解析】"口""阝"(双耳旁)"可"并用,合而成"啊"。

方可到那边。

【解析】"方"扣"口","可"字照用,"那边"可扣"阝",组合为"啊"。

1518. 唉

台下暗箭射上台。

【解析】"台下"得"口","箭"会意扣"矢","上台"得"厶",组合为"唉"。

方要下去看中医。

【解析】"方"扣"口","下去"

扣"厶","中医"扣"矢",合而为"唉"。

1519. 罢

转眼即逝。

【解析】"眼"扣"目",转动90度成"罒","逝"会意扣"去"(逝去),组合成"罢"。

临去秋波那一转。

【解析】"秋波",秋水之波,比喻美女的眼睛或眼神。"秋波"扣"目",转动成"罒",与"去"合为"罢"字。

1520. 峰

西岭烽火尽。

【解析】"岭"字之西为"山","烽"之"火"尽余"夆",相合得"峰"。

远树隐现山雾中。

【解析】"远树"象形扣"丰","雾中"得"夂",连同"山"字合而为"峰"。

1521. 圆

赛后回归得团聚。

【解析】"赛后"扣"贝",与"回"组合为"圆"。"团聚"提示字义。

国际会员。

【解析】"国"字边际为"囗",与"员"字相会,组合成"圆"。

237

1522. 贼

十载操戈财半耗。

【解析】"财"耗去一半保留"贝",与"十""戈"组成"贼"。

有遇行贼时,直当引为戒。

【解析】谜底"贼"字左边之"贝",和"有"相遇则成"贿"。右边"戎"加进一直"丨"就是"戒"。

1523. 贿

半是朋友半是贼。

【解析】"朋友"两字的一半"月""ナ"组合为"有",加上"贼"字的一半"贝",成为"贿"。

有人开口。

【解析】"开口"扣"冂",与"人"合为"贝"。"有""贝"组合,得到"贿"。

1524. 钱

针头线尾。

【解析】"针"字开头是"钅","线"字结尾为"戋",相合而成"钱"。

赵后虽可爱,君迷必有害。

【解析】"赵钱孙李,周吴郑王。"《百家姓》中,"赵"姓之后就是"钱"姓。"君迷必有害"提示另一字义(金钱)。

1525. 钳

柑树损失钱半亏。

【解析】"柑"字的"木"(树)损失,余下"甘"。"钱"半亏,去掉右边,保留左边"钅",与"甘"合为"钳"。

出错之后少甜头。

【解析】出"错"之后,留"钅"。少"甜"头,余"甘"。二者组合成"钳"。

1526. 钻

抢占镜头。

【解析】"占"字与"镜"开头的"钅"组合,成为"钻"。

金店开在五羊城。

【解析】"五羊城"是广州别称,借以扣合"广"。"金店"移开"广",余下"金占"合为"钻"。

1527. 铁

钱丢了。

【解析】"钱"可扣"金"(金钱)。钱丢了,即"金"钱丢"失"了,"金"(钅)"失"组合为"铁"。

镜前夫婿感白头。

【解析】"镜前"扣"钅";"白头"扣"丿",与"夫"合为"失"。"钅""失"组合成"铁"。

1528. 铃

前领镶边。

【解析】"前领"扣"令","镶边"扣"钅",合为"铃"字。

脱销之后下山岭。

【解析】脱"销"之后,得"钅";"下山岭"扣"令",合为"铃"字。

1529. 铅

前锋去前沿。

【解析】"前锋"扣"钅"。"去前沿"即去掉"沿"前面的"氵",得后边"几""口",与"钅"相合为"铅"。

下船之前先认错。

【解析】"下船之前"暗示将"船"字前面的"舟"去掉,所余部件与"错"字前面的"钅"组合,得到"铅"。

1530. 缺

罐头快用掉一半。

【解析】"罐头"扣"缶"。"快"字用掉一半(忄),保留另外一半"夬",与"缶"合为"缺"。

决定之后心陶然。

【解析】"决"字后面部分"夬"定下来("决"定之后),再加上"陶"字中心部件"缶"(心陶),成为"缺"。

1531. 氧

佯装生气人离去。

【解析】"佯"字的"亻"离去,余下"羊",加上"气"成为"氧"。

一气之下离西洋。

【解析】"离西洋"扣"羊"("洋"字西边的"氵"离去)。"气"下一个"羊",为"氧"。

1532. 特

寺前拴一牛。

【解析】"寺"前加个"牛"(牜),得到谜底"特"。

地头村后好放牛。

【解析】"地头"扣"土","村后"扣"寸",加上牛字旁"牜",成为"特"。

1533. 牺

牵牛而西来。

【解析】牛字旁"牜"与"西"字组合,构成谜底"牺"。

西边特落后。

【解析】"特落后","特"字落掉后面部分,余下"牜"。"西"边一个"牜",组成"牺"。

1534. 造

先前头,后后头,合在一起靠船走。

【解析】"先"前头,取"生";"后"后头,取"口",合在一起构成"告"。"靠船走"得"辶"(象形为船),与"告"合为造。

一半靠边。

【解析】"靠""边"两字取一半"告""辶",组合成"造"。

1535. 乘

正是北方插禾时。

【解析】"北"字穿插"禾",构成谜底"乘"。

北上千里人相会。

【解析】"北"上"千",装配出"乖",再有"人"相会,合为"乘"。

1536. 敔

故意多写一撇。

【解析】"故"字添上一撇,为"敔"。

千古文章伴笛声。

【解析】"千""古"叠合为"舌","文"用作反文旁"攵",相合为"敔"。"伴笛声"提示谜底读音。

1537. 秤

求平稳,急不得。

【解析】求"平稳","急"不得。"平稳"中去掉"急",剩下"平禾"合为"秤"。

为了和平方奔走。

【解析】"和"字里面的"口"(方)奔走了,余"禾",与"平"组合为"秤"。

1538. 租

且在一旁守稻禾。

【解析】"禾"字旁边一个"且",构成谜底"租"。

且上前程。

【解析】"前程"扣合"禾",与"且"合而为"租"。

1539. 积

弃双子求和。

【解析】谜底"积"字,去除最后两笔(象形作"双子"),得到"和"。

只恐秋来有冷时。

【解析】"秋来有冷时",暗示去除"秋"字之"火",余下"禾"。"只""禾"组合为"积"。

1540. 秧

失利后一直心不快。

【解析】失去"利"字后面的"刂",剩下"禾"。"心不快"扣"夬",加上一直"丨",成为"央"。"禾""央"组合出"秧"。

登前程上大桥。

【解析】"前程"扣"禾","大桥"

扣"央"(拆为"大""冂"),"禾""央"合而成"秧"。

1541. 秩

损失千人。

【解析】"失"与"千""人"组合,得到谜底"秩"。

从中插嘴,招致失和。

【解析】谜底"秩"字中间插进"口"(嘴),拆成"失和"。

1542. 称

尔等稳住不要急。

【解析】"稳"字不要"急",余下"禾"。"尔""禾"合并出"称"字。

一人隐在你身边。

【解析】"你"字左边的"亻"上加进"一""人"成为"称"。

1543. 秘

秋收之后必见面。

【解析】"秋"收之后,剩余前面"禾","必"与之见面构成"秘"。

必须稳住不能急。

【解析】"稳"字不用"急",得"禾"。"必""禾"合并成"秘"。

1544. 透

乃乘舟秋后出游。

【解析】"秋"后出游余下"禾"。"舟"象形为"辶",里面加进"乃"和"禾",得到"透"。

秀逸如脱兔。

【解析】"逸"字之"兔"脱离开,剩余"辶",加个"秀"字即成"透"。

1545. 笔

半筐毛。

【解析】半"筐",取用"⺮",与"毛"组合成"笔"。

分开是毛竹,不分著雄文。

【解析】谜底"笔"字分开,为"毛""竹"(⺮)。后句提示"笔"的字义,指出这种物品的作用。

1546. 笑

除掉女妖个个乐。

【解析】"妖"字之"女"除掉了,余下"夭",加上"个个"构成"笑"。"乐"提示字义。

好似天生一对。

【解析】谜底"笑"字好似"天"(实际上为"夭")加上"两个"(一对)。

1547. 笋

不见伊人面,却闻笑先来。

【解析】"伊"字的"人"不见了,余下"尹"。"笑"先来,得到"⺮"二者组合为"笋"。

241

有了上策君开口。

【解析】"策"字上头为"竹","君"字的"口"拿开余"尹",合而成"笋"。

1548. 债

责任到人。

【解析】"责"字与"人"组合为"债"。

专人负责追欠款。

【解析】"人"与"责"组合成"债"字,"追欠款"提示"债"的字义。

1549. 借

人来鹊鸟飞。

【解析】"鹊"字"鸟"飞去,余下"昔","人"来与之合为"借"。

二十一日有人来。

【解析】"二十"扣"廿"。"廿""一""日"合为"昔",有"人"（亻）来,组合为"借"。

1550. 值

是人就请别趴下,活要活得不掉价。

【解析】别趴下,示意应站"直"。"人""直"合为"值"。后句提示字义。

直面人生。

【解析】"直"字有"人"产生(出现),合而为"值"。

1551. 倚

此人大有可为。

【解析】"人""大""可"三字组合,得到"倚"。

儿童不宜。

【解析】谜底"倚"拆解为"大人可",与谜面相扣。

1552. 倾

顺川而下看变化。

【解析】"顺"字之"川"下掉余"页",加上变异的"化"字,构成"倾"。

俄顷我必去。

【解析】"俄"字之"我"去掉,余下"亻",与"顷"相合,构成"倾"。

1553. 倒

只有一人来到,其他都在睡大觉。

【解析】一个"人"与"到"组合,成为"倒"。后句提示字义,说倒下睡觉。

侄子挎刀。

【解析】"侄"字加上"刀"（刂），组合成"倒"。

1554. 倘

小人一半高。

【解析】"小""人"与"高"字下半部组合,得到"倘"。

人在堂前。

【解析】"堂"前取"尚"。"人""尚"合并为"倘"。

1555. 俱

本来就具体。

【解析】谜底"俱"字,如果有"本"字来,就能拼凑出"具体"二字。

横竖要见到真人。

【解析】谜底"俱",加上"一"(横)"丨"(竖),可得"真""人"。

1556. 倡

一一结伴侣。

【解析】"一""一"与"侣"结伴,组合成"倡"。

来人开口唱。

【解析】"开口唱"扣"昌",与来"人"组合成"倡"。

1557. 候

猴头变出一根棒来。

【解析】"猴头"以方位法扣"犭",变成"丨"(一根棒)后加到后面"侯"中,构成"候"。

都言此门深似海,径直闯入等个啥。

【解析】唐代崔郊《赠婢》诗云:"侯门一入深似海,从此萧郎是路人。"头句由此得到"侯",加进一直"丨"(径"直"闯入),成为"候"。"等个啥"提示字义。

1558. 俯

府外来人。

【解析】"府"字外边来个"人",合并成"俯"。

一人前面,一人后面,前不着村,后不见店。

【解析】前不着"村",为"寸";后不见"店",得"广"。加上前后两"人",构成"俯"。

1559. 倍

西部需要人。

【解析】"西部"扣"咅"("部"字西边),加"人"得到"倍"。

台下有人站起来。

【解析】"台下"得"口","站起来"扣"立"(站立),连同"人"字合为谜底"倍"。

1560. 倦

跳出圈外重做人。

【解析】"圈"字里面的"卷"从方框里跳出去,与"人"合为"倦"。

阅卷之人真疲劳。

243

【解析】"卷""人"合而为"倦","真疲劳"提示字义。

1561. 健

建设要靠人。

【解析】"建"字靠"人",合为"健"。

派人来修建。

【解析】"人""建"合并,得到"健"。

1562. 臭

自大一点,人人讨厌。

【解析】"自""大""、"(一点)组合,得到"臭"字。第二句提示字义。

狗鼻头。

【解析】"狗"以会意法扣"大","鼻头"以方位法扣"自",合而为"臭"。

1563. 射

落花无言。

【解析】"落花"意扣"谢","无言"暗示去掉言字旁"讠",剩下"射"字即谜底。

身高只有一寸长。

【解析】"身"与"寸"组合,成为"射"字。

1564. 躬

高人如何进矮屋。

【解析】高人要进矮屋,应该弓着身子才能进去,"弓""身"合而为"躬"。

身背一张弓。

【解析】"身"背一张"弓",两字合并成为"躬"。

1565. 息

身残心不残。

【解析】"身"字残缺,可得"自",与一个完整的"心"组合,成为"息"。

原来是自愿。

【解析】谜底"息",来个"原"就能组合为"自愿"。

1566. 徒

走到街头。

【解析】"街头"扣"彳","走""彳"合并,得到"徒"。

两人走拢就拜师。

【解析】"两人"扣双人旁"彳",加"走"为"徒"。"拜师"提示字义。

1567. 徐

人人为我,我为人人。

【解析】"人人"扣双人旁"彳","我"会意扣"余",合为谜底"徐"。

244

谜面两句双扣谜底。

叙到一半二人来。

【解析】"叙"字的一半"余"与"二人"（亻）组合，得到"徐"。

1568. 舰

放眼唯有一孤舟。

【解析】"放眼"扣合"见"，加一"舟"字成为"舰"。

搬走东西见全貌。

【解析】"搬"字东边、西边部件都拿走，剩下中间"舟"，与一个完整的"见"（"见"全貌）组合，成为"舰"。

1569. 舱

搬出东西靠近仓。

【解析】"搬"字东、西两边部件拿出去，余下中间"舟"字，靠近"仓"，合为"舱"。

开盘后，先莫抢。

【解析】取开"盘"字后面的"皿"，剩余"舟"；"先莫抢"，"抢"字不要先前的"扌"，余"仓"。"舟""仓"合并成"舱"。

1570. 般

几曾又见有舟来。

【解析】"几"曾"又"见有"舟"来。"几""又""舟"三字组合，得到"般"。

船又要出口。

【解析】"船又"要出"口"。"船"字取出"口"，所余部件与"又"组合，成为"般"。

1571. 航

一舟几点能到。

【解析】"一""舟""几"、"、"（点）组合，得到"航"。

小船几次到北京。

【解析】"小船"扣出"舟"，"几"直接进入谜底，"北京"以方位法扣"亠"，相合即成"航"字。

1572. 途

除去一半，还留一半。

【解析】"除"字去除一半，留下"余"，"还"字保留一半"辶"，合而为"途"。

着我扁舟一叶。

【解析】"我"扣"余"，"扁舟"象形扣"辶"，相合成为"途"字。

1573. 拿

南北携手合作。

【解析】"手""合"两字一南一北，合为"拿"。

手挽伊人结同心。

【解析】"手""人"与"同"

245

字中心的"一""口"组合,得到"拿"。

1574. 爹

岁末之夜父归来。

【解析】"岁末"以方位法扣"夕","夜"会意也扣"夕","父"归来与之合为"爹"。

多见父亲。

【解析】"多"与"父"相见,合为一字"爹"。

1575. 爱

斜月伴三星,长桥会知音。

【解析】"斜月"象形为一撇,"三星"象形为三点,"长桥"象形为秃宝盖,"知音"会意为"友",组合成"爱"。

大部分接受。

【解析】"大"字的一部分"ナ",与"受"组合得到"爱"。

1576. 颂

下去写八页。

【解析】"下去"以方位法扣"厶",写出"八页",合而为"颂"。

公安先领走。

【解析】"先领走"扣"页",将"公"字安置上去,得到"颂"。

1577. 翁

爷爷持扇出户去。

【解析】"爷爷"扣"公","扇"字的"户"出去余下"羽",相合为"翁"。

空中云低对残月。

【解析】"空"中间为"八","云"低处是"厶";"残月"解为残损的"月"字而扣"习",故"对残月"(别解为一对残损的"月")扣"羽"。"八""厶""羽"组合成"翁"。

1578. 脆

这月有危险。

【解析】"月""危"两字合并,得到"脆"字。

安危抛脑后。

【解析】抛开"脑"字后面部分,剩余"月",安放一个"危"字,构成"脆"。

1579. 脂

用手指月。

【解析】谜底"脂"字,用"手"(扌)便能拼拆出"指月"二字。

分明才比到一半。

【解析】"明"字分开得"日""月",与"比"字的一半即"匕"组合,成为"脂"字。

1580. 胸

包着头,在背后,露出凶相。

【解析】"包"字头部为"勹","背"字后面是"月",加上"凶"字构成"胸"。

背后离间半句多。

【解析】"背"字之后是"月","离间"解为"离"字中间,得"凶",再加上"句"字的一半"勹",合为谜底"胸"。

1581. 胳

蟾宫有路足难到。

【解析】"蟾宫"指月亮,扣"月"。"路"字的"足"不到,为"各"。"月""各"合而为"胳"。

阁门推开迎月来。

【解析】"阁"字的"门"推开去掉,剩余"各",迎来"月"字合为"胳"。

1582. 脏

肚里见识广。

【解析】"肚"里有"广",组合成谜底"脏"。

人人离座朝前走。

【解析】"人人"离"座",得到"庄"。"朝"前走,留下"月"。合起来为"脏"。

1583. 胶

来西郊赏月。

【解析】"郊"字西边是"交",和"月"合并成"胶"。

一月建交。

【解析】"月""交"组合,得到"胶"字。

1584. 脑

半脱离。

【解析】"脱离"两字各取用一半,以"月"和"离"字上半部组合为"脑"。

离别之后一月回。

【解析】"离"字后面部件去掉,所余部分与"月"组合成"脑"。

1585. 狸

狗头往里钻。

【解析】"狗"字开头部件为"犭",与"里"合为"狸"。

里边先猜。

【解析】"猜"字之先为"犭","里"字旁边一个"犭",构成"狸"。

1586. 狼

有点狠。

【解析】"狠"字有"点"(、),构成谜底"狼"。

好你个猴头!你出来!

【解析】"你""你出来"自行抵消。余下"好个猴头"扣合谜底。

247

"好"会意成"良",与"猴"头之"犭"组合,得到"狼"。

1587. 逢

篷顶被刮走。

【解析】"篷"字顶部的"⺮"没有了,余下"逢"字。

右边锋守边出力。

【解析】"锋"字右边为"夆","边"字出"力"余下"辶",组合成"逢"字。

1588. 留

兔年四方连。

【解析】生肖"兔",对应扣合地支"卯"。"四方连",四个方格相连得"田"字。"卯""田"合为"留"。

画中柳树何处寻?

【解析】"画中"取"田","柳"字之"木"不见了余"卯",合而为"留"。

1589. 皱

下坡前,莫心急。

【解析】下掉"坡"字前面的"土",余下"皮",与"急"字不要"心"所余部件"刍"组合,成"皱"。

表面不心急,却又眉紧锁。

【解析】"表面"义扣"皮",与"急"字不要"心"剩余的"刍"合并,成为"皱"。"眉紧锁"提示"皱"的字义。

1590. 饿

我已进食仍未饱。

【解析】"我"加个食字旁"饣",得"饿"。"仍未饱"提示字义。

我要馒头充饥。

【解析】"馒"字之头为"饣"。"我""饣"组成"饿"字。"充饥"提示字义。

1591. 恋

心上亦生相思情。

【解析】"心"上一个"亦",构成"恋"。"生相思情"对应"恋"的字义。

人相爱,心亦随。

【解析】头句照应字义,后句组合出字形。"心""亦"相随,合而成"恋"。

1592. 桨

梳妆完后着晚装。

【解析】"梳妆"两字后面笔画去掉,剩余"木""丬","晚"会意为"夕",组合成"桨"。

半数获奖杯。

【解析】"奖""杯"两字取用

一半，以"奖"字上半部与"杯"字左半部"木"组合，构成"桨"。

1593. 浆

跳水得头奖。

【解析】"水"与"奖"字头部笔画组合，构成"浆"。

残妆夕照水流长。

【解析】"残妆"取"丬"，加上"夕""水"合为"浆"。

1594. 衷

一箭将衣射个洞。

【解析】"箭"象形为"一"，"洞"象形为"口"，连同"衣"字合为"衷"。

横倒之中衣不整。

【解析】"中"字横倒，放到拆散开的"衣"字里面（"衣"不整），构成"衷"。

1595. 高

蒿草尽处闻羔声。

【解析】"蒿"字的草字头"艹"去除，余下"高"。"闻羔声"提示字音。"高""羔"读音相同。

一点一横长，口字在中央，大口张着嘴，小口里面藏。

【解析】头句指"亠"，第三句指"冂"，加上另外两句的"口"，构成谜底"高"。

1596. 席

一一引进，推广改革。

【解析】谜底"席"字，引进"一一"，并将"广"字推开，变化出"革"。

一度又去帮后进。

【解析】"度"字后面的"又"去除，然后加进"帮后"之"巾"，得到"席"。

1597. 准

两点到集上。

【解析】"集"字上头为"隹"，左边加两点，成为"准"字。

唯有重点抓出口。

【解析】将"重"异读为重复的重，"重点"即别解为重复的点，扣"冫"。"唯"字出"口"余"隹"。"冫""隹"相合为"准"字。

1598. 座

从上至下，广为团结。

【解析】"从"字在上，与"至"字下面的"土"组合成"坐"，再和"广"结合为"座"。

二人进庄。

【解析】两个"人"进到"庄"里，构成"座"字。

1599. 脊

残秋孤月伴双星。

【解析】"残秋"可扣"火"（残缺之"秋"），下面加个"月"，再将"双星"象形为两点加到"火"上，得到"脊"。

一人骑在月上边，神态潇洒又自然，伸手摘下四颗星，分别放在左右肩。

【解析】"人"骑在"月"上，左右再各加两点（象形为星星），构成"脊"。

1600. 症

正在病中。

【解析】"正"与病字旁"疒"组合，成为"症"字。

正见孤鸟在翻飞。

【解析】"正""、"（孤鸟）与翻转之"飞"组合，得到"症"字。

1601. 病

甲乙健康丁无恙。

【解析】"甲乙丙丁"，从谜面推知只有丙有病。"丙"加病字旁"疒"得到"病"字。

背飞接球，单人拦网。

【解析】"飞"字背转身子，上头加一点"、"（接球），里面加进"单人拦网"所扣之"丙"（"冂"象形为网，加上"一""人"），组合成"病"字。

1602. 疾

一箭射得鸟翻飞。

【解析】"箭"会意扣"矢"，"鸟"象形扣"、"，"飞"字翻转后与之组合成"疾"。

有病找中医。

【解析】"中医"，"医"字中间是"矢"。病字旁"疒"加个"矢"成为"疾"字。

1603. 疼

入冬发病。

【解析】病字旁"疒"里加入"冬"，得到谜底"疼"。

羊城入冬凉初生。

【解析】羊城指广州,扣"广"。"凉初生"扣"冫"。"广"加入"冬"，外边再加"冫"，组合为"疼"。

1604. 疲

累得东坡生了病。

【解析】"东坡"以方位法扣"皮"，加上病字旁"疒"（生了病），构成"疲"字。"累"照应字义，言劳累疲惫。

皮肤病。

【解析】"皮"加个病字旁"疒"，

成为"疲"字。

1605. 效

作文交来笑出声。

【解析】"文""交"合为"效"。"笑出声"提示字音,"效"和"笑"读音相同。

文化交流。

【解析】"文"用作反文旁"攵",与"交"合并,得到"效"字。

1606. 离

拆掉竹篱别靠近。

【解析】"篱"字之"竹"拆掉,余下"离"。"别靠近"提示字义。

人在禽在。

【解析】谜底"离"字,加个"人"就变成"禽"字。

1607. 唐

挖走塘边土。

【解析】"塘"字前边的"土"被挖走了,余下"唐"字。

用米制糖。

【解析】谜底"唐"字,用"米"则能组合为"糖"。

1608. 资

失败后再来一次。

【解析】失去"败"字后面部件,余"贝",来个"次"与"贝"组合为"资"。

盗贼之首。

【解析】"盗""贼"两字开头部件"次""贝"组合,得到"资"。

1609. 凉

两点抵京。

【解析】"京"字加两点,成为"凉"。

惊心未定点点寒。

【解析】"惊"字的"心"(忄)没有,为"京"。加上"点点"构成"凉"。末字"寒"提示谜底的意思。

1610. 站

占着位不见人。

【解析】"位"不见"人",得到"立"。"占""立"合并成"站"字。

立即点头。

【解析】"点头"取"占"。"立""占"组合,得到"站"字。

1611. 剖

佩刀站在入口处。

【解析】"刀"用作立刀旁"刂","站"会意为"立",与"口"合而为"剖"。

后到西部。

【解析】"后到"扣"刂","西

部"扣"音",相合为"剖"。

1612. 竞

哥哥不肯坐，工作争着做。

【解析】"哥哥"为"兄"，"不肯坐"扣"立"，组合成"竞"。后句提示谜底字义。

伸手来拉兄。

【解析】谜底"竞"字，加上提手旁"扌"可拼凑出"拉""兄"。

1613. 部

换位作陪。

【解析】谜底"部"字左右换位，变作"陪"字。

先陪到东边，后陪到西边。

【解析】"先陪"扣"阝"，"后陪"扣"咅"。"阝"在东边，"咅"在西边，构成"部"字。

1614. 旁

方见六桥。

【解析】"方"与"六""冖"（象形为桥）组合，得到"旁"字。

落榜之前。

【解析】"榜"字前面的"木"落掉，剩余"旁"字。

1615. 旅

派去水厂人方回。

【解析】"派"字去除"水"（氵）"厂"后，加进"人"（变形为卧倒状"𠂉"）"方"构成"旅"。

人方派到东南。

【解析】"派"字东南部分与"人"（变形为"𠂉"）"方"组合，得到"旅"。

1616. 畜

没有蓄草。

【解析】"蓄"字的草字头"艹"去除，剩下"畜"。

黑土地。

【解析】"黑"会意扣"玄"（"玄"有一义指黑色），"土地"扣合"田"，合而为"畜"。

1617. 阅

进门不要说话。

【解析】"不要说话"，暗示去掉"说"的言字旁"讠"，得到"兑"，进入"门"里，构成"阅"。

问得眉锁须翘。

【解析】谜底"阅"字里有个"问"字，在"口"上面的"丷"象形扣"眉锁"，下面"儿"象形扣"须翘"。

1618. 羞

歪尾巴羊长得丑。

【解析】"羊"字一竖歪斜（歪尾巴）后，与"丑"组合成"羞"。

洋妞出来半遮面。

【解析】"洋妞"两字遮盖一半，现出"羊""丑"组合成"羞"。

1619. 瓶

两点开来运瓦。

【解析】"开"字加两点合为"并"，和"瓦"组合成"瓶"。

瓷片拼后能盛物。

【解析】"瓷片"，暗示取用"瓷"字的一个片段即一部分，选用"瓦"字，与"拼"后之"并"组合，得到"瓶"。

1620. 拳

上卷在手。

【解析】"卷"字上面部分是"龹"，加个"手"字合为"拳"。

手捧残卷听泉声。

【解析】"残卷"可取"龹"，与"手"组合为"拳"。"听泉声"提示谜底与"泉"读音相同。

1621. 粉

一分米。

【解析】"分""米"组合，得到谜底字"粉"。

当天来，当天去，一离开，盼后会。

【解析】"当天""当天去"自行抵消，头两句剩"来"。"来"的"一"离开，余下"米"，与"盼"后之"分"组合，得到"粉"。

1622. 料

左边是三尺，右边是十升。

【解析】三尺为一米，十升为一斗。"米""斗"组合成"料"。

一斗米。

【解析】"斗""米"合并，得到"料"字。

1623. 益

前头一点血。

【解析】"前头"取"丷""一"三笔，加上"丶"（一点）和"血"，构成"益"。

三点一线，一举而成。

【解析】"一举而成"扣"血"（"一"字举上去就成了"而"），与三点和一横（一线）组合为"益"。

1624. 兼

发言虚心不自满。

【解析】谜底"兼"加上言字旁"讠"（发言）构成"谦"，义扣"虚心不自满"。

尽释前嫌。

【解析】"嫌"字前面的"女"

释放出去，剩余"兼"字。

1625. 烤

来人报考选重点。

【解析】"重"字异读为重复的重。"重点"即指重复之点，扣"丶""丶""人""考"加上两点构成"烤"。

秋后统考。

【解析】"秋"之后为"火"字，与"考"合并成"烤"。

1626. 烘

共同开火。

【解析】"共"与"火"合并，得到"烘"字。

灾后排洪水。

【解析】"灾"后为"火"，排除"洪"字之"水"余"共"，相合为"烘"。

1627. 烦

减灾之前须先去。

【解析】"减灾之前"去除"灾"字前面的"宀"后剩下"火"，"须先去"余下"页"，二者组合成"烦"。

顾后就发火。

【解析】"顾后"得"页"，与"火"组合成"烦"。

1628. 烧

火起无水浇，燃了不得了。

【解析】"无水浇"扣"尧"。"火""尧"合为"烧"。谜面后句提示字义。

尧帝发怒。

【解析】"发怒"扣"火"。"尧""火"合并为"烧"。

1629. 烛

一来就灭虫。

【解析】谜底"烛"加上"一"字，能拼凑出"灭""虫"。

飞蛾扑火。

【解析】"飞蛾"为"虫"，与"火"组合成"烛"。

1630. 烟

大火烧到园墙外。

【解析】"园墙"指"园"字外围笔画"囗"，里面加个"大"，外边加个"火"，得到"烟"。

失火有因。

【解析】谜底"烟"字，失去"火"后，剩有"因"。

1631. 递

还不去剃头？

【解析】"还不去"扣合"辶"，"剃头"扣合"弟"，相合为"递"。

弟弟坐船。

【解析】"船"象形为"辶"，"弟"

进入"辶"中，构成"递"。

1632. 涛

寿诞备酒又杀鸡。

【解析】生肖"鸡"扣地支"酉"。"酒"字去除"酉"(杀鸡)，余"氵"。"寿""氵"合而为"涛"。

残春时节雨潇潇。

【解析】"残春"取"春"字前四笔（三横一撇）。"时节"，"时"字节省，取"寸"。"雨潇潇"扣"氵"。组合为"涛"。

1633. 浙

拆除一点，增加三点。

【解析】"拆"字去除一点（丶），余"折"，再增加三点构成"浙"。

海蜇头。

【解析】"海""蜇"两个字开头部分分别是"氵""折"，合而为"浙"。

1634. 涝

水上作业。

【解析】"水"扣"氵"，"作业"扣"劳"，相合为"涝"。

崂山归去到西湖。

【解析】"崂"字的"山"归去，剩余"劳"。"西湖"扣"氵"。合而成"涝"。

1635. 酒

留一半清醒。

【解析】"清醒"两字保留一半，以"氵"、"酉"组合成"酒"。

落汤鸡。

【解析】生肖"鸡"对应扣地支"酉"，加上"水"(氵)，组合为"酒"。

1636. 涉

步行到江边。

【解析】"江边"可扣"氵"，"步"与之组合为"涉"。

有三点进步。

【解析】"三点"扣"氵"，加进"步"字构成"涉"。

1637. 消

洗头去头屑。

【解析】"洗头"扣合"氵"，"去头屑"扣合"肖"（去掉"屑"字头部），组合为"消"。

老赵出走三点回。

【解析】"老赵"，指旧写的"赵"字，即繁体"趙"。"趙"（老赵）的"走"出去了，余下"肖"，加上三点成为"消"。

1638. 浩

先先后后来湖畔。

255

【解析】"先先"扣"丿","后后"扣"口","湖畔"扣"氵",相合为"浩"。

窖下进水。

【解析】"窖下"取"告",进"水"（氵）成"浩"。

1639. 海

游子方离母牵挂。

【解析】"游"字的"子""方"离去，剩余部分牵挂个"母"字，成为"海"。

随母上午到江西。

【解析】"上午"扣"𠂉","江西"扣"氵",与"母"组合为"海"。

1640. 涂

除去一半添一半。

【解析】"除"字去除一半，保留"余"。"添"字一半，取用"氵"。合起来为"涂"。

我住江之头。

【解析】"我"扣"余","江"之头为"氵",组合为"涂"。

1641. 浴

河西住着八口人。

【解析】"河西"扣"氵",与"八""口""人"组合成"浴"。

排除积水露稻谷。

【解析】"浴"字去掉"氵"（排除积水）则显露出"谷"。

1642. 浮

水乳交融，一笔勾销。

【解析】"水"扣"氵",与"乳"合在一起，并将"乚"去掉（一笔勾销），得到"浮"。

斜月三星照，西江夜半时。

【解析】"斜月"象形为一撇，"三星"象形为三点，"西江"以方位法扣"氵","夜半时"扣"子"（子时），以上各部分组合成"浮"。

1643. 流

疏漏一半。

【解析】"疏漏"两字的一半即选取"疏"字右半边（㐬）与"漏"字左半边（氵）组合，得到"流"。

水一直充足。

【解析】"水"扣"氵","一直"别解为笔画"丨",连同"充"字合为"流"。

1644. 润

闯王飞马去河东。

【解析】"闯王"飞"马",剩余"门王"。"去河东"解为去掉"河"字东边的"可",剩余"氵"。以上三部件组合成"润"。

君家门前水。

【解析】"君"扣"王"(君王),与"门""水"(氵)组合成"润"。组合时,"水"在"门"前面。

1645. 浪

娘到江西女离去。

【解析】"娘"字"女"离去,剩余"良"。"江"西为"氵"。二者组合成"浪"。

狼狗没到河边。

【解析】"狼"字的反犬旁"犭"没有,余"良";"河边"扣"氵",相合成"浪"。

1646. 浸

翻山涉水又过桥。

【解析】"山"字翻转成"彐",与"氵"(水)、"又"、"冖"(桥)组合成"浸"。

汉中残雪掩长桥。

【解析】"残雪"扣"彐","长桥"扣"冖",与"汉"组合成"浸"。汉中市,位于陕西省西南部。

1647. 涨

长把弓拉射潮头。

【解析】"长""弓"与"潮头"之"氵"合并,得到"涨"字。

张恨水没有遗恨。

【解析】"没有遗恨"将前面的"恨"字消除掉,余下"张水"扣合谜底。"张"与"水"(氵)合而为"涨"。

1648. 烫

用火烧汤。

【解析】"火""汤"组合,构成"烫"字。

汤在灶前。

【解析】"灶"之前为"火"字。"汤""火"合而为"烫"。

1649. 涌

三点到宁波。

【解析】"宁波"的别称是"甬",加三点成为"涌"字。

半桶水。

【解析】"半桶"取"甬",与"水"(氵)合为"涌"。

1650. 悟

欲语无言悔当初。

【解析】"语"没有言字旁"讠",成为"吾","悔当初"扣"忄",相合为"悟"。

明白我的心。

【解析】"明白"对应"悟"的字义。"我的心"即"吾心",组合为"悟"。

1651. 悄

朝前走，要小心。

【解析】"朝前走"扣"月"，与"小""心"（忄）组合成"悄"。

快先吹口哨。

【解析】"快先"扣"忄"，吹掉了"口"的"哨"余"肖"，合并成"悄"。

1652. 悔

每因偏心总有愧。

【解析】"心"用作偏旁"忄"，与"每"字合并成"悔"。"总有愧"提示字义。

年前伴母来中州。

【解析】"年前"取"𠂉"，"中州"取"州"字中间部分"丨"，伴"母"便构成"悔"。

1653. 悦

要说情，请出去。

【解析】"说情"两字中，把"请"字的部件"讠"和"青"拿出去，还剩"兑"和"忄"，合之成"悦"。

见了八兄心欢喜。

【解析】"八""兄""心"（忄），组合成"悦"。"欢喜"提示"悦"的字义。

1654. 害

有目看不见，持刀能切开。

【解析】谜底"害"字，加"目"为"瞎"，加"刂"（立刀旁）成"割"。"看不见"、"能切开"提示了"瞎"、"割"的意思。

操刀必割。

【解析】"害"字加"刀"（刂）必成"割"。

1655. 宽

离开家后节前见。

【解析】"家"字后面部分"豕"离开，剩余"宀"。"节前"扣"艹"，"宀""艹""见"组合，得到"宽"。

宅前见草生。

【解析】"宅前"扣"宀"，与"见"和草字头"艹"组合，成为"宽"。

1656. 家

豪夺一方。

【解析】"方"扣"口"。"豪"字的"一"和"方"格（口）被夺去后，余下"家"字。

女儿出嫁。

【解析】"嫁"字的"女"出去，剩"家"。

1657. 宵

塞上月当头。

【解析】"塞上"得"宀","当头"扣"⺌",连同"月"字构成"宵"。

星月小桥听箫声。

【解析】"星"象形扣"丶","桥"象形扣"一",加上"月""小"组合为"宵"。"听箫声"指谜底"宵"字与"箫"读音相同。

1658. 宴

安阳做东款宾朋。

【解析】"阳"(太阳)扣"日",与"安"可组装成"宴"。"做东款宾朋"暗示宴请,照应字义,并排除猜"晏"。

安心度日。

【解析】"安"字中心加个"日",成为"宴"字。

1659. 宾

孔中有孔。

【解析】前一个"孔"会意扣"穴"(孔穴),后面一个"孔"解为姓氏对应"丘"(孔丘)。谜底"宾"字就是空"穴"中有孔"丘"。

军帽。

【解析】"军"会意扣"兵","帽"象形为"宀",组合出"宾"字。

1660. 窄

与人合作铲穷根。

【解析】"与人合作"扣"乍"(与"人"合而为"作");"铲穷根",去除"穷"字根部之"力"剩余"穴"。"乍""穴"组合为"窄"。

昨夜藏在地洞里。

【解析】"夜"则无太阳。"昨夜",暗示去掉"昨"字之"日",剩"乍"。"地洞"扣"穴",与"乍"组合成"窄"。

1661. 容

家中卖猪有余粮。

【解析】"家"字里面的"豕"(猪)没有了,余下"宀",加个"谷"(粮食),成为"容"。

窝头、火腿、点心。

【解析】运用方位法,"窝头"取"穴","火腿"扣"人","点心"得"口",组合为"容"。

1662. 宰

历经劳苦得先富。

【解析】"历经劳苦"扣合"辛","得先富"扣"宀",二者组合成"宰"。

阿牛出牢道苦情。

【解析】"牢"字的"牛"出去,剩余"宀"。"苦"扣"辛",与"宀"组合成"宰"。

1663. 案

马上要见宋妈。

【解析】谜底"案"字加上"马",能拼凑出"宋""妈"二字。

桉树移栽。

【解析】"桉"字的"木"(树)移动位置,可得"案"字。

1664. 请

先说后猜。

【解析】"说"之先为"讠","猜"之后为"青",相合成"请"。

没有心情发言。

【解析】"没有心情"扣"青"("情"字无"心"),再加上言字旁"讠"(发言),成为"请"。

1665. 朗

后期改良。

【解析】"期"之后为"月"。"良"字笔画略作改动后与"月"合而为"朗"。

依在郎前共赏月。

【解析】"郎"字的前面部分,与"月"共同组成"朗"。

1666. 诸

记者没有见到我。

【解析】"记者"没有见到"我"。"记者"两字中没有"己"(我),余下"讠""者",组合为"诸"。

有人来存款。

【解析】"诸"字前面来个"人"(亻),成为储蓄的"储",意扣"存款"。

1667. 读

销售应以诚为先。

【解析】"销售"义扣"卖","诚"字之先为"讠",相合为"读"。

独闻小贩吆喝声。

【解析】"小贩吆喝声"会意为"言卖",合成一字便是"读"。"独闻"提示字音,"读""独"字音相同,听起来是一样的。

1668. 扇

在家复习。

【解析】"家"扣"户","复习"解为重复的"习"扣"羽",组合成"扇"。

一户没有墙,好汉里面藏,人说是关公,吾云是霸王。

【解析】关公指关羽,霸王指西楚霸王项羽,两人名字中均带"羽"字。"户"和"羽"组合为"扇"。

1669. 袜

最后有衣穿。

【解析】"最后"会意扣"末",加个衣字旁"衤"得到"袜"字。

制衣成本有提高。

【解析】"本"字底下一横往上提高,可得"末",与衣字旁"衤"组合为"袜"。

1670. 袖

庙顶揭去半被毁。

【解析】"庙"顶揭去,剩下"由"。"被"字毁掉一半,保留"衤",和"由"合并成"袖"。

抽走一半补一半。

【解析】"抽"字走掉(去除)一半,保留"由"。"补"一半,取用前半部"衤"。二者合并成"袖"。

1671. 袍

服装袋。

【解析】服装袋,用于包装衣服,"包""衣"组合成"袍"。

破袄半遮食无饱。

【解析】"袄"字半遮,现出"衤"。"食无饱"扣"包"("饱"无食字旁"饣")。"衤""包"相合,得到"袍"字。

1672. 被

拿来皮衣当铺盖。

【解析】"皮"和衣字旁"衤"组合,成为"被"。"当铺盖"对应字义,指这种物品。

看去是件皮衣,实际不能穿起,等你睡觉之时,遮住你的身体。

【解析】"被"字的构成是"皮""衣"(衤)。后面内容描述此物用途。

1673. 祥

显示羊年瑞气多。

【解析】"示"用作示字旁"礻",与"羊"组合成"祥"。"瑞气多"提示字义。

示意伴装不见人。

【解析】"伴"字不见"人",余"羊",与示字旁"礻"合并,得到"祥"。

1674. 课

果然无人信。

【解析】"无人信"扣"言"("信"字无"人"),与"果"组合为"课"。

谈结局。

【解析】谈结局即言谈结果,"言""果"合并成"课"。

1675. 谁

请先搬走土堆。

【解析】"请先"扣"讠","搬走土堆"余"隹",合而为"谁"。

说两点准到。

【解析】"说"扣"言",以言字旁"讠"表示;"两点准到"扣"隹"(加两点成"准"),"讠""隹"

261

组合成"谁"。

1676. 调

共同设计。

【解析】"同"和"计"组合,得到"调"字。

发言要全面。

【解析】"发言"扣"讠","全面"扣"周"(周全),相合为"调"字。

1677. 冤

桥下一只兔。

【解析】"桥"象形作"冖",下面一个"兔"字,构成"冤"。

晚桥落日一星浮。

【解析】"晚"字落去"日",剩下"免",加上一点(一星浮)成为"兔",与"桥"所扣之"冖"合而为"冤"。

1678. 谅

惊心未定认归人。

【解析】"惊"字之"心"未定,为"京","认"字之"人"归去余"讠",组合成"谅"。

话说首都。

【解析】"话说"扣"言"(讠),"首都"扣"京",合并成"谅"。

1679. 谈

火热的话语。

【解析】"火热"会意扣"炎"(炎热),"话语"扣"言",组合成"谈"。

灾后重建评先进。

【解析】"灾"后为"火",重叠成"炎",与"评"字前面的"讠"组合成"谈"。

1680. 谊

且说宝玉已出家。

【解析】"且"字直接用,"说"扣"言",以言字旁"讠"代替。"宝"字之"玉"出去余"宀"。以上各部件组合为"谊"。

半组字谜。

【解析】"组字谜"三字各取一半,以"且""宀""讠"组合成"谊"。

1681. 剥

录用刚一半。

【解析】"录"与"刚"字右半边"刂"组合,成为"剥"。

山水变样别后逢。

【解析】"山"字横倒,"山水"变样后与"别"后之"刂"组合,成为"剥"。

1682. 恳

改变恨心,收获真情。

【解析】"恨"字的竖心旁"忄"

改为"心",得到"恳"。"收获真情"提示字义。

没有一点良心。

【解析】"良心"去除一点(、),剩余"艮心",组合成"恳"。

1683. 展

碾掉石头。

【解析】"碾"字的"石"掉了,剩余"展"字。

翻开尸身衣不全。

【解析】"开"字上下翻转,与"尸"和"衣"字后面三笔组合成"展"。

1684. 剧

一直小心居住着。

【解析】"一直"扣"丨","小心"扣"丨",与"居"组合为"剧"。

古刹现尸藏杀机。

【解析】"藏杀机"暗示去除"刹"字的"杀",余下"刂"。与"古""尸"组合为"剧"。

1685. 屑

层云散尽月当头。

【解析】"层"字之"云"散尽,余"尸";"当"字之头为"⺌"。二者与"月"组合为"屑"。

屋前吹口哨。

【解析】"屋"字前部是"尸"字,"吹口哨"扣"肖"("哨"字之"口"吹掉),合而为"屑"。

1686. 弱

左点点,右点点,只带双弓不带箭。

【解析】左边两个点,右边两个点,加上两个"弓",构成"弱"。

双星残月两相依。

【解析】"双星"象形扣两点,"残月"扣"弓"(残月弯曲之状如弓,"月"字残损亦可得"弓"字),两相依则成"弱"。

1687. 陵

运出棱木援陕西。

【解析】"棱"之"木"运出余"夌","陕西"扣"阝",相合为"陵"。

八队缺少人,庄里务要尽力帮。

【解析】"队"字缺少"人"余"阝","庄"里是"土","务"字尽"力"剩余"夂",连同首字"八",合为谜底"陵"。

1688. 陶

包头罐头运东部。

【解析】运用方位法,"包头"扣"勹","罐头"扣"缶","东部"扣"阝",再组合成"陶"。

上阵之前先淘汰。

【解析】上"阵"之前,得"阝"。"淘"前面的"氵"去掉余"匋"。二者合并成"陶"。

1689. 陷

当空焰火映东都。

【解析】"焰"字之"火"空去,余下"臽",与东"都"之"阝"组合,得到"陷"。

阎家院前门尽掩。

【解析】"阎"字的"门"掩去,剩余"臽",与"院"字前面的"阝"合并,构成谜底"陷"。

1690. 陪

东部前来支援西部。

【解析】"东部"扣"阝","西部"扣"咅",二者合并("东部"在前),得到"陪"。

13立方。

【解析】"阝"形似阿拉伯数字"13","阝"与"立""口"(扣"方")组合,成为"陪"。

1691. 娱

吴女联欢,歌舞吹弹。

【解析】"吴""女"组合成"娱"。后面文字提示"娱"的字义。

如有变化,再等一天。

【解析】"如"字左右两部分位置略作变化,再加个"天"字成为"娱"。

1692. 娘

良好开端。

【解析】"良"与"好"字开端"女"组合,成为"娘"。

要把西藏建设好。

【解析】"藏"字异读为隐藏的藏。"要"字之"西"藏起来,余下一"女",再与"良"(义扣"好")组合,成为"娘"。

1693. 通

半道回宁波。

【解析】"半道"取"辶",与宁波的别称"甬"组合,构成"通"字。

先买一点来用之。

【解析】"先买"得"乛",与、(一点)"用"和走之"辶"组合,成"通"。

1694. 能

云南昆明二日游。

【解析】"云南"扣"厶"。"昆明"两字的两个"日"去除(二日游),余"比""月",与"厶"组合成"能"。

残云遮月比高低。

【解析】"残云"扣"厶",遮住"月"字,还有"比"字的两个

"匕"一高一低放置，成为"能"。

1695. 难

有病不能行。

【解析】谜底"难"字，如加上病字旁"疒"则成为"瘫"。"不能行"照应字义。

又到集上听南音。

【解析】"又"与"集"字上部"隹"组合，得到"难"字。"听南音"提示字音，指"难"字有一读音与"南"相同。

1696. 预

我须先走。

【解析】"我"扣"予"，"须"字先前部分"彡"走掉余"页"，相合成"预"。

序的一半占一页。

【解析】"序"的一半，取用"予"，和"页"合为"预"字。

1697. 桑

又见树间一枝残。

【解析】"又"字照用，"树间"也扣"又"（"树"字中间），"枝残"取用"枝"字的一部分"木""又"，以上各部分组合成"桑"。

村头又演《天仙配》。

【解析】"村"头为"木"，"天仙配"会意成"双"，连同第三字"又"，合而为"桑"。

1698. 绢

前线格外盼月圆。

【解析】"前线"以方位法扣"纟"，"格"象形扣"口"，与"月"组合成"绢"。

台上看不见，背后在牵线。

【解析】"台"上看不见，得到下面"口"，"背"后是"月"，"牵线"得"纟"（绞丝旁），三者组合为"绢"。

1699. 绣

乡下变样景色秀。

【解析】"乡"下变样可得"纟"，与"秀"合而为"绣"。

千丝乃靠人织成。

【解析】"千""纟"（绞丝旁）"乃""人"，合为"绣"。"织成"提示字义。

1700. 验

一路人马应先行。

【解析】"应先行"，解为"应"字前面的"广"行去，余下四笔与"一""人""马"组合为"验"。

马脸半遮。

【解析】"脸"字半遮可得"佥"。"马""佥"合而为"验"。

1701. 继

断离之后丝尚牵。

【解析】"断"字后面的"斤"离开后,所余部分加上绞丝旁"纟",得到"继"。

断一半,续一半,接起来,不再断。

【解析】"断"字左边一半与"续"字左边一半合并,成为"继"。后两句提示字义(继续)。

十一画

1702. 球

求得理解后。

【解析】"理"字解开后面的"里",剩余"王"。"求"字得到"王",合为"球"。

一到场前就请求。

【解析】"场"前为"土",与"一"组合为"王",请来"求"字合而成"球"。

1703. 理

一江清水鲤鱼游。

【解析】"一江"清除"水"(氵),余下"一工",合为"王"。"鲤"字之"鱼"游去剩下"里"。二者相合为"理"。

君自故乡来。

【解析】"君"扣"丿",解作君王。"故乡"意扣"里"。"王""里"合并而得"理"。

1704. 捧

一贯扶植用心多。

【解析】"一"字贯入,与"扶"和"用"字中心的三笔组合,成为"捧"。

抢先作奉献。

【解析】"抢先"扣"扌",与"奉"合并成"捧"。

1705. 堵

首都迎国庆。

【解析】"首都"解为"都"字开头部件,为"者",与"十一"(国庆)组合成"堵"。

城头见记者。

【解析】"城"字开头是"土",记上"者"字合为"堵"。

1706. 描

花掉一半留一半。

【解析】"花掉"一半"留"一半。选取"花掉"二字的一半"艹"和"留"字的一半"田",合为谜底"描"。

先后抛锚。

【解析】以"抛"之先"扌"、"锚"之后"苗"组合出"描"。

1707. 域

分清是非解惑心。

【解析】"域"字左面"土"分开为"十""一",视作表示"是""非"的符号"＋""－"。右边"或"对应"解惑心",即解开"惑"字之"心"。

一戈把住城边口。

【解析】"城"边取"土",与"一""戈""口"三字组合,得到"域"。

1708. 掩

首批电大生。

【解析】"首批"扣"扌",再产生（出现）"电""大"二字,构成"掩"。

一人带手电。

【解析】"一""人""扌"（手）"电",合为"掩"。

1709. 捷

目不交睫手不闲。

【解析】"目"不交"睫",为"疌",再用上"手"（扌）成为"捷"。

手掩睫前快意生。

【解析】"手"即扌,掩盖"睫"前之"目"余"疌",合之成"捷"。"快意生"提示字义（快捷）。

1710. 排

挫折之后莫心悲。

【解析】"挫"字后面的"坐"折损了,余"扌","莫心悲"扣"非",合并成"排"。

抬头望先辈。

【解析】"抬"头是"扌",先"辈"为"非",相合而成"排"。

1711. 掉

拱手迎文君。

【解析】"文君",借指汉代才女"卓"文君。"手"（扌）"卓"合并成"掉"。

早上一别到浙中。

【解析】"早"直接用,"浙"中为"扌"。"上"字之"一"别离后,与"早"和"扌"组合成"掉"。

1712. 堆

半截入土。

【解析】半"截",取"隹",与"土"组合为"堆"。

难免又要惹是非。

【解析】"难"免去"又"余下"隹"。"是""非"扣"十""一"（视为数字运算符号"＋""－"）,合为"土"。"隹""土"相合,得到"堆"。

1713. 推

摊开中间。

【解析】"摊"字取开中间的"又",剩下"推"字。

谁没发言请举手。

【解析】"谁"字去掉"言"(讠),余"隹",再加个提手旁成为"推"字。

1714. 掀

立下誓言人争先。

【解析】"誓"字之"言"下掉,余"折"。"人"与"争"先之"⺈"合为"欠"。"折""欠"合并成"掀"。

欣然提前到。

【解析】"提前"扣"扌",与"欣"组合成"掀"。

1715. 授

抢先接受。

【解析】"抢"之先,为"扌"。"扌""受"合并,成为"授"字。

受邀提前来。

【解析】"受"与"提"字前面的"扌"组合,得到"授"字。

1716. 教

老头子习文。

【解析】"老"头取"耂",加上"子"和"文"(攵)构成"教"字。

敬父母篇。

【解析】将谜底"教"字,拆解为"孝文"与谜面会意扣合。

1717. 掏

手提罐头到包头。

【解析】"罐"头为"缶","包"头取"勹",与提手旁"扌"组合,得到"掏"字。

先挖后淘。

【解析】先"挖"为"扌",后"淘"为"匋",组合成"掏"。

1718. 掠

提前到京。

【解析】"提"字之前,为"扌"。"扌""京"相合,构成"掠"字。

惊扰交集都无忧。

【解析】"惊""扰"二字合在一起,无"忧",即去除"忧"的部件"忄"和"尤",以剩余之"京""扌"合为"掠"字。

1719. 培

站在边境最前哨。

【解析】"站"扣"立",边"境"取"土",最前"哨"为"口",组合成"培"。

运土一立方。

【解析】"土""立""口"(方)

组合，得到"培"字。

1720. 接

拉她也不来。

【解析】"她"字的"也"不来，为"女"。"拉""女"组合成"接"。

女高音提前到。

【解析】"高音"解为"音"字高处部件即"立"，与"女"合为"妾"。"提"前之"扌"到来，和"妾"合并成"接"。

1721. 控

扛到窗前。

【解析】"扛"与"窗"前之"穴"组合，得到"控"。

有空提前来。

【解析】有个"空"字，"提"前之"扌"到来，组合成"控"。

1722. 探

前后挖深。

【解析】"挖"之前为"扌"，"深"之后是"冞"，合而为"探"。

随手写上八十八。

【解析】"手"用作偏旁"扌"，"写"上为"宀"，再加"八""十""八"构成"探"。

1723. 据

锯去前头，拆掉后头。

【解析】"锯"去掉前头，留下"居"，"拆"失掉后头则留"扌"，相合成"据"。

古迹保护差一点。

【解析】"护"字差一点（丶），和"古"组合为"据"。

1724. 崛

屋前抬头山连山。

【解析】"屋"前为"尸"，"抬"头是"扌"，"山"连"山"成"出"，相合为"崛"。

拙作结尾十分差。

【解析】人民币"十分"为一"毛"。"尾"字差"毛"为"尸"，与"拙"字组合成"崛"。

1725. 职

一只耳朵。

【解析】"只"和"耳"合并，得到谜底"职"。

耳听八方。

【解析】"方"扣"口"。"耳""八""口"合为一个"职"字。

1726. 基

二度城头共相聚。

【解析】"二""土"（"城"头）"共"组合起来，成为"基"。

洪水退尽，一一培土。

269

【解析】"洪"水退尽,余下"共",加上"一一"和"土",得到"基"。

1727. 著

节前到首都。

【解析】"节前"扣"艹","首都"扣"者",合起来就是"著"。

苏北来者欲写书。

【解析】"苏"字北部是"艹",来个"者"字合为"著"。"欲写书"提示字义。

1728. 勒

革新有力。

【解析】"革"字有"力",合为"勒"。

勤出工。

【解析】"勤"字里取出"工",剩余"勒"字。

1729. 黄

共同改革旧体制。

【解析】"旧"字笔画移动可改为"由","共"字上下分开后加进"由"字便成"黄"。

一字共分上下,中间倒数第一,既可当染料,也可当姓氏。

【解析】"共"字上下分开(上四笔,下两笔),中间加进"由"(颠倒成"甲",为第一)构成"黄"。

后两句提示了"黄"的不同字义。

1730. 萌

一朝改革现生机。

【解析】"朝"字笔画移动,可变成"萌"字。"现生机"呼应字义。

节前先晴后阴。

【解析】"节"前为"艹",先"晴"为"日",后"阴"为"月",三个部分组成"萌"。

1731. 萝

节后去张罗。

【解析】"节"字后面去掉,余"艹",加上"罗"字合为"萝"。

二十四多一半。

【解析】"二十"扣"艹",与"四"和"多"字的一半"夕"组合,得到"萝"。

1732. 菌

园外残花送余香。

【解析】"园外"为"囗","残花"可取"艹","余香"可取"禾",三者构成"菌"字。

田里种庄稼,田外长青草。

【解析】"田"字里面改为"禾"苗,外边再加草字头"艹",得到"菌"。

1733. 菜

上苑枝头留爪痕。

【解析】"上苑"扣"艹","枝头"扣"木","爪痕"象形扣"爫",合为"菜"。

草木深邃留鸟迹。

【解析】鸟之足迹,形似"爫",与"艹""木"组合成"菜"。

1734. 萄

包头罐头运苏北。

【解析】先以方位法猜解。"包"头之"勹","罐"头之"缶","苏"北之"艹",组合为"萄"。

午后空山菊半残。

【解析】"空山"指"山"字中间的一竖没有了,为"凵","午"后一个"凵"成"缶"。"菊"半残,去除"米",剩余部分加上"缶",合为"萄"。

1735. 菊

花前放着半包米。

【解析】"花"前为"艹",半"包"取"勹",加"米"组合成"菊"。

掬一半花上露。

【解析】"掬"一半取"匊","花"上之"艹"显露,合为"菊"。

1736. 萍

二十上下有水平。

【解析】"二十"扣"艹",与"水"(氵)"平"上下组合,成为"萍"。

水波平流,荷尖初露。

【解析】"水波"扣"氵","平"字照用,"荷"尖初露得到"艹",三部分合而为"萍"。

1737. 菠

波浪上面一棵草。

【解析】"波"字上面加个"艹"(草字头),构成"菠"。

东坡沾露蕙初萌。

【解析】东"坡"为"皮","露"即露水扣"氵","蕙"初萌得"艹",组合成"菠"。

1738. 营

劳力不足,双方支援。

【解析】"劳"力不足,余"艹""冖",加上两个"口"(双"方"),组合成"营"。

双方约会草桥下。

【解析】"草"以草字头"艹"代替,"桥"扣"冖",与两个"口"字(双"方")合而成"营"。

1739. 械

十会八戒。

【解析】"十"会"八戒",三字组合,得到"械"。

一直从戎十八载。

【解析】"一直"扣"丨",加入"戎"中,再将"十八"合为"木"记载上,构成"械"字。

1740. 梦

连夜造林。

【解析】"夜"扣"夕",造"林"而成"梦"。

左边有十八,右边有十八,下面多一半,你说是个啥?

【解析】"十""八"合一"木","多"字一半为"夕"。左右各一"木",下面加个"夕",成为"梦"。

1741. 梢

腊梅半放正当头。

【解析】"腊梅"半放,取"月""木",加上"当"头之"⺌",构成"梢"。

明月当头照断桥。

【解析】"当头"扣"⺌","断桥"取"木",和"月"组合为"梢"。

1742. 梅

林海后面聚会。

【解析】"林海"二字后面是"木""每",聚会成"梅"。

海边无水,种树一棵,开花没叶,会结酸果。

【解析】"海"边无"水"余"每",据第二句加个"木"得到"梅"。后两句提示字义,指此植物。

1743. 检

半数持枪半带剑。

【解析】"枪"字一半取用"木","剑"字一半取用"佥",组合出"检"。

李子滚落手去捡。

【解析】"李"之"子"滚落余"木","手去捡"扣"佥",合而为"检"。

1744. 梳

砍伐森林水流失。

【解析】"森"字之"林"去除,剩余"木"。"流"字之"水"(氵)失去后,所余右边部件与"木"合为"梳"。

疏林半隐听书声。

【解析】"疏林"两字隐去一半后,以剩余的另一半"㐬""木"组合为"梳"。"听书声"提示"梳"字读音。

1745. 梯

弟在桥头。

【解析】"弟"和"桥"头之"木"组合,成为"梯"。

剃头到村前。

1746. 桶

有人发现了木俑。

【解析】谜底"桶"字，如果有"人"（亻）便能拆拼出"木俑"。

植树到宁波。

【解析】"宁波"别称为"甬"，据"植树"加个"木"字，得到"桶"。

1747. 救

征稿。

【解析】谜面"征稿"会意为"求文"，合并即成"救"字。

请不要动武。

【解析】不动武即请求来文的，"求""文"（作反文旁"攵"）相合，得到"救"字。

1748. 副

山水之间一方田。

【解析】"山水"之间，为"丨""丨"，合为立刀旁"刂"，与"一""口"（扣"方"）"田"组合，成为"副"。

四方同心先舍利。

【解析】"四方"解为四个方格而扣"田"，"同"心为"一口"，先舍"利"余"刂"，组合成"副"。

【解析】"剃头"扣"弟"，"村前"扣"木"，合而成"梯"。

1749. 飘

起风即飘。

【解析】谜底"票"字加上"风"，就成为"飘"。

一对儿女空洒泪。

【解析】"一对儿女"会意为"二小"，"空洒泪"余"西"（"洒"字去掉三点水），相合为"票"。

1750. 戚

成心换上小字。

【解析】"成"字中心的"丁"换为"上"和"小"字，得到"戚"。

五上南京。

【解析】"戊"为序数第五，"南京"为"小"，与"上"合成"戚"。

1751. 爽

四方齐心安天下。

【解析】"齐"字中心为"乂"。四个"乂"，与"天"下之"大"组合，构成"爽"。

一个人，错误多，浑身差错没法说，你说叫他马上改，他说这倒挺快活。

【解析】"爽"字由"一""人"和四个"乂"组成。把"乂"视作表示差错的符号。"挺快活"对应字义。

273

1752. 聋

争取前头,拉拢后头。

【解析】"取"字前头为"耳","拢"字后头是"龙",组合成"聋"。

离职之后去陇西。

【解析】离"职"之后余"耳",去掉"陇"西剩"龙",组合为"聋"。

1753. 袭

皇袍。

【解析】谜面"皇袍"会意为"龙衣"(封建时代用龙作为帝王的象征),组合成"袭"字。

垄断后,人不依。

【解析】"垄"断后,剩余"龙";"人不依",即"依"字不要"人",为"衣"。"龙""衣"组合成"袭"。

1754. 盛

成套底盘。

【解析】"底盘"扣"皿",与"成"组合为"盛"。

血字少撇即成。

【解析】"血"字少撇为"皿",加上"成"字合为"盛"。

1755. 雪

妇女节有雨。

【解析】"妇"字之"女"节省掉,余"ヨ",加上"雨"字构成"雪"。

横山雨茫茫。

【解析】"山"字横倒成"ヨ",加"雨"得到"雪"字。

1756. 辅

搭乘的士到浦东。

【解析】"的士"为"车","浦"字之东为"甫",合而成"辅"。

刚满七十。

【解析】"刚"扣"甫","七十"组合为"车",二者合并成"辅"。

1757. 辆

轿前两相遇。

【解析】"轿"前为"车",与"两"相遇组合成"辆"。

内中一人已古稀。

【解析】"内"字加"一人",构成"两"。"古稀"扣"七十",组合为"车"。"两""车"合并成"辆"。

1758. 虚

就业之后心无虑。

【解析】"心无虑"扣"虍",加个"业"字即成"虚"。

处心积虑为就业。

【解析】处"心"积"虑",扣"虍",加上"业"字构成"虚"。

1759. 雀

小崔下山。

【解析】"崔"字下掉"山"，剩余"隹"，与"小"组合为"雀"。

再上南京寻主人。

【解析】"再"上为"一"，南"京"为"小"，与"主""人"（亻）组合成"雀"。

1760. 堂

瞠乎其后。

【解析】"瞠"字后面，是个"堂"。

城西小桥方建成。

【解析】"城"西为"土"，"桥"扣"⺀"，"方"扣"口"，与"小"组合为"堂"。

1761. 常

堂前帘半卷。

【解析】"堂"前取"尚"，"帘"字卷去一半余"巾"，合而为"常"。

和尚身上一条巾。

【解析】"尚"字加个"巾"，构成谜底"常"。

1762. 匙

是有半个比。

【解析】半个"比"为"匕"。"是"加"匕"成为"匙"。

倾心结下意中人。

【解析】"倾"心为"匕"，"意"中为"日"，连同谜面"下""人"组合成"匙"。

1763. 晨

震后一日来。

【解析】"震"后为"辰"，与一"日"组合为"晨"。

半个时辰，猜辱不行。

【解析】"时"字的一半"日"与"辰"组合，得到"晨"字。如以"时"字的另外一半"寸"与"辰"组合，则构成"辱"，谜面对此已作限制，以保证谜底的唯一性。

1764. 睁

争取看一半。

【解析】"争"与"看"字之半"目"组合，得到"睁"。

一日相争。

【解析】"一""日"与"争"组合，构成"睁"字。

1765. 眯

看上去只有一米。

【解析】"看上去"扣"目"（"目"作动词，意思为看，故与"看上去"能会意相扣；也可拆字理解，"看"字上面部分去掉余"目"）。"目"加一"米"组合成"眯"。

省下半粒。

275

【解析】"省"下取"目",半"粒"用"米",相合为"眯"。

1766. 眼

泪水流尽恨无边。

【解析】"泪"水流尽余"目","恨"无边取用"艮",相合为"眼"。

省下一半银。

【解析】"省"下得"目",一半"银"取其"艮",组合成"眼"。

1767. 悬

且到云南把心安。

【解析】"云"南为"厶"。"且""厶"组成"县",再把"心"安放上去,得到"悬"。

残云浮月水溅舟。

【解析】残"云",取用"一厶",上面加"月"成为"县","水溅舟"象形扣"心",二者合为"悬"。

1768. 野

我的家乡。

【解析】"我的家乡"会意为"予里"(里:家乡),组合成"野"。

预先买田土。

【解析】"预"先为"予",加上"田""土"二字,构成"野"。

1769. 啦

西部改革须提前。

【解析】西"部"为"咅",改革成"口立",再加入"提"前之"扌",构成"啦"字。

拉到台下。

【解析】"拉"与"台"下之"口"合并,成为"啦"字。

1770. 晚

一日挽手而去。

【解析】"挽"字之"手"离去余"免",加个"日"字成为"晚"。

分娩之前迎日出。

【解析】分开"娩"前之"女",余下"免",迎来"日"字合为"晚"。

1771. 啄

出口之前先琢磨。

【解析】"琢"字先前部分"王"磨去,余右边部件,加"口"成"啄"。

豪夺一桥巧伪装。

【解析】"桥"扣"冖","豪"夺去"一""冖"后,余下部分再巧装成"啄"字。

1772. 距

离柜之前留足迹。

【解析】离"柜"之前余下"巨",加上足字旁"𧾷"成为"距"。

好大的脚。

【解析】"好大"会意扣"巨",

"脚"以足字旁（𧾷）代替，合并成"距"。

1773. 跃

先生来大足。

【解析】"先生"扣"丿"（"生"字之先），与"大""足"（𧾷）合而为"跃"。

一半跳一半笑。

【解析】取"跳"的一半"𧾷"以及"笑"的一半"夭"，组合成"跃"。

1774. 略

进口设备要改装。

【解析】进"口"设"备"要改装。"口""备"组合，部件位置改变，可得"略"。

半路留下。

【解析】半"路"取"各"，与"留"下之"田"合并成"略"。

1775. 蛇

有虫在它旁边。

【解析】"虫"在"它"旁边，构成一个"蛇"字。

舵后浊水流。

【解析】"舵"字后面是"它"，"浊"字之"水"（氵）流去余"虫"，组合为"蛇"字。

1776. 累

抓紧后留下来。

【解析】"紧"字后面部件"糸"与"留"下之"田"组合，成为"累"。

幼小无力也种田。

【解析】"幼"无"力"为"幺"，与"小""田"组合而成"累"。

1777. 唱

作品一一进行调整。

【解析】"品"字加进"一一"，结构再调整一下，得到"唱"。

三方联合，一一补足。

【解析】"方"扣"口"。三个"口"联合，再补入"一一"，构成"唱"字。

1778. 患

小两口一条心。

【解析】"一条"扣"丨"，与两个"口"一个"心"组合成"患"。

有心串联。

【解析】"心"和"串"联合在一起，成为"患"。

1779. 唯

前方难逢又分开。

【解析】"难"字之"又"分开，余下"隹"，前面加个"口"（扣"方"）成为"唯"。"前"限定了"口"的

277

位置，以免猜成"售"。

谁在这边，有口无言。

【解析】"谁"字前边如果有"口"无"言"（讠），将变成"唯"字。

1780. 崖

引水建厂在山洼。

【解析】引来"水"（氵），与"崖"字拆拼出"厂"和"山""洼"。

孤峰映水涯。

【解析】谜底"崖"字，上头是一"山"，对应"孤峰"，下面"厓"加"水"则成"涯"。

1781. 崭

安得倚天抽宝剑？

【解析】谜面为毛泽东《念奴娇·昆仑》词句："安得倚天抽宝剑，把汝裁为三截？"会意为"斩山"，组合成"崭"。

车到山下望岳顶。

【解析】"岳顶"扣"斤"。"车"到"山"下，再加"斤"字，成为"崭"。

1782. 崇

二山之上架小桥。

【解析】"二""山""小"三字照用，"之"上为"、"，"桥"扣"宀"，组合为"崇"。

高山脚下水流淙淙。

【解析】"淙"字的"水"流去余"宗"，"山"下一个"宗"，构成"崇"。

1783. 圈

试题全密封。

【解析】"试题"会意扣"卷"（试卷），"密封"扣方框"囗"，组装成"圈"。

看是圆，写是方，卷子在中央。

【解析】"圈"（实物）看上去是圆的，写出来的字形却是方的，中间有个"卷"字。

1784. 铜

一半错相同。

【解析】选取"错"字的一半"钅"与"同"组合，得到"铜"。

前后安铁筒。

【解析】以"铁""筒"二字的前后部分即"钅""同"组合成"铜"。

1785. 铲

金属六厂。

【解析】"金"（钅）"六""厂"组合，得到"铲"字。

一个钟头可生产。

【解析】"钟"头取"钅"。一个"钅"加上"产"，构成"铲"。

1786. 银

开垦土地做先锋。

十一画

【解析】"垦"字之"土"拿开余"艮",与"锋"字前面部件"钅"合并,成为"银"。

前后扎针眼。

【解析】"针"之前为"钅","眼"之后为"艮",合之成"银"。

1787. 甜

同甘苦后到白头。

【解析】"苦"后取"古","白头"为"丿",同"甘"组合成"甜"。

揽活之后甘愿来。

【解析】"活"之后为"舌","甘"字来与它组合,成"甜"。

1788. 梨

秋前别后回村头。

【解析】"秋"前为"禾","别"后为"刂",加上"村"头之"木"构成"梨"。

本利无一存。

【解析】"本"无"一"得"木",与"利"合而为"梨"。

1789. 犁

养牛获利。

【解析】"牛"字加个"利",为"犁"。

秋前初牧山水间。

【解析】"秋"前为"禾","初牧"为"牛"(牛字旁),"山水"中间为"丨""丿",组合起来得到"犁"。

1790. 移

秋后分别,岁末重逢。

【解析】"秋"后分别余"禾","岁"末之"夕"重逢成"多","禾""多"合并成"移"。

木字多一撇,莫当禾字猜。

【解析】"木""多""丿"组合,得到"移"。"多"字不要忽略,否则会猜为"禾"。

1791. 笨

本来有半筐。

【解析】半"筐"取"𥫗",和"本"组合成"笨"。

解体之前个个在。

【解析】解"体"之前,余下后面"本","个个"在,组合成"笨"。

1792. 笼

垄头竹又生。

【解析】"垄"头为"龙",加上竹字头"𥫗"(竹又生),构成"笼"。

个个乘龙。

【解析】"个个"在"龙"字上头(乘"龙"),构成"笼"。

1793. 笛

个个油水不沾。

【解析】"个个"合并为"竹","油"水不沾,为"由"。"竹"（竹）"由"组合出"笛"。

镝鸣声由箭头起。

【解析】"由"和"箭"头之"竹"组合,得到"笛"。"镝鸣声"提示字音,"镝""笛"读音相同。

1794. 符

你答对一半。

【解析】选取"你""答""对"三字的一半,以"亻""竹""寸"组合为"符"。

半导体管。

【解析】"导""体""管"三字各取用一半"寸""亻""竹",构成谜底"符"。

1795. 第

从此剃头不用刀。

【解析】"剃"字不用"刀"（刂）,为"弟",与"从"组合成"第"。

弟弟少点点,个个来资助。

【解析】"弟"字少掉上面的两点,再加上"个个"（"个个"合为"竹",以竹字头"竹"代替）,成为"第"。

1796. 敏

悔改之后。

【解析】"悔"字之后为"每","改"字之后为"攵",合之成"敏"。

进了海政后,变得很机灵。

【解析】"海""政"二字后面部分"每""攵"组合,得到"敏"字。"变得很机灵"照应谜底字义,言机敏。

1797. 做

夺过鞭子揍敌人。

【解析】鞭子象形为"丿",谜底"做"上加丿能拼凑成"敌人"二字。

唐宋八家,扬州八怪。

【解析】谜面所列系"古"代"文人","古文人"三字合而成"做"。

1798. 袋

后裔迁徙至岱北。

【解析】"裔"字后面部分迁徙离开后余"衣",加上"岱"字北部之"代",构成"袋"。

黛青衣着更出色。

【解析】"黛青"两字"出色",即取出"黑""青",余"代",和"衣"组成"袋"。

1799. 悠

知识分子一直放在心上。

【解析】"知识分子"即"文人",

"一直"解为笔画"丨",它们放在"心"上,组合为"悠"。

左修右改要用心。

【解析】左"修"取"亻"和"丨",右"改"为"攵",再用上"心"字,得到"悠"。

1800. 偿

旁边站一人,观赏头上云。

【解析】头句对应"亻","赏"头上取"⺌",与"云"组合成"偿"。

小桥相会人向西。

【解析】"桥"扣"冖"。"会"字"人"向西("人"移到左边)后,与"小""冖"合而为"偿"。

1801. 偶

下船遇见人。

【解析】"船"象形作"辶"。"遇"字之"辶"(船)下掉,余"禺",与"人"组合为"偶"。

人愚心不安。

【解析】"愚"字"心"不安,得"禺",与首字"人"合并,成为"偶"。

1802. 偷

先借后输。

【解析】先"借"为"亻",后"输"为"俞",合起来成"偷"字。

一人趁月带把刀,旁立一人在放哨,若问他们干什么,做贼才有这一招。

【解析】"一""人""月""刂"(刀)合为"俞",旁边一个单立人"亻",构成"偷"字。

1803. 您

你多心了。

【解析】"你"字多个"心",成为"您"。

心上只有你。

【解析】"心"字上面有个"你",构成谜底"您"。

1804. 售

先后集合。

【解析】"集"之先为"隹","合"之后取"口",构成"售"。

唯有改革有销路。

【解析】"唯"字结构改革,变为上下结构,即成"售"。"有销路"照应谜底意义。

1805. 停

他先到亭前。

【解析】"他"字之先,为"亻",到"亭"前则组合成"停"。

南京一方有人来。

【解析】"南京"的别称为"宁",与"一""口"(方)"人"组合为"停"。

281

1806. 偏

半借半骗。

【解析】半个"借"字（亻）与半个"骗"字（扁）组合，成为"偏"。

一户安着栅栏门，外边站着一个人。

【解析】谜底"偏"字右下方部分象形为栅栏门，上面是个"户"，外边还有单立人"亻"。

1807. 假

此日无暇何可去。

【解析】"暇"字无"日"为"叚"，"何"字"可"去余"亻"，合并成"假"。

霞出雨散离仙山。

【解析】"霞"字"雨"散余"叚"，"仙"之"山"离去余"亻"，合而成"假"。

1808. 得

白首雄心在，寻根旧貌改。

【解析】"白"首为"丿"，"雄"心为"亻"，"寻"根为"寸"，"旧"貌改可成"旦"，以上部件组合为"得"。

但等新月日落时。

【解析】"新月"象形扣"丿"，"日"落"时"余"寸"，与"但"组合成"得"。

1809. 衔

街心挖土，意外得金。

【解析】"街"字中心的两个"土"挖去，加进"金"（钅），构成"衔"。

两人带现金，后面跟一丁。

【解析】"两人"扣"彳"，"金"扣"钅"，后面再加"一""丁"，得到"衔"字。

1810. 盘

孟子出游乘船归。

【解析】"孟"字之"子"出游留下"皿"，加上"舟"字（乘船归），成"盘"。

丹心一点把血献。

【解析】"丹"字里面加一点，再与"血"字组合（"血"拆散为"丿""皿"），成为"盘"。

1811. 船

几度乘舟到南宫。

【解析】"几""舟"与"宫"字南部之"口"组合，得到谜底字"船"。

乘舟沿水流。

【解析】"沿"字水流去，余右边"几口"，与"舟"字组合，得到"船"。

十一画

1812. 斜

一斗有余。

【解析】"斗"字加"余",组合为"斜"。

十二点到途中。

【解析】"十二点"可扣"斗",与"途"中之"余"合并,成为"斜"。

1813. 盒

盛名之下变化大。

【解析】"盛名"之下为"皿口","大"字变化为"人一",组合成"盒"。

联盟之后当合作。

【解析】"盟"字之后为"皿",与"合"一起构成"盒"。

1814. 鸽

鸳鸯不独宿。

【解析】"鸳鸯"为"鸟"名,"不独宿"扣"合",二者组成"鸽"。

又来联合养鸡。

【解析】谜底"鸽"字,"又"来则拆拼成"合""鸡"二字。

1815. 悉

前番已留心。

【解析】前"番"取"采",留"心"相合而成"悉"。

树头眉月双星伴,水面扁舟一叶浮。

【解析】"眉月"扣"丿","双星"扣"丷",加在树"木"上头,构成"采","水面扁舟一叶浮"象形扣"心",合为"悉"。

1816. 欲

笙箫第四重奏。

【解析】谜面会意为"八人吹",组成一字,得到"欲"。

八方会聚,人人争先。

【解析】最后三字"人争先"扣"欠"("人"与"争"先之"⺈"组合)。"八""口"(方)"人""欠"合而为"欲"。

1817. 彩

梅影半掩露爪痕。

【解析】"梅影"半掩,取用"木""彡","爪痕"象形扣"爫",合而为"彩"。

爱上西楼观影片。

【解析】"爱"上取"爫",西"楼"为"木","影片"扣"彡",组合成"彩"。

1818. 领

安顿后前来传令。

【解析】安放"顿"后之"页",传来"令"字相合为"领"。

脱落翎毛顺川流。

283

【解析】"翎"毛脱落余下"令"，"顺川流"扣"页"，合并成"领"。

1819. 脚

扬帆去东湖。

【解析】"扬帆"象形扣"卩"，"去"字照用，东"湖"为"月"，三部分组合成"脚"。

背后却相聚。

【解析】"背后"扣"月"，和"却"字相聚组成"脚"。

1820. 脖

月字在一边，十字少一点。

【解析】"月"字旁边，加上"十"和"字"少一点，得到"脖"。

不悖于心朝前走。

【解析】"悖"字去掉"心"（忄）余"孛"，"朝"字前面部分走开剩"月"，相合成"脖"。

1821. 脸

节俭之人月有余。

【解析】"俭"字之"人"节省掉，余"佥"，加"月"成为"脸"。

一人赏月兴头足。

【解析】"兴"头足，取"兴"字上面四笔，与"一人"和"月"组合成"脸"。

1822. 脱

当月兑现。

【解析】"月"与"兑"字合并，成为"脱"字。

双星伴月照兄还。

【解析】"双星"象形扣两点，与"月""兄"组合为"脱"。

1823. 象

我已离开河南。

【解析】河南省的别称是"豫"，"予"（我）离开后，剩下"象"。

砍伐橡树。

【解析】"橡"字之"木"（树）去除，剩余"象"。

1824. 够

梦游少林偶得句。

【解析】"梦"字之"林"少了，为"夕"，"偶"暗示有两个"夕"，构成"多"，再得到"句"字合为"够"。

多一句足矣。

【解析】"多"字加一"句"，构成"够"。"足矣"提示字义。

1825. 猜

狄青畅游火把节。

【解析】"狄"字之"火"节省掉，余下"犭"，与"青"合并成"猜"。

狗穿青衣，可想而知。

【解析】"狗"扣"犭"，以"犭"（反犬旁）代替，加个"青"字成为"猜"。"可想而知"暗示"猜"想。

1826. 猪

离别东都独向西。

【解析】离别东"都"，去掉东边"阝"，剩余"者"，与"独"字西边的"犭"组合，成为"猪"。

先猜者是八戒。

【解析】"先猜"扣"犭"，与"者"字相合为"猪"。"八戒"，即"猪"八戒。

1827. 猎

猜错前后。

【解析】"猜"前是"犭"，"错"后为"昔"，合并成"猎"。

腊月已尽才变化。

【解析】"腊月已尽"余下"昔"，"才"字变化可得"犭"，组合得到"猎"。

1828. 猫

田间除去狗尾草。

【解析】除去"狗"尾之"句"，余下"犭"。"田""犭""艹"（草字头）组合，成为"猫"。

一只乖乖狗，来把苗儿守，

见兔它不追，见鼠不放走。

【解析】"狗"扣"犭"，和"苗"在一起构成"猫"。后两句针对字义，指此动物。

1829. 猛

犬子成器。

【解析】"犬"扣"犭"，"器"扣"皿"，与"子"组合为"猛"。

狱前尚存浩然志。

【解析】"狱"前为"犭"；"浩然"别解为唐朝诗人孟浩然，借扣"孟"，二者合而为"猛"。

1830. 馅

馆前放焰火。

【解析】"馆"前为"饣"，放掉"焰"字之"火"余"臽"，相合为"馅"。

偏食有缺陷。

【解析】"食"用作偏旁"饣"，"陷"字缺少一些笔画为"臽"，组合成"馅"。

1831. 馆

我不饿，先别管。

【解析】"饿"字不要"我"，为"饣"。"管"字前面的"竹"别离，余下"官"。相合为"馆"。

一半管饭。

285

【解析】"管饭"两字的一半，取"官""饣"，组合成"馆"。

1832. 凑

漫天春雨点点落。

【解析】落雨则不见太阳。"春雨"暗示"春"字去掉"日"，余"夫"，与"天"和"冫"(点点)组合成"凑"。

准许先合奏。

【解析】"准"字之先，为"冫"，与"奏"相合，成为"凑"。

1833. 减

清净无争心无憾。

【解析】"净"字无"争"余"冫"，"心无憾"("憾"字的竖心旁"忄"和"心"均去掉)为"咸"。"冫""咸"合并，成为"减"。

有点点咸。

【解析】"咸"字加两点，成为"减"。

1834. 毫

豪猪换毛。

【解析】"豪"字下面的"豕"(猪)换为"毛"，得到"毫"字。

北亭描就出笔端。

【解析】北"亭"取"丁"字之外的笔画，加"毛"(出"笔"端)而成"毫"字。

1835. 麻

广造林。

【解析】"广"造"林"，组合为"麻"字。

组合木床。

【解析】将"木""床"两字组合，得到"麻"。

1836. 痒

羊瘟。

【解析】"瘟"是一种病症，扣"疒"，与"羊"合而为"痒"。

大海边乱设厂。

【解析】"大海"义扣"洋"，"厂"字穿插在"洋"中，成为"痒"。

1837. 痕

病根半除。

【解析】"病根"两字除去一半，留下"疒""艮"组合为"痕"。

离乱良多相背飞。

【解析】将"飞"字背转过来，加上"良"字成为"痕"。在构成谜底时，"良"字上下"、""艮"要分离开。

1838. 廊

令郎到府上。

【解析】"郎"字与"府"上之"广"组合，成为"廊"。

新春伊始迎夫归。

【解析】"新春伊"之始,取"、""一""丿","夫"扣"郎",组合成"廊"。

1839. 康

隶属于府上。

【解析】"隶"和"府"上之"广"组合,得到"康"。

羊城山水换新貌。

【解析】"羊城"指"广"州。"广"与"山水"组合,"山"横倒,"水"亦稍作变形,成为"康"。

1840. 庸

见用于前唐。

【解析】"用"与"唐"字前面部分("口"以外的部件)组合,得到"庸"。

月下走西口,十载忆前庭。

【解析】"月"字在下面,"走西口"指"口"字西边一竖去掉,再将"十"记载上,连同"庭"前之"广"组合为"庸"。

1841. 鹿

庭前栏杆花影重。

【解析】"鹿"字前面的"广"对应"庭前",中心部分象形为栏杆,底下"比"扣"花影重"("花"影

扣"匕")。

庇护画栏。

【解析】"鹿"字中心部分象形为画栏(有画饰的栏杆),其余部件为"庇"。

1842. 盗

瓷盘上下合成。

【解析】"瓷"上为"次","盘"下为"皿",合而成"盗"。

依次到篮下。

【解析】"次"与"篮"下之"皿"组合,得到"盗"。

1843. 章

及早自立,谱写新篇。

【解析】"早""立"组合,得到"章"。"谱写新篇"提示字义。

六一早来集合。

【解析】"六一早"三字组合,得到"章"。

1844. 竟

一去就竞争。

【解析】谜底"竟"字去掉"一",便是"竞"。

翌日关羽接儿归。

【解析】"翌日"关掉(去掉)"羽",得"立日"。"子"扣"儿"。三者相合为"竟"。

1845. 商

上帝后裔。

【解析】"帝"字上头四笔与"裔"字后面部分组合,成为"商"。

六桥高拱八方连。

【解析】"冂"象形为高拱之桥。"六""冂""八""口"(方)组合,得到"商"。

1846. 族

失其旗而得矢。

【解析】"旗"字失去"其",所余部分加上"矢"成为"族"。

折旌中矢而丧生。

【解析】"旌"丧"生"则余"方""𠂉",与"矢"组合为"族"。

1847. 旋

方到年初去楚北。

【解析】"年初"扣"𠂉",去掉"楚"北余下"疋",与"方"组合为"旋"。

方知上午没下蛋。

【解析】"方"字直接使用,上"午"取"𠂉","没下蛋"("蛋"字下面的"虫"没有了)得"疋",合而为"旋"。

1848. 望

其心不忘期王位。

【解析】"忘期"中不要"其心"二字,余"亡""月",与"王"组合为"望"。"期"字还照应了谜底字义。

盲目出工有一月。

【解析】"盲目出"扣"亡",加上"工"和"一""月",合为"望"。

1849. 率

田中雨里目不眩。

【解析】"田"中为"十","雨"里四点,"目不眩"扣"玄",组合成"率"。

摔断手臂。

【解析】"摔"字的"手"(扌)断掉了,余下"率"。

1850. 着

目前差一半。

【解析】"目"字前面加上"差"的一半"𦍌",得到"着"字。

歪尾巴羊不像样,眼睛长在屁股上。

【解析】"羊"字歪尾巴,即一竖下面歪斜,然后加个"目"(眼睛)在下面,构成"着"字。

1851. 盖

孟姜女子不见归。

【解析】"孟姜"的"女""子"

不见,为"皿""羊",相合成"盖"。

羊血少一些。

【解析】"羊"字"少一些"可得"䒑","血"字"少一些"可得"皿",相合为"盖"。

1852. 粘

粮站前后。

【解析】"粮"字之前为"米","站"字之后为"占",合起来成"粘"。

店里有米。

【解析】"店里"扣"占",有"米"合为"粘"。

1853. 粗

且用一米。

【解析】"且"字用个"米",合并成"粗"。

三桥高架先运粮。

【解析】"冂"象形为高架之桥,与"三"合为"且"。将"粮"字前面的"米"运来,和"且"合并成"粗"。

1854. 粒

站前枝头双鸟栖。

【解析】"站前"得"立";"枝"头为"木",加上两点(双鸟)成为"米"。"立""米"组合成"粒"。

粮站之西厉声呼。

【解析】"粮""站"两字之西,分别为"米""立",合之成"粒"。"厉声呼"提示字音,指谜底"粒"读"厉"声。

1855. 断

一斤米装半口袋。

【解析】"斤""米"与半个"口"组合,得到"断"字。

匠心独运求后继。

【解析】"匠"心为"斤",与"继"字后面部分组合为"断"。

1856. 剪

加分后靠前。

【解析】"分"后为"刀",与"前"字相靠合而为"剪"。

到前面先分开。

【解析】先"分"开,余后面"刀"字。"前""刀"合为"剪"。

1857. 兽

喟然月下大散关。

【解析】"喟"去掉"月",余"口""田";"大"从"关"字中散出余"丷"和"一",以上部件组合为"兽"。

前前后后一方田。

【解析】"前"前为"丷","后"后为"口",与"一""田"组合成"兽"。

289

1858. 清

十二月江西见面。

【解析】"十二月"合为"青",与"江"西之"氵"组合,成为"清"。

晴转阴,有雨。

【解析】"晴"转阴,当无"日",余下"青";"雨"扣"氵",相合为"清"。

1859. 添

天水相接一小点。

【解析】"水"扣"氵","天""氵""小"、"(点)接连为"添"。

来到天水又变心。

【解析】"心"变形成"小",与"天""水"(氵)组合成"添"。

1860. 淋

半桶桐油。

【解析】"桶桐油"三个字的一半,取"木""木""氵",合而成"淋"。

半掩村桥半掩溪。

【解析】半掩"村桥",显露"木""木";半掩"溪",显露"氵",相合为"淋"。

1861. 淹

大水发电。

【解析】"大""水"(氵)与"电"组合,构成谜底"淹"。

三点上电大。

【解析】"三点"扣"氵",加上"电""大"成为"淹"。

1862. 渠

村前发大水。

【解析】"大"扣"巨"。"村"前为"木",与"巨""氵"合为"渠"。

水大淹了树。

【解析】"大"会意为"巨"。"水"(氵)"巨"与"木"组合,成为"渠"。"木"在下面,被"淹了"。

1863. 渐

先去浙中再换车。

【解析】"浙"字中间的"扌"去掉,换为"车",得到"渐"字。

车近临沂。

【解析】"车"字靠近"沂",组合成"渐"字。

1864. 混

一日到西湖竞赛。

【解析】"西湖"扣"氵","竞赛"扣"比",加一"日"字成为"混"。

昆明湖畔。

【解析】"湖"畔扣"氵",与"昆"组成"混"。

290

1865. 渔

如鱼得水。

【解析】"鱼"字得"水"(氵),构成"渔"。

鱼水相依。

【解析】"鱼""水"(氵)相依,合而成"渔"。

1866. 淘

包头罐头运江西。

【解析】"包"头取"勹","罐"头为"缶","江"西为"氵",三者组合为"淘"。

洞前不要用手掏。

【解析】"洞前"扣"氵","掏"字不用"手"为"匋",合之为"淘"。

1867. 液

西湖之夜。

【解析】"湖"字西边为"氵",与"夜"组合为"液"。

小雨连宵打叶声。

【解析】"小雨"扣"氵","宵"扣"夜",相合为"液"。"打叶声"提示"液"的读音。

1868. 淡

两人闯入七星阵。

【解析】两个"人",与七点(星)组合,构成"淡"字。

二人七粒盐,尝尝味不咸。

【解析】两个"人"加上七个点(象形为七粒盐),成为"淡"字。后句照应字义。

1869. 深

半写江树对愁眉。

【解析】半"写江树",取"宀""氵""木","愁眉"象形为"八",相合为"深"。

探测中间。

【解析】"探测"二字中间,即"罙""氵",相合为"深"。

1870. 婆

江边一女上东坡。

【解析】"江"边取"氵","女"字直接用,东"坡"为"皮",合成"婆"字。

姑娘好水性,浪下去游泳。

【解析】"姑娘"扣合"女","浪"扣合"波"。"波"下一"女"构成"婆"。

1871. 梁

梁米已断柴半尽。

【解析】"梁"字之"米"去除后,所余上头部件与"木"("柴"半尽)组合为"梁"。

江边分头去,两点到桥头。

【解析】"江边"扣"氵","分"

头去余"刀","桥"头为"木",连同"两点"合为"梁"。

1872. 渗

三点参加。

【解析】"三点"扣"氵",加上"参"字成为"渗"。

西洋参。

【解析】"西洋"扣"氵",加"参"成"渗"。

1873. 情

一年忙到头。

【解析】"一年"为"十二月",合为"青"。"忙"到头,得"忄"。二者组合为"情"。

离人倩影记心头。

【解析】"倩"字之"人"离开余"青",记个"心"(忄)在前头得到"情"。

1874. 惜

翻开日记写心得。

【解析】"开"字上下翻转,记上"日"成为"昔",再写上"心"(忄)构成"惜"。

黄昏前后心牵挂。

【解析】"黄"字前面的"艹"与"昏"字后面的"日"组合,为"昔"。还有一"心"牵挂,成为"惜"。

1875. 惭

斩掉心魔魔自消。

【解析】"魔"和"魔自消"自行抵消,剩余前面三个字"斩掉心"扣合谜底。"斩"与"心"(忄)合并,得到"惭"。

车离沂水归心切。

【解析】谜面顿读为:车/离沂水/归心切。"离沂水"扣"斤"。"车""斤""心"(忄)合为"惭"。

1876. 悼

心系文君。

【解析】"文君"指汉代才女卓文君,扣"卓"。"心"(忄)"卓"合并成"悼"。

早上一别心长悬。

【解析】"上"字之"一"别离后,所余两笔与"早""心"(忄)组合为"悼"。

1877. 惧

具体操心。

【解析】"具"字加"心"(忄),构成"惧"。

此心十分真切。

【解析】"真"字上头的"十"分开,余下"具"。"心"(忄)与"具"相合为"惧"。

1878. 惕

除去偏心定不难。

【解析】"惕"字的偏旁"忄"(竖心旁)除掉,剩余"易",易则"不难"。

一心为改革。

【解析】"改革"会意为"易"(变易),加上一"心"(忄)组成"惕"。

1879. 惊

有心观景看日落。

【解析】"景"字"日"落余下"京",与"心"(忄)相合便成"惊"。

心头已半凉。

【解析】"心"(忄)与"凉"字半边"京"组合,得到谜底"惊"。

1880. 惨

放心参加。

【解析】"心"用作偏旁"忄",加上"参"字成为"惨"。

大小三角形,分开看得清。

【解析】"小"与"忄"形似,谜界有"形扣从宽"之说。"三角"象形扣"厶","形"去掉"开"(分开)余"彡"。"大""忄""厶""彡"组合为"惨"。

1881. 惯

一贯用心,习以为常。

【解析】"贯"字用上"心"(忄),构成"惯"字。"习以为常"提示字义。

认真贯彻无后悔。

【解析】"无后悔"扣"忄",与"贯"合并成"惯"字。

1882. 寇

又上一节才完成。

【解析】"上"字节去"一"后,与"又""完"组合成"寇"。

上头又完成。

【解析】"上"字头部两笔与"又""完"组合,成为"寇"。

1883. 寄

星桥奇遇。

【解析】运用象形法,"星"扣"丶","桥"扣"冖",与"奇"相遇构成"寄"。

献点爱心,大有可为。

【解析】"点"扣"丶","爱心"扣"冖",加上"大""可"组合为"寄"。

1884. 宿

一点爱心献父兄。

【解析】父之兄称"伯",与"一""丶"(点)"冖"(爱心)合而为"宿"。

北定中原,人归一统。

【解析】北"定"为"宀",中"原"

为"白",与"人""一"相合成为"宿"。

1885. 窑

缸空一半。

【解析】"缸空"两字各取一半,用"缶""穴"组合成"窑"。

午时进入山洞中。

【解析】"午"进入到"山""穴"(洞)之中,组合为"窑"字。"午"与"山"一竖重合。

1886. 密

山上必有宝玉藏。

【解析】"宝玉藏"扣"宀"。"山""必""宀"组合成"密"。

上岗必戴安全帽。

【解析】上"岗"为"山",与"必""宀"(象形为帽子)合为"密"。

1887. 谋

某人言之,无人附和。

【解析】"无人附和"把第二字"人"抵消了,余下"某言之","某""言"(讠)合并成"谋"。

有言甘断无头案。

【解析】无头"案",扣"木"。"言"(讠)"甘""木"组合为"谋"。

1888. 谎

语不及己心不慌。

【解析】"己"扣"吾","语"不及"吾"为"讠";"心不慌"扣"荒",合之成"谎"。

庄稼歉收应上报。

【解析】"庄稼歉收"扣"荒","报"扣"言"(讠),相合为"谎"。

1889. 祸

捣毁窝穴不留一点。

【解析】"不"留一"点"为"礻","窝"字之"穴"被捣毁余"呙",合并成"祸"。

行礼之后方入内。

【解析】"礼"字之后行去余前面的"礻","方"扣"口",加上"内"字构成"祸"。

1890. 谜

破除个人迷信。

【解析】"信"字之"人"去除,余"言",与"迷"组合成"谜"。

越说越糊涂,猜猜就清楚。

【解析】"谜"字拆解为"言迷",与头句会意相扣。"猜猜就清楚"提示字义。

1891. 逮

隶书走之。

【解析】有"隶"字,再书写个走之"辶",构成"逮"。

水穿横山去不还。

【解析】横"山"为"ヨ","水"穿"ヨ"得到"肀"。"去不还"扣"辶",与"肀"组合成"逮"。

1892. 憨

存心装憨。

【解析】"敢"字存"心",组装成"憨"。

憨头憨脑。

【解析】"憨"字头部,是个"敢"字。

1893. 屠

后来者居上。

【解析】"居"上为"尸"字,后面来个"者",组合成"屠"。

老头早上到屋前。

【解析】"老"头取"耂","早"上为"日",与"屋"前之"尸"合而为"屠"。

1894. 弹

单请张排长。

【解析】"张"字排除掉"长",余"弓"。"单"与"弓"合并成"弹"。

一张弓。

【解析】"一"扣"单",与"弓"合为"弹"。

1895. 随

道旁有耳。

【解析】"道"旁取"辶",与"有"和"阝"(双耳旁)组合为"随"。

东郊有舟。

【解析】"东郊"以方位法扣"阝","舟"以象形法扣"辶",连同"有"字合为"随"。

1896. 蛋

孤帆远影楚天去。

【解析】"孤帆远影"以象形法扣"虫","楚"字上面去掉余"疋",二者组合成"蛋"。

先后买走运闽中。

【解析】以"买"字前面一笔和"走"字后面四笔与"闽"中之"虫"组合成"蛋"。

1897. 隆

雾中曲径纵横生。

【解析】"雾中"扣"夂","曲径纵"扣"阝"("丨"对应"纵",弯曲如"了"的一笔象形为曲径),"横"扣"一",连同"生"字合而为"隆"。

防备在先一生安。

【解析】"防""备"两字在前面的部件,为"阝""夂",再安放

295

"一""生",构成"隆"。

1898. 隐

边防告急引呼声。

【解析】边"防"取"阝",加"急"合为"隐"。"引呼声"提示谜底读音,"隐"和"引"字音一样。

阵前着急看不着。

【解析】"阵"前为"阝",加个"急"字构成"隐"。"看不着"照应字义,暗示隐藏。

1899. 婚

小姐昏厥。

【解析】"小姐"扣"女",与"昏"合并成"婚"。

双方姓氏已生疏。

【解析】"双方"别解为两个方格,扣"日";"姓"字之"生"疏远离开,剩余"女"。"日""女""氏"组合成"婚"。

1900. 婶

会审女犯。

【解析】"审"字与"女"会合,得到谜底"婶"。

安居上海搞改革。

【解析】"上海"别称"申",与"安"组合,部件位置变化(搞改革)拼凑成"婶"。

1901. 颈

泾水顺川流。

【解析】"泾"之"水"(氵)、"顺"之"川"都流走,余下部分相合为"颈"。

劲力不足领一半。

【解析】"劲"字去掉"力",所余左边部分与"领"字的右半部组合,得到"颈"。

1902. 绩

责令先赴约。

【解析】"责"与"约"字前面的"纟"组合,成为"绩"。

前线有责任。

【解析】"前线"扣"纟",加上"责"字得到"绩"。

1903. 绪

首都乡下换新貌。

【解析】"首都"以方位法猜解,指"都"字开头部分,是"者"。"乡"下换新貌,得"纟"。二者组合为"绪"。

连线前方记者。

【解析】"线"字前方是"纟",再记上"者"字构成"绪"。

1904. 续

买来针线未付钱。

【解析】"针线"两字中去掉

"钱"的部件"钅"和"戋",剩下"十""纟",与"买"组合为"续"。

先组装,再出售。

【解析】"出售"会意为"卖",与"组"字前面的"纟"装配成"续"。

1905. 骑

一马当先,大有可为。

【解析】"大"有"可"为,组合成"奇",加个"马"字在前面,构成"骑"。

大哥在前妈在后。

【解析】谜面顿读为:大/哥在前/妈在后。"哥"前取"可","妈"后为"马",与"大"组合为"骑"。

1906. 绳

西线前哨电报来。

【解析】西"线"为"纟",前"哨"为"口",加上"电"字合为"绳"。

见虫便有绿头蝇。

【解析】谜底"绳"字,见"虫"便得"纟"和"蝇"。"纟"扣"绿头"。

1907. 维

难得又去续前缘。

【解析】"难"字"又"去余下"隹",前"缘"为"纟",合之成"维"。

住上一载乡下变。

【解析】"住"上记载"一"成为"隹","乡"下变可得"纟",组合为"维"。

1908. 绵

白帽头上加红边。

【解析】"帽头"扣"巾","红"边取"纟",与谜面首字"白"组合成"绵"。

绣帘半卷泉水清。

【解析】"绣帘"半卷,保留"纟""巾","泉水清"扣"白"("泉"字之"水"清除),三部件合为"绵"。

1909. 绸

下乡活动已一周。

【解析】"乡"字下面一笔变动,成为"纟",再加个"周"字组成"绸"。

先绕一周。

【解析】"绕"之先为"纟",与一个"周"字合并成"绸"。

1910. 绿

异乡山水换新貌。

【解析】"异乡"扣"纟","山水"变换后("山"横倒)与之合为"绿"。

翻山涉水赴前线。

【解析】"山"字翻倒成"彐",与"水"和"线"字前面的"纟"组合,成为"绿"。

十二画

1911. 琴

汪汪流水今还在。

【解析】"汪汪"流"水"余"王王",加上"今"字成为"琴"。

班前班后伴至今。

【解析】"班"前为"王","班"后也是"王",加上"今"组成"琴"字。

1912. 斑

班前班后齐争先。

【解析】"班"字前后都是"王","齐"争先取"文"。两个"王"与"文"组合,得到"斑"。

两个帝王,合写文章。

【解析】两个"王"字,与"文"合而为"斑"。

1913. 替

早上天天露头。

【解析】"早"上为"日","天""天"露头成"夫""夫",三字组合成为"替"。

潜到水下。

【解析】"潜"字之"水"(氵)下掉,剩余"替"字。

1914. 款

明示是非人争先。

【解析】"是""非"分别扣"十""一",合为"士";"人争先"扣"欠"("人"与"争"字之先"⺈"组合)。"示""士""欠"合而为"款"。

先声夺人示争先。

【解析】先"声"为"士","人"与"争"先之"⺈"组合成"欠",加上"示"字构成"款"。

1915. 堪

甚有根基。

【解析】"根基"扣"土"("基"字根部)。"甚"字有"土"合为"堪"。

转角基础已移位。

【解析】"基"字移位得"土""其",加上转角的一笔,构成"堪"。

1916. 搭

拾草。

【解析】"草"扣"艹",与"拾"组合成"搭"。

携手合作二十载。

【解析】"二十"扣"艹"(可拆解为两个"十"),与"手"(扌)"合"组合为"搭"。

1917. 塔

合计共有三十一。

【解析】"塔"字拆为"合""艹""十""一"。"艹"扣"二十",加上"十""一",共有"三十一"。

土和草合在一起。

【解析】"土""草"(艹)"合"在一起,组合成"塔"。

1918. 越

小心转向持戈行。

【解析】"行"扣"走"。"小心为"丨",左右转向后与"戈""走"合为"越"。

走在己前听音乐。

【解析】天干"己"前面为"戊",与"走"合为"越"。"听音乐"指谜底字的读音听起来同音乐的"乐"。

1919. 趁

人须靠边走。

【解析】"人"与"须"字一边"彡"以及"走"组合,得到"趁"。

风吹柳丝拂人行。

【解析】"风吹柳丝"象形扣"彡",与"人"和行"走"合而为"趁"。

1920. 趋

心不着急靠边走。

【解析】"心"不着"急",扣"刍",旁边加上"走"字合为"趋"。

要走心别急。

【解析】"心"别"急",扣"刍",与"走"合而为"趋"。

1921. 超

走在刀口上。

【解析】"走"加上"刀口"二字,构成"超"。

临走之前把手招。

【解析】"把手招"扣"召"(加"手"为"招"),前面加个"走"字,成为"超"。

1922. 提

请足下担待。

【解析】"足"字下面四笔与"担"字组合,得到"提"。

半掩夕阳排雁阵。

【解析】半"掩"取"扌","夕阳"以会意法扣"日下","雁阵"以象形法扣"人",组合成"提"。

1923. 堤

日出人下地,地供天下人。

【解析】"地"扣"土"。头句,"日""人""下""土"合为"堤"。后一句,"天"扣"日","土""日""下""人"组合也得到"堤"。谜面两句分别扣合谜底。

是土不念土,用它把水阻,

河水听指挥,乖乖改道路。

【解析】"是""土"合并成"堤"字。后面内容对应字义,说明堤坝的作用。

1924. 博

十分,刚好十分。

【解析】前一个"十分"解为"十"分开。后一个"十分"解为长度即一"寸"。谜底"博"字的"十"分开,余下"甫"和"寸"。"甫"与"刚"会意相扣,"寸"扣合"十分"(长度)。

早日去浦东寻根。

【解析】"早"字"日"去余"十","浦"东为"甫","寻"根为"寸",组合成"博"。

1925. 揭

抢先喝了一口。

【解析】"抢"先为"扌","喝"字了却一"口"余"曷",合之成"揭"。

喝了一半,撒了一半。

【解析】"喝"了却一半,保留"曷";"撒"了却一半保留"扌",相合为"揭"。

1927. 插

臼中放扦子。

【解析】"臼"字放置"扦",合为谜底"插"。

须臾人离去,抬头望千回。

【解析】"臾"字"人"离去,余"臼",与"抬"头之"扌"和"千"组合,得到"插"。

1928. 揪

第三季度着手。

【解析】"第三季度"扣"秋",加"手"(寸)成"揪"。

失火还在插秧前。

【解析】谜底"揪"字失"火",余下"扌""禾",在"插""秧"二字之前。

1929. 搜

嫂子缺少好帮手。

【解析】"嫂子"缺少"好",剩余"叟",加上"手"成为"搜"。

两山横对一路隔,提前到达又相逢。

【解析】两"山"横对,扣"臼","一路隔"指中间一竖,"提前"扣"扌","又"来相逢组合成"搜"。

1930. 煮

记者四点来。

【解析】记上"者"字,再有四点来,构成"煮"。

雪地犹留马行迹。

【解析】"雪"为"白"色,"地"

扣"土","马行迹"以象形法扣"灬",三者组合成"煮"。

1931. 援

缓解之前曾交手。

【解析】"缓"字前面部分解开,余"爰",加上提手旁"扌"得到"援"。

取暖之后露一手。

【解析】取"暖"之后得到"爰",露一"手"（寸）合为"援"。

1932. 裁

十载枕戈不解衣。

【解析】"十""戈""衣"组合,得到谜底"裁"。

载丢一车衣。

【解析】"载"字丢掉一"车"后,所余部件加上"衣",得到"裁"。

1933. 搁

进门各露一手。

【解析】"各"字进"门",成"阁",再露一"手"成为"搁"。

客来脱帽先扣门。

【解析】"宀"象形为帽子。"客"字去掉"宀"余"各",先"扣"为"扌",与"门"组合成"搁"。

1934. 搂

提前到东楼。

【解析】"提前"扣"扌","东楼"扣"娄",合之为"搂"。

西部数据。

【解析】"数""据"两字西部,分别是"娄""扌",组合起来便成"搂"。

1935. 搅

招手三点桥下见。

【解析】"三点"别解为三个点,"桥"象形为"冖",下面加个"见"构成"觉"。"招手"扣"扌",与"觉"合为"搅"。

提前入睡。

【解析】"提前"为"扌","入睡"扣"觉"（睡眠）,相合为"搅"。

1936. 握

抢先进屋。

【解析】"抢先"扣"扌",进"屋"成"握"。

展前先报到。

【解析】"展"前为"尸",先"报到"得"扌""至",组合为"握"。

1937. 揉

桥头相见半矜持。

【解析】"桥"头为"木",半"矜持"取"矛""扌",合而为"揉"。

携手植树除茅草。

301

【解析】除"茅"草，去掉草字头"艹"余下"矛"，加上"木""扌"成为"揉"。

1938. 斯

撕下前头。

【解析】"撕"字前头的"扌"下掉，剩余"斯"字即谜底。

听其口令行。

【解析】"听"字之"口"行开，剩余"斤"字，与"其"合而为"斯"。

1939. 期

元宵前后共团圆。

【解析】"元宵"前后，取"二月"，与"共"组合，得到"期"。

残棋对一月。

【解析】残"棋"取"其"，与一"月"合并，成为"期"。

1940. 欺

前期付款一半。

【解析】前"期"为"其"，加上"款"字的一半"欠"，得到"欺"。

棋后与歌后相会。

【解析】"棋后"为"其"，"歌后"为"欠"，相会构成"欺"。

1941. 联

取一半，送一半。

【解析】"取"的一半"耳"加上"送"的一半"关"，成为"联"。

只为谋职找关系。

【解析】"只为谋职"扣"耳"（加"只"成为"职"），找来"关"字组合为"联"。

1942. 散

撒手不管。

【解析】"撒"手不管，去掉提手旁"扌"，余下"散"字。

半青半黄半收成。

【解析】"半青"取"月"，"半黄"取"艹"，"半收"取"攵"，组合而成"散"。

1943. 惹

有心许诺不便言。

【解析】"诺"字去掉"言"（讠）余"若"，有"心"则成"惹"。

吃苦在前心也安。

【解析】"吃苦在"前，取"口艹ナ"，合为"若"字，安"心"成"惹"。

1944. 葬

上下都是草，中间活不了。

【解析】"草"扣"艹"。上下都有"艹"，中间加个"死"（活不了），构成"葬"。

一夜花残草离离。

【解析】"一夜"扣"一夕","花"残取"匕",组合成"死"。"草离离"别解,指两个草字头"艹"分离开,与"死"构成"葬"。

1945. 葛

说话和蔼。

【解析】"说话"扣"言"(讠),谜底"葛"字与"讠"合并组成"蔼"。

碣石已毁被草封。

【解析】"碣"字去"石"余"曷",上面加"草"(艹)成为"葛"字。

1946. 董

用心就懂。

【解析】谜底"董"字用上"心"(忄),便成"懂"字。

千里草原。

【解析】"千里"与草字头"艹"组合,得到"董"。

1947. 葡

二十回包头,接着到浦东。

【解析】"二十"扣"艹","包头"扣"勹",与"浦东"之"甫"组合为"葡"。

圃内菊已残。

【解析】"圃内"为"甫"。"菊"残,取用其"艹""勹"部分,与"甫"组合成"葡"。

1948. 敬

出言示警。

【解析】"敬"字加上"言",成为"警"。

作文写了二十句。

【解析】"二十"扣"艹",与"文"(攵)、"句"组合为"敬"。

1949. 葱

节前匆忙要留心。

【解析】"节前"扣"艹",与"匆""心"合而为"葱"。

稍有一点疏忽,草就长起来。

【解析】"忽"字加一点(丶),再加上草字头"艹",成为"葱"。

1950. 落

路边有水宜种草。

【解析】"路边"取"各",加上"水"(氵)、"草"(艹)成为"落"。

二十三点各自回。

【解析】"二十"扣"艹","三点"扣"氵",与"各"合而为"落"。

1951. 朝

潮水已退。

【解析】"潮"字"水"(氵)退去,余下"朝"。

303

十月十日听潮声。

【解析】"十月十日"四字组合，可得"朝"。"听潮声"提示谜底字音，"朝""潮"字音相同。

1952. 辜

苦出了头知艰辛。

【解析】"苦"字头部"艹"移出，余下"古"，加上"辛"字成为"辜"。

二十开立方。

【解析】"辜"字上下的"十"（共二十）拿开，剩余"立口"。"口"扣"方"。

1953. 葵

节前登高二人来。

【解析】"节前"为"艹"，"登"字高处是"癶"，来"二人"组合为"葵"。

先登上蓝天。

【解析】"先登"扣"癶"，"上蓝"扣"艹"，加上"天"字构成"葵"。

1954. 棒

三人用心守桥头。

【解析】"三人"合为"夫"，与"用"字中心三笔组成"奉"，再加"桥"头之"木"构成"棒"。

离休之前有奉献。

【解析】离"休"之前，余"木"，献上"奉"字合为"棒"。

1955. 棋

期待月下楼头会。

【解析】"期"字"月"下，余"其"，与"楼头"之"木"组合为"棋"。

把树植其旁。

【解析】"其"字旁边加个"木"，成为"棋"。

1956. 植

直达桥头。

【解析】"桥头"为"木"，"直"字到来与之组合成"植"。

平地建起四层楼，十字天线架上头，大楼建得很特别，左边采用木结构。

【解析】将"植"字右下方部分想象为四层楼，上头看作"十"字天线，而左边是"木"。

1957. 森

枫林风光。

【解析】"枫林"中的"风"字光了，余下"木""林"组合为森。

杨柳村前聚会。

【解析】"杨柳村"三字前面均为"木"。三个"木"聚会，构成"森"字。

1958. 椅

断桥奇遇。

【解析】"断桥"可取"木",与"奇"相遇合为"椅"。

逢人未可乱结交。

【解析】"人未可"三字相逢,将它们打乱后再进行组合,可成"椅"字。

1959. 椒

上下小有权。

【解析】"上"字下面一个"小",再加上"权",构成"椒"。

叔来植树。

【解析】"叔"字加个"木",成为"椒"字。

1960. 棵

田边林参差。

【解析】"田"边有"林"字参差组合,成为"棵"字。

耕地桑柘间。

【解析】"耕地"扣"田";"桑柘"是两种树,扣"木木",相合为"棵"。

1961. 棍

哥哥十八。

【解析】"哥哥"扣"昆","十八"合为"木",二者组成"棍"。

前后相混。

【解析】前后"相混",为"木""昆",组合成"棍"。

1962. 棉

白帆一片桅边悬。

【解析】帆象形为"巾","桅"边取"木",与"白"组合为"棉"。

杏帘半卷诗仙来。

【解析】"杏帘"半卷,取"木""巾"。"诗仙"指唐朝诗人李"白"。"木""巾""白"合而为"棉"。

1963. 棚

二月植树。

【解析】两个"月"字加上"木",得到"棚"。

月上枝头杜鹃鸣。

【解析】"枝头"扣"木","杜鹃鸣"扣"月"("鹃"字之"鸣"杜绝、去除),与谜面首字"月"组合,得到"棚"。

1964. 棕

二小戴帽站树旁。

【解析】"帽"象形扣"冖","二小"戴帽(冖)构成"宗",与"木"合并成"棕"。

去掉宝盖,才够标准。

【解析】"棕"字的宝盖"冖"

去掉,便成"标"字。

1965. 惠

秋前到达羊城。

【解析】羊城指广州,广州市还有一别称"穗"。"秋前"为"禾","禾"来与谜底"惠"合并为"穗",即羊城广州。

拾取禾穗。

【解析】"惠"字加上"禾",成为"穗"。

1966. 惑

有心去西域。

【解析】"去西域"扣"或",有"心"合为"惑"。

或许会安心。

【解析】"或"字安放上"心",为"惑"。

1967. 逼

四方同心力无边。

【解析】"四方"别解为四个方格扣"田","同心"为"一口","力无边"扣"辶",以上各部分组合成"逼"。

重阳同心共舟行。

【解析】"阳"别解为太阳而扣"日","重阳"即两个"日",合并得到"田","舟"象形为"辶",二

者与"同"字中心笔画组合成"逼"。

1968. 厨

村后种豆送厂里。

【解析】"村后"是"寸",和"豆"一起放在"厂"里,构成"厨"。

十分到厂心中喜。

【解析】"十分"别解为长度扣"寸","心中喜"扣"豆"("喜"字中心部分)。"寸""豆"到"厂"构成"厨"。

1969. 厦

厂里没有春秋冬。

【解析】没有春秋冬,只有"夏"。"厂"里有"夏",得到"厦"。

夏字有一撇。

【解析】"夏"字加上"一"和"丿"(撇),成为"厦"。

1970. 硬

搬走石头,给人方便。

【解析】"硬"字之"石"移开余"更",再加个"人"(亻)字方为"便"。

放手开拓更需要。

【解析】"放手开拓"扣"石"("石"字放上"手"合为"拓",或解为打开"拓"字将"手"放开余"石"),加上"更"字合为"硬"。

1971. 确

破解一半。

【解析】以"破解"两字的一半"石""角"组合成"确"。

厂方连月争先进。

【解析】"方"扣"口",与"厂"组合成"石"。"连月"扣"用",与"争"字前头的"⺈"组合为"角"。"石""角"合而为"确"。

1972. 雁

此人推后进厂。

【解析】"人"和"推"后之"隹"进到"厂"里,成为"雁"。

画鸟点睛成了鹰。

【解析】谜底"雁"字加上鸟,再加上点(点睛),就成了"鹰"字。

1973. 殖

多半一直在。

【解析】"多"字一半为"夕",与"一""直"相合,得到"殖"。

一直等到岁末回。

【解析】"一""直"与"岁"末之"夕"组合,成为"殖"字。

1974. 裂

依例开除二人。

【解析】"依例"两字中去掉二"人",即去掉两个单人旁,余下"衣""列"组合为"裂"。

服装展览。

【解析】服装展览,陈列衣服,"列衣"合而为"裂"。

1975. 雄

半归集体半私有。

【解析】"集"字的一半,取"隹"。半"私有",取"厶ナ",与"隹"组合成"雄"。

上有云雀北飞去。

【解析】"上有"扣"ナ","云雀"北部飞去余下"厶隹",合而为"雄"。

1976. 暂

半新半旧一辆车。

【解析】"半新"取"斤","半旧"取右半部"日",加上"车"字合为"暂"。

车回所后日低沉。

【解析】"所"后是"斤",与"车"合并,下面再加个"日"成为"暂"。

1977. 雅

牙雕丢失一星期。

【解析】一星期即一周。"雕"字失去一"周"余下"隹",和"牙"组合为"雅"。

消灭蚜虫又不难。

【解析】"蚜"字的"虫"去

除,剩余"牙","又不难"扣"佳",合而为"雅"。

1978. 辈

古稀之年心不悲。

【解析】古稀之年指七十岁,"七十"合为"车","心不悲"扣"非",合之成"辈"。

上下排有手推车。

【解析】"排"字的"手"推开余"非",与"车"上下组合成为"辈"。

1979. 悲

消除罪魁心自安。

【解析】"罪"字头部去除,余下"非",安放上"心"构成"悲"。

非常用心。

【解析】"非"字用上"心",组合成"悲"。

1980. 紫

此系合字少一撇。

【解析】"系"少去上头一撇成"纟",与"此"相合构成"紫"。

幼小无力砍木柴。

【解析】"幼"字无"力"余"幺",与"小"合为"纟";"砍木柴"扣"此","纟""此"组合成"紫"。

1981. 辉

参军光荣。

【解析】"军"与"光"合并,得到"辉"。

挥手离去又光临。

【解析】"挥"之"手"离去剩下"军","光"临与之合为"辉"。

1982. 敞

崇尚文化。

【解析】"文"化为"攵",与"尚"组合成"敞"。

高尔基文集。

【解析】"高尔"两字底部即基础部分为"冋""小",合为"尚"字,与"文"集合成"敞"。

1983. 赏

党员上下要团结。

【解析】"党员上下",分别取"尚""贝",合起来得到"赏"。

先后交党费。

【解析】"党"之先取"尚","费"之后取"贝",相合为"赏"。

1984. 掌

亲自动手穿衣裳。

【解析】"穿衣裳"扣"尚"(加"衣"成"裳"),加上"手"字构成"掌"。

尚须露一手。

【解析】"尚"须露一"手",

两字组合成为"掌"。

1985. 晴

双方合作十二月。

【解析】"方"别解为方格而扣"口",双"方"(口)合作可得"日";"十二月"三字合为"青","日""青"组成"晴"。

明月当空清水流。

【解析】"明"字之"月"空去余"日","清"字之"水"(氵)流失余"青",合之成"晴"。

1986. 暑

考前两日天正热。

【解析】"考前"取"耂",与两个"日"组合成"暑"。"天正热"照应字义。

来日重逢已半老。

【解析】来"日"重逢,即两个"日",与"老"字的一半"耂"组合,构成"暑"。

1987. 最

聚首在南昌。

【解析】"聚"字之首为"取","南昌"为"曰",合之成"最"。

说不叫说,拿不叫拿,说者在上,拿者在下。

【解析】"最"字上面是"曰",其意为"说",下面"取"字对应"拿"。

1988. 量

一朝归故里。

【解析】"朝"扣"日",与"一""里"合而为"量"。

日里有一横,猜目可不行。

【解析】"日里"加上"一",组合为"量"。谜面排除了"日"里加进"一"构成"目"做谜底。

1989. 蕒

参差贝叶连草色。

【解析】"草"扣"艹",与"贝叶"参差组合成为"蕒"。

为贪不足苦折腾。

【解析】"贪不足",取"贝"。"苦折腾",将其拆散得"艹""十""口",与"贝"重组成"蕒"。

1990. 晶

三无产品。

【解析】"晶"字里如果没有"三"("三"无),就会成为"品"。

三明初相会。

【解析】"明"初为"日",三个"日"相会,构成"晶"。"三明"本为福建地名。

1991. 喇

束扎刀口。

【解析】"束"与"刂"（立刀旁）"口"组合，成为"喇"。

双方别后桥头见。

【解析】"双方"扣"口口"，"别后"为"刂"，"桥头"为"木"，组合成"喇"。

1992. 遇

寓前离别去不还。

【解析】"寓"前离别，余下"禺"，"去不还"扣"辶"，组合为"遇"。

偶尔无人舟自横。

【解析】"偶"字无"人"为"禺"，"舟"象形为"辶"，二者合为"遇"。

1993. 喊

边加边减。

【解析】"加"字右边（口）与"减"字右边（咸）合并，得到"喊"。

小两口狗年相聚。

【解析】"狗年"扣"戌"，与两个"口"组合为"喊"。

1994. 景

北京日当头。

【解析】"京"字上头一个"日"，成了"景"。

来日进京好观光。

【解析】"日""京"二字构成"景"。"好观光"暗示字义。

1995. 践

前后路线。

【解析】"路"字之前为"𧾷"，"线"字之后是"戋"，合之为"践"。

脚边水清浅。

【解析】"脚"扣"足"，以足字旁"𧾷"代替，"水清浅"解为将"浅"字之"水"清除掉，余"戋"。"𧾷""戋"合并成"践"。

1996. 跌

以致成为千古恨。

【解析】常言道："一失足成千古恨。""失""足"合而成"跌"。

夫人前来跑在前。

【解析】谜面顿读为：夫/人前来/跑在前。"人前"为"丿"，"跑"字在前者为"𧾷"，与"夫"组合成"跌"。

1997. 跑

保证不说话。

【解析】谜底"跑"拆解为"包止口"，与谜面会意相扣。

上路之前带个包。

【解析】"路"之前为"𧾷"，加上"包"成为"跑"。

1998. 遗

贵的先不选。

【解析】"先不选"扣"辶"("选"字不要"先"），与"贵"组成"遗"。

无力守边，溃如流水。

【解析】"边"字无"力"为"辶"，"溃"字流去"水"余"贵"，合而为"遗"。

1999. 蛙

一虫真勇敢，爬到土堆前，庄稼见它笑，害虫吓破胆。

【解析】"土"字堆积成"圭"，一个"虫"字到前面，构成"蛙"。后面两句对应字义。

佳人已去空烛冷。

【解析】"佳"字"人"去，留下"圭"；"烛冷"暗示去除"烛"之"火"，余"虫"，相合即成"蛙"。

2000. 蛛

人卧西楼烛已冷。

【解析】"西楼"扣"木"，"人"呈卧倒状与"木"合为"朱"；"烛已冷"，暗示去除"火"，余下"虫"。相合成"蛛"。

未见先生到闽中。

【解析】"先生"扣"丿"（"生"字之先），与"未"组合成"朱"。"闽中"是"虫"。二者合并成"蛛"。

2001. 蜓

庭前不见有流萤。

【解析】"庭"前之"广"不见，余"廷"；"流萤"扣"虫"，二者组合成"蜓"。

庭里一只虫。

【解析】"庭里"为"廷"，加上"虫"字构成"蜓"。

2002. 喝

口渴缺水。

【解析】"渴"字缺"水"余下"曷"，与"口"合并成"喝"。

南宫无言来进谒。

【解析】"南宫"取"口"，"谒"无"言"为"曷"，合之成"喝"。

2003. 喂

人言可怕。

【解析】"喂"字拆解为"口畏"，"口"对应"人言"，"畏"对应"可怕"。

宫中相逢人相偎。

【解析】"宫中"为"口"，"相逢人相偎"扣"畏"（与"人"相逢构成"偎"），相合为"喂"。

2004. 喘

依山而立守前哨。

【解析】"前哨"扣"口"。"山""而""口"组合为"喘"。

311

方知岸上有耍头。

【解析】"方"别解作方格而扣"口","岸上"为"山","耍头"为"而",三字组合成"喘"。

2005. 喉

一直等候方相见。

【解析】"一直等候"扣"侯"("侯"加一直"丨"为"候"),"方"扣合"口",合之成"喉"。

猴子一口咬跑了狗。

【解析】"猴"字的"狗"跑了,应去掉反犬旁"犭",余下"侯"。"口"加上"侯"组成"喉"。

2006. 幅

四方同心帮后进。

【解析】"四方"别解为四个方格,扣合"田"。"同"字中心为"一口","帮"字后部为"巾"。以上各部分组合成"幅"。

一帘半掩画堂中。

【解析】"帘半掩"取"巾","画堂中"取"田口",加上首字"一"得到"幅"。

2007. 帽

放眼南昌市。

【解析】南"昌市",取"曰""巾",加上"目"(放眼)构成"帽"。

中字少一横,昌字多一横。

【解析】"中"少一横为"巾","昌"多一横得"冒",二者合为"帽"。

2008. 赌

赞下来者。

【解析】"赞下"为"贝",来个"者"字与之构成"赌"。

乐天蒙尘始遭贬。

【解析】"乐天"是唐朝诗人白居易的字,借以扣其姓氏"白"。"尘",尘"土"。"贬"字开始部件为"贝"。"白""土""贝"合而为"赌"。

2009. 赔

立即动员。

【解析】"员"字部件移动,与"立"组合为"赔"。

破格用人建西部。

【解析】"破格用人"扣"贝",与"部"字西边之"咅"组合,得到"赔"。

2010. 黑

黯然无声暮色浓。

【解析】"黯"字去掉"音"(无声)余下"黑","暮色浓"提示天黑了,照应字义。

一个脑袋成四方,两只眼睛

多明亮，端坐土台心悲切，点点滴滴泪水淌。

【解析】"黑"字上头犹如一个四方形的脑袋，里面两点看成眼睛，往下是"土"，底部四点象形为滴滴泪水。

2011. 铸

年前封后进三金。

【解析】"年前"取"丿"，"封后"为"寸"，与"三""金"组合成"铸"。

三分眉月十分秋。

【解析】"眉月"扣"丿"，长度"十分"为一"寸"；四季与五行对应，"秋"扣"金"。"三""丿""寸""金"（钅）组合成"铸"。

2012. 铺

镇前遇诗圣。

【解析】"镇前"是"钅"，"诗圣"指唐朝诗人杜"甫"，合并成"铺"。

投资浦东建商店。

【解析】"资"以会意法扣"金"，"浦东"以方位法扣"甫"，合而为"铺"。"商店"提示字义，指铺子。

2013. 链

先锋连。

【解析】"锋"之"先"为"钅"，加个"连"字成为"链"。

钱先生驾车去不还。

【解析】"钱"字之先为"钅"，"去不还"扣"辶"（"还"字去掉"不"），连同"车"字构成"链"。

2014. 销

堂前银钩挂镜边。

【解析】"堂前"扣"⺌"；"银钩"可喻指弯月，扣"月"；"镜边"扣"钅"。三者组合为"销"。

镇前月当头。

【解析】"镇前"为"钅"，"月"与"当头"之"⺌"合为"肖"。"钅""肖"组合成"销"。

2015. 锁

珍珠如土钱如尘。

【解析】"珍珠"扣"贝"，谜面意思小看金钱小看贝，"小金贝"合而为"锁"。

针头虽小，也有赚头。

【解析】运用方位法，"针头"扣"钅"，"赚头"扣"贝"，加上"小"字构成"锁"。

2016. 锄

补助现金。

【解析】"助"字出现"金"（钅），合并成"锄"。

313

一边出钱，一边出力，且到中间，管理土地。

【解析】"锄"字左边有"金"钱，右边为"力"，中间是"且"。"管理土地"对应字义，指这种农具的作用。

2017. 锅

一字三字拼，口内贴着金，不是盘和碗，不是瓢和盆。

【解析】"口""内""金"（钅）三字组合为"锅"。后面两句对应字义，指此物品。

取了窝头付了钱。

【解析】"窝"字之头（宀）取走，余下"呙"，再据"付了钱"加上金字旁"钅"，得到"锅"。

2018. 锈

前后铺锦绣。

【解析】"锦"之前为"钅"，"绣"之后为"秀"，合之成"锈"。

金线绣成不见丝。

【解析】"绣"字去掉绞丝旁"纟"（不见丝），余"秀"，再加上金字旁"钅"，得到"锈"。

2019. 锋

离镇之后下山峰。

【解析】"镇"字后面的"真"离开剩"钅"，"峰"字之"山"下掉余"夆"，合起来成"锋"。

金边烽火刚熄灭。

【解析】"烽"之"火"去除余"夆"，加上金字旁"钅"成为"锋"。

2020. 锐

免去一半税金。

【解析】"税"字免去一半（钅），以保留的一半"兑"与"金"（钅）组合为"锐"。

镇前两点见兄来。

【解析】"镇前"得"钅"，"两点"（丷）见"兄"构成"兑"，相合为"锐"。

2021. 短

天边眉月惹相思。

【解析】"眉月"象形扣"丿"，放在"天"边构成"矢"，"相思"借代扣"豆"（指相思豆，即红豆）。"矢""豆"合并得到"短"。

前前后后找中医。

【解析】"前前"取"前"字前头三笔即"丷一"，"后后"取"后"字后面的"一口"，与"医"字中间的"矢"组合为"短"。

2022. 智

一见立即成知音。

【解析】谜底"智"字见到"立"，能拼凑成"知音"二字。

天晓得。

【解析】"天"扣"日"，"晓得"扣"知"，组合成"智"。

2023. 毯

十分炎热。

【解析】人民币"十分"为一"毛"。"毛"与"炎"相合成"毯"。

笔下来言谈。

【解析】"笔"下是"毛"，"来言谈"扣"炎"（来"言"成"谈"），二者组合为"毯"。

2024. 鹅

我有一只鸟。

【解析】"我"字加个"鸟"，构成"鹅"。

我的鸡又飞了。

【解析】"鸡"字之"又"去掉，余下"鸟"。"我""鸟"相合，成了"鹅"。

2025. 剌

背上霜刃射寒光。

【解析】"霜刃射寒光"说明锋利，扣"利"，与"背"字上部"北"组合成"剌"。

乘虚割一半。

【解析】"割"字虚去一半保留"刂"，与"乘"合而为"剩"。

2026. 稍

入秋之前销一半。

【解析】"秋"前为"禾"，与"销"的一半"肖"合并成"稍"。

消去水见稻禾。

【解析】"消"去掉"水"（氵）余"肖"，加上"禾"字成为"稍"。

2027. 程

和老王在一起。

【解析】"和"与"王"在一起，组合为"程"。

秋后别离方见君。

【解析】"秋"后之"火"别离，余下"禾"。"方"扣"口"（方格），"君"扣"王"（君王）。"禾""口""王"相合为"程"。

2028. 稀

分秒不少有希望。

【解析】"秒"字分开，不要"少"便得到"禾"，与"希"合并成"稀"。

风里来，雨里去，一年到头奔前程。

【解析】"风里来"得"乂"；"雨里去"，去掉里面四点余"一巾"，"年"头为"丿"，"前程"为"禾"，以上各部分组合成为"稀"。

2029. 税

首季兑现。

【解析】"首季"扣"禾"("季"字头部），与"兑"合为"税"。

香残总无心儿赏。

【解析】"香残"取"禾"，"总"字无"心"所余笔画加上"儿"成为"兑"。"禾""兑"组合成"税"。

2030. 筐

个个开口称皇后。

【解析】"个个"扣"竹"，开"口"扣"匚"，"皇后"扣"王"，组合成"筐"。

一个院子四方方，可惜只有三面墙，院前插上竹竿子，院内住的是小王。

【解析】把"匚"象形为三面筑墙的四方院子，在它前面加上"竹"，里面填进小"王"，即成为"筐"字。

2031. 等

翠竹高耸村庄后。

【解析】"村庄"二字之后取"寸""土"，合之为"寺"，上面加个竹字头"竹"则成"等"字。

笔头十一寸。

【解析】"笔头"为"竹"，与"十一寸"合而为"等"。

2032. 筑

竹影掩映半江帆。

【解析】"江帆"二字之半取"工""凡"，加上竹字头"竹"构成"筑"。

人人都是普通劳动者。

【解析】谜底"筑"字拆解为"个个凡工"，与谜面会意相扣。

2033. 策

半筐枣。

【解析】"筐枣"两字的一半"竹""束"组合，得到"策"。

竹下刺刀不见了。

【解析】"刺"字之"刀"（刂）不见了，余下"朿"，放到"竹"（竹）下构成"策"。

2034. 筛

为师献上策。

【解析】"上策"为"竹"，加个"师"字成为"筛"。

一个个都帅。

【解析】"个个"扣"竹"，"一"与"帅"合为"师"，"竹""师"组成"筛"字。

2035. 筒

个个回来换新装。

【解析】"个个"合并成"竹",扣"⺮","回"字笔画移动可变成"同",二者组合为"筒"。

两个一同来。

【解析】"两个"即"个个",扣"⺮",与"同"组合成"筒"。

2036. 答

半筐带半盒。

【解析】"半筐"取"⺮","半盒"取"合",组成"答"字。

个个同心人。

【解析】"个个"合为"竹",以竹字头"⺮"代替,与"同"字中心笔画"一口"以及"人"组合,得到"答"字。

2037. 筋

笔端着力绘婵娟。

【解析】"笔"端扣"⺮","婵娟"扣"月",加上"力"字成为"筋"。

个个奋力朝前走。

【解析】"朝前走",余下"月"。"个个"(⺮)"力""月"组合为"筋"。

2038. 等

争取得上等。

【解析】"争"与"等"字上头的"⺮"组合,成为"等"。

互不相让。

【解析】"互不相让",会意为"个个争",相合即成"等"字。

2039. 傲

旁若无人,独占鳌头。

【解析】谜底"傲"字如果没有"人",为"敖",正是"鳌头"。

鳌头独占便居先。

【解析】"鳌头"为"敖","便居先者为"亻",合起来就是"傲"。

2040. 傅

建设浦东,十分需要人。

【解析】"浦"字东部是"甫","十分"别解为长度为一"寸",加上"人"(亻)组合成"傅"。

村东一人刚到来。

【解析】"村东"为"寸","人"用作单人旁"亻","刚"会意扣"甫",合之成"傅"。

2041. 牌

一片残碑。

【解析】"残碑"取"卑",与"片"合并成"牌"。

碑石已损留拓片。

【解析】"碑"字之"石"损去余下"卑",加上"片"字构成"牌"。

317

2042. 堡

走在前面休多嘴。

【解析】"走"字前面取"土"，"休"加"口"（多嘴）为"保"，组合成"堡"。

保卫边境。

【解析】边"境"取"土"，与"保"构成"堡"。

2043. 集

标准降一半，上下结合看。

【解析】"标准"去掉一半后，用留下的半边"木""隹"上下组合成"集"。

国内体改呼声急。

【解析】"国内"为"王"，与"体"组合改为"集"；"呼声急"提示谜底字音，"急""集"读音相同，从而排除了猜"椎"。

2044. 焦

瞧不上眼。

【解析】"眼"会意扣"目"。"瞧"字之"目"没有用上，为"焦"。

有石海里见，有草果儿弯，有木打柴去，有眼能看见。

【解析】谜底"焦"字如果有"石""草"（艹）"木""目"则分别组成"礁""蕉""樵""瞧"，每句后面文字对组成的新字做了提示。

2045. 傍

旁边有人。

【解析】"旁"边有"人"（亻），合而为"傍"。

六桥芳草藏人迹。

【解析】谜面顿读为：六/桥/芳草藏/人迹。"桥"扣"亠"，"芳草藏"扣"方"。"六""亠""方""人"组合得到"傍"。

2046. 储

首都来信。

【解析】"首都"以方位法扣"者"（"都"字开头），来"信"合并成"储"。

人言老头喜太阳。

【解析】"老头"取"耂"，"太阳"扣"日"，组合为"者"，与"人言"合并成"储"。

2049. 奥

向外运大米。

【解析】"向"字外边部分与"大米"构成"奥"字。

一向出口大米。

【解析】"向"字的"口"取出后，剩余笔画与"大米"组合成"奥"字。

318

2050. 御

卸装后出征。

【解析】谜面顿读为：卸装／后出征。"征"字后面的"正"出去，余下"彳"，装上"卸"字构成"御"。

街头装卸。

【解析】"街头"扣"彳"，装配个"卸"，成为"御"字。

2051. 循

两人组成挡箭牌。

【解析】"挡箭牌"扣"盾"，加上双人旁"彳"组成"循"。

人人有后盾。

【解析】"人人"扣双人旁"彳"，后面加个"盾"，得到"循"字。

2052. 艇

乘船东去归庭下。

【解析】"船"字东面去掉余"舟"，与"庭"下之"廷"合而为"艇"。

庭前不见小船归。

【解析】"庭"前不见，为"廷"，与"舟"（船）合而为"艇"。

2053. 舒

我家传来读书声。

【解析】"我家"会意为"予舍"，相合成"舒"。"读书声"提示谜底字音，"舒"读"书"声。

忘我才能心畅。

【解析】谜底"舒"拆解为"舍予"，义扣"忘我"。"心畅"提示字义。

2054. 番

后滚翻。

【解析】"翻"字后面部分"羽"翻滚开，余下"番"字。

田上禾穗颗粒多。

【解析】"番"字为"田"字上面加个"禾"再加两点（丷），这两点对应"颗粒多"。

2055. 释

前番又用心。

【解析】"前番"取"采"，与"又"和"用"字中心的两横一竖组合，得到"释"。

秋雨关前驰驿马。

【解析】"秋雨"暗示"秋"字去掉"火"，余下"禾"。"关前"扣"丷"。"驰驿马"，"驿"字之"马"驰去余右边部件，与"禾""丷"组合成"释"。

2056. 禽

手到擒来。

【解析】谜底"禽"加个提手旁"扌"就成了"擒"。

寄人篱下。

【解析】"人"与"篱"下之"离"组合，得到"禽"。

2057. 腊

黄昏前后月初升。

【解析】"黄"之前、"昏"之后组合，构成"昔"，前面加个"月"（月初升）即成"腊"字。

一月二十日。

【解析】"一""月""艹"（扣"二十"）"日"组合，成为谜底"腊"。

2058. 脾

月白千山山自闲。

【解析】"山""山自闲"自行抵消后，余下"月白千"，三字组合可得"脾"。

立此石碑有一月。

【解析】"立此石碑"扣"卑"（加上"石"便成"碑"），有一"月"，合而为"脾"。

2059. 腔

穿上西服去江西。

【解析】谜面顿读为：穿上/西服/去江西。"穿上"取"穴"，"西服"为"月"，去掉"江"字西部（氵）余"工"，三字合为谜底"腔"。

皓月当空。

【解析】"月"与"空"组合，成为"腔"字。

2060. 鲁

上面在水里，下面在天空，上下合一处，老家在山东。

【解析】"鲁"字上面是"鱼"，鱼在水里。下面为"日"，太阳在天空。而整个"鲁"字是山东省的别称。

归田之日，不负前盟。

【解析】"田""日"与"不负"两字前面的"一""丿"组合，得到"鲁"。

2061. 猾

狗骨头。

【解析】"狗"扣反犬旁"犭"，加个"骨"字成为"猾"。

月映楼台独扬帆。

【解析】"猾"字右上方像楼台，下面是"月"；左边"犭"对应"独扬帆"，因"独"去掉"虫"（把"虫"象形为帆，将其扬去）余"犭"。

2062. 猴

猜前等候，一直没来。

【解析】"猜"前面为"犭"，"候"字一直（丨）没有来为"侯"，合并成"猴"。

独在前面求封侯。

【解析】"独"在前面，为"犭"，

加上"侯"字成为"猴"。

2063. 然

狱后斜月留残照。

【解析】"然"字右边"犬"扣"狱后",左边部分犹如斜"月",底下"灬"扣"残照"("照"字残损)。

触火即燃。

【解析】谜底"然"字加上"火",就是"燃"字。

2064. 馋

自食谗言不可取。

【解析】"谗"言不可取,余下右边部分,再加上"食"字旁(饣),得到"馋"。

分娩前食用点点。

【解析】分去"娩"前之"女"余下"免",加上"食"字旁和两个点("点点"),成为"馋"。

2065. 装

壮族服式。

【解析】"服式"(服装的式样)引出"衣",与"壮"组合为"装"。

卸妆女遇衣冠士。

【解析】"妆"卸去"女"余下"丬",加上"衣""士"组合成"装"。

2066. 蛮

也是一条虫。

【解析】"也"扣"亦",与"虫"组合得到"蛮"字。

先变半个蛋。

【解析】"先变半"为"亦",与"蛋"字的一半"虫"组合,成为"蛮"。

2067. 就

赏景尤在日落时。

【解析】"景"字"日"落去,余下"京",加个"尤"字成为"就"。

扰掠之后。

【解析】"扰掠"两字后面部件分别是"尤""京",合并即成"就"字。

2068. 痛

涌入厂内。

【解析】"涌"字里面加进"厂",构成谜底"痛"。

一半是通病。

【解析】"通病"两字取用一半"甬""疒",合起来就是"痛"。

2069. 童

出站后有一里。

【解析】"站"后之"占"取出,余"立",加一"里"而成"童"。

陆游一别桑梓地。

【解析】"陆"字异读别解为"六"的大写。谜底"童"字的"六"

321

游开"一"别离，剩下"里"字，义扣"桑梓地"，意即故乡。

2070. 阔

活动门。

【解析】"活"和"门"组合，成为"阔"。

揽活回家想致富。

【解析】"家"扣"门"，加进"活"字成为"阔"。"致富"提示字义。

2071. 善

鳝鱼溜了。

【解析】"鳝"字的"鱼"溜走，余下"善"。

羊在前头田边上。

【解析】"前头"扣"丷一"，"田边上扣"口"，加上"羊"字成为"善"。

2072. 羡

有女长大美姿容。

【解析】"美"字如果有"女"和"大"，便能构成"美姿"。

盖头在其次。

【解析】"盖头"取"䒑"，与"次"字合而为"羡"。

2073. 普

首先到山西。

【解析】"首先"，取"首"字前头两点（丷），与山西省的别称"晋"组合为"普"。

先前就业在鲁南。

【解析】先"前"取"丷一"，与"业"和"鲁南"之"日"组合，成为"普"。

2074. 粪

洪水退后，粮先运到。

【解析】"洪"水退去余下"共"，与"粮"字前面的"米"组合，得到"粪"。

其中空空不对头。

【解析】"其"字里面空了即两横没有了，为"共"。"不字头"扣"米"（两个"不"字的头相对），与"共"合为"粪"。

2075. 尊

两点十分来游园。

【解析】"两点"扣"丷"，"十分"扣"寸"，"园"字笔画游动重组成"酉"，相合为"尊"。

酋长十分敬重。

【解析】"酋"字加上"寸"（扣"十分"）为"尊"。"敬重"提示字义。

2076. 道

前头自在泛小舟。

【解析】"前头"扣"丷一"，"小

舟"扣"辶",与"自"组合为"道"。

北关乘舟独自行。

【解析】"北关"扣"丷一","舟"扣"辶",与"自"组合为"道"。

2077. 曾

僧人出游。

【解析】"僧"字之"人"(亻)离开,剩余"曾"。

欲赠送无钱财。

【解析】"赠"无钱财,去掉"贝",剩下"曾"字即谜底。

2078. 焰

失陷之前着了火。

【解析】"陷"字前面"阝"失去后剩下"臽",加个"火"字成为"焰"。

烟头先掐掉。

【解析】"烟头"扣"火","掐"字前面去掉余"臽",合而为"焰"。

2079. 港

池边胡同。

【解析】"池边"扣"氵","胡同"扣"巷",合而成"港"。

排污之后进了巷。

【解析】排"污"之后余"氵",加上"巷"字成为"港"。

2080. 湖

清明前后犹怀古。

【解析】"清明"前后,为"氵""月",加上"古"字成为"湖"。

月照古渡头。

【解析】"渡头"扣"氵",与"月""古"组合成"湖"。

2081. 渣

查到三点。

【解析】"查"字加上三点,成为"渣"。

西湖植树一日。

【解析】"西湖"扣"氵",加上"木"和"一""日",构成"渣"。

2082. 湿

今日流水作业,浑身汗如水泼。

【解析】"日""水""业"组合为"湿"。后句提示字义。

业已三更月不明。

【解析】"三"更变为"氵","月不明"扣"日"("月"字不要了的"明"),与"业"组合成"湿"。

2083. 温

残阳如血映西湖。

【解析】"残阳"取"日","如血"扣"皿","西湖"扣"氵",三者

323

合而为"温"。

日饮半盅酒。

【解析】半"盅酒",取"皿""氵",与"日"组合成"温"。

2084. 渴

碣石已沉成汪洋。

【解析】"碣"字的"石"去掉,剩余"曷"字,"汪洋"扣"水"(氵),组合成"渴"。

喝了一口水。

【解析】"喝"字了却一个"口",余下"曷",加"水"成为"渴"。

2085. 滑

近水楼台先得月。

【解析】"滑"字右上方象形为楼台,底下为"月",左边为"水"。

三桥水映月。

【解析】"滑"字右上方象形为三座桥,其余部分为"水""月"。

2086. 湾

九曲黄河。

【解析】"九曲"扣"弯","黄河"扣"水"(氵),合之成"湾"。

蝴蝶泉边月如钩。

【解析】"蝴蝶"象形扣"亦","泉"扣"水"(氵),"月如钩"扣"弓",组合成"湾"。

2087. 渡

酒席散后又相逢。

【解析】"酒席"两字的后面部分散去,去掉"酉""巾"后,与"又"相逢成为"渡"。

甘心一别到广汉。

【解析】"甘"字中心的"一"别离而去,余"廿"、"廿"和"广""汉"组合成"渡"。

2088. 游

牛仔流放一半存。

【解析】从"牛仔流放"四字中各取一半(𠂉子氵方)组合成"游"。

海上别母亲,离子在一方。

【解析】"海"字之"母"离开后,与"子""方"组合为"游"。

2089. 滋

幽山飞瀑兰初发。

【解析】谜面顿读为:幽山飞/瀑兰初发。"幽"字之"山"飞离,剩下两个"幺",与"瀑兰"二字开头笔画"氵""丷一"组合,成为"滋"。

玄而又玄耍滑头。

【解析】两个"玄"与"滑"字开头部分"氵"组合,得到"滋"。组成谜底时,两个"玄"的一横拼接在一起了。

2090. 溉

水既来了就浇灌。

【解析】"水""既"合而为"溉"。"浇灌"照应字义。

厩下饮水。

【解析】"厩"下为"既",加"水"为"溉"。

2091. 愤

花卉一心赠先进。

【解析】"卉""心"(忄)与"赠"字前头的"贝"组合,成为"愤"。

早日了断,后悔药购不到。

【解析】"早"字之"日"去掉余"十"。后"悔药购"不到,取用三字前面的"忄""艹""贝",与"十"组合为"愤"。

2092. 慌

一直为儿忙了二十载。

【解析】"一直"扣"丨","二十"扣"卄",与"儿""忙"组合为"慌"。

有心来拾荒。

【解析】"心"与"荒"组合,得到谜底"慌"。

2093. 惰

有心成功力不足。

【解析】"功"字"力"不足,为"工",与"有""心"组合为"惰"。

工作上下有,存心爱偷懒。

【解析】"惰"字右半部为"工"字上下一个"有",左边存"心"(忄)。"爱偷懒"对应字义。

2094. 愧

心中有鬼。

【解析】"心""鬼"合并,成为"愧"字。

鬼心眼儿,没脸见人。

【解析】"鬼""心"合而为"愧"。"没脸见人"说明羞愧,提示字义。

2095. 愉

一半偷懒。

【解析】"偷懒"的一半取用"俞""忄",相合为"愉"。

没人偷,始放心。

【解析】"偷"字无"人"为"俞",前面放上"心"(忄),组成"愉"。

2097. 割

带刀有害。

【解析】带"刀"(刂)有"害",组合为"割"。

北窗含远树,东侧鸣飞禽。

【解析】"北窗"取"宀","远树"象形扣"丰","东侧"扣"刂","鸣飞禽","鸣"字中去掉"鸟"余"口"。以上各部分组合成"割"。

325

2098. 寒

半决赛。

【解析】取"决赛"二字的一半"冫"和"塞"组合出"寒"字。

塞北冰半消。

【解析】"塞北"取用"土"字以外的部件，"冰半消"去掉"水"，得两点，相合成"寒"。

2099. 富

四方同心，空前团结。

【解析】"四方"扣"田"，"同"心取"一口"，与"空"前面的"宀"组合在一起，得到"富"。

有点爱心得后福。

【解析】"点"扣"丶"，"爱心"扣"冖"，与"福"字后面部分组合成"富"。

2100. 窜

双方一直依窗前。

【解析】"双方"扣"口口"，与"丨"（一直）组合成"串"，加上"窗"前之"穴"，构成"窜"字。

挖掉穷根心无患。

【解析】挖掉"穷"根余"穴"，"心无患"为"串"，二者合为"窜"。

2101. 窝

内容无人看。

【解析】"容"字去掉"人"后，余下"穴""口"，与首字"内"组合为"窝"。

洞口在内。

【解析】"洞"扣"穴"，与"口""内"合而为"窝"。

2102. 窗

烟囱吐烟半空中。

【解析】"烟""吐烟"自行抵消，余下"囱半空中"扣合谜底。"囱"与"空"字的一半"穴"组合，得到"窗"。

烟囱耸入半空中。

【解析】"囱"与"空"字的一半"穴"组合，构成谜底"窗"。

2103. 遍

偏不要人坐船。

【解析】"偏"字去掉"人"余"扁"，"船"象形扣"辶"，合之成"遍"。

为人不偏力无边。

【解析】"偏"字去除"人"余"扁"，"边"字无"力"为"辶"，组合成"遍"。

2104. 裕

有衣有谷，生活富足。

【解析】"衣"用作衣字旁"衤"，

加上"谷"字成为"裕"。"生活富足"提示字义。

浴后更衣。

【解析】"浴"后为"谷","衣"更改作衣字旁"衤",合之成"裕"。

2105. 裤

成衣库。

【解析】"衣"用衣字旁"衤"代替,与"库"合并成"裤"。

成衣装上车,运往广交会。

【解析】"衣"(衤)加上"车",再与"广"字相会,构成"裤"。

2106. 裙

左补右补还有缺口。

【解析】"左补"为"衤",再补充个"右"字,又加上"缺口"("口"左边一竖缺失),成为"裙"。

伊人离去转生哀。

【解析】谜底"裙"拆成"尹"和"衣(衤)口"。"尹"扣"伊人离去";"衣(衤)口"组合能转变成"哀"字,故扣"转生哀"。

2107. 谢

言传身教,十分融洽。

【解析】"十分"别解为长度扣"寸"。"言""身""寸"组合成"谢"。

说话十分得体。

【解析】"说话"扣"言","十分"扣"寸","体"扣"身",组合为"谢"。

2108. 谣

初觅许仙人不见。

【解析】"初觅"为"⺈","仙"字"人"不见为"山",与"许"组合成"谣"。

摇头离开无人信。

【解析】"无人信"扣"言"("信"字无"人")。"摇"字开头部件"扌"离开后,所余右边部件与"言"(讠)组合成"谣"。

2109. 谦

弃前嫌,言归于好。

【解析】弃前"嫌",得到"兼",来个"言"字合为"谦"。

片语释前嫌。

【解析】"片语"扣"讠"("语"字的片段),释去"前嫌"余下"兼",合而为"谦"。

2110. 属

拔掉龋齿抛屋后。

【解析】"龋"字的"齿"去掉余"禹";抛弃"屋"后之"至"余"尸",二者合为"属"。

大禹不大回屋头。

【解析】"大""不大"自行抵消,

327

余下"禹回屋头"扣合谜底。"禹"和"屋"字头部之"尸"组合,得到"属"字。

2111. 屡

前屋后楼紧相连。

【解析】"前屋"扣"尸","后楼"扣"娄",合在一起就是"屡"。

残月下西楼。

【解析】"残月"扣"尸"("月"字残缺可得),下掉"楼"字西部之"木"余"娄",合之为"屡"。

2112. 强

残月虫鸣鸟惊飞。

【解析】"残月"扣"弓"("月"字残损可得"弓"字,天上残月弯曲之状亦如弓),"鸣"之"鸟"飞余"口",加上"虫"字构成"强"。

虽有弯头亦不用。

【解析】"弯"字头部的"亦"不用,余下"弓"字,与"虽"合而为"强"。

2113. 粥

月月亏损不对头。

【解析】"月月"两字亏损可得"弓弓","不"字对头(头相对)构成"米",组合为"粥"。

两张弓,放两旁,一粒米,中间藏。

【解析】两个"弓"字,中间再加进"米",构成"粥"。

2114. 疏

今后要止住水流失。

【解析】"今后"为"乛","止"直接用上。"流"字失去"水"(氵)后所剩部件与"乛""止"组合为"疏"。

种蔬菜须除草。

【解析】"蔬"字去除草字头"艹",剩下"疏"。

2115. 隔

融化之后先陈列。

【解析】"融"字后面的"虫"化去余"鬲",与"陈"字前面的"阝"合并成"隔"。

通融之前到陕西。

【解析】"融"字前面为"鬲","陕"字西边是"阝",合之成"隔"。

2116. 隙

上下两个小太阳。

【解析】上下两个"小",再加一个"阳",成为"隙"。

小小西院日照中。

【解析】"西院"为"阝",右边加上"小""小",在"小""小"

中间再放个"日",构成"隙"字。

2117. 絫

如凌绝顶群峰小。

【解析】"厶"象形为远山,"群峰"扣"幺"。"如"字在顶上,与"幺"(群峰)"小"组合成"絫"。

如受累之后。

【解析】"如"与"累"字后面的"糸"组合,成为"絫"。

2118. 嫂

搜出一半要一半。

【解析】"搜"字的一半"叟"与"要"的一半"女"组合,得到"嫂"。

一个姑娘,一个老汉,两个一起,给哥做伴。

【解析】"姑娘"扣"女","老汉"扣"叟",二者相合为"嫂"。"给哥做伴"对应字义。

2119. 登

澄清之水。

【解析】"澄"字之"水"(氵)清除掉,剩下"登"。"清"字意思由清澈别解为清除、去掉。

古灯火已灭。

【解析】"古灯"指"灯"字古时的写法即繁体字"燈",其"火"灭掉,剩余"登"。

2120. 缎

一段线头。

【解析】"线"字开头为"纟",与一个"段"字组合,得到"缎"。

这段乡下变了样。

【解析】"乡"字下面变样可成"纟",加上"段"字成为"缎"。

2121. 缓

前线有后援。

【解析】"前线"扣"纟",与"援"字后面部分组合成"缓"。

失约之后,爱心有变。

【解析】失"约"之后,余"纟"。"爱"字中心的"冖"变成"一"后,与"纟"合并成"缓"。

2122. 编

房前疏篱隔残红。

【解析】"房前"扣"户","疏篱"象形扣"册","残红"取"纟",合而成"编"。

先练半篇。

【解析】先"练"为"纟",半"篇"取"扁",相合为"编"。

2123. 骗

把马踏扁了,这是哄人的。

【解析】"马""扁"合并成"骗"。后句提示字义。

329

扁马不是马，千万别信它。

【解析】"扁马"二字组合成"骗"。后句对应字义。

2124. 缘

一头肥猪，站在下面，两钩扣住，半绳相牵。

【解析】"缘"字右下方"豖"，意思为"猪"，其上边笔画犹如"两钩扣住"，左边"纟"则对应"半绳相牵"，"纟"为"绳"字的一半。

篆字一半先描红。

【解析】"篆"字下半部与"红"字前面的"纟"组合，成为"缘"。

十三画

2125. 嵋

登南岳而望北去。

【解析】"南岳"为"山"，"望"字北部去掉余下"王"，连同谜面"而"字合为"嵋"。

游玩后而到山下。

【解析】"玩"字后面的"元"游开，剩余"王"。"而"到"山"下构成"峏"。"王""峏"合并成为"嵋"。

2126. 魂

人不赴会愧无心。

【解析】"人"不赴"会"，为"云"。"愧"无"心"余"鬼"。"云""鬼"相合而成"魂"。

说是心无愧。

【解析】"说"会意扣"云"，"心无愧"扣"鬼"（"愧"字去掉"心"），组合为"魂"。

2127. 肆

一人上了套，二人受戒律。

【解析】前句扣"镸"，因加上"一人"构成"套"；后句扣"聿"（加上"二人"则成"律"）。"镸""聿"合并得到"肆"。

一律放人先解套。

【解析】"律"字放走"人"，即去掉双人旁余"聿"，"套"字前面的"大"解开余"镸"，二者相合成为"肆"。

2128. 摄

双手取走一半。

【解析】"取"走一半，可得"耳"。"双""扌""耳"三部分合而为"摄"。

双联开关接插头。

【解析】"联开关"，"联"字拿开"关"余下"耳"。"插头"扣"扌"。"双""耳""扌"三部分组合成"摄"。

330

2129. 摸

提前赶来莫停留。

【解析】"提"前赶来，得到"扌"，加"莫"则成"摸"。

有人承担放宽心。

【解析】"人""担"与"宽"心之"宀"组合，得到"摸"字。

2130. 填

毕业之后去滇西。

【解析】"毕业"之后，为"十一"，"滇"字西边"氵"去掉余"真"，合而为"填"。

确实不洋。

【解析】"确实不洋"会意为"真土"，相合即为"填"字。

2131. 搏

携手浦东来寻根。

【解析】"浦东"为"甫"，"寻根"是"寸"，携"手"（扌）合为"搏"。

村后捕获。

【解析】"村后"扣"寸"，与"捕"合而为"搏"。

2132. 塌

埋头复习一日。

【解析】"埋头"扣"土"，"复习"扣"羽"（重复之"习"），加上一"日"构成"塌"。

香扇半遮出城东。

【解析】"香扇"半遮留"日""羽"，"城"字东边的"成"出去后余"土"，三者组合为"塌"。

2133. 鼓

早下豆种为支前。

【解析】"早"下为"十"，加"豆"为"壴"，放在"支"前合为"鼓"。

十载又十载，同心上前来。

【解析】两个"十"记载上，加"又"，再加上"同"字中心的"一口"和"前"字上头的"丷一"，最终组合为"鼓"。

2134. 摆

双双携手一同去。

【解析】"双双"扣"四"，与"手"（扌）、"去"组合为"摆"。

握别之后转眼去。

【解析】"握别之后"余前面"扌"，"眼"扣"目"，转动成"罒"，加上"去"字成为"摆"。

2135. 携

上边推下边扔，都是一手造成。

【解析】"携"字犹如"推"和"扔"两字一上一下，共用一个提手旁"扌"组合而成的。

推出后起之秀。

【解析】"推"与"秀"字后面的"乃"组合，成为"携"字。

2136. 搬

装船出口，又要提前。

【解析】"船"字的"口"拿出去，所余部件"舟""几"与"又"和"扌"（"提"前）组合，成为"搬"。

南方开盘即投入。

【解析】"盘"字南方的"皿"移开，剩余"舟"，与"投"字组合为"搬"。

2137. 摇

上报之前辟谣言。

【解析】"报"之前为"扌"。"辟谣言"，即去掉"谣"字之"言"（讠），所余右半部与"扌"合为"摇"。

出言造谣变手法。

【解析】"出言造谣"对应"谣"字的右半部（加"言"成"谣"），"手"变作提手旁"扌"，二者相合得到"摇"。

2138. 搞

推敲半载成高手。

【解析】"推敲"两字取用一半"扌""高"，合为"搞"。"高""手"（扌）合并亦为"搞"。谜面两次扣合谜底。

先后投稿。

【解析】"投"字之先（前面）为"扌"，"稿"字后面为"高"，合之成"搞"。

2139. 塘

唐王一去不复返。

【解析】"王"字去"一"余"土"。"唐""土"合而为"塘"。

半块糖。

【解析】半"块糖"，取两字的半边"土""唐"组合，成为"塘"。

2140. 摊

有难抢先上。

【解析】"抢"之先为"扌"，"难""扌"相合，成为"摊"。

推开到两边，又挤进中间。

【解析】"推"字左右分开后，在"扌""隹"中间加进"又"，构成"摊"。

2141. 蒜

二小二小，头上顶草。

【解析】"二小"合为"示"。"示""示"上面加个草字头"艹"，合为"蒜"。

两个小二上菜来。

【解析】"小二"合为"示"，两个"示"与"菜"字上头之"艹"组合，构成谜底"蒜"。

2142. 勤

改革有功。

【解析】"革"字加上"功"，构成"勤"。

一一致力于改革。

【解析】"一一""力""革"组合，得到谜底"勤"。

2143. 鹊

黄昏前后鸟飞来。

【解析】"黄"之前与"昏"之后组合，成为"昔"，来个"鸟"字合为"鹊"。

旧时燕。

【解析】"旧时"扣"昔"，"燕"是"鸟"类。"昔""鸟"相合，得到"鹊"。

2144. 蓝

编篮用草不用竹。

【解析】"篮"字去掉竹字头，然后加上草字头，成为"蓝"。

幕前监督。

【解析】"幕前"为"艹"，加个"监"字成为"蓝"。

2145. 墓

莫到土上。

【解析】"莫"字到"土"上，组合成"墓"。

坡前摸到一半。

【解析】"坡前"为"土"，与"摸"字右半边"莫"组合，成为"墓"。

2146. 幕

归帆一片暮日沉。

【解析】归"帆"一片，可得"巾"（"巾"可象形为风帆，"巾"也是"帆"字的一个片段），"暮日沉"扣"莫"，合起来便是"幕"。

莫要吊下来。

【解析】"吊"下面部分到来，得"巾"。"莫""巾"组合为"幕"。

2147. 蓬

篷竹换成草。

【解析】"篷"的竹字头"⺮"换成草字头"艹"便得到谜底"蓬"。

远树连草色，雾中泛扁舟。

【解析】"远树"象形扣"丰"，"草"以草字头"艹"代替，"雾中"以方位法扣"夂"，"扁舟"象形扣"辶"，以上各部分合而为"蓬"。

2148. 蓄

花前留下无弦弓。

【解析】"花前"为"艹"，"留下"为"田"，无"弦"之"弓"余"玄"，三者合为"蓄"。

养畜要存草。

【解析】"畜"字加上"草"（艹），得到"蓄"。

2149. 蒙

家要分开出点子。

【解析】"家"字的"丶"（点子）拿出去，"开"字分拆为"一""艹"，以上部件组合为"蒙"。

一家出点，支援藏北。

【解析】"家"字的"丶"（点）拿出去后，与"一"和"艹"（"藏"字北部）组合为"蒙"。

2150. 蒸

出手来拯救，然后得宽心。

【解析】前句扣"丞"（加"手"为"拯"）。后句，"然后"扣"灬"，"宽心"扣"艹"（"宽"字之心）。三部分组成成"蒸"。

二十四点迎丞相。

【解析】"二十"扣"艹"，"四点"扣"灬"，加上"丞"字成为"蒸"。

2151. 献

入伏之后往南来。

【解析】"伏"字后面是"犬"，与"南"合而为"献"。

南来一人望孤星。

【解析】"孤星"象形扣"丶"。"南""一人""丶"组合，得到"献"。

2152. 禁

两个小木偶。

【解析】"两个小"即"二小"，合为"示"；"偶"别解为成对的，"木偶"解为两个"木"，即"木木"。相合即成"禁"字。

两块木牌，钉成并排，告示一下，不准往来。

【解析】两个"木"并列，下面加个"示"，构成"禁"。"不准往来"提示字义。

2153. 楚

先买后走免雨淋。

【解析】"先买"为"龴"，"后走"取"走"字下面四笔"龰"；"免雨淋"，"淋"字去掉"氵"余"林"。以上笔画合而为"楚"。

疑在东南降霖雨。

【解析】指"疑"字东南部分即右下方之"龰"，"降霖雨"即"霖"字去掉"雨"，余"林"，二者合为"楚"。

2154. 想

毁坏森林，后患就在眼前。

【解析】毁坏"森"字之"林"剩余"木"，"后患"为"心"，"眼前"为"目"，三字组合成"想"。

相当贴心。

【解析】"相"字贴个"心",构成谜底"想"。

2155. 槐

离休之人心无愧。

【解析】离"休"之"人",余下"木";"心无愧"扣"鬼"("愧"字去掉"心")。"木""鬼"合并成"槐"。

机遇几失真见鬼。

【解析】"机"字的"几"失去,余下"木"。"木"与"鬼"组合成"槐"。

2156. 榆

偷闲闭门拒人来。

【解析】"偷"字去掉"人"(拒人来)余"俞","闲"字去掉"门"余"木"。"俞"和"木"组合为"榆"。

输棋只缘失其车。

【解析】"输棋"两字失去"其车",余下"俞"和"木",合之成"榆"。

2157. 楼

姑娘两点入林间。

【解析】"姑娘"扣"女",与"丶丶"(两点)和"林"组合为"楼"。

十八只篓个个空。

【解析】"十八"合为"木","篓"字空去"个个"(竹)余下"娄",组合成"楼"。

2158. 概

栏前既后。

【解析】"栏前"为"木","既后"为"既",相合成"概"。

慨然无心闲出门。

【解析】"慨"无"心"余"既","闲"出"门"余"木",二者合而为"概"。

2159. 赖

中有一人颇自负。

【解析】"中"有"一人",构成"束",再加上"负"字成为"赖"。

懒不用心。

【解析】"懒"字不用"心",去掉竖心旁"忄"后,剩下"赖"。

2160. 酬

饮罢水酒进州来。

【解析】"酒"字之"水"(氵)去掉,剩余"酉",与"州"合而为"酬"。

一入西川水势平。

【解析】"一"入"西"中合为"酉";"水势平"示意将三点水"氵"平躺下来写,与"川"组成"州"。"酉""州"合而为"酬"。

2161. 感

心字上面,减去两点。

335

【解析】"减"字去掉两点成了"咸"。"心"上面有个"咸",构成"感"。

想到一半喊出口。

【解析】"想"到一半,取其"心";喊"出""口"余"咸"。"心""咸"组合为"感"。

2162. 碍

破掉一半得先丢。

【解析】"破"字失掉一半(皮),保留一半"石"。"得"字前面的双人旁丢掉后,右边部件与"石"合为"碍"。

得派二人去码头。

【解析】"得"字"二人"(彳)离开后,所余右半部与"码头"之"石"组合为"碍"。

2163. 碑

啤酒厂出酒。

【解析】谜面中"酒""出酒"自行抵消后,剩余"啤""厂"二字,合而为"碑"。

厂出名牌之前。

【解析】"名牌"的前面部分移出去,留下"口"和"卑",与"厂"组合成"碑"。

2164. 碎

翠羽惊飞上碧空。

【解析】"翠"字之"羽"飞掉,剩下"卒";"上碧空","碧"字上面空去,余下"石"。"卒""石"合并成"碎"。

醉后磕头。

【解析】"醉后"是"卒","磕头"为"石",合之成"碎"。

2165. 碰

前头作业先确定。

【解析】"前头"取"丷一",与"业"组成"並",再加上"确"字前面的"石",构成"碰"。

首先就业到码头。

【解析】"首先"取"丷一",加上"业"字成为"並";"码头"扣"石",相合为"碰"。

2166. 碗

岩底鸳鸟飞上空。

【解析】"岩"字底部为"石","鸳鸟飞"扣"夗"("鸳"字的"鸟"去掉),"上空"扣"宀",三部分合而为"碗"。

豌豆外运进码头。

【解析】"豌"字之"豆"运走余"宛","码"字开头为"石",相合成"碗"。

2167. 碌

石山倾倒水亦奇。

【解析】"山"倾倒成"彐","水"的字形亦稍作变化,再加上"石"字成为"碌"。

放手开拓山水变。

【解析】"拓"字拆开,将"手"(扌)放掉余下"石"。"山水"变化后合为"录"。"石""录"组合,构成"碌"。

2168. 雷

连日有雨。

【解析】"连日"扣"田"(两"日"相连),有"雨"组合为"雷"。

上面往下掉,下面正需要,上下到一起,听了吓一跳。

【解析】"雨"水往下掉,"田"里正需要,"雨""田"合为"雷"。

2169. 零

需要一半领一半。

【解析】"需"字要一半取用"雨","领"字一半取用"令",合之为"零"。

黄梅时节。

【解析】黄梅时节是多雨的时令,"雨令"组合成"零"。

2170. 雾

冬雪之前多出力。

【解析】"冬雪"之前得"夂""雨",加个"力"字组成"雾"。

震动各部分。

【解析】取用"震动各"三字的一部分,以"雨""力""夂"组合成"雾"。

2171. 雹

跑在后面被雨淋。

【解析】"跑"在后面的部分,为"包",上头加"雨"构成"雹"。

包头有雨。

【解析】"包"字头上有"雨",构成"雹"。

2172. 输

偷车人不见了。

【解析】"偷"字去掉"人",余"俞",与"车"组合为"输"。

车上前后只一人。

【解析】"前"字后面的"月""刂",与"一人"组合成"俞",加个"车"字便是"输"。

2173. 督

目前又得上南京。

【解析】"南京"解为"京"字南部,是"小"。"目""又""上""小"

组合，得到"督"。

有个叔叔一只眼，大事小事都爱管。

【解析】"叔"加个"目"（眼），构成"督"。后句提示"督"的字义。

2174. 龄

今来启齿要一点。

【解析】"今"字加一点（丶），成为"令"。"齿""令"组成"龄"。

开口令人回，一月不肯归。

【解析】"开口"扣"凵"（开了一面的"口"字），"一月不肯归"扣"止"（"肯"字不要"月"），连同"令""人"组合为"龄"。

2175. 鉴

两球全进篮中。

【解析】"两球"象形扣两点，加到"全"中成为"金"，与"篮"字中间部分组合为"鉴"。

金顶游览后。

【解析】"览"字后面的"见"游开后，剩余笔画放到"金"字顶部，构成"鉴"。

2176. 睛

猜着一半。

【解析】以"猜着"二字的一半部件"青""目"组合，得到"睛"字。

眼前一片绿葱葱。

【解析】"眼前"为"目"，"一片绿葱葱"扣"青"，合之成"睛"。

2177. 睡

放眼边陲。

【解析】"放眼"扣"目"，"边陲"取"垂"，相合为"睡"。

眼睛向下。

【解析】"眼睛"扣"目"，"向下"扣"垂"（垂：东西的一头向下），合而为"睡"。

2178. 睬

踩了脚，泪水流。

【解析】"踩"字的"脚"（即足字旁"𧾷"）没有了，余下"采"；"泪"字之"水"（氵）流去余"目"，"采""目"相合，构成"睬"。

目视枝头印爪痕。

【解析】"枝头"扣"木"，"爪痕"象形扣"爫"，与"目"组合为"睬"。

2179. 鄣

早上一别回陕西。

【解析】"早"字上面的"一"别离，剩余"口十"，与"回"和"陕西"之"阝"组合，得到"鄣"。

十载方回西部行。

【解析】"方"扣"口"（方格），

"西部行"扣"阝"("部"字西边"音"行去），加上谜面"十""回"成为"鄙"。

2180. 愚

偶去西部想留下。

【解析】"偶"去西部，剩下"禺"，"想"留下，得到下面"心"。"禺""心"组合成"愚"。

思前想后为下属。

【解析】"思前"为"田"，"想后"是"心"，加上"属"字下面部分（内），构成"愚"。

2181. 暖

受援之后双方联。

【解析】受"援"之后，得到"爰"；"双方联"扣"日"（两个方格联在一起），二者合而为"暖"。

友来一日觅不见。

【解析】"觅不见"扣"爫"("觅"字去掉"见"），与"友""一""日"组合，成为"暖"。

2182. 盟

残阳如血月东升。

【解析】"残阳"取"日"，"如血"扣"皿"（如"血"字），二者组合，东边再加个"月"，成为"盟"。

举杯邀日月。

【解析】"杯"是器"皿"。"皿"与"日""月"合为"盟"。

2183. 歇

上坎之后先解渴。

【解析】"坎"字后面是"欠"；"先解渴"，即把"渴"字前面部分解开余"曷"，二者组合为"歇"。

饮后渴半解。

【解析】"饮"后为"欠"；"渴"字一半解开,保留一半"曷"。"欠""曷"合而为"歇"。

2184. 暗

日日高产。

【解析】"高产"取"立"。"日""日""立"合而为"暗"。

左边有太阳，右边有太阳，站在太阳上，却不见光芒。

【解析】"太阳"扣"日"，"站"扣"立"。左右各一"日"，再加"立"字构成"暗"。第四句提示"暗"的字义。

2185. 照

早上招手去，黑后才回来。

【解析】"早上"为"日"，"招手去"扣"召"，"黑"后面是"灬"，三者组合为"照"。

召到半黑暗处。

339

【解析】"召"到半"黑暗"处。"召"与"黑暗"的一半"灬""日"组合，得到"照"字。

2186. 跨

亏得一人先跑回。

【解析】"亏"得"一人"合为"夸"，与"跑"字前面的"𧾷"组合，成为"跨"字。

夸口应制止。

【解析】"夸口"与"止"三者合而为一，得到"跨"字。

2187. 跳

路边桃树不见了。

【解析】"路边"取"𧾷"，"桃"树不见了,去掉"木"字余下"兆"。"𧾷""兆"合并成"跳"。

足有一百万。

【解析】"一百万"扣"兆"（"兆"有一义为一百万），与"足"（𧾷）合为"跳"。

2188. 跪

危及一方要制止。

【解析】"方"扣"口"。"危""口""止"合为谜底"跪"。

脚临险地，腿就弯曲。

【解析】"脚"扣"足"，以足字旁"𧾷"代替；"险地"扣"危"，

二者合为"跪"。后句提示"跪"的字义。

2189. 路

全部不说话。

【解析】"路"字拆解为"各止口"，与谜面会意相扣。

有露无雨。

【解析】"露"字无"雨",为"路"。

2190. 跟

撤退之后足迹留。

【解析】撤掉"退"字的走之"辶"后，余"艮"，加上足字旁"𧾷"成为"跟"。

半路拐到银行前。

【解析】"路"字取用一半"𧾷"；"银行前"别解为"银"字前面部件"钅"行去，余"艮"。"𧾷""艮"合并成"跟"。

2191. 遣

受到谴责，无言以对。

【解析】"谴"字去掉"言"（讠），为"遣"。

贵官逃走一半。

【解析】"贵官逃"三字走掉一半，分别去掉"贝""宀""兆"，然后以余下部分组合成一字，得到"遣"。

2192. 蛾

我有一只虫。

【解析】"我"字加个"虫"，构成谜底"蛾"。

投中一球我追上。

【解析】"球"象形扣"丶"。"中""一""丶"合为"虫"，"我"追上来合而为"蛾"。

2193. 蜂

夏末收蚌。

【解析】"夏"末取"夂"，与"蚌"组合为"蜂"。

浊浪排空隐山峰。

【解析】"浊"字的水浪排空，去"氵"余"虫"。"隐山峰"，"峰"字之"山"隐藏余"夆"。"虫""夆"相合，成为"蜂"。

2194. 噪

双方又到楼前会。

【解析】一"方"扣"口"。"双""口""又"与"楼"前之"木"相会，组合为"噪"。

叹在桥头又重逢。

【解析】"桥头"扣"木"，"又"字重逢为"双"。"叹"与"木""双"组合成"噪"。

2195. 置

东南西北无弯路。

【解析】谜面意即东南西北四个方向都是直的，"四直"组合为"置"。

转眼已到植树节。

【解析】"眼"会意扣"目"，转动90度成"罒"；"植树节"，"植"字之"木"节除后余"直"。"罒""直"组合为"置"。

2196. 罪

除非回去才作罢。

【解析】谜底"罪"字除掉"非"后，又加上"去"，才能成为"罢"。

柴米油盐都不是。

【解析】四种东西都不是，会意为"四非"，组合成"罪"字。

2197. 罩

失掉之前先得罪。

【解析】失"掉"之前，余下"卓"。得到"罪"字之先即得到"罒"。二者合为"罩"。

请来四桌少一人。

【解析】"四桌"少一"人"，余下"四卓"，组合成"罩"。

2198. 错

差钱后借来一半。

十三画

341

【解析】差"钱"后，得前面"钅"，与"借"字右半部"昔"组合，成为"错"。

二十一日汇款来。

【解析】"二十"扣"廿"，与"一日"合为"昔"。"汇款来"得金钱。"昔"再加上金字旁"钅"构成"错"字。

2199. 锡

现金交易。

【解析】"现金"扣金字旁"钅"，与"易"相交，合为"锡"。

一脚踢出传前锋。

【解析】"踢"字之"脚"即足字旁"𧾷"取出，余下"易"。前"锋"为"钅"。二者合为"锡"。

2200. 锣

四处贴金，多半没用。

【解析】"多"字的一半"夕"不用，使用一半也是"夕"。"四"加上"金"（钅），再用上"夕"，组合为"锣"。

连续四夜住金边。

【解析】"夜"会意扣"夕"。"四夕"组成"罗"，加个金字旁"钅"，得到"锣"字。

2201. 锤

钉左边，捶右边。

【解析】"钉"左边是"钅"，"捶"右边是"垂"，相合为"锤"。

垂钓前相见。

【解析】"钓前"扣"钅"，与"垂"字相见合而为"锤"。

2202. 锦

先有钱，后有棉。

【解析】"钱"字之先为"钅"，"棉"字之后为"帛"，合之成"锦"。

白金饰帽头。

【解析】"帽"字开头为"巾"，与"白""金"（钅）组合成"锦"。

2203. 键

镇前搞建设。

【解析】"镇"前面是"钅"，加个"建"字成为"键"。

完颜阿骨打登基。

【解析】完颜阿骨打为金朝的建立者，故将谜面会意为"建金"，组合成"键"。

2204. 锯

古时金屋，至今不见。

【解析】"屋"字之"至"不见了，余下"尸"字，与"古"和"金"（钅）组合成"锯"。

先交钱，后居住。

【解析】"钱"字之先为"钅"，

十三画

后面加个"居"字构成"锯"。

2205. 矮

入魏之前已先知。

【解析】入"魏"之前,得"委"。"先知"为"矢"。"委""矢"合并成"矮"。

委实短半截。

【解析】"委"与"短"字的一半"矢"组合,得到谜底"矮"。

2206. 辞

半甜半辣。

【解析】"半甜"取"舌","半辣"取"辛",相合即成谜底"辞"。

辛苦半生添白头。

【解析】"苦半生",取用"苦"的一半"古",添上"白"字的头一笔"丿"成为"舌"。"辛""舌"合而为"辞"。

2207. 稠

秋后出游一周回。

【解析】"秋"后出游,余下"禾",加上一"周"组成"稠"。

西移东调。

【解析】运用方位法猜解。"西移"为"禾","东调"为"周",合之成"稠"。

2208. 愁

灾后心底留余悸。

【解析】"灾后"扣"火","余悸"指"悸"字残余部分,取"禾"。"禾""火"下面加个"心"构成"愁"。

并非悲秋。

【解析】谜底"愁"字与"非"相并,能拆拼出"悲秋"二字。

2209. 筹

个个长寿。

【解析】"个个"合为"竹",以竹字头"𥫗"表示,加上"寿"字成为"筹"。

竹掩村头远树斜。

【解析】"竹"用作竹字头"𥫗","掩村头"扣"寸"("村"头之"木"掩去)。"远树"象形扣"丰",中间一竖歪斜后与"寸""𥫗"合为"筹"。

2210. 签

先后露出笑脸来。

【解析】先后露出"笑脸"来。"笑"之先为"𥫗","脸"之后为"佥",组合成"签"。

个个都是节俭人。

【解析】"个个"扣"𥫗"。"俭"字之"人"节省掉,余"佥"。二者合而为"签"。

2211. 简

门前竹遮明月光。

【解析】"明月光"理解为"明"的"月"字没有了,余"日"字。"门"前加上"竹"字头,里面加进"日",组合为"简"。

整日闭门看残篇。

【解析】"残篇"可扣"竹"（"篇"字残缺了）。"日""门""竹"组合成"简"。

2212. 毁

舅先工作后入股。

【解析】"舅先"扣"臼","后入股"得"殳",加上"工"字构成"毁"。

左股脱臼还上工。

【解析】谜面顿读为：左股脱/臼/还上工。"股"左边的"月"脱离,余"殳",加个"臼",再上"工",组合为"毁"。

2213. 舅

此汉子鼠头鼠脑。

【解析】"汉子"为男性,扣"男",与"鼠"字头部"臼"组合为"舅"。

出力来耕田,种稻东南边。

【解析】"力""田"合为"男","稻"字东南部是"臼",相合为"舅"。

2214. 鼠

臾要上前头,两点比甩钩。

【解析】"臾"字前头是"臼",加上"两点"（、、）"比"和如同"甩钩"出去的一笔,构成"鼠"。

须臾人去下钓钩,并垂三钩四点收。

【解析】须把"臾"字的"人"去掉余"臼",下面加"三钩四点"就得到"鼠"字。

2215. 催

售出前后派人来。

【解析】"售出"前后,得"隹""山",加上"人"字构成"催"。

人在山西住一生。

【解析】"住一生"扣"隹"（"住"字加上"一"）。"人"在"山"的西面,再加上"隹"组合为"催"。

2216. 傻

远看俊模样,近看愚蠢相。

【解析】头句指谜底字与"俊"字形相似,远看去恍如"俊"字,后句照应谜底字义（愚蠢）。

一个俊小伙,三角帽已飞,囟门特别大,啥也教不会。

【解析】"俊"字去掉"厶"（象形为三角帽），再加上"囟"，组成"傻"。"啥也教不会"提示谜底字义。

2217. 像

离开豫西会一人。

【解析】离开"豫"西，余下"象"，与一"人"会合成为"像"。

橡树不见人犹在。

【解析】"橡"字"木"不见，剩余"象"，加上"人"组合成"像"。

2218. 躲

投身机构改革。

【解析】"机"字结构改变可得"朵"。"身""朵"合并成"躲"。

挺身而出随机应变。

【解析】"机"字机构改变成为"朵"，与"身"组合为"躲"。

2219. 微

出机前后，一半放行。

【解析】"出机"前后，得"山""几"；"一"字照用，半"放行"取"夂""彳"。组合为"微"。

几山抢收后，一定得先来。

【解析】"收"后为"夂"，"得"先为"彳"，与"几山""一"组合成"微"。

2220. 愈

悉心看守无人偷。

【解析】"无人偷"扣"俞"，加个"心"字即为"愈"。

前头换人且安心。

【解析】"前"头两点（丷）换为"人"，底下再安放"心"，得到"愈"。

2221. 遥

谣言一出先落选。

【解析】"谣"字的"言"出去，留下右边部件；"先落选"，指"选"字的"先"落掉，余"辶"。相合便是"遥"。

摇头而去去不还。

【解析】"还"字去掉"不"余"辶"，"摇"字开头笔画"扌"离开后，与"辶"合为"遥"。

2222. 腰

姑娘请出示月票。

【解析】"姑娘"扣"女"，"月"字直接用，"票"字出"示"余"西"。三者合而为"腰"。

后期要来。

【解析】后"期"为"月"，"要"来与之相合为"腰"。

2223. 腥

来日定能成明星。

【解析】谜底"腥"字,如果来个"日"就能拆拼成为"明星"二字。

醒来之后月西移。

【解析】"醒"字后面部分是"星",西边加个"月",构成"腥"字。

2224. 腹

年初盼太阳,夏末盼月亮。

【解析】"年初"取"𠂉","太阳"扣"日","夏末"取"夂","月亮"以"月"字表示,组合为"腹"。

明日去回复。

【解析】"明日去"扣"月"("明"字去掉"日"),与"复"相合而成"腹"。

2225. 腾

二人跨骏马,星星伴月亮。

【解析】"星星"象形扣两点(丷)。"二""人""马""丷""月"组合,成为"腾"。

夫在八月骑马来。

【解析】"夫""八"(倒放)"月""马"组合,可得"腾"字。

2226. 腿

后期退还。

【解析】后"期"为"月",和"退"合并成"腿"。

退前一月。

【解析】"退"字前面有个"月",合为谜底"腿"字。

2227. 触

争先录用到闽中。

【解析】"争"字之先为"𠂊",与"用"组成"角"。"闽中"是"虫"字。"角""虫"相合成为"触"。

此虫有角。

【解析】"虫"字有"角",组合成"触"。

2228. 解

牛角边上挂把刀。

【解析】"牛""角""刀"三字组合,得到"解"。

要用牛刀来,小人你滚开。

【解析】"你"字里的"小""人"(亻)去掉,剩下"𠂊",与前面"用"字构成"角",再加上"牛刀",成为"解"。

2229. 酱

酉时将至差十分。

【解析】时间"十分"别解为长度十分,为一"寸"。"将"字差"寸",所余部件与"酉"合而为"酱"。

先后卖酒浆。

【解析】"卖"暗示去除(卖掉)。"酒浆"两字的前后部分"氵""水"去掉，所余部件合而为"酱"。

2230. 痰

炎症正消除。

【解析】"炎症"之"正"消除，余下"炎""疒"，合而为"痰"。

秋后重逢在病中。

【解析】"秋后"是"火"，重逢则成"炎"，加上病字旁"疒"成为"痰"。

2231. 廉

虽是一身多职，终归两袖清风。

【解析】前句会意为"广兼"，合成"廉"字。后句提示谜底"廉"的字义。

出言谦和广结缘。

【解析】"出言谦"扣"兼"，与"广"结合得到"廉"。

2232. 新

站前所后栽棵树。

【解析】"站"字前面为"立"，"所"字后面是"斤"，加上"木"字构成"新"。

独具匠心立榜首。

【解析】独具"匠"心，得到

"斤"。与"立"和"榜"首之"木"组合，成为"新"。

2233. 韵

立等日出，均分土地。

【解析】"立"等"日"出，合而为"音"。"均分土地"，"均"字之"土"分开余下"勹"。"音""勹"组合成"韵"。

六一的活动。

【解析】"六一"合为"立"。"的"字笔画灵活移动后成为"日""勹"，与"立"组合成"韵"。

2234. 意

站在前头送恩人。

【解析】"站"字前头为"立"，"恩"字的"人"送走余"日""心"，组合成"意"。

有心等回音。

【解析】"心"字加上"音"，成为"意"。

2235. 粮

三粒豆儿生了根。

【解析】"豆儿"象形为点。三个点加上"根"字成为"粮"。

有水能掀三尺浪。

【解析】谜底"粮"加上"水"(氵)能拆拼成"米浪"二字,即"三尺浪"。

2236. 数

一半收藏在楼东。

【解析】"收"字隐藏一半，留下右半部"攵"，与"楼"字东边的"娄"组合，得到"数"字。

好粮散去了一半。

【解析】"好粮散"三个字均去掉一半，保留下"女""米""攵"，组合成"数"。

2237. 煎

四点前会合。

【解析】四点（灬）与"前"字会合，组成"煎"。

剪出一半燕尾来。

【解析】"剪"字取用一半"前"，与"燕"字尾部四点组合，得到"煎"。

2238. 塑

初一上地头。

【解析】农历每月初一称为"朔日"。"地头"扣"土"。"朔""土"组合成"塑"。

北方大地。

【解析】"北方"扣"朔"（"朔"有一义即为北方）。"大地"意扣"土"。"朔""土"合为"塑"。

2239. 慈

兹因用心，和蔼可亲。

【解析】"兹"字有"心"，组合成"慈"。"和蔼可亲"提示"慈"的意思。

心不在焉，玄之又玄。

【解析】谜底"慈"的"心"如果不在，为"兹"，犹如两个"玄"字合为一体，故扣"玄之又玄"。

2240. 煤

秋后托媒嫁出女。

【解析】"秋"后为"火"字，"媒"字之"女"离开余"某"，相合成为"煤"。

引火甘用木。

【解析】"火""甘""木"组合，得到谜底"煤"。

2241. 煌

百无一是王发火。

【解析】"百"字无"一"成为"白"，与"王""火"组合成"煌"。

为灭蝗虫持火把。

【解析】"蝗"字之"虫"灭掉，余下"皇"。"皇"与"火"合并成"煌"。

2242. 满

两三点水洒花前。

【解析】"两""氵"（三点水）与"花"前之"艹"组合,得到"满"。

草色连水两难分。

【解析】"草"扣"艹","水"扣"氵",与"两"合而为"满"。

2243. 漠

江头暮日落。

【解析】"江"头为"氵","暮"字"日"落剩余"莫"。"氵""莫"相合,得到"漠"。

莫要沾边。

【解析】"沾"边取"氵"。"莫""氵"组合成"漠"。

2244. 源

江西小厂填空白。

【解析】"江西"扣"氵","小厂"填进"白"组成"原"。"氵""原"合并得到"源"。

原本在溪头。

【解析】"溪"之头为"氵",与"原"组合成"源"。

2245. 滤

虎头滩前心安然。

【解析】"虎头"取"虍","滩前"取"氵",再安放"心"字构成"滤"。

消除一半顾虑。

【解析】"消"字除掉一半（肖）,保留"氵",与"虑"合而为"滤"。

2246. 滥

三球投篮个个空。

【解析】"球"象形为点。"篮"字"个个"（𥫗）空,余下"监"。三个点（氵）加上"监"成为"滥"。

泪眼模糊来探监。

【解析】"泪"字的"目"（眼）模糊不见,余下"氵",与"监"字组合成"滥"。

2247. 滔

插禾种稻要有水。

【解析】"插禾种稻"扣"舀"（加"禾"则成"稻"）,再加"水"（氵）即得谜底"滔"。

水稻已半收。

【解析】"水"扣"氵"。"稻"收走一半（禾）,留下"舀"字与"氵"组合成"滔"。

2248. 溪

水乡面貌改,一人爱在前。

【解析】"水"扣"氵","乡"字面貌改,底下一笔改变可得"幺",与"一""人"和"爱"字前面的"爫"组合,成为"溪"。

眉月三星,远山层层,大河之畔,听到嘻声。

349

【解析】"眉月三星"象形扣"⺌"，"远山层层"象形扣"幺"，加上"大"以及"河"畔之"氵"，成为"溪"字。"听到嘻声"提示字音，"溪""嘻"读音相同。

2249. 溜

请把水留住。

【解析】"水"扣"氵"，与"留"合并成"溜"。

留在江西。

【解析】"江西"扣"氵"。"留""氵"合并成"溜"。

2250. 滚

公务衣装有派头。

【解析】"公"装进"衣"里，旁边再加上"派头"之"氵"，成为"滚"。

江畔老翁衣着破。

【解析】"江畔"取"氵"，"老翁"扣"公"，"衣"字上下破开与之合为"滚"。

2251. 滨

三点客人到。

【解析】"客人"会意为"宾"，加上三点成为"滨"。

水兵献点爱心。

【解析】"水"扣"氵"，"兵"字直接用，"点"扣"丶"，"爱心"扣"冖"。以上各部分组合出"滨"。

2252. 梁

架上空悬七星刀。

【解析】"架"上头空去，余下"木"字。"星"象形为笔画点(丶)。"木"和七个点以及"刀"组合，成为"梁"。

双燕落梁中。

【解析】"双燕"象形成两点，落到"梁"字里面，构成"梁"。

2253. 滩

遇到海难每化解。

【解析】"海难"二字相遇，"每"化解后余下"氵"和"难"，合为"滩"。

谁敢出言是男子。

【解析】"谁"出"言"余"隹"，"男子"会意扣"汉"，合之成"滩"。

2254. 慎

两点一直，一直两点。

【解析】前句的"一直"解为笔画"丨"，后句的"一直"解为一个"直"字。前句"两点一直"扣"忄"，后句"一直两点"扣"真"，合之为"慎"。

看看是真心，其实是小心。

【解析】谜底"慎"字组成部

件是"真心（忄）"，而"慎"字意思为小心。

2255. 誉

高兴进一言。

【解析】"兴"字在高处，再加进一"言"，成为"誉"。

用心推举把言发。

【解析】"用心"指"用"字中心的两横一竖，"用心推举"扣"兴"（将"举"字下面的两横一竖即"用心"推掉），加上"言"字成为"誉"。

2256. 塞

寨前地头来相见。

【解析】"地头"扣"土"，与"寨"字前面部分组合为"塞"。

参赛之前先上场。

【解析】"先上场"，得"场"字前面部分"土"。"赛"字前面部分与"土"组合，成为"塞"。

2257. 谨

出勤不出力，只说不兑现。

【解析】"勤"字不出现"力"为"堇"，"说"字之"兑"不出现为"讠"，二者组合成"谨"。

会说还应勤出力。

【解析】"说"扣"言"，以言字旁"讠"表示；"勤"出"力"剩余"堇"。二者合为"谨"。

2258. 福

祖先留下一方田。

【解析】"祖"之先为"礻"，"一"字直接用，"方"扣"口"，"田"字照用，以上各部分合为"福"。

富后更宜礼为先。

【解析】"富后"取"畐"，"礼"字之先为"礻"，合而成"福"。

2259. 群

与君结伴下西洋。

【解析】"下西洋"解为"洋"字西边"氵"下掉，余"羊"。"君""羊"结伴合而为"群"。

伊人掩口牧羊来。

【解析】"伊"字之"人"掩去余"尹"，加"口"成"君"，再来个"羊"字合而为"群"。

2260. 殿

展前拱手让股东。

【解析】谜面顿读为：展前/拱手让/股东。"展前"扣"尸"，"拱"字之"手"让开余"共"，"股东"扣"殳"，三者组合成"殿"。

共赏残月又几回。

【解析】"月"字残缺可得"尸"，

与谜面"共""又""几"组合为"殿"。

2261. 辟

分居独立。

【解析】"居"字分开,将里面的"十"移到旁边,再加个"立",成为"辟"。

儿童节迁居。

【解析】"儿童节"为"六一",合为"立"。"居"字部件迁移,将"十"移到旁边,再加"立"字,成为"辟"。

2262. 障

早上立即赴陕西。

【解析】"早"上加个"立",为"章",与"陕"字西边的"阝"组合成"障"。

干部结构要调整。

【解析】"干部"二字结构调整,笔画重新组合能得到"障"。

2263. 嫌

上台之始要兼顾。

【解析】"上台之始"扣"女"(加上"台"成为"始"),与"兼"合并成"嫌"。

说话谦虚带好头。

【解析】"说话谦虚"扣"兼"(加言字旁成为"谦"),与"好"字开头部分即"女"组合,得到"嫌"。

2264. 嫁

姑娘放猪到寨前。

【解析】"姑娘"扣"女","猪"扣"豖","寨前"取"宀",组合为"嫁"。

多点爱心来安家。

【解析】"嫁"字多"点"(丶)和"爱心"(冖),就能拼凑成"安家"二字。

2265. 叠

且献爱心又成双。

【解析】"爱心"扣"冖",与谜面"且""又""双"三字组合,成为"叠"。

砍伐桑树宜少点。

【解析】"桑"字的"木"去掉,余"又""双";"宜"字少掉"点"(丶),所余部分与"又""双"合而为"叠"。

2266. 缝

相逢在前线。

【解析】"前线"扣"纟","逢""纟"相合成为"缝"。

船到前线烽火熄。

【解析】"船"象形扣"辶","前线"扣"纟","烽火熄"扣"夆",以上三部分组成"缝"。

2267. 缠

厂里试点先组合。

【解析】"厂""里"加个"点"（、），再与"组"字前面的"纟"结合，得到"缠"。

绕庄细听蝉鸣声。

【解析】"绕庄细"扣合谜底字形。"庄细"二字可拼凑为"缠"字，"细"字一半在"庄"里一半在"庄"外，故为绕"庄"。"听蝉鸣声"暗示谜底字音，"缠"与"蝉"读音是一样的。

十四画

2268. 静

争取十二月团聚。

【解析】"十二月"合为"青"，"争""青"组合而成"静"。

情急无心垂钓钩。

【解析】"情急"两字无"心"，余下"青刍"，加上"亅"（象形为钓钩），组合成"静"。

2269. 碧

白石堪比无瑕玉。

【解析】"瑕"是玉上面的斑点。"无瑕玉"暗示去掉"玉"字的一点余"王"。"白石""王"组合成"碧"。

小王小白俩，坐在石头上。

【解析】"王""白"两字在"石"上，成为"碧"。

2270. 漓

上班之后又相离。

【解析】"班"字后面是"王"，与"离"合并成为"漓"。

漓江之水天下绝。

【解析】"漓江"二字中的"水"（氵）和"天"字下面的"大"都绝了，没有了，余下"离工"和"一"，合而为"漓"。

2271. 墙

两点两土两个口，不论贫富家家有。

【解析】两点（丷）与两个"土"和两个"口"组合，得到"墙"字。后一句对应字义。

十一回来转平安。

【解析】"十一"合为"土"，有"回"字来，再把"平"字旋转180度安放上去，构成"墙"字。

2272. 撇

除弊之后提前回。

【解析】除"弊"之后，剩余"敝"；"提前回"，得"扌"，相合为"撇"。

隐蔽之前露一手。

353

【解析】隐去"蔽"前之"艹"，余下"敝"，加上提手旁"扌"成为"撇"。

2273. 嘉

里边写喜字。

【解析】"里边"扣"力"，与"喜"组合为"嘉"。

立功之后要贺喜。

【解析】立"功"之后，得到"力"，加个"喜"字构成"嘉"。

2274. 摧

高山压顶推不动。

【解析】"推"字上面有个"山"压着，成为"摧"。

上集播出一半。

【解析】"上集"扣"佳"，"播出"一半取"扌""山"，组合为"摧"。

2275. 截

载去一车离淮西。

【解析】"离淮西"扣"佳"，"载"去掉"车"所余部件与"佳"组合成"截"。

两点准到去栽树。

【解析】"两点准到"扣"佳"（加两点为"准"），"栽"字的"木"去掉后与"佳"合为"截"。

2276. 誓

提前发言有匠心。

【解析】"提前"扣"扌"，"匠心"扣"斤"，发"言"组合为"誓"。

拆信人一点离开了。

【解析】"拆信"两字的"、"和"亻"离开后，所剩"折""言"合而为"誓"。

2277. 境

卸下镜头放地头。

【解析】卸下"镜"头余"竟"，"地头"扣"土"，合之为"境"。

儿童活动有场地。

【解析】"儿童"两字结构变化，重新组合可成"境"字，"场地"提示"境"的一种字义（地方）。

2278. 摘

提前相商，以十换八。

【解析】"提前"扣"扌"，"商"字里面的"八"换为"十"，成"商"，"扌""商"合并成"摘"。

手上滴水不沾。

【解析】"滴"字的三点水"氵"去掉余"啇"，加提手旁"扌"成为"摘"。

2279. 摔

拼搏在前作表率。

【解析】"拼搏"两字在前面的都是"扌",与"率"合并成"摔"。

率先着手。

【解析】"率"字前面加个提手旁"扌",构成"摔"。

2280. 聚

骤然飞马而去。

【解析】"骤"字之"马"飞离,剩余"聚"字。

眉月近水戏,来取团圆意。

【解析】"聚"字上面为"取"(对应谜面"来取"),紧挨"取"字的一撇象形为眉月,底下部件近似"水"字。"团圆"则提示"聚"的字义。

2281. 蔽

前后换位来作弊。

【解析】将谜底"蔽"字前后部件交换位置,就成为"弊"字。

上下舞弊欲遮掩。

【解析】"弊"字上下结构变换成为"蔽"。"遮掩"提示"蔽"的字义。

2282. 慕

莫占一点小便宜。

【解析】"莫"加上一点"、"和"小"构成谜底"慕"。

莫让幼时染污点。

【解析】"幼时"会意扣"小"。"莫""小""、"(扣"污点")合而为"慕"。

2283. 暮

奇葩初放日日开。

【解析】"奇葩"初放,得"大艹",与"日日"组合成"暮"。

莫待日落近黄昏。

【解析】"莫"待"日"落,两字合而为"暮"。"近黄昏"提示谜底字义。

2284. 蒎

戍守苏北蜀北。

【解析】运用方位法,"苏北"扣"艹","蜀北"扣"四",与"戍"相守合为"蒎"。

粗心看成二十四。

【解析】"蒎"字粗看以为是"成"和"艹"(扣"二十")"四"组成的。

2285. 模

莫用此木当标准。

【解析】"莫"字用上"木",组合为"模"。"当标准"提示"模"的意思。

入暮西楼看落日。

【解析】"暮"字落"日"余

下"莫","西楼"扣"木",二者相合即为"模"。

2286. 榴

留住这棵树。

【解析】"树"会意扣"木",与"留"合并成"榴"。

仿佛田边柳。

【解析】"榴"字看上去像"田"边一个"柳"字。

2287. 榜

旁边栽棵树。

【解析】"旁"边加个"木",构成"榜"。

木字写在旁边。

【解析】"木"写在"旁"边,两个字合为一体就是"榜"。

2288. 榨

昨夜楼头窗半掩。

【解析】"昨夜",夜里不见太阳,暗示去掉"昨"字之"日"余下"乍"。"楼头"扣"木";"窗"半掩,去掉下面部分,保留"穴"。三者组合成"榨"。

此桥前边窄。

【解析】"桥"字前边为"木",和"窄"合并成"榨"。

2289. 歌

又要联欢请哥来。

【解析】"又要联欢"扣合"欠"(与"又"联合成"欢"),来个"哥"字合为"歌"。

可可歉收一半。

【解析】"歉收一半"可得"欠"("歉"字收一半),与"可可"组合,成为"歌"。

2290. 遭

一曲低音送出关。

【解析】"低音"指"音"字处于低处的部件,为"日"。"送出关"扣"辶"。"一曲""日""辶"组成"遭"。

送走云长,迎来孟德。

【解析】"云长"即关云长,借代扣"关",故以"送走云长"扣"辶";"孟德"即曹操,借代扣"曹"。"辶"与"曹"合而为"遭"。

2291. 酷

清醒之后来报告。

【解析】清除"醒"字后面部件余下"酉",与"告"合为"酷"。

浩然对酒泪双流。

【解析】"浩"和"酒"两字的"水"都去掉(泪双流),余下"告""酉",合之为"酷"。

2292. 酿

好酒不掺水。

【解析】"好"扣合"良","酒"不掺"水"（氵）为"酉",相合即成"酿"字。

酉时结良缘。

【解析】"酉"和"良"结合,成为"酿"字。

2293. 酸

西部一上奔骏马。

【解析】"西"字加上"一",为"酉","奔骏马"扣"夋"。"酉""夋"组合为"酸"。

一着西装人更俊。

【解析】"西"装进"一"为"酉";"人更俊"扣"夋",因"夋"加上"人"变为"俊"。再将"酉""夋"组合,成为"酸"。

2294. 磁

慈心已失意如石。

【解析】"慈"字失去"心"为"兹",加个"石"字合为"磁"。

矶畔二山尽幽兰。

【解析】"矶"畔取"石"。"幽兰"二字中去掉"二山",余下"幺幺"和"丷一",与"石"组合成"磁"。

2295. 愿

开源节流记心头。

【解析】"源"字节去水流,即去掉"氵"剩余"原",再记在"心"头,成了"愿"。

小心办厂心不怕。

【解析】"心不怕","怕"字去掉"心"（忄）余"白",与谜面"小心""厂"合而为"愿"。

2296. 需

冒雨而来送糯米。

【解析】"雨""而"合为"需"。"糯"字之"米"送走也剩下"需"。两次扣合"需"字。

半耐霜,半耐雪。

【解析】"耐霜"各取一半（而、雨）可组成"需","耐雪"各取一半（而、雨）也能组成"需"。

2297. 弊

蔽其上而藏于下。

【解析】把"蔽"字上头的"艹"藏到底下去,成了"弊"字。

改头换面巧隐蔽。

【解析】"弊"字改头换面,部件位置变化,就成为"蔽"。

2298. 裳

尚有衣装。

【解析】"尚"有"衣"装，组合成"裳"。

后堂更衣。

【解析】"堂"字后头的"土"更换为"衣"，变成"裳"字。

2299. 颗

选择课题。

【解析】"课题"两字选择一部分笔画（果、页）便可组合出谜底"颗"。

领先出成果。

【解析】"领"字前面部分出去，余下"页"，与"果"合并成"颗"。

2300. 嗽

束在中间，吹散两边。

【解析】"吹"字左右分散开，中间加进"束"，构成谜底"嗽"。

一人在中左右吹。

【解析】"一人"与"中"合为"束"，左右加上"吹"的部件，得到"嗽"。

2301. 蜻

烛光暗淡无心情。

【解析】"暗淡"示意去掉"烛"字之"火"，余下"虫"；"无心情"扣"青"，组合为"蜻"。

独猜一半。

【解析】"独猜"各取半边，以"虫""青"合而为"蜻"。

2302. 蜡

二十一日抵闽中。

【解析】"二十"扣"廿"，与"一日"合为"昔"，再加上"闽"中部的"虫"字，得到"蜡"。

腊月未到先蛰伏。

【解析】"腊"字"月"未到，是"昔"；"蛰"字前面的"执"隐藏起来余"虫"。"昔""虫"合并成"蜡"。

2303. 蝇

虽有电用，但要改装。

【解析】"虽"字拆为"口""虫"，再用上"电"拼合成"蝇"。"虽"与"电"不是直接合并成谜底字的，其结构部件有所改装。

烛火燃尽方来电。

【解析】"烛火燃尽"扣"虫"，"方"扣"口"，来个"电"字组合为"蝇"。

2304. 蜘

知了是虫。

【解析】谜底"蜘"字，如果"知"字了却，剩下的便是"虫"。

唯知烛火灭。

【解析】"烛火灭"扣"虫",与"知"合并成"蜘"。

2305. 赚

赛后弃前嫌。

【解析】"赛后"取"贝","嫌"字前头"女"弃掉余"兼",合之成"赚"。

底货兼顾。

【解析】"货"字底部是"贝",与"兼"合为"赚"。

2306. 锹

销出之后心不愁。

【解析】"销"字后部出去了,余下"钅","心不愁"扣合"秋",合之为"锹"。

秦末边镇烽烟起。

【解析】"秦末"为"禾","边镇"取"钅","烽烟"二字起始部件均为"火",三者合为谜底"锹"。

2307. 锻

采伐椴木销西部。

【解析】"采伐椴木"扣"段","销"字西部是"钅",合之成"锻"。

金工工段全休工。

【解析】"全休工"暗示将前面两个"工"都去除,余下"金段"二字,合为"锻"。

2308. 舞

除夕一别后,前后四十年。

【解析】"舞"字除去"夕",且"一"别之后,余下"卌"(扣"四十")和分为前后两段的"年"字。

四十年分别一夕逢。

【解析】"四十"扣"卌","年"字上下分开,再与"一""夕"相逢合为"舞"字。

2309. 稳

失利之后先隐蔽。

【解析】失"利"后之"刂",剩余"禾","隐"字之先遮蔽余"急",合之成"稳"。

急催供稿,要求不高。

【解析】"稿"字不要"高"余"禾",与"急"组成"稳"。

2310. 算

两个看后先弄走。

【解析】"两个"即"个个",合为"竹",扣"竺";"看"后面为"目"。"先弄走","弄"字前面部分走开(去掉),余下"廾",与"竺""目"合为"算"。

竹短草长入目来。

【解析】"竹短"扣竹字头"竺"(比"竹"字短),"草长"扣"廾"(比

359

草字头"艹"长),加个"目"字成为"算"。

2311. 箩

篱前卧看日西沉。

【解析】"篱前"为"竹";"看"会意扣"目",卧倒成"罒";"日西沉"会意扣"夕",组合为"箩"。

个个横目立外头。

【解析】"个个"合为"竹",扣合竹字头"𥫗";横"目"成"罒";"外头"解为"外"字开头得"夕",三者组合成"箩"。

2312. 管

个个都是官。

【解析】"个个"扣竹字头"𥫗",加上"官"字成为"管"。

一个接一个,下官紧跟着。

【解析】一"个"接一"个",成为"竹",用作竹字头"𥫗",下面跟一"官",合为谜底"管"。

2313. 僚

潦倒半生。

【解析】"潦倒"两字取半边,以其"尞""亻"合为"僚"。

用手撩开始见人。

【解析】"用手撩"扣"尞"(加提手旁成"撩"),前面加个"人"

构成"僚"。

2314. 鼻

横贯皖西淠水流。

【解析】"皖西"为"白","一"(横)贯入"白"中成"自";"淠"水流去余"畀"。组合为"鼻"。

独自向西畴,平堤垂疏柳。

【解析】"西畴"扣"田","平堤垂疏柳"象形扣"丌"("一"象形为平堤,下面两笔象形为低垂的柳条),二者与"自"组合为"鼻"。

2315. 魄

百无一用心有愧。

【解析】"百"字无"一"为"白","心有愧"扣"鬼"(有"心"组成"愧"),"白""鬼"合为"魄"。

槐树下泉水流。

【解析】"槐"字之"木"(树)下掉余"鬼","泉"字之"水"流失剩下"白",相合即成谜底"魄"。

2316. 貌

只为草率被藐视。

【解析】谜底"貌"加个草字头"艹"成为"藐"。

猎豹之前儿白来。

【解析】猎取"豹"字前面部分"豸",与"儿白"二字合为"貌"。

360

十四画

2317. 膜

取胜在前莫落后。

【解析】"胜"字前面为"月"。"月"后面加个"莫",构成"膜"。

后期隐幕后。

【解析】"后期"为"月","幕"字后面的"巾"隐去余"莫",二者合为"膜"。

2318. 膊

拼搏之后一月回。

【解析】"搏"字后面是"尃",与"月"合并成"膊"。

圃中赏月日落时。

【解析】"圃中"为"甫","日落时"扣"寸",加上"月"字合为"膊"。

2319. 膀

来到六桥方见月。

【解析】"桥"象形扣"一"、"六""冖""方""月"组合成"膀"。

有一半靠旁边。

【解析】"有"字的一半,取用"月",靠在"旁"边构成"膀"。

2320. 鲜

一个游水,一个吃草,合在一起,味道真好。

【解析】"鲜"由"鱼""羊"两字组成。鱼游水,羊吃草。"味道真好"提示"鲜"的字义。

子牙垂钓,苏武放牧。

【解析】姜太公即姜子牙,所垂钓者为"鱼",苏武放牧者为"羊",相合即为"鲜"字。

2321. 凝

一点一点凝结成。

【解析】谜底"疑"字加上"一点"(丶),再加上"一点"(丶),就结合成"凝"。

水凝成冰又融化。

【解析】从"水凝"二字中化去"冰",即去掉"冫"和"水",余下"疑"字。

2322. 馒

慢慢进食请放心。

【解析】"慢"字放走"心"余下"曼",加上食字旁"饣"成为"馒"。

转眼又见日偏食。

【解析】"眼"扣"目",转动90度成"罒",与"又""日"合为"曼",加上偏旁"食"(食字旁"饣")成为"馒"。

2323. 裹

果然藏衣中。

361

【解析】"果"字隐藏在"衣"字中，构成谜底"裹"。

课后上下添衣。

【解析】"课后"为"果"，将"衣"字上下分开添加上去，得到"裹"。

2324. 敲

桌上又放半篇稿。

【解析】"桌"字上头两笔和"又"以及"稿"字的一半"高"组合，成为"敲"。

上头又叫先不搞。

【解析】"上头"取"上"字开头两笔，"又"字照用，"先不搞"扣"高"（"搞"字前面不要），组合为"敲"。

2325. 豪

同心来持家。

【解析】"同"字中心部分"一口"，与"家"组合为"豪"。

家中添一口。

【解析】"家"字里面添加"一口"，构成"豪"字。

2326. 膏

亭台上下共明月。

【解析】以"亭"字上面部分（"丁"上头的部件），"台"字下面的"口"，连同"月"字合为"膏"。

登高赏月高声吟。

【解析】"登高赏月"，"高""月"一上一下组合为"膏"字。"高声吟"提示谜底字音。

2327. 遮

散席后四点还不走。

【解析】"散席后"，"席"字后面的"巾"散去，余"广廿"，"四点"扣"灬"，"还不走"扣"辶"，以上部件组成"遮"。

道边拔除蔗间草。

【解析】"道边"扣"辶"。"蔗"字的"草"（艹）去掉后所余部分与"辶"组合，得到"遮"。

2328. 腐

人在日落时，店里去取肉。

【解析】"日落时"扣"寸"，"店"字里面"占"去掉余"广"，"人""寸""广"加上"肉"，得到"腐"。

府内有人。

【解析】"府""内"有"人"，三字合为"腐"。

2329. 瘦

嫂子生病，子女不在。

【解析】"嫂子"的"子""女"不在，剩下"叟"，加上病字旁"疒"，成为"瘦"。

年老病残衣渐宽。

【解析】"瘦"字拆开为"叟""疒","叟"对应"年老","疒"对应"病残",即"病"字残缺了。"衣渐宽"对应字义,提示"瘦"了。

2330. 辣

束起辫梢。

【解析】"辫"字的梢端为"辛",与"束"合并成"辣"。

适当从速辞退掉。

【解析】"适"字应当从"速辞"二字中退掉,余下"束""辛",合而为"辣"。

2331. 竭

停歇之后立一边。

【解析】停"歇"之后,去掉"歇"后面的"欠"余"曷",加个"立"字在旁边,成为"竭"。

端出后喝了一口。

【解析】"端"字后部出去,余下"立";"喝"字缺了"口"余下"曷",二者合而为"竭"。

2332. 端

立即上山而来。

【解析】"立"加上"山",再来个"而",构成谜底"端"。

依山而立。

【解析】"山而立"三字相依,合为一个"端"字。

2333. 旗

开放之后需其人。

【解析】拿开"放"字后部,余"方",加上"其"和"𠂉"(视为"人")构成"旗"字。

下棋之前人方来。

【解析】"下棋之前","棋"字前面"木"下掉,剩余"其","人"(变形为"𠂉")"方"来与之组合成"旗"字。

2334. 精

一别归来十二月。

【解析】"来"字别去"一"剩下"米","十二月"合为"青",合并成"精"。

归类之前先分清。

【解析】归"类"之前,得到"米",先分"清"余"青"(把"清"字前面的"氵"分开)。"米""青"合并成"精"。

2335. 歉

尽释前嫌又合欢。

【解析】"嫌"字前面的"女"释放开,剩余"兼","又合欢"扣"欠"("又"与之相合成"欢")。"兼""欠"

363

合而为"歉"。

赚一半，仍拖欠。

【解析】"赚"字一半取"兼"，与"欠"组合为"歉"。

2336. 熄

心上有自己，却无同伙人。

【解析】"心"上头加"自"为"息"，"伙"字无"人"（亻）余"火"，相合成"熄"。

秋禾收尽心自安。

【解析】"秋"字之"禾"收走余"火"，安放上"心自"合为"熄"。

2337. 熔

灾乱之后谷又生。

【解析】"灾"字结构打乱，拆为"火宀"后，加个"谷"字成为"熔"。

容许生火。

【解析】"容"字生"火"，合为谜底"熔"字。

2338. 漆

河边植树人录下。

【解析】"河边"扣"氵"，加上"木"（植树），再加"人"和"录"字下面部分，成为"漆"。

楼头人恋西湖水。

【解析】"楼头"为"木"，"西湖"为"氵"，与"人""水"组合成"漆"。

2339. 漂

伴随西风，飘洒而至。

【解析】谜底"漂"字与"西风"组合，能拼凑出"飘洒"二字。

随风飘到河东去。

【解析】"随风飘"扣"票"，"河东去"扣"氵"（"河"字东部的"可"去掉）。"票""氵"相合为"漂"。

2340. 漫

一转眼间到汉口。

【解析】"眼"会意为"目"，转动90度成"罒"，与"一""汉口"组合为"漫"。

四会夫君明月下。

【解析】"夫君"会意扣合"汉"，"明月下"扣"日"（"明"字下掉"月"），与"四"组合为"漫"。

2341. 滴

摘取一半，清除一半。

【解析】"摘"字取用一半"啇"，"清"字除掉一半"青"留下"氵"，二者合而为"滴"。

浇西边，摘东边。

【解析】"浇"字西边为"氵"，"摘"字东边是"啇"，合之成"滴"。

2342. 演

虎跑泉。

【解析】十二生肖与十二地支对应,"虎"借代扣"寅","泉"即泉水,扣"水"(氵),合为谜底"演"。

高空加油在云端。

【解析】"高空"取"穴","云端"取"一",加个"油"字拼凑成"演"。

2343. 漏

屋内下雨,屋外涨水。

【解析】"屋"内的"至"下掉改为"雨",外面加"水"(氵),得到"漏"。

层云化作雨水来。

【解析】"层"字"云"化去,变为"尸",再加上"雨""水"(氵),构成"漏"字。

2344. 慢

惜别后转眼又一日。

【解析】"惜"字后部别离而去,余下"忄","转眼"扣"罒",与"又""日"组合为"慢"。

漫游水边心牵挂。

【解析】"漫"字旁边之"氵"游开,余下"曼",有"心"(忄)牵挂合而为"慢"。

2345. 寨

一共十八位上宾。

【解析】"十八"合为"木","上宾"扣"宀"。"一共"与"木""宀"组合为"寨"。

张骞飞马到村前。

【解析】"骞"飞去"马",余下部分与"村"前之"木"组合为"寨"。

2346. 赛

寨后伐木,坝前挖土。

【解析】"坝"前挖"土"剩余"贝","寨"字后部的"木"去掉后,与"贝"组合成"赛"。

破格调人来塞北。

【解析】"破格"扣"冂",调来"人"构成"贝"。"塞"字北部("土"上部分)与"贝"合为"赛"。

2347. 察

一手擦去。

【解析】"擦"字之"手"(扌)去掉,剩下"察"。

蔡家缺猪草。

【解析】"蔡家"两字里去掉"豕"(猪)和"艹"("草"字头),剩余部件合而为"察"。

2348. 蜜

虫儿密集飞下山。

365

【解析】"密"字的"山"飞掉，剩余部件与"虫"组合成"蜜"。

大虫密藏大山中。

【解析】"大虫密"的"大山"隐藏后，以剩余的"虫"和"宀必"组合成"蜜"。

2349. 谱

首先发言到山西。

【解析】"首"先取"丷"，"发言"扣"讠"，"山西"以其别称"晋"代替，组合成"谱"。

广开言路。

【解析】"谱"拆解为"普言"与谜面会意相扣。

2350. 嫩

东西放好买一束。

【解析】东西"放好"买一"束"。"放"之东为"攵"，"好"之西是"女"，加上一"束"成为"嫩"。

排好之后整上来。

【解析】"好"字后头的"子"排开余"女"，与"整"字上面部分组合成"嫩"。

2351. 翠

复习从十点开始。

【解析】"复习"扣"羽"（"习"字重复），"开始"扣"一"（"开"

字起始笔画），与"从""十""丶"（点）组合为"翠"。

醉翁后面。

【解析】"醉"后面为"卒"，"翁"后面是"羽"，二者组合为"翠"。

2352. 熊

只能照见后头。

【解析】"照"字后头为"灬"，和"能"组合成"熊"。

受热之后可能来。

【解析】"热"字后面为"灬"，"能"来与之合为"熊"。

2353. 凳

几度登山又下山。

【解析】"山"与"下山"相互抵消。"几""登"二字合为"凳"。

登上采石矶。

【解析】采去"石"的"矶"为"几"，加上"登"字成为"凳"。

2354. 骡

小幺富后先买马。

【解析】"富"后取"田"。"小幺""田""马"组合，得到"骡"。

留下马来系后面。

【解析】"留"下面为"田"，加上"马"以及"系"后面的"纟"，成为"骡"。

2355. 缩

招收百人先约定。

【解析】"先约定"取"纟"和"宀",加进"百人"合为"缩"。

一宿赶到前线。

【解析】"前线"扣"纟","宿"加"纟"成为"缩"。

十五画

2356. 慧

远树两行山倒影,扁舟一叶水平流。

【解析】"远树"象形扣"丰","山"倒影成"彐","扁舟一叶水平流"象形扣"心"(卧钩象形为一叶扁舟,其余三点似"氵"平放)。两个"丰"与"彐""心"组合为"慧"。

一心推倒山,夺取双丰收。

【解析】"山"被推倒成了"彐"。"心""彐"和两个"丰"组合成"慧"。

2357. 撕

存折本月未到期。

【解析】"月未到期"扣"其"("期"字之"月"未到),与"折"组合成"撕"。

手掂共有二斤。

【解析】"共"有"二斤"构成"斯",加"手"成为"撕"。

2358. 撒

散装插头。

【解析】"插头"扣"扌",与"散"装配成"撒"。

散打在先。

【解析】谜面顿读为:散／打在先。"打"字之先为"扌",与"散"合并成"撒"。

2359. 趣

走在最前排。

【解析】"最"字前面排除掉,余下"取",与"走"合为"趣"。

超前领取。

【解析】"超前"为"走",加个"取"字成为"趣"。

2360. 趟

倘若无人也要走。

【解析】"倘"字无"人"(亻)为"尚",加"走"成为"趟"。

躺着起身就要走。

【解析】"躺"字的"身"起来了余下"尚",与"走"合为"趟"。

2361. 撑

掌握前一半。

【解析】"掌"与"握"字的前一半"扌"组合，成为"撑"。

堂前相迎双手请。

【解析】"堂前"为"尚"，加"扌""手"（双手）成为"撑"。

2362. 播

掩上前头，翻开后头。

【解析】"掩"字前头为"扌"，"翻"字后头的"羽"移开余"番"，合而为"播"。

翻开复习先抓紧。

【解析】"复习"扣"羽"。"翻"字移开"羽"为"番"，与"抓"字前面的"扌"合并，成为"播"。

2363. 撞

产量不足提前报。

【解析】"产量"二字部件不足，取"立"和"里"，与"提"前之"扌"组合为"撞"。

竖立在手里。

【解析】"立""手"（扌）"里"组合，成为"撞"。

2364. 撒

抓头放尾，教育中间。

【解析】"抓头"扣"扌"，"放尾"扣"攵"，中间加个"育"构成"撒"。

手捧清澈的水。

【解析】清除掉"澈"字的"水"，余下"散"，加"手"成为"撒"。

2365. 增

僧人去尽寺半存。

【解析】"僧"之"人"去余下"曾"，"寺"半存取"土"，合之成"增"。

曾到坝前来相会。

【解析】"坝前"为"土"，"曾"与之相会组成"增"字。

2366. 聪

职位调整心牵挂。

【解析】"职"字最后两笔位置调整到上方，再牵挂"心"字成为"聪"。

耳眼心口一齐到。

【解析】"丷"象形为两只眼睛。"耳""丷""心""口"组合为"聪"。

2367. 鞋

两地联合搞改革。

【解析】"地"扣"土"，两个"土"与"革"组合，得到"鞋"。

十一双靴头。

【解析】"十一"可组成"土"，"双"表示有两个"土"。"靴头"扣"革"，与两个"土"组合成"鞋"。

十五画

2368. 蕉

四点花前飞小雀。

【解析】"四点"扣"灬","花前"扣"艹","飞小雀"扣"隹"("雀"字之"小"飞离),以上三者合为"蕉"。

礁上长草不见石。

【解析】"礁"字不见"石"为"焦",加上"草"(艹)构成"蕉"。

2369. 蔬

苗头出现要疏导。

【解析】"苗"头为"艹",加"疏"成"蔬"。

生疏二十载。

【解析】"二十"扣"艹"。"疏"载上"艹"成为"蔬"。

2370. 横

黄鹤楼前鹤飞去。

【解析】"鹤"与"鹤飞去"互相抵消,余下"黄楼前"扣合谜底,"黄"与"楼"前之"木"合而为"横"。

共同种柚。

【解析】"共"与"柚"组合,得到"横"。

2371. 糟

村头一曲迎日出。

【解析】"村头"扣"木",加上"一曲"和"日"组成"糟"字

有点点糟。

【解析】"点"别解为笔画点。"糟"字加上两个点,成为"糟"。

2372. 樱

村边有女叫贝贝。

【解析】"村边"扣"木",加上"女"和"贝贝",成为"樱"。

先查贿赂好。

【解析】"查贿赂好"四字前面部分"木""贝""贝""女"组合,得到"樱"字。

2373. 橡

村前一头象。

【解析】"村"字前面为"木",加个"象"字成为"橡"。

大象离开大树边。

【解析】"大""离开大"相互抵消后,余下"象树边"扣合谜底。"象"与"树"边之"木"组合,成为"橡"。也可理解为:"树"会意扣"木","象"在"木"旁边构成"橡"。

2374. 飘

西风起,禁止入林。

【解析】"禁"止入"林",为"示",加上"西风"成为"飘"。

风吹水涨漂起来。

【解析】"水涨漂起来"扣"票"（加"水"成"漂"），与"风"组合为"飘"。

2375. 醋

西安一住三星期。

【解析】"西"字安放"一"构成"酉"，"三星期"即"二十一日"，扣"昔"。"酉""昔"相合，得到"醋"。

鹊鸟飞离酉时回。

【解析】"鹊鸟飞离"扣"昔"，加上"酉"字成为"醋"。

2376. 醉

西望一行翠羽飞。

【解析】"西"与"一"组装成"酉"，"翠羽飞"余"卒"，合之为"醉"。

从酉时到十一点。

【解析】"从酉"与"十一"和"、"（点）组合，得到"醉"。

2377. 震

清晨日已出，忽然又来雨。

【解析】"晨"字之"日"出去余下"辰"，来个"雨"字合为"震"。

腾龙致雨，地动山摇。

【解析】生肖"龙"与地支"辰"对应相扣，"辰"加上"雨"组成"震"。"地动山摇"提示"震"的字义。

2378. 霉

雪下无痕梅初开。

【解析】"雪"字下部没有了，余"雨"字，"梅初开"扣"每"（"梅"字初始部件取开），二者合而为"霉"。

海水蒸发形成雨。

【解析】"海"字之"水"（氵）变为"雨"，重新组合成"霉"。

2379. 瞒

花前低眉两相依。

【解析】"花"前为"艹"，"低眉"扣"目"（"眉"字低处部件），与"两"相依合为"瞒"。

两目相对立荷前。

【解析】"两""目"二字相对，加上"荷"前之"艹"，得到"瞒"。

2380. 题

顺川而去先别提。

【解析】"顺"字之"川"离开余下"页"；"先别提"，"提"字前面部分"扌"别离去掉，剩下"是"。二者合为"题"。

提前剪下插页。

【解析】"提"字前面部分去除余下"是"，加"页"成为"题"。

2381. 暴

太阳当头,洪水下降。

【解析】"太阳"扣"日",放到顶上,"洪"字之"水"(氵)下降,组合为"暴"。

点火引爆。

【解析】谜底"暴"加个"火",成为"爆"字。

2382. 瞎

眼前危害看不见。

【解析】"眼"字前面为"目"(也可理解为:"眼"会意扣"目",放在前面),加"害"字成为"瞎"。"看不见"提示其字义。

看来一半有害。

【解析】"看"字一半取"目",还有"害"字则组合为"瞎"。

2383. 影

中彩之后好景遇。

【解析】"彩"字后面为"彡",与"景"相遇合而为"影"。

首都,晴,风向东北,风力三级。

【解析】"首都"会意为"京","晴"则见"日",三撇"彡"象形为从东北方向吹来的风,组合成"影"。

2384. 踢

勿要满足于日前。

【解析】"勿"加"足"字旁(𧾷)再加"日",构成"踢"。

半路去锡金。

【解析】"半路"取"𧾷";"去锡金",去掉"锡"之"金"余下"易"。"𧾷""易"合并成"踢"。

2385. 踏

前路近水日低沉。

【解析】"前路"为"𧾷",靠近"水",下面再加"日"成为"踏"。

水分阳光充足。

【解析】"水""日"加上"足"字旁(𧾷),得到谜底"踏"。

2386. 踩

眉月伴三星,足迹印桥头。

【解析】"眉月"象形为一撇,"三星"象形为三点,与"𧾷"和"桥"头之"木"组合,成为"踩"。

中彩之前先跑回。

【解析】"彩"之前为"采","跑"之先是"𧾷",合之成"踩"。

2387. 踪

前路不见棕树影。

【解析】"前路"扣"𧾷","不

见棕树影"扣"宗",合之成"踪"。

出口一定要正宗。

【解析】谜底"踪"字移出"口",余下"止宗",加"一"便构成"正宗"二字。

2388. 蝶

雕虫枉半世。

【解析】谜面顿读为：雕虫／枉半／世。"枉"字一半取"木",与"虫""世"合而为"蝶"。

浊世相逢泪不干。

【解析】"浊世相"三字相逢,去掉"泪"字的部件"氵""目"（"泪不干"别解为与"泪"不相干）,余下"虫世木"三字,合而为"蝶"。

2389. 蝴

一点半钟去西湖。

【解析】"半钟"扣"中",与"一""、"（点）合为"虫"。去掉"湖"字西边的"氵"余下"胡"。"虫""胡"合而为"蝴"。

浊水流尽湖水清。

【解析】谜面"清"字本意为清澈,现别解为清除、去掉之意。"浊"水流尽余"虫","湖"之"水"清除剩"胡",合成"蝴"。

2390. 嘱

上品尚未受瞩目。

【解析】"上品"扣"口","瞩"字无"目"为"属",合之成"嘱"。

属于台南。

【解析】"台"之南为"口"字,与"属"相合为"嘱"。

2391. 墨

黑字去掉下面。

【解析】"去"字掉了下面部分"厶"余"土",与"黑"字合为"墨"。

黑土地。

【解析】"土地"扣"土","黑"与"土"组合,成为"墨"。

2392. 镇

两点直接上镜头。

【解析】两个点与"直"合为"真",加上"镜"头之"钅",组成"镇"。

不怕火炼是何物？

【解析】俗语云："真金不怕火炼。""真金"合为"镇"字。

2393. 靠

揭发坏人坏事。

【解析】"靠"字拆解为"告非",与谜面会意扣合。

十五画

获罪之后仍上告。

【解析】获"罪"之后,得到"非",上面加"告"成为"靠"。

2394. 稻

初秋滔滔水流去。

【解析】初"秋"为"禾","滔"字"水"流去余"舀",二者合为"稻"。

先种先采舅先来。

【解析】"先种"扣"禾","先采"扣"爫","舅先来"得"臼"。以上部件组合成"稻"。

2395. 黎

禾勿少一撇,水要多个头。

【解析】"黎"字上面为"禾"及"勿"字少一撇,下面是"水"和"个"字之头即"人"。

上漆之后勿要动。

【解析】上"漆"之后"勿"要动。"漆"字后面部分"桼"用上,与"勿"组合,并且将"勿"字笔画移动一撇,放到"桼"上头,组合为"黎"。

2396. 稿

千里人归嵩山下。

【解析】"千"里加"人"成为"禾","嵩山下"扣"高",合之成"稿"。

分秒不少有高见。

【解析】"秒"字拆分开,不要"少",余下"禾",加个"高"字成为"稿"。

2397. 稼

立秋之前安上家。

【解析】"秋"之前为"禾"字,安上"家"组成"稼"。

家和就要不多口。

【解析】"家和"去掉"口",剩余"家禾",相合为"稼"。

2398. 箱

竹木发展有目标。

【解析】"竹"用作竹字头"𥫗",与"木""目"组合成"箱"。

眼前已到竹林边。

【解析】"眼前"扣"目","林边"扣"木",与竹字头"𥫗"组合成"箱"。

2399. 箭

从前点滴要记得。

【解析】"从前"两字加上两个点(点滴),成为"箭"。

丢下剪刀寻笔帽。

【解析】"丢下剪刀"扣"前",寻"笔"帽,得"𥫗",二者合为"箭"。

2400. 篇

竹篱深处有人家。

373

【解析】"篇"上面是"竹"字头，最下面部分象形为篱笆，中间"户"字会意扣"人家"。

断简残编。

【解析】"断简"取"竹"，"残编"取"扁"，组合为"篇"。

2401. 僵

一人两块田，画了三条线。

【解析】一个"人"（亻），两个"田"，再加三个"一"（象形为三条线），构成"僵"。

留下三人把田种。

【解析】"留"下为"田"，加"三""人"（亻），再加个"田"字，构成"僵"。

2402. 躺

倘若无人，挺身而出。

【解析】"倘"若无"人"为"尚"，加个"身"字成为"躺"。

在党身边，儿莫牵挂。

【解析】"身"边一个"党"，去掉"儿"字（"儿"莫牵挂）合为"躺"。

2403. 僻

绝壁之下人独立。

【解析】绝"壁"之下，余"辟"，加个单立人"亻"，成为"僻"。

离位迁居到荒郊。

【解析】"离"和"迁"暗示笔画部件要拆开移位。"位"字左右拆离，"居"字的"十"迁出，重组成"僻"。"荒郊"提示谜底字义。

2404. 德

白头雄心在，立志干四化。

【解析】"白头"为一撇，与"雄"字中心"亻"组合成"彳"。"志"被"四"字上下化开，与"彳"组合为"德"。

街头建医院，上置一颗心。

【解析】"街头"扣"彳"，"医院"用"十"字标志，"上置"扣"罒"，再加"一心"成为"德"。

2405. 艘

嫂子约好先上船。

【解析】"嫂子"约去"好"，余"叟"，"船"字之先为"舟"，二者合为"艘"。

巧装几如船嫂来。

【解析】谜底"艘"字加上"几如"，能拼凑出"船嫂"来。

2406. 膝

与水交融如胶漆。

【解析】"膝"与"水"（氵）"交"

十五画

合在一起，便能组成"胶漆"二字。

人上西楼月如水。

【解析】"西楼"扣"木"，与"人"以及"月""水"组成"膝"。"如"还反映了"膝"字右下部与"水"形体上略有区别，只是相似而已。

2407. 膛

堂前月正圆。

【解析】"堂"字前面加个"月"，构成谜底"膛"。

遮肚少衣裳。

【解析】"少衣裳"扣"尚"（"裳"字少掉"衣"），和"肚"合为"膛"。

2408. 熟

一口吃掉五颗丸子。

【解析】"五颗"象形为五个点，与"一口"和"丸子"组合成"熟"。

热卖出手享回报。

【解析】"热"字出"手"，余下"丸"和"灬"，加上"享"字构成"熟"。

2409. 摩

携手建厂，定点造林。

【解析】携"手"建"厂"，定"点"（丶）造"林"，四部分组合成"摩"。

用手搬开石磨。

【解析】"磨"字的"石"搬开了，剩余"麻"，用上"手"字成为"摩"。

2410. 颜

产后须调补好。

【解析】"产"后补充一个"须"，成为"颜"字。

产销须见面。

【解析】"产"销"须"见面。"颜"字中的"产"字销去后，便见到"须"字。

2411. 毅

立于家下，设在后头。

【解析】"立"与"家"下面的"豕"合二为一，成"豪"，再加上"设"后头的"殳"，成为"毅"。

亲家先后成股东。

【解析】"亲家"二字先后部件合为"豪"，"股东"扣"殳"，相合即为谜底"毅"。

2412. 糊

十月供应进口米。

【解析】"十月"进"口"再加"米"，四个字组合为"糊"。

一贯胡来。

【解析】"糊"字贯入"一"，可组成"胡来"二字。

2413. 遵

一入西部两点过。

【解析】"一"进入"西"里

375

组成"酉",加上两点（丷）和"过"字，构成"遵"。

两点一过进西安。

【解析】"两点"别解为笔画两点，得"丷"，"一""安"进"西"里成为"酉",连同"过"字组合为"遵"。

2414. 潜

西湖明月下，二人成双对。

【解析】"西湖"扣"氵"，"明月下"扣"日"（把"明"字之"月"下掉），"二人"合为"夫"，"成双对"表示有两个"夫"，以上部件组合成"潜"。

四人同日到江西。

【解析】"二人"合为"夫"，故"四人"扣"夫夫"，与"日"和"江"字西边的"氵"一起组合为谜底字"潜"。

2415. 潮

日月潭边二十载。

【解析】"潭边"扣"氵"，与"日月"和两个"十"组合为"潮"。"载"字可理解为记载。

湖中显倒影。

【解析】"湖"中为"古"，加上它的倒影成为"車"，与"湖"字左边"氵"和右边"月"组合"潮"。

2416. 懂

花前重逢忆从前。

【解析】"花"字前头是"艹"，与"重"相逢，再加上"忆"前之"忄"，构成"懂"字。

心在千里草原上。

【解析】"心"（忄）与"千里"和草字头"艹"组合，得到"懂"字。

2417. 额

有客来临频让步。

【解析】"频让步"，"频"字之"步"让开余下"页"，与"客"合并成"额"。

客来须先行。

【解析】"须"字先前笔画"彡"行开，剩余"页"，"客"来与之合为"额"。

2418. 慰

屋头二小表寸心。

【解析】"屋头"扣"尸"字，与"二小"和"寸心"组合,成为"慰"。

熨了后头，忘了前头。

【解析】"熨"字缺了后头部件"火"，"忘"字缺了前头部件"亡"，剩余部件组合成"慰"。

2419. 劈

立即迁居分头去。

【解析】"居"字部件迁移，将里面"十"移到外边与"立"合并，下面再加上"分"字头部去掉所余"刀"字，组成"劈"。

僻处无人先召来。

【解析】"僻"处无"人"得到"辟"，先"召"来，得"刀"。"辟""刀"合为"劈"字。

十六画

2420. 操

品茶之后推上前。

【解析】"茶"之后取"木"，"推"上前得"扌"，与谜面首字"品"合而为"操"。

三方握手在村头。

【解析】"三方"别解为三个方格，扣"品"，加提手旁"扌"和"村"头之"木"，组成"操"。

2421. 燕

北字穿个眼，上下廿四点。

【解析】"眼"扣"口"（象形为洞眼）。"北"字中间加个"口"，上下再加"廿"和"灬"成为"燕"。

四点甘心去北方。

【解析】"四点"扣"灬"，"甘心去"扣"廿"（"甘"字中心的"一"去掉），"方"扣"口"，连同"北"字组合为"燕"。

2422. 薯

入蜀之前著作成。

【解析】"蜀"字前头为"罒"，加上"著"字成为"薯"。

萝卜外销出东都。

【解析】"萝卜"二字中销去"外"字的部件，余"艹罒"，"都"字东部去掉余"者"，组合为"薯"。

2423. 薪

用心转变得新生。

【解析】"用"字中心三笔旋转成为"艹"，加个"新"字成为"薪"。

亲近半生花下别。

【解析】"亲"与"近"字的一半"斤"合并出"新"，"花"下别余"艹"，二者组成"薪"。

2424. 薄

博取一半，各去落实。

【解析】"博"字取一半，可得"尃"，"落"字中的"各"去掉，所余部件与"尃"组合为"薄"。

河畔圃中寸草生。

【解析】"河畔"扣"氵"，"圃中"扣"甫"，与"寸""草"（艹）合而为"薄"。

377

2425. 颠

滇东归来顺川游。

【解析】"滇"东为"真","顺"字的"川"游去余"页"。"真""页"合为"颠"。

具有十页之多。

【解析】"具"与"十页"组合,得到谜底"颠"。

2426. 橘

前后相商夺前茅。

【解析】"夺前茅"扣"矛"("茅"字前头的"艹"被夺走了),与"相"字前面"木"以及"商"字后面部分组合,成为"橘"。

惊飞鹬鸟上枝头。

【解析】"鹬"字"鸟"飞离,剩下"矞",再加上"枝"头之"木",成为"橘"。

2427. 整

正文结束。

【解析】"正""文"二字与"束"结合,成为"整"。"文"用作反文旁"攵"。

上下从政靠约束。

【解析】"政"字拆为"正""文"(攵),上下放置,再加"束"字成为"整"。

2428. 融

接触之后先隔离。

【解析】"先隔离"扣"鬲"("隔"字前面部分离开),与"触"字后面的"虫"组合,成为"融"。

逮住蛇头先隔离。

【解析】"蛇"字开头为"虫","隔"字之先离去剩下"鬲",合之成"融"。

2429. 醒

生日聚会酒先干。

【解析】"生日"聚会,组合为"星";"酒"字前面"氵"干了余"酉"。"星""酉"合并成"醒"。

西装一套贺生日。

【解析】"西"字装进"一"成为"酉",与"生日"组合成"醒"。

2430. 餐

傍晚进食又占先。

【解析】"傍晚"扣"夕",加进"食""又"以及"占"字先写的两笔,得到"餐"。

入夕良人又上前。

【解析】"夕良人又"和"上"字前面两笔组合,成为"餐"字。

2431. 嘴

口角发生在此处。

【解析】"口角"与"此"合为一字,得到"嘴"。

前呼后拥,争先到此。

【解析】"前呼"为"口","后拥"为"用",与"争先"之"⺈"和"此"字组合,成为"嘴"。

2432. 踮

晨鸡且勿唱。

【解析】将"踮"拆解为"止啼"二字,与谜面会意相扣。

帆前路断阻六桥。

【解析】"帆前"为"巾","路断"取用"足",与"六""一"(象形为桥)组合成为"踮"。

2433. 器

四方夹击狗难逃。

【解析】"方"别解为方格,扣"口"。"狗"会意扣"犬"。四个"口"夹击一"犬",构成"器"字。

一只狗,四个口,不稀罕,家家有。

【解析】"狗"扣"犬"。"犬"加四个"口"成为"器"字。"不稀罕,家家有"提示字义,指器物。

2434. 赠

破格用人先增光。

【解析】"破格用人"扣"贝"(破损的格子用上"人"字),"先增光"扣"曾"("增"字前面部分光了),二者合而为"赠"。

增资首先要节约。

【解析】"增资"两字开头部分去掉,余下"曾""贝",组合为"赠"。

2435. 默

一只黑狗,不叫不吼。

【解析】"狗"会意为"犬"。"黑""犬"合为"默"字。"不叫不吼"提示字义。

人有一点黑。

【解析】"点"以笔画"、"表示。"人""一""、""黑"组合,成为"默"。

2436. 镜

锐意改革总腾飞。

【解析】"锐意"二字的部件组合,去掉"总"的笔画,得到"镜"。

儿心有意当先锋。

【解析】"心有意"扣"音"(有"心"合为"意"),与"儿"和"锋"字前面的"钅"组合,成为"镜"。

2437. 赞

先裁员一半,再选上一半。

【解析】"员"字裁去一半(口),保留一半"贝",再用上"选"字的一半"先",连同谜面首字"先"

组合为"赞"。

参赛之后，连得两个先进。

【解析】"赛"字后面为"贝"，加进两个"先"字构成"赞"。

2438. 篮

个个莫要滥用水。

【解析】"个个"合为"竹"（⺮）。"滥"字不用"水"（氵）为"监"，加上竹字头成为"篮"。

设官监管。

【解析】谜底"篮"字与"官"组合，能得到"监管"二字。

2439. 邀

柏木不要放船上。

【解析】"船"象形扣"辶"。"柏"字去掉"木"余"白"，与"放"和"辶"组合成"邀"。

强令开释。

【解析】"邀"拆解为"迫放"二字，与谜面会意扣合。

2440. 衡

来人鱼贯而行。

【解析】"人鱼"与"行"组合，得到"衡"字。

无风荷叶动，人来掂轻重。

【解析】"无风荷叶动"是因为有"鱼"在"行"，"人"来与"鱼""行"组合为"衡"字。"掂轻重"提示字义。

2441. 膨

月映柳丝斜，喜上前头来。

【解析】"月"字直接使用，"柳丝斜"象形为三撇，"喜"上头取"士口"，"前"头来取上头三笔（两点一横），以上各部分组合为"膨"。

从沽水到澎湖。

【解析】"膨"字加入"沽""水"（氵），能拼凑成"澎湖"二字。

2442. 雕

住上一周。

【解析】"住"字加上"一周"，三个字组成"雕"。

调谁都没话说。

【解析】"调谁"两字均去掉言字旁"讠"，余下"周""隹"，合之为"雕"。

2443. 磨

离开大庆到石林。

【解析】"离开大庆"扣"广"（"庆"字的"大"离开了），加上"石林"组成"磨"。

机构精简后，矿上变了样。

【解析】"机构"二字精简掉后面部分，余下"木""木"，"矿"字

十六画

结构变动，与"木""木"组合为"磨"。

2444. 凝

无疑水会结成冰。

【解析】"凝"字无"疑"余下"冫"，与"水"会合成为"冰"。

两点可疑处。

【解析】两点（冫）和"疑"字组合，得到"凝"字。

2445. 辨

为师在前辩无言。

【解析】"辩"字无言，去掉中间言字旁"讠"，剩余部分与"师"字前面两笔合为"辨"。

为赶中班两辛劳。

【解析】"中班"指"班"字中部一点一撇，加上两个"辛"字（两辛劳）成为"辨"。

2446. 辩

言多辛辣要约束。

【解析】谜面顿读为：言/多辛/辣要约束。"辣"字约去"束"余"辛"。"言"（讠）多"辛"，再加个"辛"字构成"辩"。

稼轩自传。

【解析】南宋词人辛弃疾，号"稼轩"。谜底"辩"拆解为"辛言辛"，与谜面"稼轩自传"会意相扣。

2447. 糖

塘边取土不对头。

【解析】"塘"边取走"土"剩余"唐"，"不"字头相对构成"米"，二者合而为"糖"。

枝头双鹊飞塘前。

【解析】"枝头"为"木"，加上两点（象形为两只鹊）成为"米"。"飞塘前"，"塘"前之"土"飞离余"唐"。"米""唐"合并成"糖"。

2448. 糕

把米盖上随后蒸。

【解析】"盖上"扣"羊"，"蒸"后面为"灬"，与"米"组合为"糕"。

中有剩粥与残羹。

【解析】"剩粥"取"米"，"残羹"取"羔"，合之为"糕"。

2449. 燃

依然秋禾收拾尽。

【解析】"秋"字之"禾"收尽余下"火"，与"然"合并成"燃"。

人间点滴知其然。

【解析】"人"字在中间，旁边加两点（点滴）成为"火"，与"然"组合为"燃"字。

2450. 澡

先后沏茶一起品。

381

【解析】先后"沏茶",取两字前后部件即"氵"和"木",加上"品"字构成"澡"。

出操之前到海边。

【解析】移出"操"字前面的"扌",剩下右边部分,与"海"边之"氵"合并为"澡"。

2451. 激

放水入中原。

【解析】"中原"解为"原"字中部,是"白"。"放""水"(氵)与"白"组合,成为"激"字。

梨花带雨参差放。

【解析】"梨花"色白,因而扣"白","雨"即雨水,扣"氵",与"放"字参差组合为"激"。

2452. 懒

一心依赖实为惰。

【解析】一"心"依"赖",合而成"懒"。"实为惰"提示字义懒惰。

此中有一负心人。

【解析】"中""一""人"合为"束",加上"负""心"(忄)则成"懒"。

2453. 壁

僻处无人走下去。

【解析】"僻"字无"人"剩余"辟","走"字下面去掉余"土",二者组合成"壁"。

立足有地可分居。

【解析】"地"扣"土"。"居"字分开后(把"十"移出来),与"立""土"组合为"壁"。

2454. 避

小舟驾入绝壁下。

【解析】"小舟"象形扣"辶";"绝壁下",即"壁"字下面的"土"没有了余"辟"。"辶""辟"合为"避"。

半臂相助力无边。

【解析】"半臂"即"臂"之一半取"辟","力无边"扣"辶"(没有了"力"字的"边",实为"辶"),合之为"避"。

2455. 缴

从不放纵心不怕。

【解析】"纵"字不要"从"为"纟","心不怕"扣"白",加上"放"字组成"缴"。

失约之后白放回。

【解析】失"约"之后,余下"纟",与"白放"二字合为"缴"。

十七画

2456. 戴

共同留下已半载。

【解析】"留"下面是"田"。"共""田"与"载"字的一半"戈"组合,成为谜底"戴"。

为保田土共操戈。

【解析】"田土共"与"戈"组合,成为"戴"。

2457. 擦

抬头察看被抹掉。

【解析】"抬头"扣"扌",与"察"合而为"擦"。"被抹掉"提示谜底字义。

着手察看。

【解析】"察"字加上提手旁"扌",得到谜底"擦"。

2458. 鞠

靶前菊半开。

【解析】"靶前"扣"革","菊"半开取用下面一半"匊",二者合为"鞠"。

鞍前放着半包米。

【解析】"鞍"前是"革";"半包"取"勹",加"米"成"匊"。"革""匊"组合成"鞠"。

2459. 藏

臣伏草下受戕害。

【解析】"臣"伏于"草"(艹)下面,再加"戕"字构成"藏"。

草埋臣戈旧墙西。

【解析】"旧墙"指"墙"字旧时的一种写法即异体字"牆",其西为"爿",与草字头"艹"和"臣戈"组合为"藏"。

2460. 霜

冒雨上查下看。

【解析】"上查"是"木"字,"下看"为"目",加上"雨"字组合为"霜"。

断桥残雪看不足。

【解析】"断桥"取"木","残雪"取"雨","看不足"取"看"字的一部分"目",三者合为"霜"。

2461. 霞

雨来不见度假人。

【解析】"假"字不见"亻"为"叚","雨"来与之合为"霞"。

放假前有雨。

【解析】"放假前",放掉"假"字前面部分"亻",余下"叚",有"雨"则组合成"霞"。

383

2462. 瞧

有心入林想采樵。

【解析】谜底"瞧"字加上"心"字和"林"字，经过分拆重组以后，可以拼合组成"想"与"樵"二字。

上集看后到四点。

【解析】"上集"为"隹"，"看后"为"目"，再加四点（灬）成为"瞧"字。

2463. 蹈

收尽稻禾堆路旁。

【解析】收尽"稻"字之"禾"剩下"舀"，"路旁"取足字旁"𧾷"，合之成"蹈"。

滔滔水流断后路。

【解析】"滔"字水流去，去掉"氵"后余下"舀"；"断后路"，"路"字后部去掉余"𧾷"。"舀""𧾷"合而为"蹈"。

2464. 螺

要中第一有点累。

【解析】"中""一""丶"（点）合为"虫"，加"累"组成"螺"。

骤马奔驰到闽中。

【解析】"骤"字之"马"奔驰，留下"累"；"闽中"是"虫"字。"累""虫"合并为"螺"。

2465. 穗

秋收之后得实惠。

【解析】"秋"收走后面部分，余下"禾"，再得到"惠"字合而为"穗"。

秋前到惠安。

【解析】"秋前"为"禾"字，再把"惠"安放上便构成"穗"。惠安，福建省一县名。

2466. 繁

半放红梅。

【解析】"放红梅"三字的一半，分别取"攵""纟"（糸）"每"，组合成"繁"。

幼小敏达便出力。

【解析】"幼"字取出"力"剩余"幺"，与"小""敏"组合为"繁"。

2467. 辫

上前线来倍含辛。

【解析】"线"字前面为"纟"，加上两个"辛"字（倍含辛）构成"辫"。

人别双亲到异乡。

【解析】"亲"字的"人"离别后剩余"辛"，故以"人别双亲"扣"辛辛"；"异乡"，"乡"字变异

384

十七画

为"纟"。以上部件组合为"辫"。

2468. 赢

卖出羸羊有赚头。

【解析】"赚头"扣"贝"。"羸"字里面的"羊"取出后,加进"贝"字成为"赢"。

月宫深处人孤卧,凡心不忘口当开。

【解析】"宫"字深处为"口","人"与"冂"(对应"口当开",指打开的"口"字)合为"贝","心不忘"扣"亡",以上部件连同两句开头的"月""凡"二字组合成"赢"。

2469. 糟

来日修改曲谱成。

【解析】"来"字拆开,改动为"米一",与"日"和"曲"组合成"糟"。

日来调动有曲折。

【解析】"来"字笔画调动开,为"米""一",与"日""曲"组合为"糟"。

2470. 糠

树上鸟儿成双对,庄前山水换新颜。

【解析】"树"扣"木",上头加两点(象形为两只鸟)成为"米"。"庄前"扣"广","山水"变样后与"广"组成"康"。"米""康"合并为"糠"。

一行结伴来康定。

【解析】"糠"字加上"一",便可组成"来康"二字。康定县在四川。

2471. 燥

炕前床后睡三口。

【解析】"炕前"扣"火","床后"扣"木",加三个"口"成为"燥"。

秋禾已收尽,三方会村头。

【解析】"秋"字之"禾"收尽剩下"火"字;"三方"别解为三个方格,扣"品";"村头"扣"木"。以上部件组合为"燥"。

2472. 臂

璧玉未献先受刖。

【解析】"璧"字无"玉"为"辟",与"刖"字前面的"月"组合为"臂"。

僻处无人肯先走。

【解析】"僻"处无"人"(亻)剩下"辟","肯"字之先(止)走掉余下"月",合之成"臂"。

2473. 翼

留下共同复习。

【解析】"留下"扣"田","复习"

385

扣"羽"（重复之"习"），和"共"一起组合为"翼"。

连日与云长在一起。

【解析】"连日"扣"田"（两"日"相连），"云长"扣"羽"（《三国演义》人物关羽，字云长），"在一起"会意为"共"。三者组合成"翼"。

2474. 骤

午后集合。

【解析】地支"午"与生肖"马"对应相扣，"集合"会意为"聚"。"马"后一个"聚"，构成"骤"字。

闯出门后再相聚。

【解析】"闯"字取出"门"，余"马"，再加"聚"字成为"骤"。

十八画

2475. 鞭

更新改革雄心在。

【解析】"更""革"与"雄"字中心之"亻"组合，得到"鞭"。

革新之人更需要。

【解析】"革"与"人更"合并，成为谜底"鞭"。

2476. 覆

西行之后去复来。

【解析】谜面顿读为：西/行之后去/复来。"行"字后面部分去掉剩"彳"，与"西""复"合而为"覆"。

先要二人回复。

【解析】"先要"扣"西"（"要"字之先），"二人"扣双人旁"彳"，加上"复"字成为"覆"。

2477. 蹦

月月上山留足迹。

【解析】"月月"上面加个"山"，再加足字旁"𧾷"，成为"蹦"。

山下路前会朋友。

【解析】"山"下面加个"朋"（会朋友），再加上"路"前之"𧾷"，合为"蹦"字。

2478. 镰

投点资金兼并厂。

【解析】"兼"字与"厂"合并，再加上"丶"（投"点"）成为"廉"。"廉"与"金"字旁组合成"镰"。

钱不沾边自清廉。

【解析】"钱"不沾边，去掉右边部分，取用左边"钅"，与"廉"合并成"镰"。

2479. 翻

解释之后留下复习。

【解析】解开"释"字后面部分，剩下左半部"采"；"留下"扣"田"，"复习"扣"羽"。三者组合为"翻"。

复习一番。

【解析】"复习"扣"羽"，加个"番"字构成"翻"。

2480. 鹰

鸿雁离江形如点。

【解析】"鸿雁"离"江"，余下"鸟雁"，加个点(、)组合为"鹰"。

人立庄前，鸟落滩后。

【解析】"人立"扣单立人"亻"，"庄前"取"广"，与"鸟"和"滩"后之"隹"组合，成为"鹰"。

十九画

2481. 警

二十句文言。

【解析】"二十"扣"廾"，与"句""文"(攵)"言"合而为"警"。

敬请前来。

【解析】"请"前面为言字旁"讠"，扣"言"，与"敬"组合成"警"。

2482. 攀

齐心再齐心，着手大造林。

【解析】"齐心"指"齐"字中心笔画"乂"，两个"乂"与"手"和"大""林"组合，得到"攀"。

林间一只麻雀窝，一人伸手往上摸。

【解析】头句对应"攀"字上面部分，将位于"林"中的"爻"象形为麻雀窝，而"攀"字下面是"一人"和"手"。

2483. 蹲

路边让尊长。

【解析】"路边"取"𧾷"，加上"尊"字成为"蹲"。

河中鳟鱼正前游。

【解析】"河中"扣"口"，"鳟"字的"鱼"游开余"尊"，"正"字前面一笔游开余"止"，三者组合为"蹲"。

2484. 颤

预先无备，擅自出手。

【解析】"预"字前面部分没有，为"页"，"擅"取出"手"(扌)余"亶"，合之成"颤"。

北京回来，日看一页。

【解析】"北京"扣"一"，与"回"和"日""一""页"组合，成为"颤"。

2485. 瓣

分辩无言有瓜葛。

387

【解析】"辩"字分开,去掉"言"字旁,又加进"瓜",构成"瓣"。

种瓜倍加辛苦。

【解析】"瓜"加上两个"辛"字("倍加辛"苦),得到谜底"瓣"字。

2486. 爆

灾后见残景,共同录下来。

【解析】"灾后"扣"火","残景"取"日",与"共"和"录"字下面部分组合,成为"爆"。

灾后一日,洪水下降。

【解析】"灾后"扣"火","洪"字中的"水"下降,连同"日"字构成"爆"。

2487. 疆

一张土弓射三箭,枝枝箭落两田边。

【解析】"箭"象形扣"一"。"疆"字左边为"土弓"二字,右边有三个"一"(三箭)和两个"田"。

曲径绕塘边,双田缀横川。

【解析】"曲径"象形扣"弓","塘边"取用"土",加上两个"田"以及横倒之"川",组合为"疆"。

二十画

2488. 壤

走上前开口便嚷。

【解析】"走"上前得"土"字,"开口便嚷"扣"襄"(加个"口"就是"嚷"),"土""襄"合为"壤"。

埋头掏瓜瓤。

【解析】"埋头"扣"土","掏瓜瓤"扣"襄"("瓤"字之"瓜"掏走了),合之为"壤"。

2489. 耀

光复习推后。

【解析】"复习"扣"羽","推后"取"佳",与"光"组合成"耀"。

擢拔选手为增光。

【解析】"擢"字拔掉"手"(扌)剩下"翟",增加"光"字合为"耀"。

2490. 躁

品茶之后上前路。

【解析】"茶"之后为"木","路"前为"𠯑",加上"品"字构成"躁"。

不许喧哗。

【解析】"躁"字拆分为"止噪",与谜面会意扣合。"噪"有一义为大声叫嚷,故"止噪"可理解为制

388

止大声叫嚷。

2491. 嚼

赐爵入宫中。

【解析】"宫"字中间为"口"，加上"爵"字成为"嚼"。

因献上品爵位显。

【解析】"上品"指"品"字上头，为"口"，加"爵"便成"嚼"字。

2492. 嚷

先挖土壤后填方。

【解析】"方"扣"口"，解为方格、方形。"壤"字之"土"去除余"襄"，再加"口"字成为"嚷"。

去掉瓜瓢才可口。

【解析】"瓢"字的"瓜"去掉了，为"襄"，加上"口"字组成"嚷"。

2493. 籍

耕错一半笑先来。

【解析】"耕错"一半取"耒""昔"，"笑先来"得"竹"，组合成"籍"。

一个先耕，一个后借。

【解析】谜面两个"个"合为"竹"，用作竹字头"竹"。"先耕"为"耒"，"后借"为"昔"，与"竹"合而为"籍"。

2494. 魔

庭前植树槐参差。

【解析】"庭前"扣"广"，"植树"示意加"木"字，"槐"字部件再参差组合进去，构成"魔"。

广造林，缺槐木。

【解析】"广"字加"林"成为"麻"，"槐"字缺少"木"成"鬼"字，二者组合为"魔"。

2495. 灌

罐头脱销，江西调入。

【解析】"罐"字开头部分"缶"销去剩下"雚"，加上"江"西之"氵"成为"灌"。

吃完罐头再喝水。

【解析】去掉"罐"头，余下"雚"，再加上"水"（氵），组合成"灌"。

二十一画

2496. 蠢

春来蝴蝶东飞去。

【解析】"蝴蝶"二字东边部分飞离，余下"虫虫"，"春"来与之合为"蠢"。

两只小小虫，力量大无穷，头上顶三人，顶到太阳红。

【解析】两个"虫"字，上头加"三人"，再加个"日"（太阳），组合为"蠢"字。

2497. 霸

月色半露照鞋前。

【解析】"半露"取"雨","鞋前"为"革",和"月"字组合成"霸"。

一月二十有中雨。

【解析】"二十"扣"廿"(意为二十)。"一月""廿""中雨"合而为"霸"。

2498. 露

路上遇雨。

【解析】"路"上遇"雨",二字合而为"露"。

雪隐横山鹭鸟飞。

【解析】"横山"扣"彐"(横放的"山"),"雪"字隐去"彐"剩余"雨";"鹭鸟飞"扣"路"。"雨""路"组合为"露"。

二十二画

2499. 囊

一中先得冠军,双方直表心怀。

【解析】"一""中"二字直接使用,"冠军"扣"冖"("军"字的顶上部分),"双方"别解为两个方格而扣"口口","直"别解作笔画即"丨",再加上"表"字组合为"囊"。

十顶成品帽,一直填进表。

【解析】"帽"象形扣"冖"。"一直"别解为笔画即"丨",填进"表"中,与"十""品""冖"组合成"囊"字。

二十三画

2500. 罐

有水灌半缸。

【解析】"有水灌"扣"雚"(有"水"则合为"灌"),"半缸"取"缶",合之为"罐"。

窑下排灌先抽水。

【解析】"窑下"为"缶","灌"字抽去"水"(氵)剩"雚"。"缶""雚"合并成"罐"。